BESTSELLER

Susanne Goga nació en 1967 en Mönchengladbach, Alemania, donde vive con su familia. Tras una larga experiencia como traductora literaria se ha convertido en una reconocida escritora de novelas de intriga y romance con trasfondo histórico, con las que ha ganado numerosos premios, entre ellos el DeLiA y el Golden Homer.

Biblioteca

SUSANNE GOGA

El secreto de Riverview College

Traducción de

Marta Mabres Vicens

DEBOLS!LLO

Papel certificado por el Forest Stewardship Council®

MIXTO
Papel procedente de fuentes responsables
FSC® C117695

Penguin Random House Grupo Editorial

Título original: *Das Haus in der Nebelgasse*

Primera edición en Debolsillo: enero de 2023

Printed in Spain – Impreso en España

ISBN: 978-84-663-6736-3
Depósito legal: B-20.337-2022

Compuesto en Mirakel Studio, S.L.U.
Impreso en Liberdúplex
Sant Llorenç d'Hortons (Barcelona)

P 3 6 7 3 6 3

Para mi madre, Hanne Goga:
después de cien libros ya iba siendo hora.

Londres, julio de 1665

Katie trastabilló al bajar la escalera, perdió el equilibrio, y en el último momento logró sujetarse contra los ásperos ladrillos. Había estado a punto de caer. Se restregó los dedos un instante y notó que por las hendiduras rezumaba mortero húmedo. Siguió bajando, mientras notaba a cada paso los escalones gastados. Estaba aterida. No sabía si era de frío o por la debilidad de su estado.

Con todo, una voz la empujaba a adentrarse en aquella oscuridad fría y húmeda. Los gritos admonitorios de esa anciana, con su pelo blanco y fino como seda de araña cayéndole sobre los hombros y señalando al cielo con dedo acusador.

—¡Miradla! ¡Ahí! ¡En lo alto! ¡Una estrella de fuego, un cometa anunciando una tragedia! ¡Se cierne sobre nosotros una plaga horrenda, como aquella que sufrimos tiempo atrás! ¡Implorad el perdón! ¡Salvaos si podéis!

Hacía ya algunos meses que había visto a esa mujer en la calle, rodeada de curiosos con la vista alzada hacia el cielo y santiguándose. Entonces Katie creyó que aquello era una solemne tontería, un sinsentido agorero que haría reír a su padre. ¿Quién a esas alturas podía creer en señales del cielo? Era casi como en tiempos remotos, cuando se interpretaban las entrañas de animales sacrificados, o se sacaban conclusiones del vuelo de los pájaros.

Sin embargo, cuando se lo contó a su padre, él no se había echado a reír; había mirado a Katie con semblante grave y se había reclinado en su butaca antes de señalar hacia la ventana dibujando un círculo con un gesto.

—Nunca antes la ciudad había estado tan abarrotada. La guerra ha terminado, se ha restituido la monarquía, el ejército se ha disuelto y todo el mundo viene a Londres. Se dice que entre estos muros viven cien mil personas más que antes.

—¿Y qué? —preguntó Katie con prudencia, sintiéndose un poco tonta por no entender adónde quería llegar.

—Evidentemente, no hay relación entre los fenómenos que ocurren en el cielo y el destino de las personas. No creo en esas cosas. Pero el hacinamiento de la gente en espacios pequeños, la suciedad de las calles, los vapores insanos que emanan de charcos y ríos..., todo esto puede provocar enfermedades. Si ahora estallase una plaga en Londres... ¡Que Dios nos asista!

Al decir esto, su esposa lo reprobó con la mirada:

—No asustes a la niña, John —le dijo, volviendo la atención a su bordado.

Los recuerdos de los últimos meses asomaron como fantasmas en medio de la oscuridad, ahora solo iluminada por la vela que Katie llevaba en la mano: comerciantes traficando con talismanes y rollos de pergaminos con hechizos que supuestamente ayudaban a combatir la epidemia. Profetas autoproclamados, como esa anciana, encaramados sobre cajas de madera en las esquinas de las calles pregonando a gritos el fin del mundo. En las paredes de las casas, carteles de curanderos anunciando las bondades de remedios que todo lo curaban.

Muchos de esos charlatanes se estaban haciendo de oro a costa de los desesperados que se agolpaban frente a sus puestos y tiendas, ávidos por hacerse con una pócima mágica. Katie había recorrido las calles con asombro, atraída mágicamente por los gritos de la gente que comerciaba con milagros.

Extendió la mano. Ahí estaba. La puerta. La madera fría y desigual al tacto, los herrajes de hierro, ásperos por la herrumbre. Sostuvo la vela en alto, se palpó el bolsillo de la falda para sacar la llave y la metió en la cerradura bajo la luz titilante.

En el sótano el aire era frío, olía a rancio y a viejo; de todos modos, era preferible a lo que había fuera, en la ciudad, donde el bochorno sin viento del verano pendía sobre las calles como una neblina pesada. Katie recordó el olor de las numerosas chimeneas que, pese a la época del año, no dejaban de arder porque, según se decía, purificaban el aire —olor a pimienta, a lúpulo y a incienso quemado y el omnipresente olor a tabaco—. Para evitar el contagio se instaba a fumar a todas las personas, también a los niños.

Katie hizo acopio de todo su valor, alzó la vela e iluminó la sala del sótano. Se encaminó hacia la pared más antigua de todo cuanto le rodeaba. Con un último esfuerzo estiró el cuerpo y retiró un ladrillo suelto. A continuación, introdujo la caja en el hueco que se abría detrás. Por un instante reposó la mano sobre la madera lisa. Permaneció así un rato, con el brazo extendido y los ojos cerrados, despidiéndose.

Luego se giró, abandonó el sótano con paso tambaleante y regresó al piso de arriba para aguardar el final.

1

Londres, septiembre de 1900

Adela miró a su alrededor con desesperación. Los lobos la acechaban, sus ojos relucían como ascuas en la oscuridad. El corazón le latía con tal fuerza que la garganta se le agitaba y a duras penas pudo dejar escapar un gemido asustado... ¿Más mermelada, querida?

La señora Westlake le acercó el tarro a Matilda con gesto distraído acariciando con la otra mano las hojas que tenía delante. Frunció el ceño con ademán pensativo.

—Me pregunto si acaso los lobos no estarán demasiado vistos.

Matilda levantó rápidamente la vista del periódico.

—Disculpe, ¿qué dice que ha visto usted?

Su casera se echó a reír.

—Pero, bueno, ¿qué hay que sea más interesante que mi heroína en apuros? —Al reparar en el artículo que Matilda estaba leyendo adoptó una expresión seria—. Maldita guerra. Hombres matándose entre sí en países remotos en los que no se les ha perdido nada. —Tras percatarse de la mirada de asombro de la joven, se encogió de hombros y se puso el dedo frente a los labios—. Aunque esto, claro está, yo solo lo digo en mi propia casa, cualquier otra cosa sería traición al Imperio.

Matilda tragó saliva y luego asintió:

—Tiene usted razón. Si por mí fuera, mi hermano se podría dedicar a vender limonada o salchichas por la calle, cualquier cosa con tal de que estuviera a salvo. Pero Harry siempre ha sido impetuoso, un aventurero, es totalmente incapaz de permanecer quieto. Así que se alistó.

La madre de Matilda había muerto cuando ella tenía trece años, seguida por su padre cuatro años después. Desde entonces solo habían sido ella y Harry. Su hermano era tres años mayor, y había demostrado comprensión cuando ella quiso tener una profesión. No la había apremiado para que contrajera un matrimonio temprano, y la había ayudado con su soldada cuando ella no había podido costear sus estudios. Incluso la había animado después de un suspenso que le había hecho dudar de su capacidad. Mientras él estuvo estacionado en Inglaterra, se habían podido ver con regularidad. Pero luego fue trasladado a África, donde se encontraba luchando contra los bóeres. La preocupación por él nunca abandonaba del todo a Matilda.

La señora Westlake le acarició la mano.

—Debería usted dejar a un lado el periódico y ayudarme con los lobos. Eso la distraerá y, además, es su obligación. A fin de cuentas, ahora que las vacaciones han terminado ya no puedo contar tanto con usted. En mi última novela, me fue de gran ayuda. Nunca antes había tachado tantos disparates. Pero con esta nueva historia, no estoy del todo segura.

Matilda dobló el periódico con una sonrisa y sirvió té para las dos.

—A ver, los lobos. ¿Qué es lo que le parece tan visto?

—Bueno, cuando pienso en criaturas que causen miedo y temor lo primero que me viene a la cabeza son lobos. Pero, por desgracia, eso es lo que le pasa también a la competencia y al público. Mi problema es que debo enviar a Adela a los Cárpatos. Eso es inevitable, porque en la novela anterior el conde Damianescu la arrastró hasta allí. Ahora ha conseguido escapar de las ruinas del castillo y ha huido, adentrándose en un bosque espeso en el que nadie penetra, ni tan siquiera los cálidos rayos del sol... ¡Oh! Perdone, ya me he vuelto a dejar llevar por mi propia historia.

Matilda sonrió y tomó una tostada.

—Osos.

—¿Osos? —La señora Westlake soltó el cuchillo, que tintineó, y señaló a Matilda con gesto triunfal—. ¡Eso es! ¡Un oso! ¡No! ¡Dos! ¡Una manada! Osos hambrientos, en busca de alimento desde hace días... Perdón, ¿qué dice?

—Lo siento, pero, por lo que sé, los osos son animales solitarios. No cazan en grupo.

La señora Westlake se quedó pensativa por un instante.

—¡Hum! Bueno, pues que sean dos. Es más que suficiente. Sea como sea, sienten la presencia de la joven, su terror, le huelen el sudor del pánico... Bueno, eso, claro, no lo escribiré, aunque sea verdad. Ya sabe, sería una obscenidad.

Matilda dirigió a su casera una mirada divertida y a la vez cariñosa. Ese artículo sobre la guerra en el sur de África había avivado su preocupación por Harry, pero la señora Westlake había conseguido apartarla de sus pensamientos sombríos con lobos y osos.

Había tenido una suerte inmensa al conseguir una habitación en esa casa. Beatrice Westlake había enviudado muy pronto. Lo que su marido no se había gastado en bebida, se lo había dejado en el juego, y ella se había visto obligada a ganarse la vida ya que, excepto la casa, no le había quedado ni un penique. En muchas ocasiones, Matilda se había preguntado si, pese a todo, esa muerte no había sido una especie de liberación.

Llevaba casi un año viviendo en casa de la escritora de la exitosa serie protagonizada por la encantadora Adela Mornington, que iba de aventura en aventura. Si la señora Westlake escribía hasta altas horas de la noche, o si la invitaban a alguna velada, Matilda desayunaba sola. Aunque leer el periódico sin interrupciones era agradable, tener una conversación divertida tomando té y tostadas era mucho mejor. Además, Chelsea estaba repleto de artistas, y ese barrio tan poco convencional rebosaba vida.

En ese instante entró Sally, la criada.

—¿Le traigo más té, señora?

La señora Westlake miró a Matilda, que negó con la cabeza.

—Debo irme de inmediato.

Sally asintió y abandonó la sala rápidamente.

—Querida, ¿tendrá aún un minutito para mí? Hoy me he despertado especialmente pronto, los lobos no me daban tregua. Esa ocurrencia suya, tan brillante, me va a proporcionar un nuevo impulso. Ahora ya veo cómo será todo el capítulo. Pero hay algo...

La señora Westlake miró atentamente a Matilda.

—¿Y bien?

Ella recogió su juego de desayuno.

La señora Westlake se aclaró la garganta.

—Bueno, usted es una joven dama soltera de buena familia...

—Me intriga usted —dijo Matilda con una sonrisa—. Pregúnteme, pero rápido, que, si no, llegaré tarde a clase.

—Es Adrian. Ella se lo encuentra en el bosque y él la acoge en su cabaña, le da de comer y también un lugar donde pasar la noche para que ella, por fin, pueda descansar sus ojos verdes, enrojecidos a causa del cansancio, que, por cierto, me imagino como los suyos. En fin, la pregunta: ¿dónde duerme él?

—¿En el otro extremo de la cabaña? ¿Fuera, sobre el heno?

—Matilda, querida, se lo ruego... Es una cabaña de bosque diminuta, en los Cárpatos. Allí no hay ni otro extremo, ni heno..., aunque, bien pensado, él tal vez podría tener un cobertizo para alimentos lo bastante cerca como para oírla gritar...

—¿Gritar? —preguntó Matilda divertida mientras se levantaba y colocaba la silla en su sitio.

—¡Pues claro, querida! Sufre pesadillas con castillos en ruinas y osos.

—¡Ah, claro!

—Pero márchese, márchese. El trabajo la reclama. Por la noche le contaré cómo avanza la historia.

—Será un placer, señora Westlake. ¡Mucho éxito!

Matilda se dirigió hacia la estación de Chelsea. Era principios de septiembre y todavía hacía calor pese a que el otoño empezaba a dejarse sentir en el aire. Aunque era difícil decir qué diferenciaba los días suaves de primavera y los de otoño, ella habría reconocido esa estación con los ojos cerrados. El aire de septiembre era más fresco, y el viento acariciaba la piel con una ligera aspereza.

No se sentía melancólica. Aferrarse al verano era tan inútil como querer retener el agua en las manos. En primavera se alegraba con las flores del ciruelo, y en otoño, con la fruta madura. Pensó en paseos con la hojarasca parduzca crujiendo bajo los pies y una niebla suave prendida de las copas de los árboles. El fuego de la chimenea ardería con fuerza cuando, al final del día, la señora Westlake le leyera en voz alta su último capítulo y la mirara expectante por encima de sus gafas en forma de media luna.

Matilda se encaminó hacia King's Road, que a esa hora ya bullía de actividad, y pasó por debajo de los toldos de las tiendas, que se extendían por encima de la acera bañada por el sol. Olió el aroma a pan recién horneado que salía de una panadería, mientras, al lado, una zapatería desprendía el olor hediondo del cuero caro. Delante estaban los grandes almacenes Peter Jones, decorados con banderas y en cuyos escaparates, dispuestos en una sucesión aparentemente infinita, se exponían todos los productos imaginables.

Al llegar al sur del río, en Clapham Junction, Matilda cambió de línea. Solía aprovechar el trayecto hasta Richmond para repasar las lecciones del día. Su selección de lecturas para inglés era extensa, y hacía mención también a obras que sus colegas consideraban inapropiadas. Pero, en su opinión, para tener una visión completa de la poesía inglesa era preciso incluir a Byron, a Shelley y a Blake. «De todos modos, señorita Gray —le había advertido la señorita Haddon, la directora—, nada de hablar sobre la vida privada de Byron. Los padres no consentirían algo así. Y menos aún el patronato».

Con todo, esa mañana Matilda se limitó a mirar por la ventana; el día era demasiado bonito. En cuanto el tren dejaba atrás Clapham Junction, donde unas estructuras de madera se extendían como un puente sobre los raíles, superadas en altura por fábricas y chimeneas humeantes, el entorno se volvía más amable. El tren paraba en Wandsworth y en Putney antes de que, en Mortlake, el trayecto prácticamente acariciara el Támesis. La siguiente parada era Richmond, que era donde Matilda se apeaba.

La mayoría de la gente iba a la ciudad por la mañana a trabajar y por la tarde regresaba a los barrios periféricos; en cambio, el trayecto de Matilda era en sentido inverso. Ella trabajaba en Richmond, muy lejos del centro, y por la tarde iba hasta Chelsea. Para ella, eso era un privilegio, porque así casi siempre tenía el compartimento para ella sola.

No había mucha distancia desde la estación a la escuela, situada en un extremo de Old Deer Park, un parque que abarcaba todo el meandro del río y limitaba al norte con Kew Gardens.

La escuela se levantaba detrás de una valla de hierro forjado en cuyas rejas lucían incrustadas imágenes de animales y criaturas legendarias como unicornios, centauros y otros muchos surgidos de la imaginación del constructor. Aquel edificio era un ejemplo magnífico de arquitectura neogótica, con ventanas de lanceta, torreta y hastiales. Tenía el tejado coronado por una veleta brillante sobre la que se erguía un caballo alado. El edificio apenas tenía treinta años y había sido construido por un fabricante con ínfulas románticas, que se había inspirado en la cercana villa de Strawberry Hill. Sin embargo, al cabo de unos años, se había arruinado y se había visto forzado a vender Pegasus Hall, que era el altisonante nombre que le había dado.

Al fundador de la escuela aquel nombre no le había parecido apropiado y lo había cambiado por «Riverview», es decir, «vistas sobre el río», un nombre que tampoco era muy acertado ya que, tal y como una alumna le había contado a Matilda en confianza, el Támesis solo se podía ver desde las ventanas del tejado, y eso si uno subía a una silla o se encaramaba sobre otra persona.

El edificio estaba rodeado de un amplio jardín. A esas alturas del año, muchos árboles ya habían adquirido tonalidades rojizas y parduzcas, y las copas coloridas en medio del follaje aún verde parecían un ramo de otoño. Durante los días oscuros de invierno, la escuela adquiría un aspecto lúgubre, y cuando Matilda volvía la mirada hacia la bóveda de crucería del comedor no podía evitar recordar las novelas góticas que de jovencita leía con fruición.

Matilda había disfrutado de los meses de verano libres de obligaciones. Se había dedicado a pasear tranquilamente por Londres, y cuando no había acompañado a Adela Mornington por desfiladeros intransitables y torrentes caudalosos, había visitado exposiciones y asistido a conciertos. Sin embargo, al atravesar la puerta esa mañana y recorrer el camino de grava hasta la entrada principal, tuvo la sensación de estar volviendo a su hogar.

Frente a la entrada había algunas alumnas riéndose y gesticulando. En circunstancias normales ese comportamiento no se consentía, pero la primera mañana después de las vacaciones todo empezaba poco a poco, y la primera clase estaba prevista para las diez. Aunque las muchachas habían regresado el día anterior, todavía tenían infinidad de cosas que contarse.

—Buenos días, señorita Gray. ¿Ha pasado usted un verano agradable? —preguntó Ruth Sanderson, una chica de pelo oscuro, que estaba algo sonrojada al haber sido descubierta ante la puerta.

Matilda se detuvo y sonrió a todo el grupo.

—Ruth, Mary, Clara, Edith. Espero que hayáis disfrutado de las vacaciones. Pero, ahora, por favor, entrad.

Mary Clutterworth se alisó el vestido y se encogió de hombros.

—Me habría gustado prescindir unos días más del uniforme. ¡Me hacía sentir tan bien poder llevar por fin colores animados y no tener que vestir siempre de azul marino!

—Ya me lo figuro. Pero así las próximas vacaciones harán más ilusión.

Las cuatro muchachas empezaron a andar, pero Ruth se giró otra vez.

—No he olvidado que usted nos dijo que después de las vacaciones nos explicaría algo especial. ¿De qué se trata?

Matilda señaló la puerta con semblante serio.

—Parece que la señorita Sanderson no ve el momento de volver a sentarse al pupitre de un aula con aire viciado y resolver ecuaciones de álgebra. Pero la paciencia es una virtud, y lo digo también por ti, Ruth. —Las muchachas se echaron a reír. Luego Matilda añadió con tono más indulgente—: De todos modos, tienes razón, he preparado algo que no solo debería interesar a nuestras matemáticas natas, sino también a las literatas.

Al poco rato, al pasar junto al despacho de la directora, vio salir de allí a un hombre. Matilda lo miró con curiosidad; la presencia de caballeros en esa escuela era toda una rareza.

Era un hombre alto, con una cabellera de color rubio oscuro que casi le llegaba a los hombros y una barba cuidada. Levita negra, chaleco brillante de color burdeos, camisa blanca y corbata de color gris oscuro. Era una persona atractiva, de una belleza llamativa, Matilda pensó que casi podía decirse que era muy bien parecido, y se preguntó qué le había podido llevar a hablar con la señorita Haddon.

En la sala de profesores sus compañeras ya estaban reunidas. Era una estancia amplia, con ventanas altas de cristales de colores a través de los cuales el sol dibujaba un hermoso caleidoscopio en el suelo de parqué. Junto a la mesa alargada que se empleaba para las reuniones había unas butacas distribuidas de forma agradable que conferían al lugar la apariencia de una sala con chimenea o una biblioteca.

Matilda era la profesora más joven y solo llevaba un año en Riverview College. Lo primero que había tenido que aprender era que no siempre sus ideales se podían ajustar al quehacer diario. Aunque la escuela presumía de ser moderna, Matilda pronto se había percatado de que también en ella a las chicas se las preparaba fundamentalmente para que fueran unas buenas esposas de clase media alta. Recibían la formación necesaria para desenvolverse bien en sociedad y ser capaces de tener una conversación inteligente. La mayoría de los padres no querían que luego sus hijas ejercieran una profesión, ni que empezaran estudios universitarios, y las profesoras —todas ellas mujeres solteras que se ganaban la vida con su trabajo— se plegaban a esos deseos. Era una situación paradójica que había proporcionado varios quebraderos de cabeza a Matilda antes de dar con una solución que la satisficiera.

Se había impuesto la misión de proporcionar a sus alumnas de forma sutil conocimientos que les permitieran vislumbrar lo que la vida les podía ofrecer. Incluso tenía folletos que reclamaban el derecho de voto para las mujeres, aunque mostrarlos en la escuela era impensable. Matilda se movía por una línea muy fina, y cualquier paso en falso le podía costar el puesto.

Al entrar saludó al grupo y tomó asiento.

En ese momento, la señorita Feller estaba hablando de sus excursiones por la Selva Negra; la señorita Fonteyn, la profesora de arte, contaba maravillas de su visita a la Galería de los Uffizi; y la señorita Caldwell, que enseñaba historia, se había pasado los últimos meses de rodillas por las iglesias del país, calcando en papel con lápices de cera relieves de losas sepulcrales medievales. Tenía una colección impresionante de esas reproducciones, que mostraba encantada y comentaba de modo profuso.

—Antes he visto salir a un caballero del despacho de la señorita Haddon —comentó Matilda finalmente con un leve tono de pregunta.

La señorita Caldwell sacó un rollo de papel, lo extendió sobre la mesa que tenía más cerca y comentó sin más:

—El tutor de una alumna quería tratar algo con ella. —La vista se le iluminó—. Y esto de aquí lo encontré en la catedral de Ely, es un ejemplar realmente extraordinario, si quieren verlo...

—¿Qué os dice el nombre de Ada Lovelace?

Matilda miró a sus alumnas de una en una. Compartía la asignatura de matemáticas con la señorita White, que se dedicaba a las alumnas especialmente dotadas, y ella se limitaba a enseñar los principios básicos; por lo demás, se concentraba en la asignatura de inglés. De todos modos, se negaba a subestimar a las muchachas de su grupo e intentaba despertar en ellas también el interés por una asignatura que por lo general estaba reservada a los hombres.

Nadie levantó la mano.

—No pasa nada —dijo Matilda. Cogió entonces una tiza y escribió en la pizarra: «10 de diciembre de 1815 - 27 de noviembre de 1852».

Mary Clutterworth levantó la mano.

—Murió bastante joven. Con treinta y seis años —dirigió una mirada dubitativa a su profesora, como buscando en aquello una relación con la asignatura de matemáticas.

—En efecto. Y era hija de Lord Byron. —En cuanto hubo pronunciado el nombre, se oyeron murmullos entre los bancos. Matilda levantó la mano—. Ada Lovelace era matemática. Su madre había estudiado geometría y astronomía, y se encargó de que Ada también recibiera formación científica. Y así fue como conoció a Charles Babbage.

Matilda deambuló de un lado a otro delante de sus alumnas.

—Babbage también era matemático y había inventado algo fabuloso. —Se acercó a la pizarra, sacó de detrás una fotografía que había pegado sobre un cartón y la levantó—. Podéis acercaros tranquilamente a mirar. —La fotografía mostraba el plano de una especie de máquina formada por multitud de piezas, con cilindros, manivelas y ruedas dentadas.

—¿Qué es eso? —preguntó Mary—. ¿Para qué sirve?

—Esto es un plano para construir una máquina calculadora. A Charles Babbage se le ocurrió la idea de construir una máquina capaz de calcular, que hiciera ese trabajo en lugar de las personas y que además trabajara sin cometer errores. Por desgracia, sus inventos jamás llegaron a construirse porque en su época no era posible construir algo tan delicado y complejo. Uno de sus modelos tenía ocho mil piezas; habría sido la máquina más complicada que jamás se hubiera inventado.

Una alumna levantó la mano.

—¿Y eso qué tiene que ver con Ada?

—Como he dicho, Ada Lovelace era matemática y una buena amiga de Babbage. Ella tradujo un artículo del italiano sobre la máquina calculadora que él planeaba y lo completó con notas propias. Entre ellas, un algoritmo. ¿Sí, Dora?

—Señorita Gray, esa palabra no la sabemos —dijo la muchacha, confusa.

—Dicho de forma simple, un algoritmo es un conjunto de instrucciones dividido en muchos pasos que permite llevar a cabo una tarea. Por ejemplo, si quiero manzanas y no quiero ir a buscarlas, digo: «Abrir la puerta. Bajar la escalera del sótano. Ir al cajón de las manzanas. Sacar tres. Volver a subir la escalera. Cerrar la puerta. Entregarme las manzanas». Lo mismo existe en matemáticas. Ada Lovelace desarrolló un conjunto de instrucciones para esa máquina calculadora. Si Babbage la hubiera llegado a construir, le habrían indicado cómo efectuar una operación en concreto. Sin intervención humana.

Matilda miró a su alrededor. Había pensado que las alumnas se entusiasmarían con esa mujer, pero en la mayoría de las caras solo vio incomprensión.

—En el futuro esas máquinas serán importantes. De hecho, en los últimos cien años se han construido ya muchos aparatos nuevos que hacen que nuestra vida sea más fácil y segura. Además, Ada Lovelace fue incluso más allá que Babbage. Él pensaba que su máquina solo podía emplearse para labores de cálculo, pero Ada opinaba que una máquina podía hacer mucho más, siempre y cuando la tarea se pudiera dividir en muchos pasos individuales.

Dora le dirigió una mirada dubitativa.

—¿Y qué tareas serían, por ejemplo?

—No lo dejó por escrito, pero pensemos en la música. Una pieza musical consta de notas. Si se le pudiera decir a la máquina con exactitud cómo formar cada nota, de ahí podría surgir una melodía.

Mary se aclaró la garganta y levantó la mano.

—Eso me resulta más fácil de imaginar que la tarea de calcular. Sería casi como una caja de música de valses.

—Muy bien, Mary —dijo Matilda. Se enorgullecía cuando las alumnas pensaban de forma independiente—. Este ejemplo me gusta. De todos modos, la máquina incluso podría ir un paso más allá. Mientras que la caja de música solo hace sonar la canción del cilindro, en nuestro caso a la máquina se le podría enseñar a crear nuevas canciones. Dora, ¿qué decías?

Matilda se volvió hacia la alumna, que se sonrojó y se tapó la boca con la mano.

—Vamos, dilo.

—Que esto le habría gustado a Laura.

—¿Qué quieres decir? ¿Por qué has dicho «habría»? —preguntó Matilda.

—¿No lo sabe, señorita Gray? —preguntó Dora sorprendida—. Hace un rato, el tutor de Laura ha ido a ver a la señorita Haddon. Ella se va de viaje con él y de momento no vendrá a clase.

Sin querer, Matilda buscó apoyo en su pupitre. A su mente le acudieron unas imágenes que reprimió de inmediato.

—¿Acaso no se siente bien, señorita Gray? —preguntó Ruth con preocupación.

—No, estoy bien, gracias. Solo es que estoy... sorprendida.

—Dora ha oído que la señorita Haddon se dirigía a él nombrándole por su apellido, si no, nunca habríamos sabido que ese caballero estaba aquí por Laura. Lo habríamos tomado por... —Ruth se sonrojó y dejó oír una risita. Al darse cuenta de la mirada severa de Matilda, recobró la compostura—. Alguien ha dicho que parece un santo prerrafaelita. Demasiado guapo para ser de verdad.

Matilda estaba demasiado confusa para reprender a Mary por aquel comentario tan fuera de lugar. Se sacó el reloj del bolsillo de la falda. Aún faltaban cinco minutos.

—Os podéis marchar. Cada una escribirá las instrucciones de una tarea que podéis elegir libremente: música, labores, o lo que se os ocurra.

Las muchachas recogieron los libros y los cuadernos y se levantaron de los bancos. Matilda notó que algunas la miraban con asombro, pero no le importó. Solo podía pensar en aquel día de junio.

2

Tres meses antes. Londres, junio de 1900

La sala era pequeña, los primeros rayos de sol estival atravesaban la ventana haciendo que las manchas de luz oscilaran sobre la mesa y las estanterías. A Matilda le habían asignado el despacho más pequeño porque se daba por sentado que preparaba gran parte de las clases en su casa. Al ser la profesora más joven, no residía en el colegio, un privilegio reservado a aquellas compañeras suyas de más edad que ya llevaban tiempo en la institución. En su fuero interno, ese supuesto inconveniente le gustaba. Aunque debía pagar el alquiler con su sueldo, se sentía libre y a sus anchas; no estaba obligada a comportarse de manera ejemplar de la mañana a la noche.

Matilda había colgado su chaqueta gris en la puerta y se había arremangado la blusa porque en la estancia el calor ya era de verano. Se apartó un mechón de pelo rubio de la cara. Jamás había querido tener servicio, pero para peinarse le habría venido bien una doncella. Era incapaz de arreglarse el peinado y las horquillas solían desaparecer de su pelo a las pocas horas de haber sido colocadas para no volver jamás. Matilda no ganaba para comprar horquillas.

Alguien llamó a la puerta.

—Adelante.

Levantó la vista. Era Laura Ancroft; llevaba un libro en la mano y dirigió una mirada vacilante a Matilda.

—Adelante, Laura, siéntate —dijo con tono amistoso señalando la silla para visitas.

La joven, de diecisiete años, tomó asiento mientras apretaba con fuerza el libro contra el cuerpo. Del pasillo llegó un ruido que hizo que se volviera nerviosa hacia la puerta.

—¿Qué pasa? —preguntó Matilda.

Laura era una muchacha segura de sí misma, con mucho carácter y obstinada. Aunque Matilda valoraba esas cualidades en Laura, a veces tenía que contenerla. Pero ese día parecía extrañamente tímida.

—¿Tiene un minuto para mí, señorita Gray? Yo... bueno, si no, también puedo pasar más tarde.

—No, quédate. —Matilda cerró el cuaderno que acababa de corregir y se reclinó en su asiento—. ¿Qué ocurre? Si eso es lo que te preocupa, tienes muy buenas notas.

Laura negó con la cabeza y bajó la mirada hacia su regazo. Llevaba el cabello de color trigueño recogido con un lazo en la nuca, e iba vestida con el uniforme, de color azul oscuro con un discreto cuello marinero. Mientras estaban en Riverview College, las alumnas debían vestir ese atuendo, que las más jóvenes llevaban justo por debajo de la rodilla y las mayores, a la altura del tobillo. De este modo se aseguraba una distancia respecto a las profesoras.

En realidad, Laura es demasiado mayor para ese peinado y ese vestido, se dijo Matilda preguntándose al mismo tiempo cómo le había venido esa idea a la cabeza.

—Las vacaciones están al caer, pero antes necesitaba hablar con usted.

La muchacha tragó saliva intentando dar con las palabras adecuadas.

—Te escucho, Laura —dijo Matilda para animarla.

La muchacha inspiró y le acercó el libro pasándolo por encima del escritorio.

—Hace un tiempo encontré esto en un anticuario y desde entonces leo un poco cada día. No puedo pensar en otra cosa. Pero no tengo a nadie con quien hablar de ello.

Matilda echó un vistazo al librito. Era *Hace mucho tiempo*, de Michael Field. ¡Oh! Ese libro no podía estar en la escuela. Se disponía a advertirla al respecto, pero se contuvo. Laura había confiado en ella, antes tenía que escucharla.

—Así pues, ¿lo has leído?

—Sí. ¿Lo conoce usted, señorita Gray?

—Un poco —respondió Matilda con prudencia.

Laura no hizo el menor ademán de querer recuperar el libro.

—¿Y qué le parece? —preguntó interesada mientras se apartaba un mechón de cabello que se le había escapado de la cinta.

Matilda pensó cuidadosamente la respuesta.

—El manejo de la temática antigua es excelente, y el dominio del lenguaje resulta soberbio, en cambio, los ejemplos literarios...

—No quiero decir eso. ¿Qué hay de la pasión? ¿No la notó? —espetó la muchacha; acto seguido se tapó la boca con la mano—. Disculpe, esto ha estado fuera de lugar.

Acercó la mano al libro y lo acarició. Aquel gesto resultaba extrañamente conmovedor.

Matilda miró a Laura intensamente.

—La verdad, me parece que eres demasiado joven para leer esto.

Notó que empezaba a sudar bajo la blusa ligera y que no solo era por el calor. Aquella situación era muy delicada para una profesora inexperta.

Algo se desató en el interior de la muchacha.

—Señorita Gray, usted es la única persona con quien puedo hablar de esto, le tengo confianza y... usted sabe quién está detrás de Michael Field, ¿no?

Matilda suspiró para sí.

—Sí. Son dos mujeres, tía y sobrina, que escriben juntas. Conocidas de literatos como el señor Browning, el señor Pater y... el señor Wilde.

Vaciló al mencionar este último nombre porque apenas hacía cinco años del escándalo y Wilde seguía marginado por la sociedad. Los poemas de Field no estaban prohibidos —de hecho, el gran Robert Browning había llamado a esas poetas sus «queridas griegas»—, pero eso no significaba, en absoluto, que esa obra fuera apropiada para una muchacha de diecisiete años.

—Escriben sobre las mujeres —dijo Laura con vehemencia. Tenía el cuello enrojecido y el pecho le subía y bajaba con fuerza.

Matilda sopesó de nuevo con mucho tiento sus siguientes palabras:

—Lo sé. Por desgracia, su modo de hacerlo no es adecuado para nuestras alumnas.

—¡Pero si hablan de amor! ¡Eso no tiene nada de malo! —espetó Laura con una esperanza casi exasperada—. Prácticamente todos los poetas escriben sobre el amor y se les elogia por ello. En clase leemos a Keats y a Shakespeare.

—Comprendo tu curiosidad, y no voy a decirte lo que debes leer fuera de la escuela. Pero aquí no puedo permitir este libro.

Laura tenía una mirada casi febril, parecía ajena a esa objeción.

—¿Sabe cuál es mi poema preferido, señorita Gray? Me lo sé de memoria:

Atis, mi amor, te alejaste de mí
unos pocos pasos hacia el lecho de juncos,
y un terror y un fuego inmenso asolaron
mi corazón por si hubieras muerto acaso;
en el estanque se hizo el silencio, tanto
como si un alma se hubiera ahogado.

¡Mi amor! Que nuestro aliento
no lo separe jamás ni el día ni la noche;
que la reina del alba nos encuentre en el mismo lecho,
no te alejes de mí, imprudente,
ni un solo instante pues temo, Atis,
que en este se esconda la muerte.

Al contemplarla, Matilda vio lo que le ocurría a Laura. La muchacha tenía los ojos abiertos de par en par, y en el cuello el pulso le temblaba de forma delicada. No solo sentía fascinación por el poema, sino que se reconocía en él. Antes de que Matilda pudiera decir algo, la muchacha dijo:

—Y este me gusta especialmente:

La quiero con las estaciones, con los vientos,
como las estrellas adoran, como las anémonas
se estremecen en secreto por el sol, como las abejas
zumban por las flores abiertas: en todas sus formas
mi amor es perfecto y en todas encuentra
en sí mismo su propósito...

—Laura, por favor.

A Matilda el corazón le latía con fuerza, deseó tener tiempo para pensar, pero se había quedado sin él. Ante sí tenía una alumna sentada recitándole poemas sobre amor entre mujeres.

—Señorita Gray, se lo prometo, ya acabo. Me queda por decirle una cosa más. No puedo irme de vacaciones sin decírselo. —Tragó saliva—. Tengo la sensación de que yo misma he escrito esos poemas, como si Michael Field hablara mi idioma.

En el despacho el silencio era tal que se podía oír la respiración de las dos mujeres. Laura agachó la cabeza antes de continuar:

—Como si él hubiera escrito esos poemas para usted.

Entonces levantó la vista y miró a Matilda con orgullo, de forma casi desafiante.

Matilda tenía que actuar con mucho tacto. Una palabra fuera de lugar podía destruir para siempre alguna cosa en el interior de Laura.

—Me halaga que me tengas tanta confianza. Y son unos poemas maravillosos que yo jamás reprobaría. Pero soy tu profesora y no son apropiados en una escuela.

Por fin, la advertencia pareció calar en Laura. La muchacha tragó saliva buscando las palabras adecuadas.

—¿Está usted enfadada conmigo? —De pronto parecía casi una niña pequeña.

—No —se apresuró a responder Matilda—. Pero tú misma has dicho que aquí no puedes enseñar estos poemas a nadie. Y con razón. La mayoría de las chicas no los entenderían. Las demás profesoras no aprobarían que los leyeras. Considéralos como un tesoro que solo te pertenece a ti, como algo especial que te alegra cuando te sientes mal, que hace aún más hermosos los días buenos.

—Pero yo... —Laura se inclinó de repente hacia adelante y posó la mano en la de Matilda—. Al leerlos yo solo pensaba en usted.

Tenía la piel ardiente y algo sudorosa, y por un momento Matilda se sintió ligeramente aturdida. Entonces se levantó, rodeó el escritorio y acarició el hombro de Laura. Aquella era una situación muy delicada. El mínimo indicio de amistad entre profesora y alumna estaba prohibido y podía ser motivo de despido... Y Laura quería algo más que amistad.

—Eso nadie te lo podrá quitar —dijo Matilda con cuidado—. Deberías disfrutar de esta emoción si te hace feliz. Es muy valiente por tu parte admitir tus sentimientos ante mí. Llegará un día en que conocerás a una persona que te corresponda tal y como tú mereces.

Era difícil rechazar a alguien que acaba de abrir su corazón. Apartó de su memoria la imagen de su hermano, que le vino al instante a la cabeza. En ese momento no quería pensar en eso.

Laura la escrutó con la mirada.

—¿No me lo reprocha?

Matilda sintió una punzada de dolor.

—Al contrario. Tengo muchas esperanzas puestas en ti. Eres una alumna excelente y una persona extraordinaria. Quiero que finalices muy bien tus estudios. —Levantó la mano al ver que Laura iba a decir algo—. Deja que termine. Acaba de empezar un nuevo siglo y estoy segura de que a las mujeres se nos abrirán nuevos caminos. Tal vez vayas a la universidad, o puedas ejercer un oficio si así lo deseas. Yo, como profesora, te acompañaré y te ayudaré en todo lo que esté en mi mano. Te lo prometo.

Sus miradas se encontraron, y Matilda observó que Laura se debatía consigo misma. En su rostro se reflejaron la decepción, la obstinación, la resignación y, finalmente, el orgullo. Matilda se retiró un poco, y Laura se levantó con el libro en la mano.

—Muchas gracias, señorita Gray. Por todo.

Luego se marchó con el mismo sigilo con que había llegado.

3

Septiembre de 1900

Matilda se retiró al rincón más alejado del jardín; necesitaba unos minutos de calma. Durante el verano había pensado más de una vez en Laura, preguntándose si se había enfadado, o si en cambio se había distraído con libros y amigas y había superado aquel rechazo.

El incidente le había recordado a su hermano Harry. Cuando tenía diecinueve años se había enamorado de la hija de un sacerdote que había sido amigo de sus padres. Aunque conocía a Enid desde la infancia, de pronto la empezó a ver con otros ojos. Como aquella chica le era tan cercana, Harry no había dudado ni un instante y le había confesado su amor sin contar, ni en sueños, con que lo rechazaría. Él creía haber despertado en ella los mismos sentimientos, pero la muchacha le confesó que estaba enamorada de un estudiante de teología que su padre le había presentado. Ella y Harry siempre serían amigos, pero jamás habría otra cosa entre ellos.

En los meses siguientes, Matilda había llegado a temer de verdad por su hermano. Apenas salía de casa, se encerró en sí mismo, empezó a beber y perdió todo interés por aprender un oficio o por estudiar. Ella se apostaba cada día delante de la puerta de su cuarto diciéndole palabras de consuelo y ofreciéndole su ayuda, pero era en vano. Un día, perdió la compostura y le gritó: «¿Qué va a ser de mí? ¡Harry! ¿Acaso ya no te importo? ¡Ahí fuera hay otro mundo y personas que te necesitan!».

Media hora más tarde, él había abandonado su dormitorio y, poco tiempo después, se alistaba en el ejército. Matilda se preguntaba a menudo si había sido un error gritarle de aquel modo, pero su hermano se había burlado de esa preocupación. «Tilda, ya me conoces. Tarde o temprano habría tenido sed de aventuras».

Con todo, ella no había olvidado jamás el tiempo en que su hermano no había sido él mismo de puro dolor.

Y ahora ella estaba allí, en ese jardín envuelto en los colores del final del verano, preguntándose si Laura no había regresado por su culpa. Se había esforzado mucho por mostrarse comprensiva, por no hacer daño a la chica, pero el amor no correspondido era doloroso. Tal vez hubiera también cierta incomodidad de presentarse ante la profesora a la que se había confiado.

Matilda se giró de pronto y se volvió hacia el edificio de la escuela. Tenía que salir de dudas cuanto antes.

—Señorita Gray, espero que haya pasado un buen verano —dijo la directora.

La señora Haddon era una mujer muy entrada en los cincuenta que, en vez de llevar el pelo canoso peinado a la moda del momento, en un estilo suave que favoreciera la expresión, se lo recogía de forma estricta en un moño alto. Ese peinado y el vestido oscuro de cuello alto le daban un aspecto severo y, en cierto modo, posiblemente eran una especie de coraza. Ciertamente, dirigir una escuela de chicas y mantenerse firme ante las alumnas, los padres y el patronato no era una labor sencilla.

Matilda tomó asiento en el sitio que le indicó.

—Gracias, señora Haddon, ha sido muy agradable. Me gustaría preguntarle por Laura Ancroft. Me sorprende que no haya regresado a la escuela.

La señorita Haddon cruzó las manos sobre la mesa. Tenía la piel clara y fina, sin signos de la edad. Es como si llevara cosidas las manos de una mujer joven, pensó Matilda por un instante mientras se decía que aquello sería como una de las historias de miedo de E. T. A. Hoffmann.

—El tutor de Laura, el señor Charles Easterbrook, ha pasado antes por aquí y me ha hablado de sus planes de viaje. Me ha dicho que este verano Laura ha estado muy enferma a causa de una tos pertinaz. Según parece, a la vista de su estado de salud los médicos han recomendado que pase el otoño y el invierno en un clima más cálido. Por ello, tienen previsto viajar al Mediterráneo, a Grecia e Italia.

La primera reacción de Matilda fue de preocupación. Una tos mal curada podía afectar a los pulmones, y eso no era ninguna broma.

—Es muy comprensible. Así pues, seguramente regresará a la escuela en cuanto se recupere.

—Durante ese viaje tendrá muchas experiencias nuevas. En estas circunstancias, puede ocurrir que una jovencita se olvide de la escuela —repuso la señorita Haddon con cierta frialdad.

—No en el caso de Laura —replicó Matilda—. Es una chica muy aplicada e inteligente.

—Por supuesto, podrá recuperar el curso, pero no me extrañaría que no regresara después del viaje. Es posible incluso que eso resultara demasiado agotador para ella.

Matilda se sintió como en un sueño extraño. Dos meses atrás se había despedido por vacaciones de una muchacha sana y ávida de conocimientos, y ahora la señorita Haddon hablaba de ella como si fuera alguien incapaz de valerse por sí misma.

—Sabemos que solo las muchachas especialmente ambiciosas que cuentan con el apoyo de sus padres aspiran a realizar una actividad académica. En nuestra escuela la mayoría adquiere una formación general completa que las prepara para su papel en la sociedad. Su papel como esposas, anfitrionas y apoyo de sus maridos. Eso es lo que las familias esperan de nosotras.

Pero Laura, se decía Matilda casi desesperada, forma parte de la primera categoría. Es una muchacha con mucho empeño, con mucha curiosidad por el futuro y ganas de aprender. Sintió crecer nuevas dudas en su interior.

¿Y si Laura no hubiera abandonado la escuela por salud sino a causa del último encuentro con Matilda? ¿Acaso se sentía avergonzada de su confesión y temía encontrarse con su profesora? ¿Temía tal vez que Matilda hubiera roto su promesa y hubiera informado de sus anhelos?

—Señorita Gray, ¿se encuentra bien? —preguntó la directora, preocupada—. Está usted muy pálida.

Matilda se obligó a respirar con tranquilidad.

—Gracias, estoy bien.

—No se desanime. Sé por propia experiencia que hay alumnas en las que se depositan unas esperanzas que al final resultan vanas. Muy pocas muchachas y mujeres están dispuestas o capacitadas para llevar una vida como la nuestra. Para la mayoría, el matrimonio y la maternidad son objetivos dignos de esfuerzo. Sea como sea, el señor Easterbrook es un hombre muy agradable y afable que parece tomarse muy en serio sus obligaciones respecto a Laura.

Con sus palabras la directora empleó un tono que hizo que Matilda levantara la vista. Se acordó del caballero que antes había visto en el pasillo. Ese santo prerrafaelita. «El matrimonio y la maternidad, objetivos dignos de esfuerzo». Como si hubiera dicho algo sin pensar.

Se aclaró la garganta y se levantó.

—Gracias por su paciencia. Sin duda, tendremos noticias de Laura o de su tutor.

—Desde luego, señorita Gray. Y siga usted con su excelente labor con las alumnas.

Matilda se disponía a abrir la puerta cuando oyó a la directora decir detrás de ella.

—Le tengo mucho aprecio. Es usted una profesora excelente, pero también es la más joven de todas. Por eso quiero recordarle que no debemos mantener relaciones amicales con las muchachas y que las debemos tratar a todas por igual. Necesitan comprensión y apoyo, pero siempre desde una distancia respetuosa.

Ya fuera, en el pasillo, Matilda se apoyó en la pared e inspiró profundamente. Esas últimas palabras eran casi una reprimenda. Debía ser prudente y no dar la impresión de tener alumnas preferidas. El tutor había convencido a la señorita Haddon y esta esperaba que Matilda lo aceptara. Por supuesto, era posible que Laura hubiera estado enferma, pero de ahí a dar por hecho tan rápidamente que no iba a volver... Y estaba además esa mirada sorprendentemente benigna de la señorita Haddon al hablar del señor Easterbrook...

Matilda recordó otra vez la conversación con Laura. ¿Acaso le había dado motivos para desconfiar? ¿Se le había pasado algo por alto en el comportamiento de Laura? ¿Había algo que podría haber hecho mejor? Y, en ese caso, ¿qué?

No dejaba de darle vueltas a la cabeza. Y además no podía hablar a nadie de ello.

Queridísima Tilda:

Por fin tengo tiempo para escribirte estas pocas líneas. No te preocupes si ves el sello del hospital militar; es solo una herida de bala en el brazo. Los médicos dicen que se curará por completo.

Solo es cuestión de días que me den el alta. Seguramente cuando recibas esta carta ya estaré de nuevo en el campo de batalla. Todos esperamos que, tras la caída de Johannesburgo y Pretoria, la victoria pronto sea nuestra.

Este lugar es precioso y merece la pena luchar por él, aunque debo admitir que echo de menos Londres. Añoro la niebla, las hojas caídas mojadas en la calle y disfrutar del calor de la chimenea. Tengo muchas ganas de regresar y abrazar a mi Tilda.

Tu hermano, que te quiere,
Harry

—¿Y bien? —preguntó la señora Westlake con tono preocupado cuando Matilda reposó la carta en el regazo—. ¿Acaso son malas noticias? No quiero abrumarla, pero desde que usted ha llegado a casa no me da usted buena espina.

—Han herido a Harry. Parece que no es gran cosa, pero tienen prohibido decir dónde se encuentran y lo que ocurre de verdad. Puede que ahora ya haya vuelto al frente. —Notó que la señora Westlake vacilaba—. ¿Qué ocurre?

—Bueno, ya sabe usted lo que pienso de las guerras. Siempre que se libren sobre una hoja de papel y sean por motivos románticos o nobles, estoy completamente a favor. En estos casos, blando la pluma como una espada y la clavo como si fuera un puñal. Adela es una luchadora excelente, como ya se demostró en *Las torres doradas de Salamanca*. Sin embargo, enviar a la gente a la muerte por poder y por dinero me parece reprobable. —Se sonrojó—. Querida Matilda, perdone usted a esta anciana. —La señora Westlake tenía cincuenta y seis años—. A veces esta boca mía corre más que mi cabeza. Si su hermano se muestra animoso, es que seguramente está mejor.

Matilda asintió, pero seguía notando la mirada inquisitiva de la señora Westlake.

—Tengo la impresión de que hay más cosas que le preocupan. ¿No quiere contármelo?

Mientras Matilda le contaba lo sucedido en la escuela, se dio cuenta de la impresión que esa historia podía causar en personas ajenas. Que una muchacha de diecisiete años, con una buena situación económica, con buenas perspectivas de matrimonio y una salud delicada emprendiera un viaje cultural por el Mediterráneo en vez de ir a la escuela no era nada raro. El señor Easterbrook había convencido a la señorita Haddon con sus atenciones, y Matilda debía admitir que desde fuera todo encajaba a la perfección.

Sin embargo, el hecho de que Laura, lejos de anhelar una vida como esposa y madre, quisiera formarse, viajar y tener una amiga con la que compartirlo todo, era un secreto que Matilda no podía revelar.

—Matilda, querida. —La señora Westlake se aclaró la garganta. Matilda no se había dado cuenta de que había terminado la historia y se había quedado sin más con la vista vuelta hacia su regazo—. Lo siento. Es una lástima cuando una muchacha con talento no quiere volver a la escuela...

—¡Pero no es eso lo que ocurre! —espetó Matilda. Al momento se llevó la mano a la boca, como si con ese gesto pudiera retener esas palabras vehementes—. Discúlpeme, señora Westlake, eso ha sido muy descortés.

La escritora hizo un gesto negativo.

—No pasa nada. Me doy cuenta de que usted siente un gran aprecio por esta alumna.

—Resulta difícil de explicar, pero Laura es especial. Se interesa por tantas cosas... Es buena en inglés, en ciencias y en matemáticas, y eso es algo que ocurre pocas veces. Estaba sopesando ir a estudiar a Oxford.... Poco antes de las vacaciones lo estuvimos hablando.

Pero no dejaba de recordar a Laura recitando: «La quiero con las estaciones, con los vientos».

—Me está usted preocupando. —La señora Westlake la volvió a sacar de su ensimismamiento—. Nunca la he visto a usted de esta manera. Si le preocupa que esa muchacha no vaya a regresar a la escuela, hable con alguien que la conozca bien. Seguro que tiene amigas.

Matilda recordó la naturalidad con que Ruth, Mary y las demás hablaban sobre el viaje de Laura. Era como si nadie, excepto ella, echara de menos a la muchacha, y eso le resultaba doloroso.

—Anne Ormond-Blythe —dijo entonces en voz alta—. La mejor amiga de Laura. Hoy no la he visto.

—Hable mañana con ella—dijo la señora Westlake—. Puede que ella le sepa decir algo más. En todo caso, usted sabe que Laura está en buenas manos y que alguien vela por su salud. Seguro que vuelve pronto.

A Matilda le habría gustado poder compartir esa certeza, pero no quería seguir molestando a la señora Westlake con ello y cambió de tema:

—¿Qué tal los osos?

La escritora dio unas palmaditas.

—¡Oh! Están haciendo progresos. Progresos enormes. ¿Le apetece una copita de oporto mientras se lo cuento?

Matilda aceptó de buen grado esa distracción y fue a buscar la botella y dos copas. Tras haberlas servido, se volvió a sentar en su asiento.

—Soy toda oídos.

—He ido al Museo de Historia Natural y he estado mirando los osos disecados —anunció la escritora, luego tomó un buen sorbo de oporto—. Son impresionantes. El oso gris está apoyado sobre las patas traseras en su vitrina, con las garras levantadas, los dientes a la vista... Aunque no haya osos grises en Europa, al menos ahora sé qué aspecto debe de tener el animal al que se enfrenta Adela. Además, he sabido que los osos grises están emparentados con los pardos; por lo tanto, ella tendrá delante a un oso pardo especialmente grande. Es increíble cómo se activa la imaginación al ver un animal así con los propios ojos, aunque esté relleno de virutas y cosido como un pavo.

Matilda notó cómo disminuía la tensión del día. Para ello, nada mejor que un buen oporto y la señora Westlake hablándole de su trabajo.

—Cuando he sacado la cinta métrica para medir la longitud de sus garras, el vigilante me ha mirado de forma extraña —siguió diciendo, despreocupada. Levantó la copa—. Brindo por usted, Matilda, a quien le debo mi oso. Escribiré una dedicatoria solo para usted.

A la mañana siguiente, Matilda se despertó animada. Se había propuesto hablar ese día con Anne Ormond-Blythe y preguntarle si sabía alguna cosa de la enfermedad y el viaje de Laura.

De nuevo, ese día no hacía calor. Matilda volvió el rostro hacia el sol cuando salió de la estación de Richmond. Pese a tratarse de una zona periférica, también allí en las calles se agolpaban carruajes de caballos y ciclistas; había recaderos arrastrando carretas detrás de sí y vendedores pregonando a gritos sus mercancías. Con todo, el aire allí olía distinto que en el centro de la ciudad: se notaba más el olor a café y a los cigarrillos de los hombres que fumaban en el Station Hotel cercano y menos el olor a polvo y a humo de carbón. Frente a la tienda de tejidos, dos casas más adelante, se estaban descargando fardos de tela, y el propietario le estaba leyendo la cartilla a gritos al aprendiz que había dejado caer uno de los bultos.

A Matilda siempre le sorprendía la cercanía en que convivían el bullicio y la calma. No había que andar mucho —bastaba con ir a Richmond Green o a Old Deer Park, o bajar hasta el Támesis, o hasta Kew Gardens— para encontrarse de pronto en medio de la naturaleza. Adoraba la diversidad de Londres y no habría querido vivir en ninguna otra ciudad.

Un chillido la sacó de su ensimismamiento. Al otro lado de la calle, una mujer con un gran letrero de cartón se enfrentaba a un hombre que pretendía arrebatárselo. Era una mujer menuda y delicada, llevaba un conjunto de color azul marino y un sombrero tocado con un pequeño ramo de flores.

—¡Suéltelo! —gritaba la mujer—. ¡Es mío! ¡Tengo todo el derecho a estar aquí!

—¿Todo el derecho, dice? —El hombre alzó el puño contra el letrero—. ¡Esto es una traición a nuestros soldados! ¿Cómo se le ocurre ofender a esos hombres? ¡Mi chico cayó en Johannesburgo!

La mayoría de los transeúntes no les prestaba la menor atención, pero Matilda se acercó a ellos sin pensárselo. En el letrero leyó:

Recién fundado

FONDO DE AFLICCIÓN PARA NIÑOS
Y MUJERES SUDAFRICANOS

Recaudamos dinero para ayudar a las familias bóeres que con esta guerra han perdido todo lo que tenían. Las mujeres y los niños están en una situación de emergencia extrema. Contribuyan a paliar el dolor de estas familias. No solo nuestros hombres están en peligro, también las familias del enemigo son víctimas de la guerra.

—¿Por qué deberíamos ayudar al enemigo? —preguntó indignado el hombre—. Mi chico no murió por eso.

Asía con tanta fuerza el letrero que este amenazaba con escapársele de las manos a la mujer. Ella miraba alrededor buscando auxilio.

—Caballero, suelte el letrero.

El hombre miró a su alrededor. Matilda contempló su rostro sonrosado con pequeñas venas rojas, la mirada ofuscada, los dedos amarillentos de la mano izquierda que sujetaba el letrero, el crespón de luto en la manga. Aunque todavía era temprano, el aliento ya le olía a alcohol.

—¡Usted no se meta! Vamos, márchese. ¿Es que las mujeres siempre tenéis que hacer piña entre vosotras? ¿Dónde está la decencia? Cuando mi hijo murió, en Londres las mujeres se manifestaron contra nuestro propio ejército. ¡Eso es traición!

Matilda se obligó a hablar con calma.

—Caballero, comprendo su dolor. Ha sufrido usted una pérdida terrible. Pero esta señora solo quiere hacer el bien. Prácticamente todos los soldados de allí tienen familia, no solo los nuestros. Es evidente que las mujeres y los niños de los bóeres se encuentran en una situación de extrema necesidad.

Imagínese a su propia familia en una situación como esa. —Miró al hombre detenidamente. El labio inferior le temblaba y se apretaba la boca para disimularlo—. Mi propio hermano está luchando en el Transvaal. Y estoy convencida de que no podría dormir tranquilo ni cumplir con su deber de soldado si creyera que su familia se encuentra en la miseria.

El hombre miró a las mujeres a un lado y a otro. Luego soltó el letrero y se perdió entre la multitud sin decir palabra.

—Muchas gracias —dijo la mujer—. Ha aparecido de repente... y parecía peligroso.

Matilda asintió.

—Le deseo mucho éxito. La guerra no debe hacernos olvidar la humanidad.

Después de aquel encontronazo, el día había adoptado un tono distinto, algo más sombrío, cargado de cierto aire nostálgico. Se sintió más agradecida por la carta del día anterior, que había metido en el álbum de fotografías familiares donde guardaba todo cuanto le era muy querido e irremplazable.

La mañana transcurrió con rapidez. Una clase siguió a la otra, hubo entrega de libros nuevos, dictado de planes de trabajo para el curso y se celebró una reunión del claustro. Al parecer, el piano de la sala de música estaba totalmente desafinado; una pared de la sala de arte tenía humedad y había sido atacada por el moho; y el día anterior, la cocinera había resbalado por la escalera y se había roto la muñeca, por lo que se imponía encontrar una sustituta cuanto antes.

Después del almuerzo, en el rato dedicado al trabajo individual, Matilda tuvo tiempo para ir a ver a Anne Ormond-Blythe a su habitación. Llamó a la puerta y la abrió tras oír un débil «adelante».

Anne se levantó de inmediato y, de forma inconsciente, se alisó la falda con la mano. Era una muchacha bonita, de pelo muy rubio, casi blanco, y unos ojos azules que a veces parecían ver cosas que nadie veía excepto ella. Su aspecto siempre era algo desgreñado —se le soltaba cabello del moño, llevaba las gafas casi siempre torcidas y tenía las manos manchadas de tinta—. Anne era una violinista talentosa, y Matilda confiaba en que al terminar sus estudios en la escuela ingresara en el conservatorio.

—Señorita Gray... —dijo Anne de forma algo tímida—. Tome asiento, por favor.

Le señaló una silla sencilla de madera que había junto al escritorio y permaneció de pie mientras Matilda se sentaba.

—Por favor.

Matilda le indicó con un gesto que también se sentara. Miró a su alrededor en el dormitorio. A la derecha, había junto a la pared dos camas de sábanas blancas. Sobre una de ellas reposaba el estuche abierto de un violín; la otra parecía intacta.

Frente a la ventana había un escritorio grande, con espacio para dos alumnas; y a la izquierda había un armario ropero. Las fotografías y las postales colgadas de las paredes blancas eran las únicas notas de color de la estancia.

—Se trata de Laura.

Anne ladeó un poco la cabeza, como si quisiera esquivar la mirada de Matilda.

—Siento mucho que ya no esté en la escuela. Nos llevábamos bien.

Esas palabras parecían extrañamente definitivas. Matilda observó que Anne tiraba nerviosa de un hilo que le colgaba del dobladillo de la manga.

—Yo también lo siento. Es una alumna muy buena, y espero que regrese.

Anne se limitó a asentir.

—Al final de curso pasado Laura parecía estar perfectamente. Por eso me ha sorprendido mucho saber que estaba enferma. ¿Fue algo repentino?

—No nos vemos desde junio —repuso Anne, compungida.

—¿Sabes dónde ha pasado el verano?

Anne vaciló antes de responder.

—Seguramente en casa de su tutor.

—¿Y os habéis escrito? Tan solo me gustaría saber cómo está y cuándo podemos contar con su regreso.

Anne se levantó y miró por la ventana dando la espalda a Matilda.

—Durante las dos primeras semanas me escribió tres veces y me habló de libros y conciertos y de la perra de los vecinos, que había tenido cachorros. Incluso me envió un dibujo. —Anne abrió un cajón y sacó una hoja en la que se veía una perra cocker spaniel acurrucada en una cesta con tres cachorros—. Luego siguieron dos semanas sin saber nada. A principios de agosto, recibí una carta bastante escueta en la que Laura me hablaba de una tos muy fuerte de la que no lograba librarse. En ella me decía que posiblemente iba a tener que viajar con su tutor a un clima más cálido, a pesar de que en ese caso no llegaría a tiempo para el comienzo de curso.

—¿Y desde entonces no has sabido más de ella?

Anne negó con la cabeza.

—Su tutor estuvo ayer aquí. Al instante, corrió el rumor de que había justificado la ausencia de Laura a la señorita Haddon hasta, por lo menos, final de año.

Matilda esperaba que Anne se girara, pero esta seguía de pie junto a la ventana. Aquello le pareció extraño, pues Anne era una muchacha más bien tímida, que siempre se relacionaba con las profesoras de forma muy respetuosa.

—De acuerdo. —Matilda se levantó—. No quiero apartarte más de tus deberes. Esperemos que Laura se recupere pronto.

Entonces por fin Anne se dio la vuelta, y Matilda notó algo en su expresión muy parecido al alivio. Volvió la mirada hacia la cama intacta.

—¿Te gustaría tener una compañera de cuarto? Creo que todas las chicas ya están acomodadas, pero podría preguntar.

—No, gracias —se apresuró a decir Anne—. Tendría la sensación de estar traicionando a Laura. ¿No le parece una tontería?

Matilda observó que Anne se ruborizaba y negó con la cabeza.

—No, te comprendo muy bien. De momento puedes estar aquí sola.

La despidió de nuevo con la cabeza y abandonó la habitación.

De camino a la estación, Matilda apenas reparó en lo que la rodeaba. El bullicio de las calles le llegaba como un murmullo lejano ajeno a ella.

Anne se había comportado de un modo extraño. Parecía ofendida por que su amiga no hubiera pasado las vacaciones en su casa. ¿Acaso había ocurrido algo entre las chicas? ¿O simplemente Anne estaba preocupada por Laura? Fuera como fuera, la muchacha parecía ser la única en toda la escuela que la echaba de menos.

Antes, Matilda había preguntado por Laura a la señorita White. La profesora de matemáticas le había dicho que echaría de menos a la muchacha en su clase, y luego había añadido: «El señor Easterbrook es un caballero y se toma muy en serio sus obligaciones. Laura no podría tener mejor tutor. En cualquier caso, no deberíamos lamentarnos tanto por una alumna. Estoy convencida de que el señor Easterbrook tomará las decisiones adecuadas».

Matilda avanzaba como si sus pasos estuvieran movidos por una fuerza externa mientras ella seguía sumida en sus pensamientos. De pronto se encontró en el andén en el momento en que entraba su tren. Se hizo con el último asiento libre, al lado de una dama anciana que estuvo hablando del tiempo hasta que Matilda tuvo que hacer transbordo en Clapham. Abandonó el tren con alivio, porque no soportaba sentirse obligada a mantener una conversación después de un largo día en la escuela.

Su mente regresó a Anne.

No había mirado a Matilda a los ojos, le había vuelto la espalda, había hablado de un modo extrañamente formal de su amiga y casi se había mostrado aliviada cuando Matilda se giró para marcharse.

Ciertamente, las chicas jóvenes tenían un humor cambiante. Lo más probable era que Anne echara mucho de menos a su amiga y la presencia de una profesora en su habitación la hubiera intimidado.

Había algo que inquietaba mucho a Matilda. Si Laura hubiera dejado sin más la escuela, se habría sentido decepcionada, pero lo habría aceptado. Sin embargo, recordaba los sentimientos que Laura le había confesado, y aún podía percibir la pasión con que la muchacha había recitado esos poemas mientras el sol de junio iluminaba de forma cálida su despacho. Una chica así no dejaba la escuela por las buenas. La rotundidad con que todos hablaban de Laura le parecía inquietante.

4

Octubre de 1900

En las semanas siguientes, Matilda estuvo tan ocupada durante el día que apenas pensó en Laura. Una compañera enfermó y tuvo que asumir parte de sus clases. En la escuela apenas se hablaba de la muchacha; era como si todo el mundo hubiera dado por sentado que por el momento no iba a volver. Anne, sin embargo, parecía más silenciosa y ensimismada que nunca. Con todo, Matilda fue prudente y no le volvió a preguntar por Laura.

Al llegar a casa, la señora Westlake solía estar esperándola con un nuevo capítulo —Adela, entre tanto, se había trasladado de los Cárpatos a Mongolia Interior— y las tardes pasaban volando. Solo cuando Matilda se metía en la cama a dormir tenía tranquilidad para pensar. Entonces rememoraba, por ejemplo, aquella visita a su despacho, el modo en que Laura asía el libro, la pasión con que había recitado los poemas, y se preguntaba si se habría llevado aquel libro en su viaje hacia el sur. Un viaje acompañada por un hombre atractivo como un «santo prerrafaelita». Era raro: no parecía que ni la señorita Haddon ni las demás compañeras se preguntasen si un viaje así iba en contra de las normas del decoro. Al parecer, bastaba con que el señor Easterbrook fuera el tutor de Laura, así como un abogado de prestigio.

En ocasiones, Matilda se imaginaba a Laura con un libro en la mano y el parasol en la otra, paseando entre las ruinas antiguas, dejando de lado sin más al prerrafaelita señor Easterbrook.

Y entonces, una nublada mañana de noviembre, encontró una postal en su casillero.

Esta mostraba una pintura, de forma redonda, de una mujer joven con una redecilla dorada para el pelo y pendientes de oro que, con gesto pensativo, sujetaba en la mano derecha un útil de escritura frente los labios y en la izquierda varias tablillas antiguas atadas con una cinta. Su mirada despierta, la piel delicada y el pelo rizado le daban una expresión muy vívida, si bien el retrato tenía que ser muy antiguo.

Matilda le dio la vuelta a la postal. Había sido franqueada en Nápoles. En la parte superior izquierda, escrito en letras minúsculas, se leía: *Donna con tavolette cerate e stilo, affresco, Pompei, Museo Archeologico Nazionale di Napoli.* Sus nociones de latín le permitieron entenderlo: mujer con tablilla de cera y estilete. Fresco. Pompeya. Museo Arqueológico Nacional de Nápoles.

Dirigió entonces la mirada a la firma y dio un respingo. Como no tenía tiempo de leerla con calma, se metió a toda prisa la postal en el bolsillo de la falda.

Durante la siguiente clase notó sin cesar la presencia de aquel pequeño rectángulo de cartulina, y eso que pesaba menos que un pañuelo. Aunque se obligó a centrarse en sus alumnas, su pensamiento no dejaba de ir una y otra vez a la postal.

En la pausa del almuerzo, se apresuró hacia su despacho, cerró la puerta y sacó la tarjeta. La letra era menuda, pero estaba escrita con tanto esmero que los renglones, muy juntos entre sí, se podían leer bien.

Querida señorita Gray:
Mis mejores saludos desde Italia. Mi tos ha mejorado. La comida es excelente y el tiempo sigue siendo muy suave. A continuación, partiremos hacia Grecia.
Saludos cordiales,
LAURA ANCROFT

Matilda suspiró aliviada. Laura se estaba recuperando y no estaba molesta con ella. Eso eran buenas noticias. Un viaje de estudios a Italia, con sus tardes lánguidas en galerías y museos admirando frescos de Pompeya. Giró la postal y volvió a contemplar a esa joven mujer del cuadro: se parecía un poco a Laura, y el hecho de que llevara utensilios de escritura la hacía incluso más simpática.

Matilda se metió la postal en su bolsa de mano y se dirigió, ya más tranquila, al comedor.

Bien entrada la tarde, de regreso a casa, Matilda se sentó en un compartimento cuyo ambiente estaba muy caldeado. Rebuscó en su bolsa de mano algo con que abanicarse y, sin quererlo, se encontró de nuevo con la postal de Laura en la mano. Volvió a leer lo que la muchacha había escrito. Un simple saludo de las vacaciones hablando del tiempo, la comida y su estado de salud. Sin embargo, aquella postal significaba muchas más cosas. Laura no había dejado la escuela para alejarse de su profesora, sino porque, en efecto, había sufrido un revés de salud.

Entonces le vino a la cabeza otra pregunta.

Si Laura se había tomado la molestia de escribir, ¿por qué no había escrito una carta en la que le habría podido contar más cosas sobre cómo se encontraba y sobre su interesante viaje?

Poco antes de llegar a Chelsea, Matilda fue a guardar la postal y reparó en una mancha debajo del sello. No la había visto hasta entonces, pues se había centrado en el mensaje y en la imagen. Además, estaba prácticamente oculta por el sello de la Poste Italiane. Aguzó la vista, pero la luz del vagón no era buena y Matilda no podía distinguir a simple vista si se trataba de una mancha de suciedad u otra cosa.

En cuanto llegó a casa se dirigió de inmediato a su habitación, sacó una lupa y colocó la postal debajo de la lámpara para examinar el borrón. Al instante descubrió que no era tal, sino que se trataba de una flecha diminuta que apuntaba hacia el sello. ¿Qué podía significar eso? Matilda salió rápidamente de su habitación.

—¿Vapor? —La señora Roberts, la cocinera, la miró con asombro.

—Sí, por favor. Es urgente —dijo Matilda.

Al poco, en el fogón había una cazuela con agua que empezaba a hervir. La señora Roberts la apartó del fuego y luego le dio la espalda a Matilda. Imposible saber si lo hizo por discreción o como gesto de desaprobación ante la intromisión de la huésped en su territorio.

Matilda deslizó con cuidado la postal sobre el vapor hasta que los bordes del sello se levantaron y pudo retirar el papelito con cuidado. Dio las gracias a la cocinera y corrió de vuelta a su cuarto. Examinó entonces el sello, pero no vio nada especial en él. Sin embargo, cuando pasó la lupa por encima del sitio en que había estado pegado, vio unas letras diminutas, escritas a lápiz.

«Mi cuarto, la madera que oscila donde se posa el sol».

Matilda se dejó caer en una silla, apoyó los codos sobre las rodillas y juntó las yemas de los dedos. Un mensaje debajo del sello. Era realmente impresionante. ¡Como en las novelas de Adela Mornington! ¿Podía ser un acertijo de Laura para entretenerla? ¿Un divertimento? ¿O acaso escondía alguna otra cosa?

Volvió a leer la frase. «Mi cuarto, la madera que oscila donde se posa el sol». ¿A qué cuarto se refería? ¿A la habitación del hotel donde residía ahora? Eso era absurdo. Aquella frase tenía que referirse a un cuarto que ambas conocieran, así que solo podía ser el dormitorio de Laura en la escuela.

... «la madera que oscila donde se posa el sol». ¿A qué madera se refería? ¿Un mueble, los tableros del suelo, el revestimiento de madera de las paredes? ¿Y qué había allí? ¿Acaso Laura había dejado un mensaje? ¿O tal vez había escondido alguna cosa?

Pensativa, Matilda hizo girar la lupa sobre el tablero de la mesa. Luego se levantó y miró por la ventana. Su despacho en la escuela estaba orientado al oeste y allí el sol solo entraba por la tarde. Si no se equivocaba, la habitación de Laura y Anne se encontraba en el ala opuesta, es decir, encarada hacia el este.

El sol de la mañana.

Al día siguiente, al ver el sol luciendo en la ventana, Matilda se levantó mucho antes de lo habitual. De camino a la escuela escrutó de nuevo el cielo con preocupación y deseó que el tiempo siguiera igual hasta estar en la habitación de Laura.

Ya en clase, escribió algo en la pizarra y luego miró a su alrededor.

—Tengo que ausentarme un momento. Por favor, responded estas preguntas sobre el poema de Wordsworth que empezamos a ver ayer.

Matilda sabía que a esa hora Anne estaría en clase de matemáticas con la señorita White. En la escuela regía la norma no escrita de no cerrar las habitaciones con llave y de llamar siempre a la puerta antes de entrar.

Al llegar ante el dormitorio de Anne, a Matilda le costó contener su incomodidad. Miró con disimulo a su alrededor y luego giró cuidadosamente el pomo.

La puerta se abrió. Tras echar un último vistazo al pasillo, Matilda entró y cerró la puerta tras de sí. El sol penetraba de forma oblicua en la estancia. Matilda se acordó de las palabras: «la madera que oscila donde se posa el sol».

Siguió con la vista el rayo de sol que se colaba por la ventana y atravesaba el cuarto, observó las partículas de polvo que bailaban en él y luego dirigió la mirada hacia los tableros del suelo. La luz reposaba en el escritorio que había junto a la ventana, en el suelo y en la alfombra de delante de la cama de Laura hasta alcanzar el rincón de izquierda, cerca de la puerta, donde había un toallero junto al lavabo.

En el pasillo se oyeron unos pasos. Matilda se quedó inmóvil, asustada, y aguzó el oído, esperando que Anne no se hubiera olvidado alguna cosa. El ruido de pasos aumentó y luego se desvaneció.

Aliviada, Matilda volvió a dirigir la vista hacia el rayo de sol y siguió su recorrido. Ahí estaba el escritorio, lleno de libros y cuadernos de Anne. Abrió uno tras otro todos los cajones. Ninguno estaba cerrado. Los palpó por si tenían alguna casilla o un doble fondo, pero fue en vano. Tampoco en la parte posterior había nada.

Entonces, por el rabillo del ojo notó un centelleo. Fuera, en el exterior, se había levantado viento y el movimiento de las ramas hacía oscilar los reflejos del sol sobre los tableros del suelo. «¡La madera que oscila!».

Matilda se arrodilló, apartó la alfombra y palpó el suelo. Apretó sobre cada uno de los tableros. Nada. Ninguna hendidura llamaba la atención, no había ninguna apertura, ni nada de apariencia inusual, y tampoco había un tablero que pudiera levantarse.

Vaciló ante el ropero. No formaba parte del mobiliario de la escuela, posiblemente era un mueble heredado que había traído alguna alumna. Contempló pensativa las puertas, que estaban decoradas con taracea. Luego las abrió una después de otra, presa de una gran incomodidad. El lado de Laura estaba prácticamente vacío: allí solo colgaba el uniforme escolar. En el compartimento superior estaba el sombrero de paja a juego. Matilda dio unos golpecitos en las paredes del fondo y de los lados, abrió los cajones de la ropa interior. Nada. Decepcionada, cerró el armario y miró a su alrededor.

Solo quedaba el rincón del toallero. Matilda lo apartó y sometió al suelo al mismo escrutinio de antes, recorriendo con las manos las ranuras entre los tableros del suelo y golpeándolos con los nudillos. Miró entretanto la hora en su reloj de bolsillo ya que le parecía que se estaba quedando sin tiempo. Tampoco encontró nada.

Matilda estaba a punto de abandonar cuando cayó en la cuenta de que había pasado por alto una cosa. Las paredes de la habitación estaban revestidas de madera hasta la mitad: una madera cálida, de color caoba, con muchos nudos y patrones naturales. El rayo de sol llegaba hasta la esquina, en la que se elevaba hasta el techo un saledizo de forma rectangular, posiblemente una chimenea que ya no se utilizaba y que se había escondido detrás del revestimiento.

Sintió un hormigueo en la piel al palpar los paneles y las molduras decorativas bajo las que se ocultaban los bordes de unión. Muy cerca del suelo, deslizó el dedo dentro de una ranura que quedaba debajo de una moldura. Apretó y la moldura cedió al instante. Matilda cogió un abrecartas del escritorio y lo pasó por la rendija que quedaba entre los paneles. El panel izquierdo se soltó con un crujido.

Detrás aparecieron los ladrillos de la antigua chimenea y, en la apertura en la que en otros tiempos había ardido la lumbre, encontró una cajita de madera.

Matilda la sacó de allí con cuidado. Acto seguido, recolocó el panel y volvió a poner el toallero en su sitio. Se alisó la falda, cogió la caja, se dirigió hacia la puerta y, después de aguzar el oído, examinó el pasillo y salió. No había nadie. La búsqueda apenas había durado diez minutos, pero a ella le había parecido mucho más larga.

Se apresuró hasta su despacho, escondió la caja en el escritorio y regresó al aula. En el instante en que se encontró delante de las alumnas, notó que el sudor le recorría la espalda.

Precisamente ese día estaba previsto un ensayo de teatro y Matilda debía quedarse en la escuela hasta las siete. Mientras daba las clases, había conseguido centrarse en el trabajo y no pensar en la cajita de madera de su escritorio. Ahora se encontraba sentada en el teatro a oscuras y dirigía a Mary Clutterworth, que interpretaba a Malvolio en la obra *Noche de reyes* de Shakespeare.

—Mary, tú quisiste ese papel a toda costa. Ahora tienes que esforzarte por interpretar su sentido trágico y a la vez cómico. Al principio nos tiene que parecer un personaje ridículo y al final debemos compadecernos de él. ¡Seguro que lo logras! Vamos, otra vez, desde el principio.

Se apoyó en la dura silla e hizo una señal a las chicas. Solo el escenario estaba iluminado, y la tentación de dejarse llevar por los pensamientos resultaba casi irresistible.

¿Qué podía haber en la caja? ¿Por qué Laura la había escondido en el colegio y no en su casa? ¿Por qué, además, la había escondido? ¿Por qué aquella indicación debajo del sello?

Matilda dio un respingo cuando las muchachas empezaron a hablar en el escenario y sintió mala conciencia. Después de trabajar, se dijo, después de trabajar.

En cuanto acabó el ensayo, mientras las alumnas abandonaban el escenario, alguien llamó a la puerta. Matilda se acercó a la puerta del teatro y se sobresaltó al encontrarse delante a Anne Ormond-Blythe.

Se ha dado cuenta de algo, pensó.

—La señorita Chedley me envía a verla —dijo Anne—. Es por la música... Se supone que tengo que tocar entre las escenas.

Matilda dejó oír un suspiro de alivio.

—Sí, por supuesto, Anne. Pasa, pasa.

—He escogido algunos pasajes que no son muy largos y que pueden ir bien con la obra —dijo Anne entregándole una lista a Matilda.

—Gracias, los miraré. Me alegra mucho que participes. —Matilda vaciló un instante antes se proseguir—: ¿Tienes noticias de Laura?

—No, por desgracia no. ¿Me necesita para alguna cosa más, señorita Gray?

—Gracias, puedes marcharte. Mañana hablaremos de cuándo deberías asistir a los ensayos.

En cuanto la puerta de la sala de teatro se cerró tras Anne, Matilda se sumió en sus pensamientos. Oyó risitas ahogadas de las muchachas en el escenario, la caída de una silla, alguien diciendo «¡Uy!» y una carcajada. Al instante, las alumnas se apresuraron a salir del escenario y se dirigieron hacia Matilda.

—¡Ya estamos listas, señorita Gray!

—Muy bien, podéis iros. ¡Hasta mañana!

En cuanto se hubieron marchado todas, Matilda contempló pensativa la sala y apagó la luz.

Ninguna postal para Anne, su mejor amiga.

Y, en cambio, un mensaje para la profesora.

Matilda se dirigió a su despacho, metió cuidadosamente la caja en su bolsa de mano y abandonó la escuela, dirigiéndose a toda prisa a la estación.

5

¿Qué día tan largo ha tenido usted! ¿Cenará usted conmigo? —resonó la voz de la señora Westlake en cuanto Matilda abrió la puerta.

—Ahora mismo vuelvo. ¡Voy a cambiarme de ropa! —exclamó ella desde la escalera apresurándose a su dormitorio.

Cerró la puerta y sacó la caja de su bolsa de mano. Luego encendió la lámpara de lectura. Desde luego, habría sido mejor la luz de día, pero bastaría para echar un primer vistazo.

La caja era de madera oscura y estaba bastante sucia, aunque, al observarla con más detenimiento, vio que en la tapa y en los lados presentaba un diseño decorativo. Matilda echó agua en la jofaina, humedeció un pañuelo y lo escurrió con cuidado. A continuación, lo pasó con esmero sobre la tapa. La suciedad desapareció y, como por arte de magia, asomaron unas fantásticas decoraciones de taracea en forma de flores y animales exóticos, hechas de un material de color más claro. Pasó el dedo por encima. ¿Marfil, tal vez?

Aquella caja era obra de un artista.

—¡Es fabulosa! —exclamó la señora Westlake—. Un poco desgastada, pero está magníficamente labrada.

—Sí, es maravillosa —dijo Matilda—. Y siento una curiosidad tremenda por ver su contenido.

La señora Westlake había despejado la mesa del comedor sobre la que pendía una lámpara luminosa y contemplaba entusiasmada el hallazgo de Matilda.

—¿De dónde la ha sacado?

Mientras Matilda, tras una leve vacilación, le iba contando la historia, a la señora Westlake los ojos se le abrían cada vez más.

—¡Es como en mis novelas! —exclamó encantada—. ¿Un mensaje debajo de un sello? ¿Un escondite secreto tras un revestimiento de la pared? Estoy muy intrigada.

Matilda sonrió.

—¿La abro? Luego podemos volver a mirar con calma los dibujos de la caja.

—¡Se lo ruego!

Matilda abrió la tapa. Encima había una bolsa algo polvorienta de terciopelo azul oscuro que llevaba bordada la letra K. Matilda la sacó y aflojó el cordón entretejido con hilos de oro que la cerraba. Luego le dio la vuelta y dejó caer su contenido en la palma de la mano.

Un medallón redondo de plata.

En la parte superior tenía un orificio por el que se podía pasar una cadena y en el lado izquierdo había un gozne que permitía abrirlo en dos mitades. Sobre la tapa había un dibujo grabado que no se podía ver bien sin una lupa.

Matilda notó que por un momento se había quedado sin aliento.

—¡Qué maravilla!

Colocó el medallón sobre la bolsa, deslizó una uña entre las dos mitades y lo abrió cuidadosamente.

Las dos mujeres musitaron un «¡oh!» al contemplar lo que había en el interior. No contenía el retrato de un ser amado, ni tampoco un mechón de pelo, ni otro tipo de recuerdo, tal y como era habitual en esas joyas. En vez de eso, el lado derecho del medallón contenía un dibujo delicado, muy preciso y tan misterioso que ambas se miraron con asombro.

—Parece un panal de abejas —dijo Matilda.

—Es como una alubia con un panal de abejas encima —añadió la señora Westlake—. ¿Tiene usted alguna idea de lo que significa eso?

Matilda negó con la cabeza.

—No, pero es bonito. Resulta incluso demasiado delicado para ser un dibujo en tinta china.

—En cualquier caso, es de lo más insólito. Aquí cabía esperar encontrar el retrato de un niño pequeño, o del marido, pero no una cosa tan... científica.

Matilda cerró el medallón y pasó los dedos por la parte exterior.

—¿Tiene una lupa?

La señora Westlake fue hasta el aparador y revolvió en un cajón. Luego regresó con un estuche forrado de cuero que contenía una enorme lupa de lectura en una montura de plata.

—¿A usted le apetece mirar? —preguntó Matilda por deferencia, pero la señora Westlake negó con la cabeza.

—Usted es quien ha descifrado la postal y se ha puesto en peligro para encontrar este tesoro. Así que tiene que ser la primera en mirar.

—Bueno, eso de ponerse en peligro es un poco exagerado —dijo Matilda con una sonrisa mientras cogía la lupa.

—Imagínese que la sorprenden allí, examinando la habitación de una alumna... ¡Seguro que habría tenido consecuencias muy desagradables!

Matilda tragó saliva al recordar los minutos que había pasado en la habitación de Laura. La señora Westlake tenía razón: había puesto en peligro su trabajo. No debía exponerse a algo así nunca más.

Se sentó, colocó el medallón justo debajo de la lámpara y sostuvo la lupa encima. A continuación, empezó a moverla de un lado a otro, forzando la vista y modificando la distancia.

—¿Qué es? —preguntó la señora Westlake intrigada.

—Parecen unos zarcillos. Resulta difícil de ver. Diría que es un motivo vegetal. Puede que solo sea un elemento decorativo. —Giró el medallón y emitió un silbido muy poco femenino—. ¡Oh! ¡Qué interesante! ¡Hay una especie de símbolo!

Entregó la lupa a su casera.

—Mírelo usted misma.

La señora Westlake se sentó a su lado y sostuvo la lupa sobre el medallón. Entonces sacó un lápiz y una hoja de papel de un cajón y dibujó el símbolo.

—Hum, es más o menos así, ¿verdad? ¿Había visto usted alguna vez algo igual?

Matilda negó con la cabeza.

—La parte superior recuerda el número cuatro en letra de imprenta. Y eso de ahí abajo podría ser una C. Pero las dos cosas juntas no me dicen nada.

—¿Qué pone en la bolsa? —preguntó la señora Westlake.

—Hay una K. Posiblemente, el nombre de su propietaria. Pero ¿qué tendrá que ver este símbolo con el dibujo de la alubia que hay dentro del medallón?

—Seguro que usted lo descubrirá, querida. —La señora Westlake echó un vistazo a la caja de madera—. ¿Me permite? Todavía hay más cosas dentro.

Sacó entonces una cadena metálica deslucida de la que colgaba un objeto alargado.

Matilda lo asió y le dio unas vueltas. Era un vial de cristal verde engastado en una rejilla metálica. Sostuvo el colgante por debajo y tiró con cuidado del extremo superior hasta soltar el tapón. Matilda se lo acercó a la nariz.

—No huele a nada, pero parece un frasco de perfume.

—Antes eran algo muy habitual. Hay ejemplares magníficos, cubiertos de perlas y piedras preciosas —dijo la señora Westlake—. Adela tiene uno parecido, pero ese contiene veneno. Nunca se sabe para lo que puede servir.

Matilda sonrió, pero en ese momento no estaba para las aventuras de Adela.

—¡Pero, mire! —Hurgó en la caja y sacó cuidadosamente una tela que envolvía un objeto—. Es un pañuelo de cuello bordado. Demasiado grande para ser de bolsillo. ¿Ve usted las flores? Parecen nomeolvides.

El hilo del bordado estaba descolorido y había perdido hebras, pero algunas flores todavía se podían distinguir. Seguramente en otros tiempos la batista había sido blanca, pero ahora su tono era amarillento. Matilda desplegó la tela.

—Es un libro pequeño —dijo la señora Westlake.

—Parece muy antiguo, igual que la tela. —Matilda acarició el lomo de piel de color rojo y lo abrió—. ¡Oh, no! ¡Mire!

La señora Westlake se inclinó hacia ella.

—En algún momento tuvo que mojarse. Tiene las hojas onduladas y la tinta está corrida. Pero, un momento... —Siguió pasando las hojas hacia atrás—. No todo está ilegible. Creo que, con un poco de esfuerzo, alguna cosa se podrá descifrar.

Ahí donde las letras no se habían convertido en pálidos borrones de tinta, la caligrafía era pequeña y pulcra, aunque conforme alcanzaba el final se volvía cada vez más febril.

Matilda sintió un hormigueo mientras iba pasando las hojas, como si de ellas surgiera algo que le trepaba hasta las yemas de los dedos. ¿Se había sentido igual Laura Ancroft al sostener por primera vez ese libro entre sus manos? Esto le llevó a plantearse una segunda pregunta: ¿por qué Laura había querido que fuera ella justamente quien hallara la caja?

Al llegar a la última hoja, salió despedido un trocito de papel doblado. En él, escrito con lápiz y en una letra que ella conocía muy bien, se leía: «Una casa bajo la casa».

infinito ... botica ... horrible e inconmensurable ... por mar ... Sentí mucho miedo ... también en St. Giles ... Madre...

Matilda se masajeó la cabeza con los dedos para ahuyentar el cansancio. Llevaba dos horas inclinada sobre el libro, pero los daños provocados por el agua eran considerables y solo había podido descifrar unos pocos fragmentos.

Cruzó las manos en la nuca y se reclinó hacia atrás. Laura seguía un plan: saltaba a la vista que, al enviarle la postal con el mensaje secreto, había querido que encontrara la caja... pero ¿qué se suponía que Matilda debía hacer con eso? Laura tenía que saber que el libro apenas era legible. Tampoco parecía ser un diario personal, porque las entradas carecían de fechas. Los fragmentos que había logrado descifrar hasta entonces no aclaraban nada.

¿Y los demás objetos? ¿Qué debía hacer con ellos? ¿Guardarlos para dárselos a Laura?

Matilda se levantó, abrió la puerta de su cuarto y aguzó el oído. La señora Westlake todavía tenía visitas; en la planta baja se oían varias voces de mujeres. Evidentemente, podía esperar a que las señoras se marchasen, pero a menudo las amigas de la señora Westlake se quedaban hasta muy tarde. Con gesto decidido, se cubrió la espalda con un mantón, bajó y llamó a la puerta de la sala de estar.

—Adelante, querida.

Matilda se encontró ante la señora Westlake y otras dos damas que estaban tomándose una copa de vino. Una de ellas era una mujer entrada en carnes con el cabello teñido de rojo. La otra era de constitución menuda, llevaba unas gafas redondas y una especie de capa estampada con dibujos africanos muy coloridos.

—¡Oh, qué alegría! —dijo la mujer rechoncha tendiendo la mano a Matilda—. Por fin conocemos a tu encantadora inquilina. Señora Florence Lark. ¡No confundir con Nightingale!

A continuación soltó una gran carcajada.

—Matilda Gray, un placer —respondió Matilda con una sonrisa.

—La buena de Florence es la ilustradora de mis historias —explicó la señora Westlake—. Y aquí tenemos a la señorita Dorothy Mulcaster. Una temible crítica de las obras de mi género. Ya ha destruido varias carreras que parecían prometedoras.

—Y ahora la señorita Gray me verá como un monstruo —dijo la señorita Mulcaster sacudiendo el índice en un gesto juguetón—. De vez en cuando, también cuelgo estrellas en el firmamento de las novelas por entregas. Como tú, querida Bea.

Matilda pensó cómo plantear cuanto antes la pregunta para poder retirarse a continuación.

—¿Una copa de vino? —preguntó la señora Westlake.

—No, gracias. No quiero molestar. Solo tengo una pregunta. —Vaciló porque no quería mencionar su hallazgo ante personas desconocidas—. ¿Podría recomendarme a alguien capaz de ayudarme en mis pesquisas? —preguntó con una mirada cargada de intención.

—¡Ah, sí, las pesquisas! —dijo la señora Westlake—. Déjeme pensar. Manuscritos antiguos a duras penas descifrables, obras de arte, joyas... ¿Os viene alguien a la cabeza?

—El coleccionista —dijo la señora Lark—, ¿quién si no?

—¿El coleccionista? —preguntó Matilda mirando de una mujer a otra. Las tres asintieron con una profunda convicción—. ¿Y quién es?

—¡Oh, Matilda! Tiene usted que conocerlo. ¡Es toda una institución en Londres! Edad indefinida, aspecto oscuro, tremendamente arisco, pero un auténtico corifeo de todo lo que es antiguo y valioso.

—Si bien él tiene una definición muy personal de lo que es valioso —añadió la señorita Mulcaster—. No solo en el vil sentido material. En una ocasión me mostró una colección de poemas medievales... no apta para ser recitada en sociedad, ¡y por nada quiso desprenderse de ella!

—¡Qué interesante! —dijo Matilda.

—Es todo un experto —le aseguró la señora Westlake, que parecía haber captado su vacilación—. Si hay alguien capaz de ayudarle, es él. Le anotaré la dirección.

Arrancó una hoja del cuaderno de notas que siempre tenía a mano para retener las ideas, apuntó algo en ella y se la entregó a Matilda.

—¿De verdad que no le puedo ofrecer nada?

Matilda negó con la cabeza.

—Gracias, necesito recuperar horas de sueño. Espero que acaben de pasar una velada muy agradable.

Abandonó la estancia tan rápido como lo permitía la educación y, al llegar a su habitación, desplegó la hoja.

Joseph Arkwright
Antigüedades y objetos curiosos
23c Folgate Street
Spitalfields

Matilda tragó saliva. Spitalfields era una de las zonas con peor fama de la ciudad. ¿Precisamente allí tenía que haber alguien capaz de ayudarla en sus investigaciones?

Se fue a la cama preocupada y se quedó tumbada contemplando las sombras del techo. De nuevo se preguntó qué pretendía Laura Ancroft escribiéndole esa postal y si realmente Matilda merecía esa confianza.

A la mañana siguiente, aunque no podía recordar lo que había soñado, se despertó muy animada. Posó la vista en la nota que había dejado sobre la mesita de noche y sonrió. Era impensable viajar a Spitalfields después de las clases, cuando ya estaba oscuro, pero ese día era sábado y en Riverview College no había clases. Los sábados estaban dedicados al trabajo individual, a la música, o a las actividades deportivas, consideradas también componentes importantes de la educación.

Estiró el cuerpo y se desperezó bajo la manta, que le llegaba hasta la barbilla. Eran las nueve. Iba a quedarse tumbada unos minutos más para coger fuerzas para su excursión.

6

El día trajo un tiempo fresco y seco, como hecho a propósito para su excursión. Hablaría con el señor Arkwright y luego seguiría una u otra indicación. Si la visita no iba bien, se consolaría con un pastel y un té en una pastelería. Un buen plan, se dijo antes de detenerse, vacilante, frente al escritorio donde estaba la caja.

Matilda tenía un bolso lo bastante grande como para ocultarla ahí, pero había el peligro de que en esa zona insegura alguien le intentara robar... Con todo, no le quedaba más opción que llevarse la caja consigo; al fin y al cabo, si quería tener información de fiar se la tenía que mostrar al coleccionista. Por otra parte, había elegido el vestido más sencillo que tenía y, en vez de sombrero, se había puesto una gorra de lana.

Tomó el tren subterráneo. El trayecto hasta Aldgate East era largo, pero por lo menos no tenía que cambiar de línea.

Conforme iba avanzando, más se vaciaba el vagón y más pobres parecían las personas que entraban y salían. Matilda se mantuvo sentada en su banco, con el bolso en el regazo, esforzándose por no asirlo con demasiada fuerza para no atraer la atención hacia él.

En cuanto el tren entró en la estación más cercana a Folgate Street, se levantó rápidamente y se dirigió a la salida con paso decidido.

El edificio, hecho de ladrillo oscuro, era diminuto, ya que la estación en sí se encontraba bajo tierra. La entrada estaba flanqueada por unos muros tan altos como una persona en los que había pegados anuncios de lo más variopinto y que estaban coronados por unas rejas de hierro acabadas en punta. Las casas que había al lado eran mucho más altas, el edificio de la estación parecía encogido entre los grandes edificios vecinos.

Matilda recordó que en otros tiempos allí estaba la puerta de entrada a Londres, de la que ahora solo quedaba el nombre de la calle. La ciudad se había extendido mucho, dejando atrás esos estrechos límites, y aún seguía creciendo.

¿Era acaso lo que llevaba en la bolsa lo que hacía vagar su pensamiento? ¿La idea de que esa puerta tal vez aún estaba en pie en la época en la que una persona llevaba ese medallón y había escrito el libro? Matilda se centró con una sacudida leve y miró a su alrededor. Ahí estaba el cruce donde empezaba Commercial Street. Se había aprendido de memoria el camino con un mapa para no tener que deambular por la zona. Sin duda, si alguien dejaba entrever allí que no conocía el lugar, estaba perdido. Matilda cruzó con decisión la calle delante de un ómnibus de caballos y dobló en la siguiente esquina hacia la izquierda.

Su primera impresión fue de caos; la segunda, que ese Londres era una ciudad absolutamente distinta de la que ella adoraba. La calzada estaba abarrotada de carros de caballos, omnibuses y tranvías, cuyos rieles se hundían como heridas en el pavimento adoquinado. Atravesarla como peatón parecía un juego de azar en el que se apostaba la propia vida.

Por fortuna, ella podía seguir su camino sin cambiar de acera. También en esta se agolpaban las personas; los comerciantes apilaban sus mercancías y estrechaban tanto la acera que los transeúntes que se apresuraban por ella empujaban continuamente a Matilda. Asió el bolso con más fuerza, irguió los hombros y apretó el paso.

En esa zona circulaba gente muy variopinta. Jamás había visto tantas personas de piel oscura, muchas de ellas ataviadas con la ropa propia de su país de origen, turbantes y vestimentas extrañas. Mientras avanzaba, Matilda captaba sonidos de idiomas totalmente desconocidos para ella. Mientras pasaba junto a las fachadas de ladrillo de color pardo y rojo de negocios, almacenes y pubs, procuraba en lo posible olvidar todo lo que sabía sobre la calle, sus alrededores y la gente que vivía allí.

Eran historias sobre los *rookeries*, esos barrios marginales de mala reputación donde las personas se hacinaban en el espacio escaso de las viviendas, donde las ventanas se tapaban apenas con papeles y harapos, donde los pasajes estrechos y los callejones sin salida desembocaban en la nada. Allí regía una ley propia.

Y estaban además los asesinatos de mujeres en Whitechapel, que doce años atrás habían horrorizado a toda Inglaterra. Esos crímenes jamás habían sido resueltos y seguían presentes en la imaginación de las personas. Cuando alguien pensaba en Spitalfields y Whitechapel, inevitablemente asomaba el recuerdo de aquel asesino misterioso, que conocía al dedillo las callejuelas y los patios interiores de las casas y que había atacado en medio de la oscuridad sin ser reconocido.

Matilda volvió al presente. Además del temor, sentía una inquietud sorda en su interior que no tenía nada que ver con el miedo. Por nada del mundo se habría atrevido a adentrarse en Spitalfields a oscuras, pero a la luz del día se sentía un poco a salvo. Y con ganas de aventuras.

Poco antes de llegar al cruce de Wentworth Street, un hombre apoyado un muro —un pie contra la pared, gorra ladeada, pulgares colgados de la pretina del pantalón— la abordó:

—¿Qué son esas prisas, hermosura?

Matilda quiso seguir andando, pero el hombre se separó de la pared y le impidió el paso. Su sonrisa dejó ver una dentadura amarillenta y llena de huecos.

—Por aquí las damiselas delicadas como tú se dejan ver poco.

Ella miró a su alrededor, pero no parecía que nadie se interesara por su situación. Quiso ir a la derecha y el hombre dio un paso a su izquierda. Matilda notó que se le estrechaba la garganta. Ahora no, no de camino hacia allí, se dijo, no antes de llegar a su destino.

En ese instante, una garra se posó en el hombro del desconocido y lo apartó a un lado.

—Largo, Bill, si no, tendrás que pasar la noche en la calle. —El recién llegado, un hombretón gigantesco con barba entera de tono rojizo, hizo un saludo llevándose la mano al sombrero—. Disculpe, señorita, no volverá a ocurrir.

Matilda vio aquel gigante arrastrar al otro hombre hacia la entrada del edificio.

—Conoces las normas, Bill. Quien no se comporta se va a la calle.

Empujó al hombre por la puerta y luego los dos desaparecieron.

Fue entonces cuando Matilda reparó en el letrero que había sobre la entrada: HOGAR REINA VICTORIA PARA HOMBRES OBREROS. Aquel debía de ser uno de los alojamientos baratos para hombres solteros en los que, por poco dinero, podían dormir, asearse y bañarse. Había leído en el periódico que la normativa allí era muy estricta para no perjudicar la reputación, ya de por sí no muy buena, de esas residencias.

En cuanto se sintió más calmada, siguió avanzando. ¡Qué tonta haberse dejado asustar tan fácilmente! En realidad, no era miedosa; seguramente había sido por la sensación de estar en un lugar desconocido. Londres albergaba todo un mundo en su interior. Había barrios en los que imperaba una pobreza indescriptible, en los que en toda una calle había menos dinero que lo que gastaba en comida una familia de la parte oeste de la ciudad durante una semana.

No le volvería a pasar, se dijo. La próxima vez pisaría con fuerza el pie de quien fuera, o pediría socorro a la policía. Avanzó con paso decidido mientras iba leyendo los nombres de las travesías. Aún faltaba bastante para Folgate Street, y Matilda se alegró de llevar calzado cómodo.

En la esquina siguiente, a la izquierda, estaba Dorset Street. Hacía poco, la señora Westlake le había leído un artículo del periódico que afirmaba que esa calle era la que tenía peor reputación de todo Londres. En ella solo había dos negocios que se ganaban el dinero de forma honrada: una estafeta de correos y un pub. Detrás de las demás fachadas ennegrecidas por el hollín se escondían pensiones baratas de mala muerte y pisos de alquiler miserables. En una de las viviendas del patio interior se había encontrado a la última víctima, atrozmente mutilada, del asesino de Whitechapel. Matilda tragó saliva y echó un vistazo rápido a la calle. Junto a los bordillos se acumulaba la inmundicia, y el hedor que sintió le hizo avivar aún más el paso.

Pasó frente a la fachada alargada de ladrillo rojo del Spitalfields Market, que ocupaba todo un bloque de edificios. En las tiendas se apilaban cestas, cajas y cartones con fruta y verduras; se regateaba, y los gritos estridentes de los comerciantes que intentaban acallarse los unos a los otros resonaban por toda la calle. Hombres ataviados con delantal apilaban cajas vacías y jóvenes cargados con pesadas banastas de mimbre se apresuraban partiendo del mercado en todas las direcciones.

—¡Una naranja para la señora! ¡Primero probar, luego comprar!

Un anciano desdentado ataviado con un turbante le acercó la fruta. Matilda vaciló un instante, pero luego sacó una moneda del bolsillo.

—Me la comeré luego.

Detrás del mercado la calle dibujaba una curva hacia la izquierda. Estaba a punto de llegar. La siguiente tenía que ser Folgate Street.

La calle, en efecto, estaba allí. Suelo de adoquines y fachadas de ladrillo rojo, amarillo y marrón del período georgiano. Los edificios parecían más cuidados que los anteriores y tampoco olía tan mal. Matilda suspiró aliviada.

Se detuvo frente a una casa que otrora debió de ser elegante y cuyas ventanas de guillotina con marcos de color blanco y su aldaba de latón hablaban de tiempos mejores. Junto a la puerta había un letrero con una flecha que señalaba hacia abajo.

Joseph Arkwright
Antigüedades y objetos curiosos

Tres escalones desgastados conducían hacia un sótano, al que se accedía únicamente a través de una reja de hierro forjado pintada de negro brillante. Había una puerta estrecha y un escaparate por el que se veía un revoltijo de objetos variopintos. Matilda empujó la puerta, que se abrió hacia dentro con un crujido.

El olor que la embargó le resultaba extraño y, a la vez, familiar. Polvo, papel, perfume, madera, clavo aromático, aceite para lámparas... Lo notó todo a la vez, cosquilleándole la nariz. El interior era mucho más oscuro que la calle. No había luz eléctrica, tan solo unas pocas lámparas de petróleo colocadas sobre las mesitas y la luz mortecina que se colaba por los cristales mugrientos de la ventana.

Matilda miró a su alrededor. La estancia en la que se encontraba era pequeña y estaba tremendamente abarrotada de objetos.

—¿Qué me trae?

Dio un respingo cuando un anciano asomó de las sombras y se dirigió hacia ella. Iba envuelto en una especie de batín de terciopelo desgastado cuyo cordón de pasamanería le caía hasta la altura del dobladillo, y en la cabeza llevaba una gorra bordada. Tenía la voz áspera, como si hablase poco.

Se quedó de pie frente a Matilda. Tenía el rostro arrugado, con unos surcos profundos que iban de la nariz a la boca. No iba afeitado. Labios finos. Tras los anteojos, unos ojos oscuros con una expresión llamativamente viva, más propia de un hombre joven.

—¿Es usted el señor Arkwright? —preguntó Matilda.

—En persona. Sería raro que encontrase usted aquí a alguien que no fuera yo.

Dejó oír una risa que parecía más bien un cacareo.

—Me lo han recomendado. Me gustaría enseñarle una cosa.

Él levantó una ceja y dirigió la mirada hacia el bolso de ella.

—Lo sé. Es algo muy importante para usted. Por eso lo agarra con tanta fuerza. —Estiró el cuerpo y tomó una lámpara de petróleo grande que tenía en la estantería. La colocó sobre una mesa y la encendió, iluminando así el lugar con una luz más clara.

—La enciendo pocas veces —dijo él—. El aceite y el petróleo son caros.

—¿Puedo echar un vistazo? —preguntó Matilda.

—Si insiste... —Él se quitó los anteojos, echó aliento a los cristales y los limpió con la bata—. Déjeme adivinar: usted prefiere cobrar a gastar.

Esto es la cueva mágica de Aladino, se dijo Matilda con asombro mientras iba de un lado a otro lentamente, inclinándose o tomando objetos con la mano. Nada combinaba con nada, no había dos objetos de la misma época, y ninguno servía para lo mismo. Figuras, objetos de porcelana, cuadros, libros, joyas, herramientas, útiles para coser, viales de perfume, candelabros, aparatos de cocina, vestimentas, telas, mapas, juguetes, cajas de sombreros, pañuelos..., todo ello mezclado como por una mano gigantesca.

Del techo colgaban una red de pesca, un festón de seda, un parasol de papel, un ventilador de madera... y eso solo eran los objetos que ella era capaz de reconocer a primera vista.

Matilda se giró y al hacerlo dio con la falda contra un jarrón chino de casi un metro de altura que no había visto, pero no llegó a volcarlo. Señaló entonces una sala contigua que estaba mejor iluminada.

—¿Me permite?

—Adelante —gruñó el señor Arkwright mientras se encendía una pipa que de pronto llevaba en la mano. El tabaco desprendía un aroma intenso y dulzón.

Matilda no estaba acostumbrada a que se fumara en su presencia y aquel olor la aturdió. Sintió una ligereza especial, como si flotara por encima del suelo. Todo aquello era tan fascinante que compensaba el carácter arisco del propietario.

La sala siguiente no estaba tan abarrotada y tenía unas mesitas de madera sobre las cuales se exponían mapas y documentos antiguos.

Matilda se inclinó sobre una vitrina.

—¡Oh! ¡Un plano de Londres! —dijo entusiasmada. A diferencia de los planos actuales de la ciudad, aquel presentaba las casas, iglesias y campos dibujados y en colores vivos, así como veleros y botes de remo que circulaban por el Támesis. En el centro de la parte inferior se veían retratos de varias personas. Matilda contempló con atención sus vestimentas—. ¿Siglo XVI? ¡Y solo hay un puente! Debe de ser el puente de Londres. Incluso se ven las casas que hay encima. —Luego llevó el dedo hacia la izquierda—. Y aquí, dos teatros. Puede que uno sea el Globe de Shakespeare.

Dio un respingo al oír la voz de Arkwright justo detrás de ella.

—Ha acertado con casi todo, pero se equivoca con Shakespeare. Este grabado es de 1560, y en esa fecha él aún no había nacido. Esta imagen es del libro *Civitiates Orbius Terrarum*, publicado en 1572.

Matilda contempló el plano, ensimismada.

—¡Qué distinto era el mundo...! Aquí está la muralla de la ciudad. ¡Qué pequeño era Londres!

El coleccionista fue hacia el otro lado de la vitrina.

—Todavía no sé lo que la ha traído hasta aquí. ¿Acaso le interesa la historia de la ciudad?

Su voz parecía ahora más amable.

Matilda pensó rápidamente y optó por responder de forma honesta.

—No sé gran cosa, solo lo que se aprende en la escuela. Y he leído un poco de aquí y de allá.

—La falsa modestia me parece algo espantoso. Usted ha interpretado muy bien el plano. Le contaré un secreto, señorita...

—Gray.

—Señorita Gray, el verdadero misterio está bajo nuestros pies.

Ella miró sin querer hacia el suelo. Unas baldosas de piedra no muy limpias.

De nuevo esa risa que era como un cacareo.

—No me refiero a este suelo en concreto. —Arkwright alzó el brazo de modo que las mangas de su batín se replegaron, dejando a la vista sus brazos blancos y nervudos—. Quiero decir debajo de toda la ciudad.

La conversación había tomado un rumbo fascinante para Matilda. ¿Por qué no dejar que ese anciano la condujera a través de la historia? Ciertamente él era una persona arisca y puede que desvariara un poco, pero sus palabras la atraían de manera mágica.

—¿Acaso hay un misterio debajo de la ciudad?

—Uno, no. Muchos. ¿Sabe lo que son los icebergs?

—He oído hablar de ellos —dijo Matilda asombrada con ese nuevo cambio de tema.

—Entonces sabrá también lo que los hace especiales. La mayor parte de ellos permanece oculta bajo el agua.

—¿Y qué tiene eso que ver con Londres?

—Con la ciudad pasa lo mismo. Vemos las casas y las calles, los parques, las fábricas, los almacenes, las iglesias, los palacios..., pero debajo hay otro Londres, una ciudad debajo de la ciudad. Calles, ríos, muros, ruinas, estancias secretas, tuberías, algunas cosas recientes, muchas otras antiquísimas. A diario pasamos por encima de todo ello, ajenos a su presencia, sin pensar que nuestra ciudad se prolonga por debajo de la superficie, se extiende por las profundidades hasta tiempos muy remotos.

El coleccionista parecía haber esperado a contarle eso a alguien.

—¿Ha venido usted en el tren subterráneo?

—Sí, me he apeado en Aldgate East.

Él pareció decepcionado.

—De esa estación no le puedo contar nada. Pero si pasa usted por Cannon Street... —Hizo una pausa dramática—. Entonces piense en el río.

—¿Qué río? ¿El Támesis?

Esa estación se encontraba justo junto a la orilla. El señor Arkwright negó con la cabeza con una sonrisa de satisfacción en los labios.

—El agua que corre por debajo de la ciudad. Trece ríos y torrentes, todos ocultos bajo muros y adoquines. Siguen fluyendo, aunque no los veamos. Los nombres de las calles es lo único que nos los recuerda.

—¿Y qué tiene eso que ver con Cannon Street?

—El Walbrook desemboca en el Támesis justo debajo de esa estación. Es el río más sagrado de todos los que hay en Londres. En el manantial donde nace hubo un santuario en tiempos romanos y, en su tramo hacia el sur, pasaba por lo menos por cinco iglesias, algunas de las cuales llevaban su nombre, entre ellas, St. Stephen Walbrook. Se dice que hubo un templo romano en algún punto de su paso, pero jamás se ha encontrado. Así pues, cuando vaya a Cannon Street, piénselo. Bajo sus pies corre agua sagrada.

—Parece casi de novela.

El señor Arkwright levantó un dedo índice nudoso y lo movió enérgicamente de un lado a otro.

—Error, error. No soy escritor, no me invento nada. Solo soy un coleccionista.

Señaló las vitrinas.

Matilda vio entonces que los cachivaches de la sala anterior solo habían sido un aperitivo de lo que había detrás: documentos de papel que contaban historias verdaderas.

Le habría gustado muchísimo poder verlo todo y hacer preguntas para que el hombre le contara cosas, pero no había ido hasta allí para eso.

—Señor Arkwright, me gustaría enseñarle lo que traigo.

—Por fin, ya era hora.

Sacó con cuidado la caja de Laura de su bolsa de mano y la colocó sobre una mesita.

—Si pudiera contarme alguna cosa sobre esta caja y su contenido...

El coleccionista sacó una lupa grande de un cajón y se inclinó sobre la mesa. Se podía oír su respiración jadeante, propia de un hombre anciano. Murmuró en voz baja para sí mismo y pasó los dedos delicadamente sobre los dibujos.

—Ébano de Ceilán, el mejor que existe. Fíjese —dijo sosteniendo la lupa encima—: no se ve ni un poro. La superficie es inmaculada, como si fuera de cristal. Exquisito. Y, además, con trabajos de taraceo de marfil.

Tomó con cuidado la caja sin abrirla, pasó el pulgar por las esquinas y bordes y palpó con cuidado la bisagra de la tapa.

—Mediados del siglo XVII, diría. No es una obra inglesa. Asiática, puede que india. —La volvió a dejar en su sitio—. Un tigre, un elefante, una serpiente. Cuadraría con la India. Fíjese en el trazo delicado de los dibujos, la geometría en la piel de la serpiente... Es una obra excepcionalmente hermosa. Las personas que acuden a esta tienda buscan este tipo de objetos preciosos, obras únicas, que no se pueden comprar en unos grandes almacenes. Pero para mí esto es algo accesorio.

Ella señaló las vitrinas.

—¿Y eso es lo que realmente tiene valor?

—Todas las hojas de papel, todas las imágenes, cuentan una historia. No necesito mapas de tierras lejanas. A mí el Nilo no me hace falta, me basta con los ríos subterráneos de Londres. Pero, discúlpeme, aquí se trata de su tesoro. Supongo que la caja no está vacía.

Matilda abrió la tapa.

Arkwright sacó la bolsa de terciopelo, la sopesó con la mano y pasó los dedos por las letras bordadas. No dijo nada, pero su rostro reflejaba una tensa concentración. Sacó el medallón y lo estudió con la lupa.

—No es especialmente valioso, pero es una obra hermosa. Inglesa. Principios del siglo XVII, diría.

—Mire dentro —le dijo Matilda, que sospechaba que lo especial no era el adorno en sí sino lo que contenía.

Arkwright introdujo una uña amarillenta en la ranura que había entre las dos mitades y la abrió.

—¡Oh! —Cogió la lupa—. Esto es sí es verdaderamente especial.

—¿Sabe usted qué es eso? ¿Esa alubia?

Él se echó a reír.

—No es una alubia.

Dejó el medallón, abrió un armario y se inclinó soltando un gemido. Permaneció un buen rato rebuscando entre montones de libros y finalmente extrajo un volumen pesado. Lo colocó sobre un atril y lo hojeó hasta dar con la página correcta. Hizo un gesto a Matilda para que se acercase.

—Aquí tiene usted sus alubias.

Se trataba de un tratado antiguo de botánica. El título de la hoja decía:

Papaver somniferum
Eudicotiledóneas
Orden: ranunculales
Familia: papaveráceas
Subfamilia: papaveroideae
Género: Papaver
Especie: adormidera

Debajo había un dibujo de una semilla de amapola. Se parecía mucho a una alubia.

—¿Eso son semillas de amapola? —preguntó Matilda con sorpresa.

—Cuando doy con algo antiguo y poco común, lo compro. Algunos clientes fijos coleccionan objetos naturales. Pero, claro está, antes tengo que consultar los libros para comprobar su valor.

—¿Y por eso conoce usted esa semilla?

Otra vez el cacareo de su risa.

—¿Y de qué si no? ¿Por propia experiencia?

Matilda se sonrojó.

—No, eso no. Claro que no.

La mano escuálida del anciano le asió el antebrazo y ella se apartó.

—Usted acaba de traerme un enigma fascinante. —Señaló el dibujo del medallón—. Como ve, en los dos dibujos, el patrón es el mismo. Sin embargo, en realidad las semillas de amapola son tan pequeñas que no se ven a simple vista.

Dirigió una mirada expectante a Matilda.

—¡Por supuesto! El dibujante tuvo que utilizar un microscopio.

Arkwright alzó una ceja.

—¿Y?

Matilda quedó confusa por un momento, pero luego cayó en la cuenta.

—Ha dicho usted que el medallón era del siglo XVII. Si ese dibujo también es de esa época...

Él asintió con actitud alentadora. Matilda se sentía como una de sus alumnas, pero aquello había despertado su pundonor.

—Ese artista tenía que tener un microscopio, o conocer a alguien que tuviera uno. Pero ¿los microscopios ya existían entonces?

Arkwright sonrió de forma contenida.

—Sabe usted usar la cabeza. En efecto, en esa época había microscopios, e incluso algunos se conservan.

—Pero eran una rareza, ¿verdad?

—Sí. —El coleccionista contempló las estanterías con melancolía—. Antes tenía una edición de *Micrographia*. Pero, por desgracia, la vendí. Fui incapaz de resistirme a la oferta.

—¿Eso es un libro?

—Uno de los libros más magníficos que conozco. Acompáñeme.

Se adentraron aún más en su cueva de los tesoros. Detrás de la sala de los mapas y los libros había una especie de oquedad con una mesa repleta de papeles y dos sillas.

—¿Le apetece un té?

Matilda asintió. Él desapareció por un instante en el interior de la vivienda y regresó con una bandeja. El té estaba inesperadamente caliente y era muy aromático; al beberlo, se dio cuenta de que tenía el estómago vacío.

—Robert Hooke.

—¿Quién?

—Un científico a quien se le ha prestado muy poca atención; un genio universal, a veces comparado con Da Vinci. Fue miembro de la Royal Society. Era el responsable de los experimentos, que presentaba a sus colegas de manera regular. Diseñó su propio microscopio y cada semana daba una charla sobre sus observaciones. Pero eso no es todo. —Arkwright hizo una pausa dramática—. Hooke escribió un libro con sus observaciones. Samuel Pepys dijo de esa obra que era el libro más genial que había leído en su vida y que lo había mantenido despierto hasta las dos de la madrugada.

—¿Y usted tuvo uno de esos libros y lo vendió? —dijo Matilda, incrédula. Observó que el rostro de Arkwright se ensombrecía.

—Jamás me lo he perdonado.

—¿Qué tiene ese libro de especial?

—Las ilustraciones. Unos grabados magníficos. Hooke abrió a los lectores el mundo de lo pequeño y lo diminuto, un nuevo cosmos que hasta entonces era inimaginable. Los ojos compuestos de una mosca; una pulga entera, que es una imagen tan pavorosa como la de un gigante; un simple trozo de corcho, y las semillas de amapola, con ese dibujo que las caracteriza, parecido a un panal de abejas.

Matilda señaló el medallón.

—¿Cree usted que ese dibujo es de ese tal Hooke?

Arkwright sacudió la cabeza.

—También podría ser de una edición posterior del *Micrographia*, pero están también la caja y el medallón, que son, sin duda, del siglo XVII. Ese dibujo no puede proceder del libro. ¿Quién rompería algo así? Es posible que la propietaria, o alguien de su familia o de su círculo de conocidos, conociera a Hooke. Podría haber sido un regalo.

A Matilda se le aceleró el corazón.

—Entonces, ¿se trata de un objeto antiguo y valioso?

El coleccionista echó la cabeza hacia atrás y de nuevo dejó oír su extraña risa.

—¿Qué significa valioso? ¡Al final lo único que interesa a todo el mundo es el dinero!

Ella tragó saliva.

—Yo le doy mucho valor a este hallazgo. Si usted no es capaz de entenderlo, será mejor que me marche.

Matilda fue a colocar los objetos dentro de la caja pero él se apresuró a extender la mano.

—Quería decir con eso que hay cosas cuyo valor material es escaso pero cuyo valor inmaterial resulta increíblemente elevado. Dispongo de un plano de la canalización de Londres por el que nadie pagaría una gran fortuna, pero que es importante para los estudiosos y coleccionistas. El valor no siempre se puede fijar en cifras.

Ella cedió.

—Hablemos entonces del valor inmaterial. ¿Por qué alguien ocultaría esta caja?

El hombre la miró fijamente.

—¿Estaba escondida? ¿Dónde?

—Es algo que no le puedo decir. La persona a la que pertenece la caja me la ha confiado.

—Me gustaría saber más cosas.

—No va a ser posible.

Arkwright se restregó las manos dejando oír un crujido seco; Matilda se dijo entonces que tal vez el hombre llevaba sumido tanto tiempo en su reino de papeles que al finalmente él mismo se había convertido en papel.

—Lo lamento, pero si no me dice todo lo que sabe, yo tampoco le podré decir todo lo que sé.

—Me recomendaron acudir a usted como alguien que tenía conocimientos sobre objetos antiguos. —Matilda se interrumpió y volvió a mirar la caja—. Hay otra cosa.

Sacó el pequeño vial y se lo entregó.

Arkwright lo sostuvo contra la luz y lo hizo girar con su mano delgada.

—No es ni especialmente raro, ni valioso, pero es un hermoso objeto curioso.

—¿Es un frasco de perfume para colgar del cuello?

—Sí. Y por su antigüedad casa con la caja y el medallón. Siglo XVII. Posiblemente, un protector contra la peste.

—He oído hablar de eso —apuntó Matilda—. La gente olía el frasco para protegerse de los vapores que supuestamente contagiaban la enfermedad.

—Y reforzaba las propias defensas. Lo dicho, este tipo de frascos no son raros, pero unido a los demás objetos...

—Todavía no lo ha visto todo.

—¿Aún hay más?

—Un documento.

Matilda vio que al coleccionista los ojos se le encendían.

—Venga mañana por la tarde a tomar el té —dijo él de repente—. En mi piso. —Señaló con el dedo hacia arriba. Al advertir la vacilación de ella añadió—: Tal vez entonces podré contarle más cosas sobre el medallón y el dibujo. Y usted me enseñará lo demás mientras tomamos un exquisito Lapsang Souchong.

El día siguiente era domingo. Le había prometido a la señora Westlake que revisaría los capítulos más recientes de la novela de los Cárpatos, pero para eso no necesitaba todo el día.

—Está bien. ¿A qué hora?

—¿A las tres?

—De acuerdo.

Matilda fue a colocar el medallón en la caja, pero Arkwright levantó la mano.

—Para decir algo sobre esto debería poder mirarlo con más detenimiento.

Ella le entregó a disgusto el saquito que contenía el medallón, pero no le quedaba otra opción si quería averiguar más cosas.

—Hasta mañana, señor Arkwright.

Cuando abandonó la tienda, notó la mirada de él clavada en su espalda.

7

En el camino de vuelta al tren subterráneo Matilda dejó de prestar atención a su alrededor. No podía pensar más que en el excéntrico señor Arkwright y su cueva mágica; en las semillas de amapola; en el libro que llevaba en el bolso, y en el hecho de que debajo de sus pies había un mundo desconocido para ella. ¡Cómo le habría gustado hacerle más preguntas al coleccionista, o simplemente dejar que se explayara en lo que le fascinaba! Sin embargo, no había ido hasta allí para eso, sino para ayudar a Laura.

Se preguntó si había sido buena idea enseñarle la caja y, sobre todo, confiarle el medallón. ¿Había obrado acaso de manera precipitada? Se sintió como si estuviera vadeando un río por un paso de piedras semihundido en el agua. Levantaba un pie y avanzaba hacia adelante lentamente, a ciegas, sin saber hacia dónde le llevaría ese camino.

Mientras regresaba a casa, su inquietud fue en aumento. Lamentaba haberse desprendido del medallón y temía que al día siguiente Arkwright no le abriera la puerta. O, peor aún, se vio a sí misma llegando a Folgate Street y encontrándose ante un local vacío y cerrado con rejas. Preguntaría a los transeúntes por ese hombre y solo obtendría expresiones de incomprensión... como si nunca hubieran oído su nombre.

En aquel instante, el tren se detuvo en Chelsea y la devolvió bruscamente a la realidad. Se levantó mientras se reprendía por dejarse llevar por esos recelos.

Ya en la calle la recibió una tarde ventosa pero seca. En un gesto espontáneo, se compró un trozo de tarta de crema en una pastelería francesa.

Al llegar a casa, entregó la tarta a Sally, la sirvienta, y le pidió que le preparara el té.

—¡Señorita, parece usted aterida! Vaya a sentarse junto a la chimenea. Yo se lo traigo todo.

Matilda obedeció, se dejó caer en el asiento y estiró los pies cómodamente ante sí. Sally llevaba tiempo en la casa y era, según le había confiado la señora Westlake en una ocasión, una muchacha caída en desgracia. «Figúrese, ¡con catorce años! El bebé fue a parar a la familia de un sacerdote, en el campo, y Sally entró en mi casa. Nunca lo he lamentado. A veces es un poco impertinente, pero es habilidosa y tiene un gran corazón».

Tras comerse la tarta y tomarse dos tazas de té, Matilda se quedó algo traspuesta. La sobresaltó por un instante el crujido de un leño y finalmente cayó dormida.

Habían llamado a la puerta. Matilda fue a abrir y se encontró cara a cara con Laura Ancroft. Esta vestía su uniforme, pero le venía muy estrecho, como si hubiera crecido. Las mangas le iban demasiado cortas, el dobladillo le llegaba a la rodilla, y la tela estaba tensa a la altura del pecho. El pelo le caía suelto hasta la cintura y llevaba las uñas largas. Matilda recordó esos cuentos de viejas que decían que a los muertos el pelo y las uñas les siguen creciendo.

La muchacha entraba sin decir palabra y se acercaba a la caja de madera, que estaba en la mesa de la sala de estar. Abría la tapa, ponía la mano dentro, palpando el interior de la caja y metiendo los dedos con esas uñas largas. Luego se volvía y dirigía una mirada acusadora a Matilda. Extendía un índice y se acercaba como queriendo...

Matilda dio un respingo en la butaca y miró a su alrededor. La caja no estaba sobre la mesa. Y, lo más importante, ella estaba sola. No había ni rastro de Laura. El corazón le latía con tanta fuerza que se notaba el pulso en las sienes mientras el fuego desprendía un calor incómodo.

Solo había sido un sueño. Un sueño tejido de los temores que la habían asaltado en el camino de vuelta de la tienda de Arkwright. Necesitó varios minutos hasta que su corazón se tranquilizó y ella se pudo servir una copa de oporto.

Se quedó de pie frente a la chimenea y miró pensativa las llamas. ¿Qué le estaba ocurriendo? Siempre se había considerado una persona juiciosa, alguien que confiaba primero en su entendimiento y luego en sus emociones.

Temores y sueños como aquellos le eran desconocidos. Y, sin embargo, no podía negar que algo en ella había cambiado desde que Laura no había regresado a la escuela. A veces se descubría a sí misma en clase con la mente ausente y se sobresaltaba cuando una alumna se dirigía a ella. Era como si una fuerza la arrastrara con más ímpetu que su sentido común.

Se acabó la copa y se sirvió otra. Al instante, notó una agradable sensación de calidez extendiéndose en su interior y pensó en su hermano Harry, para quien tomar una copa era como encender una «chimenea en el estómago». Pensar en él le apartó de la mente el recuerdo del sueño.

¿Qué diría Harry si le hablara de Laura, de la postal y de la misteriosa caja de madera? Le vino a la cabeza su fotografía preferida de él, vestido con su uniforme de críquet, de pie en la hierba, con las piernas algo separadas y la cabeza echada hacia atrás, riéndose. Se la habían tomado poco antes de que Enid lo rechazara. Matilda nunca lo había vuelto a ver tan despreocupado.

Entonces se acordó de algo. Cuando el regimiento de su hermano fue trasladado a Sudáfrica, ella fue al puerto para despedirse de él. Harry quiso consolarla y le dijo que todo aquello era una gran aventura y que a su vuelta tendría muchas cosas que contarle. Ella había negado con la cabeza porque eso era una tontería y la guerra para las mujeres no era una aventura. Pero él la había malinterpretado y había añadido:

—Tú también puedes vivir grandes cosas. La aventura acecha a la vuelta de la esquina.

No era casual que justo entonces recordara esas palabas y eso le infundió valor. Matilda se quedó mirando las llamas. Y, al pensar en el día siguiente, se le dibujó una sonrisa en los labios.

A la mañana siguiente, cuando Matilda se sentó a la mesa del desayuno, la señora Westlake la miró expectante.

—Cuando regresé de visitar a mi amiga ayer a última hora no quise molestarla, y usted ya estaba en su dormitorio. Mi tren llegó con retraso y luego, en la estación, tuve que esperar un coche de punto.

—¿Cómo está su amiga? —preguntó Matilda.

Ella había dormido bien, algo a lo que sin duda habían contribuido las dos copas de oporto.

—Está mejor. Ya de jovencita era una chica enfermiza y con tendencia a la melancolía. Le dije: «Tienes que viajar, relacionarte con otras personas en lugar de encerrarte en casa y cavilar sobre tu salud» —dijo la señora Westlake mientras untaba una tostada con mantequilla—. Antes ella escribía poemas. La animé a que se una a una sociedad literaria, pero dudo que lo haga. Le llevé mi última novela de Adela para inspirarla. Bueno, pero hablemos de usted. ¿Qué tal fue con el coleccionista?

La señora Westlake escuchó con interés mientras Matilda le contaba la visita.

—¿Y la invitó a tomar té? —Casi parecía ofendida.

—Sí, y créame que eso también me sorprendió. No parece una persona muy sociable.

La señora Westlake apoyó la barbilla en las manos entrelazadas y miró atentamente a Matilda.

—Querida, Arkwright es un eremita, hay quien piensa que es un misántropo. No conozco a nadie que le haya tratado alguna vez fuera de su tienda, y menos aún que haya entrado en su piso. Sin duda usted debió de despertarle una gran curiosidad.

Matilda sonrió.

—Creo que no fui yo sino el hallazgo que le traje. De hecho, ni siquiera lo miró todo. Tengo muchas esperanzas puestas en el examen que hará del libro, ya que los documentos antiguos son su especialidad.

—Así es.

Aquel comentario le pareció muy seco; Matilda se preguntó si tal vez la señora Westlake lamentaba haberla enviado a la tienda de Arkwright. ¡Había disfrutado tanto con ese hallazgo que estimulaba su fantasía desbordada! ¿Acaso temía que Matilda fuera a investigar los secretos de la caja con el coleccionista y no con ella?

—La tendré al corriente de todo. —Se apresuró a asegurarle—. Y leeré su nuevo capítulo antes de partir hacia allí.

La casera le puso la mano en el brazo.

—No se preocupe, no le envidio la aventura. Además, hoy estoy ocupada. Adela me espera; ayer fue un día perdido en lo que a escritura se refiere.

Matilda sonrió con disimulo, y las dos comieron en silencio.

—¡Granada!

Matilda estuvo a punto de volcar su taza de té.

—¿Cómo dice?

—Es el próximo sitio adonde enviaré a Adela. De hecho, ya tengo en mente una nueva aventura y he dado con un título magnífico, *La huida de la Alhambra*. Mi editorial quería de nuevo algo que fuera, en sus palabras, «más mediterráneo». Me recomendaron que, aunque el exotismo de Mongolia está bien y es bonito, buscase para variar algo más cercano al corazón de las lectoras. ¿Qué le parece?

Matilda se alegró de que la señora Westlake hubiera cambiado de tema.

—Sí, tiene posibilidades. Arquitectura islámica, el tórrido sol español, los hombres de sangre caliente...

—Pasillos secretos bajo el alcázar, el agua chispeante en la Fuente de los Leones, el conde Damianescu a la zaga...

—¿Todavía no ha conseguido librarse de él? Ese hombre es realmente obstinado.

—La ha seguido hasta Mongolia y también la hostigará en España —explicó la señora Westlake con tono grave—. Pero, claro está, antes él debe recuperarse de una herida por arma... ¡Oh, perdón! —Se tapó la boca con la mano—. No quería arruinarle la intriga.

Después del desayuno, Matilda se sumergió en la aventura de Adela en los Cárpatos y en su huida precipitada hacia Mongolia. Algunas escenas estaban al límite de lo moralmente correcto y el empleo descarado de metáforas sobre yemas abriéndose y panales rezumantes la divirtió sobremanera.

Cuando por fin guardó la caja de madera con cuidado en su bolsa se rio para sí. ¿Qué pensarían sus compañeras de trabajo si supieran que los domingos la señorita Gray se entretenía con novelas folletinescas y comerciantes de objetos curiosos de Spitalfields? Se dijo que quedarían horrorizadas y se frotó las manos al pensarlo. La aventura acecha a la vuelta de la esquina.

No fue como en sus visiones espantosas. Cuando llamó a la puerta, el señor Arkwright se asomó por una ventana del segundo piso y le gritó que empujara la puerta de entrada. Matilda se encontró entonces en un pasillo estrecho y bastante oscuro que olía mucho a papel viejo. Cuando hubo acostumbrado la vista a aquella penumbra se dio cuenta de que todo el pasillo estaba repleto de estanterías y armarios con cajones, era como si la tienda hubiera tomado posesión de toda la casa de manera incontenible. Reconoció montones de papeles y rollos, libros y revistas.

—Aquí arriba, señorita Gray —oyó que le decía Arkwright—. Disculpe que no salga a recibirla, pero a mi edad uno evita subir o bajar escaleras si no es imprescindible.

Matilda subió la escalera. Arriba notó un dulce olor a pastel envuelto en un aroma ahumado.

El coleccionista aguardaba en el descansillo del segundo piso de la escalera. Tenía una mano apoyada en el pomo de la barandilla y con la otra sostenía una tetera.

—Lapsang Souchong, tal y como le anuncié. Un té para hombres, tendrá que contentarse con él.

—A mi hermano también le gusta —dijo Matilda y siguiendo la indicación que le hizo él extendiendo el brazo, entró en una estancia pequeña que parecía a punto de sucumbir bajo el peso de las estanterías.

Apenas había espacio para una mesa cuadrada de comedor y para dos sillas, y un juego de té decorado con flores llamaba la atención por su toque hogareño.

—Siéntese. —Arkwright llevaba una chaqueta de terciopelo de color ciruela con botones plateados que le daba la misma apariencia excéntrica que el batín del día anterior.

—Su hermano tiene un gusto extraordinario.

Le sirvió una taza y le mostró un plato con pastas de té.

—Recién horneadas.

—¿Las ha hecho usted?

—¿Acaso tengo cara de saber hornear? Tengo una asistenta que viene por las mañanas y me prepara la comida mientras estoy en la tienda. En casa no me gusta tener a nadie.

—El bizcocho está muy bueno.

Arkwright cruzó los brazos y miró a Matilda tomar el té. El sabor ahumado era tremendo, pero soportable con la cantidad de azúcar suficiente.

—Doble ahumado, no hay otro mejor —dijo él vaciando de un sorbo su taza sin azúcar—. Bien, vamos al asunto. He mirado su medallón a fondo y puedo confirmar que es del siglo XVII. —Señaló el símbolo que ella ya había visto con la señora Westlake—. Supongo que usted ya se dio cuenta de eso.

Ella asintió.

—Sí, pero no sé qué puede ser. Es como un cuatro con una letra C debajo.

—¿Ha oído hablar de las marcas comerciales? Igual que los artesanos ponían una señal propia para distinguir sus obras, también los comerciantes tenían la suya. —Arkwright le pasó un libro abierto y le indicó una marca similar a la suya—. La parte superior se parece a un cuatro, la otra es la primera letra del apellido del comerciante. Yo veo una C. Este medallón seguramente perteneció a una mujer de una familia de comerciantes.

—Es asombroso.

Él negó con la mano en un gesto de impaciencia.

—Este medallón recuerda los trabajos de Nathaniel Lowe, un artesano platero de Bethnal Green. Hay un contraste, pero ya no se distingue bien.

Dejó el medallón sobre la mesa, sacó una lupa y se la entregó a Matilda. A continuación señaló una mancha oscura situada en la parte posterior de la joya que a ella le había pasado desapercibida.

—Observe bien. Podría tratarse de una NL sinuosa. Este contraste permite concluir que se trata de plata de ley o esterlina, esto es, con un elevado nivel de plata. Por cierto, Lowe era el platero de la burguesía, de los comerciantes acomodados, los abogados y los boticarios.

—¿Comerciantes? Eso podría ser. ¿Podría ser una pieza heredada? —preguntó Matilda con curiosidad.

Arkwright ladeó la cabeza.

—Si no me puede decir nada más sobre la propietaria... Porque supongo que se trata de una mujer.

—La familia reside en Londres.

—Señorita Gray, doscientos cincuenta años son mucho tiempo. Es posible que la pieza cambiara de manos. Es normal que una familia pase por un mal momento y se vea obligada a vender objetos de valor, o que algo pase a otra rama de la familia, se pierda o lo roben.

Matilda se sintió decepcionada.

—Así pues, ¿podría ser que el medallón solo hubiera pasado a manos de la actual propietaria por casualidad y que no hubiera ninguna relación entre ella y la persona para la que fue hecha?

Arkwright levantó la mano.

—Es posible. Pero supongamos que es una joya heredada de la familia. Doy por sentado que el dibujo se hizo expresamente para el medallón, o a la inversa. Cuando sepamos la importancia que tenía para los propietarios originales, seguramente podremos saber más.

—¿Está usted diciendo que sus propietarios eran comerciantes y que conocían a Hooke?

—En efecto. La obra *Micrographia* fue algo especial, un acontecimiento científico sensacional, y Hooke no habría cedido sin más sus dibujos para complacer a una dama desconocida.

—¿Tal vez fuera amigo de esa mujer? ¿O estuviera comprometido con ella?

Arkwright negó con la cabeza.

—No se casó nunca. Su sobrina le llevaba la casa y era... —Dirigió una mirada rápida a Matilda—. Bueno, digamos que no solo le llevaba la casa. Cuando ella murió, el carácter de él cambió, se volvió un solitario, un misántropo que rompió con muchos compañeros. Él e Isaac Newton se llevaban a matar. Cuando Hooke murió, Newton lo borró de la ciencia. Se dice que hizo retirar todos sus retratos.

—Pero Hooke pudo haber conocido a la familia cuando todavía no se había vuelto tan huraño, ¿no le parece? —insistió Matilda—. Pudo haber hecho este dibujo por encargo de ellos, o tal vez habérselo regalado a la señora de la casa.

—Ciertamente.

Matilda siguió pensando en voz alta.

—Y luego está aún la cuestión de si la adormidera, es decir, la amapola, tiene un significado especial.

Arkwright volvió a servir té, que Matilda bebió con valentía. Eliminó el sabor que le quedó en la boca con una pasta.

—Tal vez ese comerciante comerciaba con opio.

—Oh, entiendo.

El coleccionista levantó la vista de la taza.

—¿No decía usted que en la caja había más cosas?

Matilda la sacó del bolso, la abrió y extrajo el libro envuelto en la tela bordada.

Arkwright apartó la tela y la contempló sin gran interés.

—No me interesan las manualidades.

Pasó sus dedos largos y nudosos sobre la tapa de cuero rojo del libro, con la punta de la lengua sobresaliéndole de los labios.

—Un trabajo delicado, esta encuadernación. De la misma época que el medallón, el dibujo y el vial.

—Así pues, ¿es posible que todo perteneciera a una misma persona?

—Puede ser. —Señaló una la mancha que destacaba mucho—. Humedad.

Entonces abrió con cuidado el libro y lo hojeó sin decir palabra. No intentó leer párrafos concretos, ni tampoco cogió la lupa para distinguir mejor las letras corridas en parte. A Matilda le hizo pensar en un niño mirando con reverencia un libro de cuentos especialmente bonito, incapaz de leer la historia y encantado con las ilustraciones.

Finalmente, él levantó la vista y de nuevo asomó ese brillo en sus ojos.

—Me ha traído algo magnífico.

Se frotó las manos.

—¿Un manuscrito valioso?

—Algo aún mejor: un misterio.

Media hora después Matilda estaba sentada contemplando con asombro una hoja completamente escrita. Y Arkwright no había pasado de la primera página.

Había examinado el papel a fondo.

—Como sin duda sabrá, hasta hace unos cincuenta años para hacer papel no se utilizaba madera, sino harapos: cáñamo, lino, algodón. Cuanto más finas eran las hebras más valioso era el papel y más claro era. En Inglaterra había sobre todo papel en distintos tonos de gris. El más barato era casi demasiado oscuro para poder distinguir en él la tinta. Este de aquí es de un color gris claro, de una calidad realmente buena.

—¿Pero no la mejor?

Él negó con la cabeza y sostuvo la lupa por encima de la primera página.

—Mire, aquí. Un pelo.

Matilda tuvo que forzar mucho la visa para distinguir una línea fina con destellos dorados.

—Es posible que sea de uno de los operarios al inclinarse sobre la tina de la pasta de papel. Y esto... —Señaló una mancha negra—. Esto hay quien lo llama lágrimas de papelero.

—¿Y qué es?

—Es un tipo de manchas que aparecen cuando cae una gota de agua en un papel que todavía está húmedo.

Matilda estaba fascinada.

—¿Y todo esto usted lo deduce a partir de una página?

—No es gran cosa si se sabe un poco de papel. Este de aquí es de los buenos, pero no de los más caros. Este librito está bien encuadernado, posiblemente fue un regalo.

Entonces a Matilda se le ocurrió una cosa.

—¡Mire aquí! Esta notita la encontré detrás en el libro. En ella se lee «una casa bajo la casa». Es como si alguien la hubiera arrancado de algún sitio, y no es para nada antigua. Además, la escritura es distinta.

—Es mejor que nos centremos en lo antiguo.

Pero Matilda insistió.

—Además en el libro he podido descifrar las palabras siguientes: «infinito... botica... horrible e inconmensurable... por mar... Sentí mucho miedo... también en St. Giles... Madre...».

Arkwright la miró con las cejas muy enarcadas.

—Desde luego usted no es lo que se dice una persona paciente, ¿verdad?

Matilda le sostuvo la mirada. Tenía todo el derecho a pensar por su cuenta.

—Me gusta usar la cabeza.

De un modo casi imperceptible a él se le crisparon las comisuras de los labios.

—Por supuesto. —Se aclaró la garganta—. Y yo prefiero empezar desde el principio y avanzar desde ahí, pero si usted prefiere empezar la casa por el tejado...

Ella se echó a reír.

—No. Tiene usted razón. Pero esa mención de la botica concuerda también con sus sospechas sobre la semilla, ¿no? El comerciante tal vez suministraba opio a una botica.

Arkwright suspiró y rellenó la pipa sin pedir permiso para ello.

—Señorita Gray, es usted agotadora.

—¿Lo dice como un cumplido?

Él ignoró el comentario.

—Tenemos un libro escrito a mano del siglo XVII. Posiblemente propiedad de una mujer, una persona acomodada o con amistades que lo eran. No parece un diario, porque las anotaciones no están datadas. En algún momento sufrió daños a causa del agua y por eso hay muchos fragmentos ilegibles que se han perdido sin remedio. La escritura no se puede reconstruir.

—¿Pero...? —preguntó Matilda interpretando correctamente su tono de voz.

—Podemos deducir algunas cosas por el contexto. De todos modos, sería de gran ayuda saber de dónde sacó la caja la persona cuyo nombre usted no quiere desvelar. De ahí podríamos deducir a quién perteneció el libro. Averiguar eso será su tarea. Vuelva cuando haya descubierto más cosas.

Matilda comprendió que la acababa de despedir, pero disimuló su decepción. ¿Qué había esperado? ¿Que él fuera capaz de recuperar como por arte de magia las letras perdidas y que le leyera el libro de cabo a rabo?

Se levantó rápidamente y recogió sus cosas. Al volverse hacia la puerta, Arkwright dijo:

—Ya sabe dónde encontrarme.

Con eso ya estaba todo dicho. Él no quería palabras de agradecimiento, solo información. Aquello era el único agradecimiento que le valía.

8

La señorita Chambers era la secretaria de la escuela; era una mujer entrada en carnes y siempre de buen humor que adoraba los dulces. Matilda le dejó sobre el escritorio la bolsa con unos delicados merengues de color rosa que había comprado en una pequeña pastelería de Kew Road y miró discretamente por la ventana.

—¡Oh, señorita Gray! ¿A qué viene este...?

—Usted es siempre tan servicial —dijo Matilda. Las manos de la señorita Chambers aún estaban posadas sobre el escritorio, pero avanzaban imparables hacia los merengues—. Solo es un modo de agradecérselo.

La secretaria leyó la etiqueta.

—Y, además, de Maison Lejeune. Son los mejores. Muchísimas gracias, pero yo solo hago mi trabajo. —La señorita Chambers soltó la cinta que ataba la bolsa, la abrió y se la ofreció a Matilda—. ¿Me permite invitarle a uno?

—No quiero dejarla sin ellos, pero ya que me lo pide...

Ciertamente esos merengues eran una maravilla, crujientes por fuera y blandos y pegajosos por dentro. La señorita Chambers cerró los ojos, dejando que aquel dulce de azúcar, ligero como una pluma, se le fundiera en la lengua.

—Por cierto, ¿podría hacerme un favor? En una ocasión Laura Ancroft me habló de la casa de sus padres. Al parecer, era un edificio interesante desde el punto de vista histórico y me gustaría verlo. ¿Tiene usted su dirección? —preguntó Matilda como sin querer.

La secretaria apartó la bolsa a un lado y se limpió los labios con gesto elegante.

—Voy a mirar. ¡Qué lástima! Era una muchacha encantadora.

Sonó como si Laura hubiera muerto. La señorita Chambers rebuscó en un fichero y sacó una tarjeta.

—¡Ajá! Sí, tiene que ser esta: «6b Laurence Pountney Hill», en la City de Londres.

Matilda le pidió un papel y anotó la dirección.

Era extraño. La mayoría de las alumnas procedían de los distritos acomodados del oeste y el norte de la ciudad, algunas incluso de los condados cercanos, pero no de la City, que era adonde se iba sobre todo a hacer negocios.

Matilda rechazó amablemente otro merengue cuando la secretaria se lo ofreció y se marchó de la oficina con aire satisfecho.

El coleccionista quería saber de dónde venía la caja. Ella empezaría la búsqueda por el lugar de donde procedía la muchacha.

Como no estaba dispuesta a esperar hasta el siguiente fin de semana, al terminar las clases se marchó al centro de la ciudad. En la estación de Cannon Street luchó contra las masas de empleados que se dirigían a sus hogares procedentes de oficinas y almacenes. Al entrar en esa calle oscura, se acordó de lo que le había dicho el coleccionista.

«El Walbrook desemboca en el Támesis justo debajo de esa estación. Es el río más sagrado de todos los que hay en Londres. En el manantial donde nace hubo un santuario en tiempos romanos y, en su tramo hacia el sur, pasaba por lo menos por cinco iglesias, algunas de las cuales llevaban su nombre, entre ellas, St. Stephen Walbrook. Se dice que hubo un templo romano en algún punto de su paso, pero jamás se ha encontrado. Así pues, cuando vaya a Cannon Street, piénselo. Bajo sus pies corre agua sagrada».

Bajó la mirada hacia el adoquinado de color gris, que estaba cubierto de manchas y suciedad. Su apariencia no era precisamente sagrada. Al levantar la vista de nuevo, descubrió delante de ella una calle, Waldbrook Street. Detrás, entre la bruma, se elevaba el campanario de una pequeña iglesia, St. Stephen Walbrook.

De nuevo le pareció oír la voz de Arkwright. «Pero debajo hay otro Londres, una ciudad debajo de la ciudad. Calles, ríos, muros, ruinas, estancias secretas, tuberías, algunas cosas recientes, muchas otras antiquísimas. A diario pasamos por encima de todo ello, ajenos a su presencia, sin pensar que nuestra ciudad se prolonga por debajo de la superficie, se extiende por las profundidades hasta tiempos muy remotos».

Matilda se dirigió hacia el este, pasó junto a tiendas, comercios y almacenes, muchos de los cuales a esa hora ya estaban cerrados. En la oscuridad, entonces solo atravesada por la luz de las farolas —en esa zona no había ni teatros ni salas de baile anunciándose con sus luces de colores— sintió el pasado muy cerca de ella. No tenía miedo. En su interior sentía una curiosidad mucho mayor que su temor.

La City era el distrito más antiguo de Londres, el lugar en el que, dos mil años atrás, se había fundado la ciudad romana de Londinium. Los sajones y los vikingos llegaron después de los romanos y, tras ellos, los normandos. Allí habían anclado barcos cuyas mercancías al principio llegaban del continente y luego, conforme los británicos fueron conquistando los mares del mundo, cada vez de más lejos. En la actualidad, en aquel distrito imperaba el dinero; la zona había sido tomada por empresas comerciales, bancos y almacenes. Era un lugar de residencia inusual para una familia acomodada.

Ese había sido el primer pensamiento de Matilda al ver la dirección, y seguía asombrada por ello. El gran número de ventanas sin iluminar le decía que allí ni se trabajaba ni se vivía. Tan solo en una esquina había una tienda de bebidas alcohólicas con un nombre que parecía del este de Europa. Su propietario estaba de pie en delantal fumando junto a la puerta; a su lado, una niña en cuclillas hacía rodar canicas en el escalón de piedra. Una fue a parar delante de Matilda, y ella la recogió y se la entregó a la pequeña. La niña sonrió con timidez y la cogió, y el padre asintió con gesto amable.

Al reemprender la marcha, reparó en que aquella era la primera niña que veía por allí.

Matilda se arrebujó en su abrigo. Las tardes eran cada vez más frías y pensó con añoranza en el fuego de la chimenea de casa de la señora Westlake.

A su derecha se abrió un callejón estrecho. Estaba rodeado de edificios elevados y parecía un lugar silencioso y olvidado, como si el tiempo ahí pasara más lentamente que en la animada calle de Cannon Street. La niebla era entonces tan espesa que Matilda no veía el final del callejón. Miró el nombre de la calle: Laurence Pountney Hill.

Se había propuesto echar al menos un vistazo a la casa, pero con esa oscuridad no había mucho que ver. Dejó atrás Cannon Street y el silencio se volvió más intenso. ¿Sus pasos eran los únicos que resonaban sobre el adoquinado? Se giró. No vio a nadie.

A su derecha asomaron bajo la luz de las farolas dos casas de ladrillo rojo. Las plantas bajas estaban pintadas de color crema y las ventanas elevadas y los elegantes voladizos en forma de concha daban testimonio de una antigua prosperidad. Matilda miró los números. No, todavía no había llegado a su destino.

El callejón desembocaba en una plaza pequeña. Situado al otro lado en diagonal, a la izquierda, había un terreno cercado. En el lado más estrecho había una puerta decorada, coronada por el número de la casa, con unos árboles y arbustos tras la reja de hierro forjado alzándose contra el cielo de color azul oscuro.

El edificio de ese terreno era antiguo y magnífico, Matilda lo podía ver incluso a la luz nebulosa de la farola. Ladrillos oscuros, ventanas enmarcadas en ladrillo rojo de color más claro. Un camino adoquinado hasta la entrada, una escalera de piedra ante la puerta, que estaba decorada con una aldaba de latón. El voladizo estaba adornado con unas esculturas de piedra que no se podían vislumbrar de forma precisa en la penumbra. Las ventanas eran grandes, y seguramente durante el día convertían el edificio en un lugar luminoso y agradable.

Matilda se quedó allí parada e intentó imaginarse a Laura creciendo en ese lugar. ¿Había jugado en ese jardín y observado desde ahí a la gente que pasaba? ¿Había mirado desde una de esas ventanas, ensimismándose durante la tarde?

Laura jamás había mencionado su familia. De pronto, Matilda cayó en la cuenta de que aquel último encuentro, cuando Laura le había confiado lo más íntimo de su ser, había sido la única conversación de tipo personal que había tenido con ella.

Avanzó con paso vacilante, como si le fuera imposible alejarse de esa casa que no podía proporcionarle respuesta alguna. Al ir a doblar el callejón siguiente para regresar a Cannon Street, oyó unos pasos y el rechinar de unas ruedas a su espalda. La niebla para entonces era tan espesa que apenas alcanzaba a ver unos pocos metros delante suyo. Tragó saliva y miró a izquierda y derecha. Casas oscuras, paredes altas, no había luz en ningún sitio.

Se dio la vuelta con gesto decidido. Los ruidos se aproximaron, y de pronto se topó con un anciano que tiraba de un carro. Llevaba una gorra de *tweed* y el cuello del abrigo alzado para resguardarse del frío. Tenía el rostro tapado hasta la nariz por una bufanda que le rodeaba el cuello con varias vueltas. Al ver a Matilda se detuvo.

Ella tragó saliva. Había creído que, a diferencia de Spitalfields, en la City estaría segura con la caída de la noche, pero de pronto fue consciente de lo solitaria que era esa zona.

—¿Se ha perdido, señorita? Para una dama como usted, el callejón oscuro de Church Passage no es buena cosa. A veces por aquí ronda gentuza. De día, no, pero por la noche, cuando se marchan los ricachones, esos señorones de los bancos, entonces la gentuza se arrastra hasta aquí. ¿No querrá usted almendras garrapiñadas? Un penique la bolsa. Hechas esta misma mañana por la parienta...

El hombre no solo hablaba en *cockney*, sino que empleaba además una cantinela monótona, como si estuviera recitando un poema cuyo contenido le fuera indiferente. Al percibir vacilación en Matilda, siguió hablando:

—Hechas con el mejor azúcar, señorita. Todo el mundo dice que las almendras de Wilmot son las mejores de la City. No las encontrará en ningún otro sitio. En Whitechapel está Maxley, pero esos por el mismo dinero ponen menos almendras en la bolsa, así pues, si me permite...

Revolvió en su carro y le tendió una bolsa de papel.

—Le doy dos, un penique cada una. Ya casi no me quedan.

Matilda le dio dos monedas y cogió las bolsas.

—Pruébelas y dígame si no son las mejores...

Matilda cedió, sacó una almendra y se la metió en la boca. Sabía muy bien y, de pronto, se dio cuenta de lo hambrienta que estaba.

—Son excelentes, señor Wilmot. ¡Qué tenga una buena tarde!

Se disponía a marcharse cuando se le ocurrió algo. Era un tiro a ciegas, pero no tenía nada que perder.

—¿Conoce usted la zona? ¿Viene a menudo por aquí?

Él señaló hacia el río.

—Tengo que ir a Southbank, con la parienta. Me pilla de camino a casa.

Matilda señaló la casa de los Ancroft y dijo:

—Un edificio hermoso, pero no parece habitado.

El señor Wilmot siguió con la vista los dedos y se encogió de hombros.

—Es posible, pero yo no lo querría ni regalado.

—¿Qué le pasa a la casa?

Él tosió, apartó la cara y escupió algo indefinido al suelo.

—Disculpe, los bronquios, ¿sabe? Cada otoño igual. La mujer me hace cataplasmas al llegar a casa y también un grog bien caliente. —Entonces pareció caer en la cuenta de la pregunta—. No es por la casa. Es bonita, sólida e inglesa, como tiene que ser. Pero este lugar...

—¿El lugar? De noche parece muy solitario.

El señor Wilmot negó con la cabeza.

—No es eso. —Se le acercó e inclinó la cabeza con ademán de ir a hacerle una confidencia—. Tengo una sensación extraña. Cuando paso por delante, y llevo más de veinte años haciéndolo, siento un escalofrío, incluso en verano. Se dice que algo ronda por Londres, y que este es uno de esos sitios. Mi colega Reggie dice...

Matilda no pudo contenerse.

—¿Está usted diciendo que está encantada?

Él volvió a encogerse de hombros.

—Ya sé que parece cosa de locos. Pero no me refiero tampoco a damas blancas y caballeros sin cabeza, eso son tonterías. Es una sensación. ¿Cómo se lo explico? Me da la impresión de estar atravesando una niebla fría e invisible.

—Eso es... interesante. ¿Ha visto usted a alguien en la casa?

Él se quedó pensativo.

—Hace unos años. En esa época tenían servicio, los escalones de la escalera se barrían y en la tienda a la vuelta de la esquina la clientela entraba y salía.

—Y esa sensación que ha dicho antes, ¿la ha tenido siempre al pasar frente a la casa?

Él asintió con ganas.

—Sí, pero nunca le di importancia, creía que eran figuraciones mías, pero entonces, cuando la casa se volvió cada vez más oscura... Aquí apenas vive nadie; de noche esta zona es muy solitaria, créame.

—Una última cosa, señor Wilmot. ¿Alguna vez vio a una chica por aquí? Quiero decir, cuando la casa aún estaba habitada.

Él se rascó la cabeza. Sus dedos asomaron de unos guantes de lana desgastados y llenos de agujeros.

—A ver, un momento..., el aro, sí, fue aquello del aro. Iba yo por aquí, hará cosa de seis o siete años, cuando me viene rodando un aro, uno de esos de madera con los que juegan los críos, y una niña estuvo a punto de caerme encima. Solté el carro, agarré el aro y se lo di a la pequeña, y entonces una mujer va y se echa a gritar diciéndome que deje en paz a la niña. Yo solo le había recogido el aro. No fue nada agradable, se lo digo, para nada. Me marché a toda prisa.

—¿Y cómo era la pequeña? ¿Se acuerda?

El señor Wilmot la miró con desconfianza.

—¿Conoce usted a la gente que vivía aquí? Debe de pensar que estoy hablando mal de ellos, pero ocurrió tal como le digo, palabra, yo solo quería ayudar.

—Le creo. Por favor, ¿qué aspecto tenía?

—Hace tiempo, señorita. Cabello castaño, me parece. Unos diez u once años. No le sabría decir más.

—Se lo agradezco. Ha sido un placer. Recomendaré sus almendras.

Él volvió a sonreír y se llevó la mano a la gorra para saludar.

—Buenas tardes, señorita.

A continuación agarró el asa del carro y se marchó.

De nuevo en Cannon Street, Matilda se sopló las manos para calentarse y enderezó la espalda. Aún tenía en la mente el recuerdo del vendedor de almendras garrapiñadas y su extraordinaria afirmación de que algo rondaba la casa de los Ancroft. Superstición, se dijo, mezclada con folclore que se iba propagando entre los vendedores de la calle y que posiblemente se transmitía de generación en generación. De todos modos, tenía que admitir que al oír esas palabras se había estremecido, y no solo por el frío aire otoñal.

Matilda tenía ganas de disfrutar por fin del calor de la chimenea, de un té y de comida caliente, pero entonces reparó en la iglesia que tenía delante. No era grande y se encontraba alineada con los demás edificios. En ella solo llamaba la atención el gran reloj, que no estaba en el campanario acabado en punta, sino en un brazo de hierro que sobresalía sobre la acera.

Matilda cruzó la calle y se dirigió a la puerta de la iglesia.

En su interior no se veía a nadie. Aquel lugar sombrío, iluminado solo por unas velas, desprendía ese olor a polvo y a incienso tan propio de muchas iglesias.

Miró a su alrededor y notó un movimiento. Un anciano vestido con una sotana negra se incorporó y la miró.

—Buenas tardes, bienvenida a St. Swithin's. ¿Puedo ayudarla en algo?

Matilda vaciló; había entrado en la iglesia sin más y no había preparado ninguna pregunta. El sacerdote malinterpretó su vacilación.

—¿Necesita acompañamiento espiritual?

Ella negó con la cabeza.

—Disculpe, no es eso. Yo... tengo una pregunta que puede parecerle algo rara.

Él dejó a un lado un paño con el que había estado limpiando un cuadro, se alisó la sotana y se acercó a ella. Entonces señaló un banco.

—Por favor.

Matilda se sentó mientras pensaba febrilmente cómo formular la pregunta sin ofender al sacerdote.

—He estado dando vueltas por esta zona. Una de mis alumnas vivía por aquí.

—¿Es usted maestra?

—Sí. Me interesa el sitio donde creció la muchacha, así que estuve dando vueltas. Entonces me he encontrado un hombre que vende almendras y nos hemos puesto a charlar.

—¿El viejo Wilmot? —preguntó el sacerdote.

—Así se llamaba. Estábamos frente a la casa en cuestión y él entonces ha mencionado, bueno, ha dicho que él allí siempre tenía una sensación extraña, que tiene escalofríos.

—¿Escalofríos? —Unas sombras se deslizaron por el rostro del sacerdote.

Dicho por él, aquello sonaba ridículo. Era una quimera, supersticiones, y allí estaba ella sentada contándoselo a un sacerdote. Por otra parte, seguramente no volvería a encontrarse con ese hombre. Podía reírse de ella tanto como quisiera.

—Me ha dicho que por allí rondaba algo.

La expresión del sacerdote apenas podía distinguirse en aquella penumbra.

—Eso son viejas creencias populares, leyendas, cuentos. Y además van en contra de los mandamientos de la Iglesia.

Matilda lamentó haber entrado ahí y se dispuso a levantarse, pero las palabras que él pronunció a continuación la detuvieron.

—¿A qué casa se refiere, si me lo permite?

—La 6b de Laurence Pountney Hill.

—Un edificio hermoso.

—¿Conoce a la familia que vivía ahí?

—Solo de oídas, no eran de mi parroquia. Una historia triste. El matrimonio murió en un accidente, un incendio al parecer. Tenían una hija que ya no vive ahí. Por lo que sé, la casa no está habitada.

—¿Los padres murieron a la vez?

El sacerdote asintió.

—Eso fue hace años. De vez en cuando paso por allí. La casa parece cuidada. Supongo que la conservan para la pequeña. Es todo lo que sé.

Matilda no se daba por vencida tan fácilmente.

—¿De verdad que usted nunca ha oído a la gente contando cosas extrañas sobre la casa?

Él volvió las palmas de las manos hacia fuera.

—Ha empezado un nuevo siglo. La vida va cada vez más deprisa, la tecnología avanza cada vez más; en América pretenden construir máquinas que permitan que las personas vuelen. Y nosotros, los sacerdotes, tenemos que mantenernos al ritmo, acompañar a las personas en su camino. No podemos ocuparnos de esas supersticiones. Son historias para contar junto la chimenea y para asustar a los niños, nada con lo que un sacerdote deba perder su tiempo.

Se levantó y señaló la puerta.

—Acompáñeme, le mostraré algo.

En el exterior señaló un saliente del muro en forma de caseta pequeña en el que había una reja de metal pintada de blanco.

—¿Qué es eso?

—Mire dentro.

Matilda se inclinó y en la hornacina de detrás de la reja vio, iluminada por la luz de las farolas, una piedra de color claro.

—Es la London Stone, la Piedra de Londres. Es de piedra caliza y formaba parte de un bloque mucho mayor que se hallaba donde ahora está la estación.

—¿Es la piedra del poema de Blake?

—La misma. Es posible que sea de los tiempos de los romanos. Nadie sabe si era un hito, o si formaba parte de un edificio. En la Edad Media, al parecer, fue un símbolo del poder de la City, pero eso no aclara su origen. Y luego están las leyendas. Se dijo que fue traída por personas que habían huido de Troya y que querían fundar aquí una nueva ciudad. Muchos, entre ellos William Blake, creían que procedía de los tiempos prehistóricos y que los druidas habían hecho sacrificios sobre ella. O que podría tratarse de la piedra de la que el rey Arturo extrajo la espada Excalibur.

—¿Y qué tiene eso que ver con mi pregunta?

—Por todas partes hay leyendas —repuso el sacerdote—. Incluso aquí, en la metrópolis más moderna del mundo, nos las encontramos, en el muro exterior de una iglesia, en las habladurías de un vendedor de almendras... No dejan de ser leyendas con las que en otros tiempos el hombre se explicaba el mundo.

—Muchas gracias —dijo Matilda volviéndose para marcharse—. Le deseo buenas tardes.

Oyó sus pasos y luego la puerta de la iglesia se cerró.

—¿No fue amable el sacerdote? —preguntó la señora Westlake.

Matilda reflexionó.

—No, no es eso. Pero saltaba a la vista que la idea de que algo rondara cerca de su iglesia no le hacía ninguna gracia.

—No creerá usted en esas historias de espíritus, ¿verdad? —preguntó la señora Westlake mirando con extrañeza a Matilda.

—Por supuesto que no, pero....

—¿Pero?

—Se lo juro, si hubiera estado usted allí, en la penumbra, en esa calle envuelta en la niebla, donde solo se oyen los propios pasos, le habría pasado como a mí. Fue un momento extraño, suspendido en el tiempo, como si el ayer y el ahora existieran a la vez y bastara con que yo extendiera la mano para...

Se estremeció sin querer.

La señora Westlake ladeó un poco la cabeza y la miró atentamente.

—Hay algo que la ha turbado, querida. No es un espíritu, no creo en esas cosas, a pesar de que mi imaginación es desbocada e impetuosa, pero en nuestro mundo no hay sitio para espíritus. A usted le preocupa esa joven y se vio delante de la casa en la que ella creció, sola, en medio de la oscuridad, y entonces llega ese hombre y le habla de esas supersticiones. En una situación así es normal sentir aprensión.

Matilda contempló pensativa su taza de té.

—Ese vendedor de almendras... es posible que solo pretendiera darse importancia. O infundir un poco de miedo a una mujer que andaba sola por la calle. Lo que me ha turbado ha sido que se acordaba de la niña pequeña con el aro. ¿Quién podía haber sido esa mujer desagradable? ¿La institutriz? ¿Una criada? ¿O tal vez incluso la madre de Laura?

Se interrumpió al darse cuenta de que la señora Westlake había sacado su cuaderno de notas.

—Disculpe, ¿decía usted...? Puede que eso del escalofrío lo use alguna vez para Adela.

Matilda se mordió el labio. De vez en cuando la señora Westlake tenía una falta de tacto asombrosa.

—Está bien. —De pronto perdió las ganas de hablar del encuentro con el señor Wilmot. Se levantó de su asiento—. Buenas noches, señora Westlake. Ha sido un día muy largo.

Ya en su habitación, Matilda se sentó junto a su escritorio y escribió un breve resumen de su excursión, anotó la conversación con el señor Wilmot y lo que había averiguado por el sacerdote. No era mucho, pero se sintió satisfecha de sí misma. Aunque posiblemente la leyenda del señor Wilmot no le ayudaría en nada, le había mostrado un esbozo fugaz de Laura que su cabeza había convertido en imagen. Hasta entonces ella no sabía que los padres de Laura habían perdido la vida en un incendio. ¿Quién podía saber más cosas al respecto?

Entonces tuvo una idea.

9

Anne estaba de pie mirándola fijamente, con el violín bajo la barbilla y el arco que sostenía en la mano bajada. Matilda le había pedido que se pasara por la sala de teatro durante la pausa del mediodía para tocarle otra vez las piezas musicales.

—¿Le parece bien, señorita Gray?

Matilda accionó la luz del techo y asintió.

—Fantástico, Anne, va a ser una representación muy bonita.

La muchacha vaciló.

—¿Puedo marcharme ya?

—Por supuesto.

Anne se inclinó hacia el estuche del violín que había dejado junto al escenario.

—Laura está mejor. —Anne levantó rápidamente la mirada hacia Matilda. Movió los labios, como queriendo decir algo, pero de ellos no salió ni una palabra—. Me envió una postal desde Italia. —Matilda sintió una punzada en el pecho al ver la expresión de muchacha—. ¿Todavía no has recibido noticias suyas?

Anne negó con la cabeza y al ir a recoger el estuche, el arco se le cayó de la mano. Se inclinó y lo cogió sin levantar la vista hacia Matilda.

—Seguro que regresará en cuanto esté repuesta del todo.

—Tal vez —repuso Anne para luego decir, en voz más baja—: Si es que todavía le interesa.

—¿Quieres decir la escuela?

Se encogió de hombros.

—Todo. Éramos amigas.

—No tiene padres. La escuela es su hogar.

Anne cerró el estuche y miró a Matilda con obstinación.

—Tal vez se busque otro.

Matilda era consciente que caminaba sobre arenas movedizas, pero quiso intentarlo.

—¿Qué podrías contarme de su familia?

Anne la miró con sorpresa y luego, vacilante, añadió:

—Laura... no tiene familia en Inglaterra. Su tía vive en Argentina, su madre no tenía hermanos, los abuelos murieron. Por eso se alegraba de no tener que pasar las vacaciones en esa casa grande y vacía. Los últimos tres veranos los pasó en nuestra casa, en Hampshire.

Era evidente que Anne echaba de menos esos años.

—Eso suena bien. ¿Sabes algo de sus padres?

Anne parecía debatirse con ella misma. Al final dijo:

—En una ocasión, por la noche Laura empezó a gritar. Yo me asusté muchísimo. Ella se incorporó en la cama y empezó a gritar algo así como «fuego», y una y otra vez decía «no» y «papá» y «mamá». Me acerqué a ella e intenté calmarla. Ella se volvió a tumbar y siguió durmiendo. Al día siguiente le pregunté al respecto. No quiso hablar del tema. Sin embargo, unos días después, estando las dos solas en el jardín, empezó a contármelo. Sin más. Me dijo que sus padres tenían una casita de campo en la que de vez en cuando pasaban el fin de semana e invitaban a amistades. Laura los acompañaba pocas veces allí. Habría sido la única niña y se habría aburrido con tantos adultos. Así que solía quedarse en la ciudad con su institutriz.

Se oyeron pasos en el pasillo. Matilda deseó que no entrara nadie en la sala del teatro. El ruido de pasos desapareció.

—Y entonces, hará unos cuatro años, ocurrió la desgracia. Los padres de Laura querían pasar un fin de semana largo en el campo y se marcharon un jueves. —Anne carraspeó—. Al día siguiente ella recibió la noticia de que había habido un incendio y supo al momento que sus padres habían muerto. La casita de campo era antigua y completamente de madera, con unos techos preciosos, revestimientos de madera, cortinas de telas Liberty y ventanas de cristales de colores. Me enseñó una fotografía.

En la sala se hizo un gran silencio.

—Laura no volvió a mencionar el accidente. Ni tampoco a sus padres. Decía que no quería vivir en el pasado.

Aquel era el recuerdo que tenía Matilda de ella, como una persona a gusto en el presente.

—Gracias por contarme esto. Una pregunta más: ¿alguna vez te habló de la casa de sus padres aquí, en Londres? ¿Estuviste allí en alguna ocasión?

—No. Ni siquiera sabría decirle dónde se encuentra esa casa.

—Muchas gracias, Anne. Puedes marcharte.

La muchacha abandonó la sala de teatro con su estuche de violín. Antes de que la puerta se cerrara, Matilda oyó una voz en el pasillo.

—Anne, ¿qué haces por aquí? Llegas tarde al almuerzo.

Era la señorita Chedley, la profesora de música.

Matilda no oyó la respuesta.

Más adelante, esa misma tarde, cuando Matilda se disponía a llevar sus libros al despacho antes de marcharse a casa, la señorita Chedley quiso hablar con ella a solas. Era una mujer menuda y entrada en carnes, con gafas de montura dorada y que solía ponerse de puntillas cuando dirigía el coro, lo que le había valido el apodo de «bailarina» entre las alumnas.

—Señorita Gray, permítame un momento, por favor.

Matilda dejó el montón de libros que llevaba en la repisa de una ventana.

—Por supuesto, ¿de qué se trata?

—Antes, en la pausa del almuerzo, he visto salir de la sala de teatro a Anne Ormond-Blythe. Las demás chicas ya estaban en el comedor. Sé que Anne es indispensable para la función, pero sus deberes no deberían resentirse, ni tampoco su merecidísima pausa del mediodía.

Matilda quiso responder, pero la señorita Chedley siguió hablando:

—Como sabe, Anne ha escogido unas piezas sencillas que están muy por debajo de sus posibilidades. Para aprobar el examen de acceso a la Royal Academy tiene que estudiar obras mucho más difíciles y que exigen tiempo.

—Soy totalmente consciente de ello.

—Por supuesto, ella puede participar en los ensayos si es necesario. Lo único que me gustaría pedirle es que no se los ponga en los momentos que Anne necesita para descansar de las clases y para preparar sus pruebas.

Matilda sintió que se le encogía la garganta.

—Desde luego, señorita Chedley. Ha sido una excepción.

—Bien, entonces queda claro.

La profesora de música se volvió para marcharse. Matilda suspiró aliviada y cogió los libros.

—¡Ah! Ahora me acuerdo. La señorita Haddon me ha pedido que le diga que se pase por su despacho.

Dicho eso, la señorita Chedley desapareció por la esquina siguiente.

A Matilda los libros se le escaparon de la mano y le cayeron al suelo. Al inclinarse, notó que las manos le temblaban. ¿Qué podía querer la directora de ella?

Con los libros apretados bajo el brazo se acercó al despacho de la señorita Haddon. Jamás se había sentido tan incómoda por ir allí.

—Suponía que el tema de Laura Ancroft estaba cerrado —dijo la directora.

Le había ofrecido asiento a Matilda, pero su mirada era severa.

—¿Qué quiere decir con eso, señorita Haddon? —preguntó Matilda angustiada.

—Me parece que lo sabe usted muy bien. La señorita Chambers es una persona muy amable y solícita, pero también habla por los codos. Me ha ofrecido uno de esos deliciosos merengues. Al hacerlo, se le ha escapado quién se los ha dado.

Tonta, tonta, tonta..., se reprendió Matilda. No le había pedido a la secretaria que guardara silencio para no despertar sospechas. Era evidente que eso había sido un error.

—Disculpe, pero no sabía que pedir la dirección de una alumna iba contra las normas —dijo con un tono marcadamente tranquilo.

La señorita Haddon levantó una ceja.

—Y no es así. Pero habíamos quedado en que esperaríamos tranquilamente a ver si Laura regresaba o no a Riverview College.

—Por supuesto.

Matilda se mordió la mejilla por dentro. El corazón le latía con tanta fuerza que la señorita Haddon sin duda tenía que estar oyéndolo.

—¿Y por qué necesitaba esa dirección? La muchacha está en el extranjero y todo el correo se dirige a su tutor. Escribirle a la dirección antigua no tiene sentido.

—En una ocasión mencionó que la casa de sus padres era interesante desde el punto de vista arquitectónico —dijo Matilda con presencia de ánimo. Eso mismo le había dicho a la secretaria—. Quise verla por fuera. Eso es todo.

La señorita Haddon se inclinó hacia adelante y dijo con tono más conciliador:

—Señorita Gray, sabe usted que no tolero ni preferencias ni amistades con las alumnas. No le puedo prohibir que vaya a ver esa casa, pero le debo pedir que renuncie a cualquier otra empresa similar. Valoro mucho su trabajo, pero espero que se atenga a las reglas. También las tácitas. ¿Queda claro?

La señora Westlake sirvió té y luego oporto a Matilda e insistió hasta que consiguió que le contara lo ocurrido en la escuela.

—Arriesga usted mucho por esa muchacha. —La casera de Matilda sonreía satisfecha—. Eso del valor arquitectónico de la casa... tengo que decirlo: *Chapeau!*

Matilda permaneció en silencio.

—Puede estar agradecida a su presencia de ánimo... y al silencio de la joven Anne. De no ser así, su puesto de trabajo estaría en peligro —añadió la señora Westlake.

Matilda inspiró profundamente y se miró las manos, que tenía entrelazadas en el regazo.

—En el futuro seré más prudente. Me siento aliviada de que haya salido bien.

—Pero usted parece bastante abatida, querida.

—Hay una cosa más. Yo... le he contado a Anne lo de mi carta expresamente. Quería saber si Laura también le había escrito a ella y cómo reaccionaría de no ser el caso. Me ha parecido realmente decepcionada y molesta, me he aprovechado de ello y he seguido preguntando. Si no lo hubiera hecho, nunca habría sabido que Laura se había confiado a Anne. Ni que durante tres años las dos pasaron juntas las vacaciones de verano. Por sí misma posiblemente nunca me lo habría contado.

Intentó rebajar un poco los remordimientos que le oprimían la garganta.

—¿Ha merecido la pena? —preguntó la señora Westlake con franqueza.

Para su propia sorpresa, Matilda asintió.

—Laura también habría podido escribir a Anne. Comparten habitación y ella habría podido hacerse con la caja y enviarla adonde fuera. Pero me escribió a mí. Y quiero saber por qué.

—El fin justifica los medios.

—A veces.

—Bueno —dijo la señora Westlake impasible—. En todo caso, no ponga en peligro su puesto de trabajo. ¿De dónde sacaría entonces dinero para pagarme el alquiler?

Matilda se echó a reír más tranquila.

—Su compasión me conmueve.

—Usted me contó lo difícil que es encontrar un buen trabajo.

—Eso es cierto.

—Tendrá que buscar fuera de la escuela. Visitar al coleccionista solo fue el primer paso. Y también debería ir a ver la casa a la luz del día.

Matilda asintió.

—El señor Arkwright quiere saber a quién perteneció el libro. Y el camino lleva a Laura y a su familia. A Laura no le puedo preguntar. Pero he tenido otra idea. El sacerdote de Cannon Street me contó que los Ancroft murieron en un incendio. Le pregunté a Anne y ella me habló del terrible accidente. Si un conocido matrimonio londinense pierde la vida en su casa de campo dejando a una niña huérfana, eso necesariamente provoca un revuelo. Por lo tanto, tuvo que salir en la prensa.

—¡Excelente, querida! —exclamó la señora Westlake—. Y además yo sé quién le puede ayudar a encontrar algo al respecto.

Matilda se inclinó hacia adelante en su asiento y la miró expectante.

—El hijo de un amigo de mi padre... Sí, es cierto, suena complicado..., trabaja para la revista *Illustrated London News*. En una ocasión le hice llegar una historia de forma gratuita y desde entonces está en deuda conmigo. Si la revista informó del accidente, el artículo tuvo que pasar por su escritorio. Mañana mismo le enviaré un telegrama.

—Eso sería fantástico.

La señora Westlake alzó su copa.

—Sigamos el consejo de Tennyson en su poema *Ulises*: «Esforzarse, buscar, encontrar y no rendirse».

Matilda brindó con ella y se acordó de otra línea de ese poema que decía: «Formo parte de todo lo que he visto».

Si eso era así, entonces ella era parte de la historia de Laura y no le podía denegar la ayuda.

10

Edward Marsden se mostró espontáneamente de acuerdo en recibir a Matilda por la tarde en su oficina, situada en Ingram House, en el número 198 del Strand. El imponente edificio recibía el nombre de la familia fundadora, que había publicado hacía cincuenta y ocho años la primera revista ilustrada del mundo.

Matilda se anunció al portero, que la hizo subir por una escalera de mármol hasta la primera planta, donde estaba la redacción. En las paredes colgaban portadas enmarcadas con grandes ilustraciones que anunciaban acontecimientos especialmente relevantes: la guerra de Crimea, la exposición universal, la inauguración del canal de Suez, hundimientos de barcos, estrenos de teatro y viajes de descubrimientos. Todas esas portadas estaban encabezadas por el nombre de la revista escrito en sus letras características y el hermoso panorama de Londres con la catedral de San Pablo en el centro.

Los padres de Matilda estaban suscritos a esa publicación. Cuando ella aprendió a leer, solía hojearla primero hacia atrás para leer los pequeños anuncios. Allí se ofrecía de todo: desde pastillas digestivas a bicicletas e incluso pistolas, y ella, fascinada, leía ávidamente todos y cada uno de esos anuncios.

Harry la había criado leyéndole la revista porque le parecía que las noticias de deportes y sobre países lejanos eran muy interesantes, pero a Matilda la cautivaban otras cosas más útiles como los tenedores patentados con lados en forma de cuchillas diminutas que, al parecer, facilitaban la masticación y, por lo tanto, la digestión.

Entonces se abrió una puerta al final del pasillo y Edward Marsden le hizo señas para que se acercara. Aunque parecía recién entrado en los cincuenta, conservaba aún su cabello negro como el azabache. Tenía un hombro más alto que el otro, con lo cual miraba a su interlocutor de forma oblicua desde abajo, y su cabeza resultaba demasiado grande para su cuerpo enclenque. Al estrecharle la mano a Matilda, le dirigió la sonrisa más encantadora que ella había visto jamás en un hombre.

—Por favor, entre y tome asiento.

Señaló la silla que había frente a su escritorio y cerró la puerta. La estancia era pequeña, pero estaba bien iluminada gracias a una gran ventana. Las estanterías, que llegaban hasta el techo, estaban repletas de montones de papeles y en el único espacio desocupado de la mesa había una máquina de escribir.

—Gracias por dedicarme su tiempo, señor Marsden.

Él se encogió de hombros.

—No iba a dejar escapar la oportunidad de recibir en mi oficina a una joven dama.

Lo dijo a la ligera, pero Matilda percibió en esas palabras una tristeza sorda.

—¿La señora Westlake le ha dicho en su mensaje de qué asunto se trata?

—Tan solo me ha dicho que se trata de un asunto personal y me ha pedido que la ayudara. Bien, ¿qué puedo hacer por usted?

Matilda le explicó su deseo.

Cuando hubo terminado, el señor Marsden la miró con el ceño levemente fruncido.

—Déjeme pensar... Sí, hubo algo. ¿Cuatro años, dice?

Se levantó y sacó trabajosamente de la estantería un gran libro encuadernado, en cuyo lomo negro se leía «1896». Lo dejó sobre la mesa y señalándolo dijo:

—Aquí están los cincuenta y dos números de nuestra revista en el año en cuestión. ¿Sabe usted en qué mes se produjo el incendio?

—Por desgracia, no.

—Bien, entonces vamos a tener que tomar la vía más larga y mirarlo todo. ¿Le apetece? —Giró el libro hacia ella y señaló con la cabeza la máquina de escribir que había al otro lado—. Yo aún debo escribir un artículo para el próximo número y llevo bastante atraso.

—Por supuesto, no quiero molestarle.

Matilda abrió el libro. Comparado con los periódicos, con sus columnas estrechas siempre iguales, la *Illustrated London News* era muchísimo más fácil de abarcar con la vista. Las numerosas ilustraciones permitían adivinar al instante de qué trababa el artículo y le ahorraron una búsqueda ardua.

Halló el artículo en octubre.

Tragedia en Kent

Un matrimonio de Londres murió el pasado jueves en el incendio de una casa de campo del siglo XVII. George y Violet Ancroft pasaban a menudo los fines de semana en su vivienda, ubicada en un lugar remoto pero idílico de Cranbrook, en Kent. El acomodado comerciante de Londres y su esposa solían recibir allí a amigos y artistas y eran muy apreciados entre la vecindad.

La causa del fuego todavía no se ha determinado, pero el responsable del cuerpo de bomberos declaró que el peligro de incendio en edificaciones antiguas como aquella es considerable, porque están construidas con mucha madera y el techo está cubierto de caña.

El levantamiento de los cadáveres reveló que el matrimonio no sucumbió por las llamas sino por el humo inhalado. Los Ancroft dejan una niña pequeña que no se hallaba en la casa. Según ha sabido nuestra revista, se nombrará como tutor a un abogado para que la pequeña esté bien atendida.

Una vecina dijo que todo el pueblo está profundamente conmocionado y expresó sus más profundas condolencias a la pequeña. Por fortuna, los invitados del fin de semana no habían llegado aún; de lo contrario, cabría lamentar más víctimas.

Debajo había un grabado que mostraba una casa de campo con entramado de madera rodeada de rosales.

Matilda anotó los datos más importantes.

—¿Ha encontrado lo que buscaba? —preguntó Marsden.

—Oh, sí. Muchas gracias.

Volvió el libro hacia él y leyó por encima el artículo.

—Sí, me acuerdo. Este artículo lo escribió un compañero, y la historia tuvo su repercusión.

—¿Me permite hojear un poco más?

Él le invitó con el gesto.

—Adelante. Nunca me marcho a casa antes de las nueve. A veces, incluso más tarde.

De nuevo, a Matilda le pareció que había algo más en sus palabras, tal vez soledad. Levantó la mirada y contempló a Marsden sentado en su escritorio, con la espalda inclinada y las manos sobre el teclado de la máquina de escribir. El ritmo con que escribía era muy irregular, casi doloroso.

Matilda siguió pasando páginas, pero no encontró nada más sobre el incendio. Un accidente había costado la vida a dos personas y había arrebatado los padres a una niña. Para la prensa, el asunto había terminado ahí.

En cambio, para Laura entonces había empezado una nueva historia.

Cuando cerró el libro, Marsden levantó la vista.

—¿Lista?

—Sí. —Ella vaciló—. De todos modos, si usted se va a quedar aquí, me gustaría robarle unos minutos.

De nuevo esa sonrisa que transformaba por completo el rostro de él. Se levantó y se acercó a un armario.

—A esta hora no hay té, pero ¿qué tal un jerez? A mí me gusta el whisky, pero las damas por lo general prefieren bebidas más suaves.

Algo en su interior se rebeló contra la elección de una bebida femenina.

—Un whisky corto también me vendría bien.

Marsden puso dos vasos sobre la mesa y sirvió un whisky corto y uno doble.

Aunque le quemó la garganta, Matilda sintió luego un calor agradable en el estómago.

—Quería usted robarme algunos minutos, señorita Gray. Adelante.

—¿Adónde puedo dirigirme para averiguar algo sobre una casa, una que actualmente está deshabitada?

—¿La quiere usted comprar?

—No, no, me interesa su historia y las gentes que la habitaron.

El señor Marsden se reclinó en su asiento y la contempló con interés.

—Me está usted intrigando. Y, créame, soy gato viejo en este negocio. Hace falta bastante para despertar mi curiosidad. Llevo treinta años en la *News* y he escrito artículos sobre cualquier guerra, evento deportivo o escándalo social mientras estos han proporcionado tiradas. Pero usted... —Tomó otro trago—. Usted viene de parte de Bea Westlake y solo eso ya es motivo para estar en guardia. ¡Es de armas tomar!

Matilda se sorprendió un instante y luego se echó a reír al darse cuenta de que se refería a su casera.

—Usted quería saber algo sobre la muerte de los Ancroft. Y ahora me pregunta sobre una casa vacía de Londres. Supongo que existe una relación entre ambas cosas.

Al ver que ella no decía nada, él levantó una ceja.

—¿Estoy en lo cierto?

Matilda dobló las manos en el regazo y lo miró.

—Usted es periodista. Hay cosas que no le puedo contar. Este asunto es confidencial.

—No siempre soy periodista.

—¿Me da su palabra?

—No iría tan lejos —respondió él con una honestidad cautivadora—. Siempre ando en busca de buenas historias. Pero le prometo advertirla en cuanto nos adentremos en un terreno peligroso. Y nada de lo que ha dicho hasta el momento va a salir de esta oficina. Le debo un favor a la buena de Bea y con esto se lo devuelvo.

—De acuerdo. Se trata de la casa de Londres de los Ancroft. Está deshabitada. Se encuentra en Laurence Pountney Hill.

—¿Dónde es eso exactamente?

—Es una calle secundaria de Cannon Street. Está frente a St. Swithin, en diagonal.

—*«They groan'd aloud on London Stone»*.

—*«They groan'd aloud on Tyburns' Brook»* —completó la frase Matilda—. ¡Conoce bien a Blake! De todos modos, debo admitir que hasta hace unos días yo no sabía dónde se hallaba esa piedra.

Marsden se frotó con gesto pensativo la barbilla, en la que asomaba la sombra oscura de la barba.

—En esa zona apenas hay viviendas. Sin duda, esa familia tenía que ser muy acomodada si además tenía una propiedad en el campo.

—Es bastante elegante.

—Bueno, señorita Gray, si en los últimos años hubiera habido escándalos u otros eventos espectaculares en torno a esa casa o a la familia, yo lo sabría. En cuanto me hubiera dicho la dirección habría aguzado el oído. Pero tampoco el nombre de la calle me dice nada. ¿Le apetece otro whisky? —Ella negó con la cabeza, él se sirvió un poco más—. En la *News* siempre sabemos lo que ocurre en Londres y de lo que merece la pena informar. Pero no ponga esa cara de decepción, todavía no he terminado.

Arrancó una hoja de una libreta y anotó algo.

—Yo soy responsable del presente, de todo cuanto es nuevo e interesante. No soy historiador. Al contrario que este caballero.

Tocó el papelito y se lo pasó a Matilda. Decía: «Profesor Stephen Fleming, departamento de Historia, University College de Londres».

—Gracias.

El señor Marsden pareció adivinar la pregunta no formulada.

—Es un experto en historia de Londres. Sabe cosas que los periodistas no sabemos por regla general y que exceden nuestros conocimientos. Años atrás me respondió unas preguntas sobre la historia de la navegación en el Támesis y me pareció una persona amable y solícita. Pruebe suerte con él.

Matilda le dio las gracias de nuevo y se levantó. Marsden le tendió la mano.

—Salude a la buena de Bea de mi parte y dígale que ahora ya estamos en paz. —Luego, con una sonrisa, añadió—: Si alguna vez necesita alguien de la prensa, acuda a mí. Ha sido un auténtico placer, señorita Gray.

Matilda se quedó quieta, pensativa, en el Strand, sin reparar apenas en las personas, omnibuses y coches de caballos que pasaban junto a ella. Lo que había empezado como una preocupación por Laura se había convertido en un misterio emocionante. Le parecía estar en un viaje en el que cada encuentro le abría nuevas puertas y la conducía a personas distintas. De nuevo llevaba en el bolsillo una nota con un nombre desconocido; de nuevo iba atravesar la ciudad a última hora de la tarde en lugar de permanecer sentada leyendo al calor de la chimenea. Cada vez le costaba más concentrarse en el trabajo durante el día; el enigma que le había planteado Laura la atraía de un modo irresistible.

El coleccionista y Marsden tenían algo en común: no eran científicos, ambos querían vender algo: uno, objetos curiosos; el otro, una revista. Ninguno de los dos se había sorprendido especialmente cuando Matilda apareció con sus objetos encontrados y sus preguntas. Pero ¿qué diría un profesor universitario del University College?

Decidió andar un trecho y distraerse con las luces y la gente. Adoraba aquella ciudad inmensa en la que era posible perderse. No habría vivido jamás en otro sitio.

Igual que los Ancroft, se dijo. Iban a menudo a su hermosa casa de campo, pero nunca habían abandonado su casa de Londres. ¿Cómo eran los fines de semana de Laura cuando sus padres la dejaban sola en la ciudad? ¿Se paseaba por su dormitorio huyendo de la niñera o de la institutriz? Sin duda, una chica tan aventurera y segura de sí misma como ella no era de las que se quedaban quietas en un rincón haciendo bordados. Sin embargo, aquella gran casa antigua debía de haberla intimidado.

Matilda estaba tan ensimismada que estuvo a punto de darse de bruces con una señora que paseaba a un perro. Matilda se disculpó y se dispuso a seguir cuando reparó en un vendedor callejero que vendía sándwiches de jamón. De pronto se dio cuenta de lo hambrienta que se sentía. Compró dos y se comió uno de inmediato; no era algo muy propio de una dama, pero, la verdad, le daba igual.

Tomó Charing Cross Road mientras seguía comiendo y al poco tiempo los dos sándwiches habían desaparecido.

Aquella calle estaba llena de librerías y tiendas de antigüedades, y sus escaparates la atrajeron. Un poco más, se dijo, y volvería a la estación de Charing Cross para tomar el tren subterráneo y volver a casa.

La revista *Blackwood's Magazine* anunciaba la novela más reciente de Joseph Conrad, *Lord Jim*; a su lado, un letrero proclamaba: «Próximamente en libro». Las tapas de *El mago de Oz* llamaban la atención por su colorido, y Jerome K. Jerome había enviado a sus tres hombres de excursión en bicicleta por Alemania. Matilda, sintiendo que el frío y el cansancio le calaban hasta los huesos, iba a regresar a casa cuando su mirada se posó en un libro apoyado en una maqueta de madera de la Torre de Londres. Se titulaba *El Londres olvidado*, de Stephen J. Fleming.

11

Londres, noviembre de 1900

Stephen Fleming caminaba por Gower Street mientras disfrutaba del paseo matutino sintiendo cómo el sol, tras atravesar la niebla de noviembre, le calentaba un poco la espalda. Giró para entrar en el patio interior del recinto de la universidad; allí las últimas hojas se aferraban a los árboles antes de que la próxima tormenta las arrancara de manera definitiva. Con todo, esa mañana en el aire todavía quedaba un hálito del otoño dorado.

Fleming se desabrochó el abrigo, pues la caminata le había hecho entrar en calor, y subió los escalones que había frente a la magnífica entrada en pórtico. Al pasar saludó a un compañero del Instituto de Literatura Inglesa, que le dio una hoja y le murmuró algo sobre una asamblea.

En el claustro norte fue abordado por una joven:

—Buenos días, profesor. Disculpe que le moleste, pero ¿tendría un momento para hablar? Es por mi tesis doctoral. Me gustaría trabajar aún más el papel de las mujeres en los gremios.

Se detuvo y señaló uno de los nichos de la pared.

—Ya conoce usted mi situación, señorita Edwards. Si quiere hablar conmigo, debe aprovechar cualquier posibilidad que se le ofrezca. A ver, ¿en qué puedo ayudarla?

Tras una mirada de sorpresa, la señorita Edwards sacó un montón de las hojas que rebosaban de su bolso y se lanzó a hablar.

Fleming había aprendido a concentrarse en las situaciones más imposibles, a acordar temas para exámenes orales en el patio de la universidad y a recoger trabajos bajo las columnas empapadas de lluvia del pórtico. Sabía que le llamaban «Fleming el Rápido» y lo aceptaba con humor.

De vez en cuando invitaba a estudiantes a su casa. Cuando veían su estudio lo contemplaban con asombro. En una ocasión había oído decir a un estudiante que había estado en su casa que ese estudio era como un «museo de las excentricidades»; en la clase siguiente, Fleming le había puesto una lata de metal bajo la nariz y le había pedido un donativo para el mantenimiento del museo.

Daba clases de historia inglesa y europea, pero aquel espacio estaba reservado a su pasión, el pasado de Londres. Tenía las estanterías repletas de lámparas de aceite romanas, monedas medievales, aldabas, letreros de calles, vajilla de madera, libros isabelinos en miniatura, frascos de perfume, espejos y abanicos. Solía llevar a menudo esos objetos a sus lecciones con la esperanza de despertar de este modo la imaginación de sus alumnos.

La historia no estaba hecha de papel, había que tocarla, olerla y degustarla para comprenderla. En una ocasión le había mostrado una receta del siglo XV a su ama de llaves y le había pedido que la elaborara para una cena informal. Ella se la devolvió indignada.

—¿Pollo en decocción de cerveza *ale,* profesor? ¿Entre diez y veinte hilos de azafrán? ¿Tanto jengibre? Eso no va a gustar a nadie y, al final, lo tendrá que tirar. Por no hablar de lo que le costaría.

Finalmente habían acordado hacer una sopa de fresas, que fue servida como postre e hizo las delicias de los invitados.

Era muy popular porque sus lecciones eran muy ilustrativas. Dejaba que las estudiantes se probaran joyas, ofrecía galletas hechas según recetas ancestrales, e incluso permitía luchas de esgrima con armas antiguas, que solo canceló cuando el decano, alarmado por el ruido y las risas, metió la cabeza en el aula.

Aunque de vez en cuando sus compañeros sacudían la cabeza en un gesto de desaprobación, también sabían que los estudiantes de Fleming sacaban buenas notas. Así, entretanto, algunos habían empezado a introducir objetos para animar sus clases. Sus compañeros jamás lo habrían admitido, pero hacía poco una estudiante había confiado a Fleming que el profesor Cranston había intentado crear un perfume del antiguo Egipto llamado *stakte* que había dejado el aula envuelta en un aroma a mirra verdaderamente aturdidor.

A Fleming no le molestaba que sus compañeros se rieran de sus métodos si luego lo imitaban en secreto. El trabajo en el departamento era agradable y el ambiente solía ser desenfadado. Años atrás había recibido una invitación para ir a Oxford, pero él había preferido quedarse en el University College. Era una institución todavía joven, con una orientación avanzada y desde hacía veinte años permitía el acceso a las mujeres, algo que a Fleming le parecía especialmente estimulante.

Además, como Londres era el objeto de sus estudios, jamás se habría mudado a otra ciudad.

Su mirada se posó en la hoja que le habían entregado antes.

Un compañero había conocido a Emily Hobhouse semanas atrás y había quedado tan impresionado por esa mujer que la había invitado a dar una charla. Ella abogaba por las mujeres y los niños de Sudáfrica, que eran expulsados de sus hogares y se habían convertido en víctimas de la guerra. Además, trabajaba en favor del Comité de Reconciliación de Sudáfrica, que pretendía negociar con los bóeres y acordar la paz cuanto antes. La señorita Hobhouse era un personaje polémico; muchos de sus detractores sostenían incluso que apoyaba a los enemigos de Gran Bretaña.

Para Fleming era lógico tratar con mujeres, las cuales solían encontrar a menudo incomprensión en otras personas. La señorita Edwards, por ejemplo, le había confesado en una ocasión que estudiaba gracias a una anciana tía después de que sus propios padres se hubieran negado a pagarle los estudios. Desde entonces, la estudiante vivía en una habitación amueblada porque el padre la había echado de casa.

En cualquier caso, la señorita Hobhouse iba aún más allá y se enfrentaba incluso al gobierno. Fleming la había tratado brevemente en una ocasión y le había parecido una persona sincera y convincente. Por eso esperaba que a las seis el aula estaría muy concurrida.

La señorita Emily Hobhouse se encontraba de pie en el estrado, con su vestido oscuro de cuello alto. Tenía una expresión seria e inteligente, que la hacía parecer a la vez amable y concentrada mientras hablaba de su apuesta a favor de las mujeres y los niños del Cabo. Su voz era apasionada, pero no arrebatada, y apelaba a la moral y al sentido común.

Fleming estaba de pie cerca de la puerta con los brazos cruzados. La concurrencia había sido mayor incluso que la esperada. Todos los asientos estaban ocupados, e incluso se habían visto forzados a no dejar entrar a algunos asistentes. Vio muchos rostros jóvenes, entre ellos algunos estudiantes suyos, pero también personas que venían claramente de la calle, tal vez atraídas por los carteles colgados en las dos casetas de la entrada. Entre el público había tres o cuatro caballeros, que él supuso que debían de ser periodistas. Deseó que todo transcurriera sin incidentes, era imposible saber si allí solo había adeptos y curiosos o si también había adversarios de la señorita Hobhouse deseosos de causar algún alboroto.

Por desgracia, sus temores se vieron confirmados demasiado pronto.

Un hombre se levantó un poco de su asiento y gritó:

—¡Pues entonces, márchate de una vez con esos amigos tuyos bóeres!

La señorita Hobhouse se interrumpió y miró hacia donde había venido el grito.

—Caballero, no puedo considerar amigas a personas que no conozco. Pero tampoco enemigas, sobre todo cuando se trata de mujeres y niños indefensos que se han convertido en víctimas de esta guerra. Sus casas han sido destruidas, sus campos, quemados, y han sido expulsados de sus tierras. En cuanto a su propuesta: en efecto, el día 7 de diciembre viajaré a la Colonia del Cabo para formarme una idea de la situación.

Quiso seguir hablando, pero de nuevo la interrumpió alguien a gritos.

—¡Entonces que esas mujeres vayan a lamentarse a sus maridos por matar a nuestros soldados! Nosotros nos defendemos. Como británicos, estamos en nuestro derecho.

La señorita Edwards, sentada en primera línea, se levantó de un salto y se volvió hacia atrás.

—¡Pero dejen hablar a la señora!

—Y ahora empieza la otra...

El colega de Fleming, el profesor de inglés Ingram, que había invitado a la señorita Hobhouse, se acercó al atril y dio un golpe con la palma de la mano.

—¡Les ruego silencio! ¡Si no, desalojaré la sala!

En cuanto volvió el silencio, la señorita Hobhouse prosiguió:

—Allí se han creado unos campamentos, llamados campos de concentración, en los que malviven esas personas desarraigadas. Y digo que malviven porque es exactamente así. Allí se propagan enfermedades como el tifus; la mortalidad infantil es alarmante, y se habla incluso de muertos de hambre.

—¡No pienso escuchar más tiempo absurdidades tan peligrosas!

El hombre indignado se levantó de golpe y se dirigió hacia la puerta, que en ese momento se estaba abriendo. Se precipitó sin miramientos contra una joven que iba a entrar en ese momento y la derribó al suelo. Luego desapareció sin girarse.

Fleming hizo una señal a la señorita Hobhouse para que prosiguiera, y corrió a asistir a la mujer y ayudarla a levantarse. Luego la retiró con cuidado al pasillo y la acompañó a un rincón tranquilo.

—¿Está usted herida? ¿Necesita asistencia médica?

La mujer negó con la cabeza, pero él vio que una mancha alargada y de color morado en la mejilla izquierda de ella empezaba a inflamarse.

—Se ha lastimado con el canto de la puerta. Acompáñeme.

Fleming la tomó por el brazo con suavidad, pero con decisión, y la condujo por varios pasillos hasta que se detuvo frente a una puerta cerrada. Hurgó en el bolsillo de sus pantalones paras sacar una llave. Para entonces, la mujer respiraba con fuerza a su lado, como si estuviera bajo los efectos de una conmoción.

Abrió la puerta y la acompañó hasta una silla. La sala era pequeña y despejada y solo tenía una litera, un armario y un lavamanos. Fleming abrió el grifo, sostuvo su pañuelo bajo el chorro y lo estrujó con cuidado.

—Póngaselo en la mejilla.

La mujer tomó el pañuelo y sorbió aire cuando le rozó la cara. Con todo, su respiración se fue calmando.

—Sienta bien.

Fleming abrió el armario y sacó una lata metálica que contenía apósitos. Al entregarle la lata le sobrevino un recuerdo. Se vio a sí mismo con un paño frío en la cara después de que un brazo inesperadamente fuerte lo empujara contra un armario. Apartó rápidamente de sí ese pensamiento y dijo:

—En los próximos días va a tener usted el aspecto de haberse peleado, pero se le irá. Cuando el pañuelo esté caliente, póngase la lata en la cara.

Contempló entonces a la mujer con más detenimiento. Llevaba un vestido de color azul marino, con chaqueta ceñida y falda con vuelo, y una boina de terciopelo también azul marino tocada con un broche dorado; se le había soltado un mechón rubio de pelo que ahora le caía frente a un ojo.

—Muchas gracias, caballero. ¡Qué percance tan tonto! Pero ese señor ha aparecido por sorpresa. Yo no pretendía en absoluto interrumpir la charla.

—De todos modos, ya estaba interrumpida, precisamente por parte de ese señor —repuso Fleming.

Abrió una puertecilla del armario detrás de la cual había brandy, en teoría por motivos puramente médicos, sirvió un vaso y se lo entregó a la mujer. Ella tomó un sorbo y luego cambió el pañuelo por la lata fría.

—En cuanto se haya recuperado, estaré encantado de acompañarla al aula, si es que quiere oír a la señorita Hobhouse.

Notó que ella vacilaba y que parecía algo azorada.

—En realidad, no pretendía asistir a esa charla. Bueno, parece muy interesante, pero no estaba allí por eso. Estaba buscando al profesor Fleming.

—¡Oh! ¿De veras? —preguntó él con sorpresa.

Ella sonrió.

—Le he preguntado al conserje y me ha dicho que el profesor Fleming no tiene despacho propio. «Es el único historiador que tenemos», me ha dicho. Parecía como si hablara de una mascota exótica.

Fleming apenas pudo contener la risa.

—Y entonces me ha enviado a esa aula, porque el profesor debía de estar allí. Por desgracia, fui derribada al suelo antes de dar con él.

—¡Pues está usted de suerte!

La joven mujer lo miró con asombro y, al verlo sonreír, cayó en la cuenta y se sonrojó.

—¡Oh! ¿Es usted? —Se mordió el labio—. Siento eso de la mascota. Por favor, perdóneme.

Él acercó una silla.

—Si me dice quién es usted, olvidaré eso de la mascota.

—Oh, por supuesto. Me llamo Matilda Gray. Pero no querría que dejara de asistir a la conferencia. He leído en el periódico sobre la señorita Hobhouse. Es una mujer admirable.

Él contempló a su visitante.

—He oído lo suficiente, y conozco bien las opiniones de la señorita Hobhouse. Es más, las comparto. Por eso, puedo dedicarle a usted mi tiempo: además, debo admitir que siento curiosidad por lo que la ha llevado hasta mí. —Miró a su alrededor—. Por desgracia, no puedo ofrecerle té. Como ya se habrá dado cuenta, esta es la sala de primeros auxilios. Pero a la vuelta de la esquina hay una cafetería. ¿Le apetecería...?

La señorita Gray parecía algo desconcertada.

—Disculpe, apenas nos conocemos. Pero esta zona es liberal, nuestras estudiantes se mueven con total libertad.

—Yo también, profesor. Solo pensaba en mi cara.

—Me basta con que me llame señor Fleming. Y, como ya le he dicho, esta es una zona liberal.

—Entonces, de acuerdo. —Dejó la lata sobre la mesa—. Si usted se atreve a salir a la calle conmigo con esta cara, entonces vayamos.

A esas alturas, Fleming estaba muy intrigado. Guardó la lata, se metió el pañuelo mojado en el bolsillo sin darse cuenta y sostuvo la puerta para su visitante. El edificio parecía abandonado. Sus pasos resonaban con cierto retardo en los pasillos silenciosos. Fleming recogió su sombrero y su abrigo de un armario empotrado de la consejería y, al poco rato, se encontraron en la acera mojada por la lluvia. Los árboles del patio solo se distinguían vagamente contra el cielo azul oscuro de la tarde. Y las farolas provocaban destellos dorados en el suelo adoquinado.

—Es justo al otro lado —dijo él señalando una calle secundaria—. Si le parece que es demasiado tarde para tomar un café, puede usted tomar cualquier otra cosa. Solo que ahí el café está especialmente bueno. El local tiene más de cien años, aunque no siempre estuvo abierto para las mujeres.

—Un logro de los tiempos modernos —dijo la señorita Gray con tono complacido.

—Desde luego. —Ambos habían abierto sus paraguas y avanzaban uno junto al otro—. Uno de muchos.

—Como el de que las mujeres puedan estudiar en su institución.

—No entiendo por qué hay tanta oposición en otros sitios —dijo él con énfasis—. Para mí las estudiantes son un gran enriquecimiento.

La cafetería tenía un saledizo con grandes ventanas por las que salía la luz cálida del interior. Tras sacudir los paraguas, Fleming sostuvo la puerta de vaivén para su acompañante. En el interior les recibió el aroma a café y a dulces; el local estaba lleno de voces y risas.

Encontraron una mesa libre en un rincón. Tras ofrecerle a la señorita Gray un asiento de manera que la mejilla magullada quedara hacia la pared, él se sentó delante de ella.

En cuanto hubieron pedido, la miró detenidamente.

—Todavía me debe usted una respuesta. ¿Qué la ha llevado hasta mí?

Se preguntaba si acaso a ella le interesaba estudiar historia, pero le parecía muy inusual que quisiera hablar de ello con él en persona.

La respuesta de ella fue rápida y sincera:

—Me lo han recomendado como experto en historia de la ciudad. He empezado a leer su libro sobre el Londres olvidado. Es fascinante.

—¿Quién me ha recomendado?

—El señor Marsden, de la *Illustrated London News.*

Él arqueó las cejas con sorpresa.

—Y he visitado también el establecimiento del señor Arkwright en Spitalfields —se apresuró a añadir.

—Esto resulta cada vez más intrigante. Cuénteme.

La señorita Gray le describió la caja de madera que había encontrado gracias a las pistas de la postal, así como lo que el coleccionista le había contado sobre los objetos que contenía.

—No me extraña que Arkwright se interesara, ¡qué astuto es! —dijo Fleming con tono divertido.

—¿Se conocen ustedes?

En ese momento les sirvieron el café y los sándwiches. Fleming revolvió el azúcar en la taza y se encogió de hombros.

—El señor Arkwright me considera su archienemigo. Por mi parte, yo diría que nuestra relación es de rivalidad profesional. Suena menos dramático. —Notó que a ella esa respuesta no le satisfacía—. Supongo que él no me ha mencionado. Era de esperar —añadió tras escrutar su expresión. Dio un bocado a su sándwich de jamón y masticó mientras la señorita Gray movía el suyo de un lado a otro del plato con impaciencia—. Él es un comerciante y yo un científico. Él colecciona, yo investigo. Él retiene sus secretos para sí y yo los comparto con los demás. Por eso nuestros intereses son de naturaleza opuesta. Y eso que podríamos sernos de gran utilidad el uno para el otro.

—¿En qué sentido?

—Él tiene documentos por los que yo daría mi mano derecha. Bueno, eso es exagerado, pero suplicaría por verlos. De hecho, eso ya lo hice. Pero él es muy suyo. No es casual que le llamen «el coleccionista».

—¿Solo porque colecciona objetos por lo que son y no por su utilidad? —preguntó la señorita Gray de forma algo provocadora—. Eso no es reprochable. La belleza y la utilidad no siempre coinciden.

Fleming se dio cuenta de que Arkwright la había impresionado. No era nada raro: aquel hombre era único, y su tienda, el paraíso de quienes adoraban el Londres antiguo y sus secretos. Tenía que ser prudente.

—Por supuesto que no, señorita Gray. Pero a Arkwright no le interesan ni la belleza ni la utilidad, sino la posesión.

—Se mostró realmente dispuesto a ayudar.

—Si él compartió sus conocimientos con usted, considérese muy afortunada, porque significa que usted es excepcional. Desde luego, ese no es su modo de ser.

Ella parecía debatir consigo misma, y Fleming lamentó haberla puesto en una situación comprometida.

—Disculpe, he sido descortés. En vez de interesarme por su petición, me he puesto a criticar a alguien que se ha mostrado amable con usted. A ver, usted quería saber más cosas sobre esa caja de madera y su contenido. Y el señor Arkwright quiere saber a quién pertenecía el libro manuscrito, pero usted hasta ahora no ha podido averiguar gran cosa. ¿Lo he entendido bien?

La señorita Gray sacó un papel de su bolso y lo alisó sobre la mesa.

—Laurence Pountney Hill. Allí es donde vivía la familia que tuvo la caja en último lugar.

—¿Puedo preguntarle cómo llegó esa caja a sus manos?

—Señor Fleming, soy maestra. Pertenece a una alumna que actualmente se encuentra en el extranjero.

Entonces fue él quien no se dio por satisfecho con esa respuesta, algo que ella pareció notar.

—La chica escondió la caja en la escuela. En una postal que me escribió encontré la pista que me llevó a su escondite. Es todo lo que sé.

—¿La había escondido?

La señorita Gray intentó dar un mordisco a su bocadillo, pero dibujó una mueca de dolor.

—Hum. Y mucho, además. Hace cuatro años que está en la escuela. Me figuro que en algún momento durante este tiempo la sacó de su casa y la llevó allí.

Fleming se pasó la servilleta por la boca.

—Pero usted no lo sabe seguro.

—No. No he tenido la oportunidad de hablar de eso con ella.

Él seguía teniendo la impresión de que ella se callaba alguna cosa, pero no quiso insistir. Entonces, apartó el plato y levantó dos dedos.

—Primera posibilidad: se la trajo de casa después de que alguien se la regalara, la heredara o la hubiera encontrado por casualidad. Segunda posibilidad: la encontró en la escuela.

La señorita Gray le interrumpió.

—Eso me parece muy improbable. El edificio de la escuela apenas tiene treinta años. Y si la caja hubiera sido de una alumna o de una profesora, esa persona la hubiera echado en falta.

—¿Ha preguntado si alguien sabe algo de ese tesoro?

—¿Tesoro? —preguntó la señorita Gray con tono burlón.

—Concédame un poco de romanticismo. A ver, ¿ha preguntado?

Ella negó con la cabeza con pesar.

—No está bien visto que una profesora se centre demasiado en una alumna. Mis compañeras dan por hecho que ella no volverá. Consideran zanjado el asunto y esperan que yo haga lo mismo.

—Pero no es así. —Él la escrutó. Desde el primer instante había percibido en ella una gran determinación, un fuego que parecía impulsarla. Le gustaba la gente con un objetivo claro—. Usted ha asumido bastantes riesgos por este asunto. No estoy seguro de lo que la mueve, pero tiene que ser un sentimiento muy intenso.

Por la expresión de ella, tuvo la impresión de que la había descubierto. Una vena le latía en el cuello.

—Siento una obligación hacia la alumna. No puedo decir más.

Fleming se dio por satisfecho por el momento.

—Por lo que parece, la muchacha da mucha importancia a ese tesoro, si no, no se habría tomado la molestia de esconderlo en la escuela. Quería tenerlo cerca, ya sea por motivos sentimentales o porque creía que no estaba a salvo en la casa de sus padres. —Entonces se interrumpió—. Pero ¿por qué envía una postal a su profesora? También habría podido pedir simplemente que le devolvieran la caja.

—Entonces habría tenido que admitir que la había escondido —reflexionó la señorita Gray—. Por algún motivo me la ha confiado. Parece como si nadie, excepto yo, debiera conocer la existencia de esa caja.

Fleming apoyó los codos en la mesa y unió las yemas de los dedos.

—¿Cómo la puedo ayudar? No soy detective, solo historiador.

—Me gustaría saber más cosas sobre la casa de Laurence Pountney Hill y sobre la familia Ancroft que vivió en ella. Su antigüedad, a quién perteneció, a qué se dedicaban esas personas... Puede que así encuentre un indicio de la importancia de ese tesoro.

—¿Ha ido allí alguna vez?

—Sí, la vi desde fuera. —Vaciló y sonrió con timidez—. Un vendedor callejero me dijo que por allí «ronda» algo. Supersticiones, lo sé, pero ese pensamiento no me abandona.

Fleming aguzó el oído.

—¿Que «ronda» algo? ¿Se refiere a un espíritu?

La señorita Gray se encogió de hombros.

—Sí, ya sé que suena a tontería. Habló de un escalofrío que siente siempre cuando pasa por delante. Yo no noté nada. La casa tiene un aspecto muy abandonado.

—En la City apenas vive nadie; la mayoría solo va allí a trabajar, y por la tarde la gente regresa a los barrios periféricos. Por eso diría que la casa pertenece a la familia desde hace tiempo y que la gente solo siguió viviendo allí por costumbre.

La señorita Gray pareció debatirse consigo misma unos instantes. Luego explicó que los padres de la chica murieron en un incendio.

—Fue en Kent. Hará unos años. En una casa de campo que se incendió de noche.

Él recordó haber leído al respecto.

—Sí, fue una historia tremenda. ¿Y dice usted que era una familia de comerciantes? En ese caso, la casa, en efecto, podría ser propiedad de los Ancroft desde hace generaciones, eso encaja con la zona. Hasta el siglo pasado, era habitual vivir y trabajar en el mismo edificio.

—¿Usted podría saber desde cuándo pertenece la casa a los Ancroft? —preguntó ella interesada.

Fleming sonrió.

—Solo con una condición.

—¿Y cuál sería?

—Soy una persona curiosa y me gustaría saber cómo continúa la historia. Además, voy a necesitar su dirección para poder ponerme en contacto con usted.

—De acuerdo —dijo ella de inmediato.

Fleming se ofreció a acompañar a la señorita Gray hasta el tren subterráneo y, como si lo hubiera acordado de manera tácita, dejaron de hablar de la casa. Había parado de llover, pero el viento soplaba ahora más fuerte y ella se sostenía la boina con la mano mientras avanzaban uno junto al otro. Parecía estar pensando algo, hasta que por fin lo miró de reojo.

—Señor Fleming, antes usted ha dicho que comparte las opiniones de la señorita Hobhouse. Sobre las cosas que ocurren en el Cabo.

—Sí. —Eso era más una pregunta que una respuesta.

—Mi hermano está luchando allí. Me gustaría saber si él es testigo de esas atrocidades y si tal vez... —Ella no siguió hablando, como si algo le bloqueara la garganta.

Él se compadeció de ella. ¡Qué dilema amar a un hermano y temer que él pueda ser testigo, o incluso cometer, esas atrocidades!

—Señorita Gray, entiendo su preocupación. Pero los responsables de esos hechos no son soldados concretos, sino nuestro gobierno y nuestro ejército. No lo olvide —dijo con suavidad.

—Sus cartas son muy escuetas, no les está permitido escribir sobre el curso de la guerra. Pero tengo muchas ganas de que regrese pronto. Y de que no le pase nada.

Él no dijo nada porque en ocasiones el silencio es más reconfortante que las palabras.

Se despidieron frente a la estación de Gower Street. Según dijo la señorita Gray, desde allí podía tomar el Metropolitan Railway. Parecía agotada y seguramente con el frío del viento la mejilla debía de dolerle más.

—¿Quiere que la acompañe un trecho? —preguntó Fleming, preocupado, indicando con el dedo su propia mejilla.

—No, gracias. No es nada. Solo estoy cansada. Ha sido un día largo.

Él asintió.

—Espero que regrese a casa sin problemas.

Se despidió llevándose por un momento la mano al sombrero y luego cruzó la calle oscura para regresar por la misma dirección de la que venían.

12

Válgame Dios! Pero ¿qué le ha pasado? —exclamó la señora Westlake en cuanto Matilda asomó por la sala de estar—. Acérquese a la luz para que pueda verlo.

Había mapas repartidos por toda la estancia: en el sofá, sobre la mesa junto a la ventana. Adela vuelve a moverse, se dijo Matilda. Antes de que pudiera preguntar, la señora Westlake le tenía agarrada la barbilla y volvía su cabeza hacia la luz.

—¿Acaso se ha peleado usted?

Matilda se echó a reír, pero de inmediato se llevó la mano en la mejilla.

—No, no. Fue un accidente. Un hombre se me ha echado encima. Y, al caerme, me he dado con la mejilla en el marco de una puerta.

—¡Es como si un patán la hubiera derribado! ¡Menudos modales! ¿Y dónde ha pasado eso?

Parecía una madre indignada.

Matilda se dejó caer en una butaca. Eran casi las diez, ella y el profesor debían de haber estado en la cafetería más rato del que suponía.

—En el respetable University College. Si bien el señor en cuestión, al parecer, no es ni académico ni estudiante.

Le habló entonces de la charla de la señorita Hobhouse.

—¿Y dice usted que ese profesor en persona la ha atendido? ¡Qué amabilidad por su parte! ¿Acaso no tienen personal para eso?

Matilda se echó a reír y le contó la historia de «Fleming el Rápido».

—Supongo que le pareció de lo más normal ocuparse de mí y luego invitarme a una cafetería.

El rostro de la señora Westlake se iluminó.

—Confiaba en que Marsden resultara de utilidad. ¿Le parece que ese profesor podrá ayudarla? ¿Qué tipo de persona es? ¿Qué aspecto tiene?

—Rubio, sienes plateadas, algo moreno de piel. Bien afeitado, vamos, poco convencional. Ojos azules con profundas arrugas de expresión. A pesar de los remiendos en los codos, su traje de *tweed* era elegante.

—¡Ah! ¿Una de esas personas que pueden llevar cualquier cosa y siempre parece que van bien vestidos? —preguntó la señora Westlake entusiasmándose con el tema. Luego repitió—: ¿Y le parece que la podrá ayudar?

—Creo que sí.

El cansancio inundó de pronto a Matilda como si fuera una ola y cerró los ojos.

—Debería usted acostarse —dijo la señora Westlake—. Y mañana por la mañana despiérteme, aunque duerma. Le enseñaré a maquillarse.

Matilda puso cara de sorpresa y se levantó. El hombro con el que había chocado con el marco de la puerta empezaba a dolerle y apenas podía levantar los pies del suelo.

—¿Maquillarme?

—Lo sé, querida. Usted no suele hacerlo, como corresponde a una dama que debe servir de ejemplo a sus alumnas.

Pero esto es una necesidad. Tiene usted un aspecto verdaderamente desdichado. Tengo unos polvos que nos permitirán ocultar más o menos el percance.

A la mañana siguiente, la señora Westlake cumplió su palabra. Sentó a Matilda frente a su tocador y empezó a trastear con tarros, cajitas y pinceles por la cara, hasta que por fin se hizo a un lado.

—Y bien, ¿qué le parece, querida?

Matilda tragó saliva. Jamás había estado tan guapa, aunque a la señora Westlake se le había ido un poco la mano. No contenta con aplicarle unos polvos de cobertura, le había destacado los pómulos con colorete. Según ella, para tapar el hematoma.

—Muchas gracias —dijo Matilda diciéndose que en cuanto llegara a la escuela se quitaría el colorete con un pañuelo antes de que la vieran sus compañeras y las alumnas.

Sin embargo, todo ocurrió de forma muy distinta.

Poco antes de llegar a la puerta de la entrada, Mary Clutterworth se acercó corriendo a ella.

—¡Señorita Gray!

Matilda se detuvo.

—Antes de nada, Mary, buenos días. ¿Qué hay que sea tan urgente?

—Tiene que ir usted a ver a la señorita Haddon —dijo la muchacha entre resuellos mientras se arreglaba el lazo del pelo.

Matilda le dijo que se fuera a clase y se dirigió al despacho de la directora. Los días anteriores habían sido tranquilos en la escuela y ella había dado por hecho que el asunto ya estaba zanjado.

—Adelante.

La señorita Haddon la miró con asombro y luego le indicó la silla que tenía delante del escritorio.

—Por favor, señorita Gray. No tardaremos mucho.

Matilda se sentó y dejó su bolsa de mano junto a la silla.

—He recibido una carta del señor Charles Easterbrook, el tutor de Laura Ancroft.

—¡Oh! Espero que ella esté bien.

—Es de suponer.

Aquello sonó algo vago, como si el tutor de Laura no hubiera mencionado su estado de salud.

—El señor Easterbrook nos ha hecho llegar una petición. Nos pide que le enviemos a su dirección de Londres todos los objetos personales de Laura que todavía estén en la escuela.

—¿Objetos personales? —preguntó Matilda—. ¿Es que ella no se lo llevó todo?

Los ojos de la señorita Haddon se posaron de nuevo en su cara.

—Esto es lo que le quería preguntar, señorita Gray.

Matilda notó que se acaloraba. ¿Acaso la directora había descubierto su visita secreta al dormitorio de Laura?

—¿Por qué debería yo saber tal cosa?

—Usted ha estado más pendiente de ella que las compañeras.

—¿Ha hablado usted con Anne Ormond-Blythe? Ella y Matilda compartían habitación. Ella lo debe de saber.

La señora Haddon apretó las yemas de los dedos entre sí y miró la carta que tenía delante en la mesa.

—Laura se llevó la mayoría de sus cosas en vacaciones. Y cuando el señor Easterbrook estuvo aquí en septiembre le enviamos lo que quedaba.

—Entonces, ¿por qué ha enviado la carta?

La señorita Haddon la deslizó hacia ella y le señaló un párrafo.

—Léalo usted misma.

«Es posible que queden aún algunos objetos personales en la escuela que no me fueron entregados durante mi visita. Son recuerdos de valor sentimental que me gustaría entregar a Laura. Estoy seguro de que contribuirán a su recuperación».

—¡Qué raro!

—¿Qué quiere decir? —preguntó la señorita Haddon.

—Si él sabe que Laura echa de menos esas cosas, ella misma le debe de haber hablado de ellas. En ese caso sabría de qué se trata y se lo podría decir a usted. Eso facilitaría mucho su búsqueda.

La directora se reclinó en su asiento.

—Parece usted un agente de policía.

Matilda levantó la mirada y vio cómo la señorita Haddon fruncía los labios divertida.

—Oh, no pretendía ofenderla, señorita Gray. De hecho, solo quería saber si usted sabía algo de esos objetos, o si Laura los mencionó.

—No, jamás. Pero puedo preguntarle a Anne si sabe algo al respecto.

—Hágalo. No me gustaría contrariar al señor Easterbrook. Ha sido siempre muy amable y prometió una donación generosa para la escuela.

—Entiendo. —Matilda hizo el ademán de levantarse—. ¿Puedo hacer algo más por usted, señorita Haddon? En diez minutos empieza la clase.

La voz de la otra mujer la detuvo.

—Pero antes pasará usted por el lavabo.

Por fin entendió por qué la señorita Haddon la miraba de ese modo.

—¡Oh! Disculpas, lo haré de inmediato.

—Supongo que sabe que en esta escuela no se permite el maquillaje. Es algo que nunca habría esperado de usted.

—Ha sido... una solución de emergencia.

—¿Le importaría explicarse mejor, por favor?

Matilda se apartó el pelo de la cara.

—Ayer tropecé y me di un golpe en la mejilla. Se supone que el polvo debía disimular el moretón.

La señorita Haddon se levantó y le examinó el rostro.

—Desde luego fue un buen tropezón. ¿Le ocurrió aquí, en la escuela?

—No, después del trabajo.

—Le permito los polvos, pero deberá quitarse el colorete, señorita Gray.

Entonces Matilda pudo retirarse.

Por suerte, no había nadie en el lavabo. Se apoyó en el borde del lavamanos y apoyó la frente en las baldosas frías. Sentía la piel muy caliente y notó que las lágrimas acudían a ella.

¿Qué le estaba pasando? La señorita Haddon la había regañado. Y con razón: Matilda no debería haber aparecido maquillada a la escuela. Había sido una tontería imperdonable.

Pero no era la cuestión del maquillaje: tenía miedo. Por tercera vez en pocos días, había vuelto a temer por su empleo. Había entrado a escondidas en la habitación de una alumna y la había examinado, había interrogado a otra alumna con disimulo y, minutos antes, había mentido a la cara a la directora. Había quebrantado tantas normas que debía contar con que en cualquier instante se produjera una catástrofe.

Sintió una opresión en la garganta. Apenas podía tragar saliva y los latidos de su corazón aún no se habían aplacado.

Matilda se humedeció el pañuelo y se quitó cuidadosamente el colorete de forma que también desapareció parte de los polvos. En fin, eso no se podía corregir. Las alumnas verían su moretón.

Miró la hora. Aún faltaban cinco minutos para que empezara la clase. Se alisó la chaqueta, guardó el pañuelo y se dirigió hacia la puerta.

Al poco rato, les contó a sus alumnas que había tropezado y que se había dado contra el marco de una puerta, algo que, de hecho, no era ninguna mentira.

Al mediodía, durante el almuerzo, cuando al sentarse junto a la señorita Fonteyn notó cómo esta la miraba, volvió a contar la historia.

—¡Qué mala suerte! —comentó la profesora de arte—. Espero que no le duela mucho. Los golpes en este sitio son bastante dolorosos.

—Mientras no ría, todo va bien.

La señorita Fonteyn le pasó las patatas con una sonrisa.

—Están blandas, así no tendrá que masticar mucho.

Anne salía del aula de música con el estuche del violín bajo el brazo; al ver que Matilda se dirigía hacia ella la miró con sorpresa.

—Por supuesto que tengo tiempo, señorita Gray.

—Será un momentito. La señorita Haddon ha recibido una carta del tutor de Laura en la que le pregunta si en la habitación de Laura quedan aún objetos personales de ella.

Anne la miró con asombro.

—Se llevó los vestidos porque quería que le retocaran algunos y deshacerse de otros. Laura había crecido mucho. —Una sonrisa triste asomó por un instante en el rostro de

Anne—. Y después de vacaciones, el señor Easterbrook empaquetó todo lo que Laura había dejado: cosas de la escuela, libros, objetos de tocador, fotografías. No queda nada excepto el uniforme.

—Él habla de «algunos objetos personales» que no le fueron entregados durante su visita. Al parecer se trata de «recuerdos de valor sentimental» que le gustaría entregar a Laura para ayudar a su recuperación.

Anne la miró atemorizada.

—Juro que no queda nada más. ¿Acaso él insinúa que alguien se ha llevado algo? ¿Me está acusando?

Matilda le puso la mano sobre el brazo.

—No, Anne. Nadie sospecha nada de ti. Seguramente se trata de un malentendido. Informaré de inmediato a la señorita Haddon de que tú no sabes nada de eso. Esa carta me ha sorprendido a mí tanto como a ti.

Anne tragó saliva y se mordió los labios. Era como si quisiera evitar decir algo.

—Si alguna cosa te preocupa, puedes decírmela.

Anne se volvió.

—La echo de menos. Aún tengo esperanzas de que regrese.

—Yo también.

La muchacha la miró con asombro, como si no pudiera creer que una profesora pudiera sentir lo mismo que ella.

—La señorita Fellner dice que no debería esperar a Laura. —Se encogió de hombros—. Notó que estaba triste y que no atendía en clase y me preguntó.

—Solo lleva ausente unos meses —dijo Matilda con tono animoso—. Si es amiga tuya, no debes abandonar la esperanza. Piensa en ella como una vela cuya llama te puede calentar sin que los demás lo noten.

No sabía de dónde le habían salido esas palabras, pero la chica le dirigió una mirada de agradecimiento.

—Hay... hay algo más. No se lo he contado a nadie y no sé si es correcto decirlo.

Matilda aguardó paciente.

—Es sobre su tutor... Siempre he tenido la impresión de que a ella no le gustaba. Cuando no podía venir a mi casa, intentaba pasar los fines de semana o las vacaciones en la escuela. Les decía a las profesoras que quería estudiar y que no encontraba tranquilidad en ningún otro sitio. Normalmente no se lo permitían, porque el señor Easterbrook insistía en venir a recogerla. Yo tenía la impresión de que ella quería pasar el mínimo tiempo posible con él.

—¿No lo dijo abiertamente?

Anne negó con la cabeza.

—Ni yo lo habría contado, pero después de esa carta... y como usted es tan amable...

—Te agradezco la confianza. No pierdas la esperanza y sigue siendo la amiga de Laura. Y ahora vete a clase, por favor.

—Sí, señorita Gray. Y déjele claro a la señorita Haddon que yo no sé nada de esas cosas, ¿vale?

—Así lo haré.

Matilda vio a Anne apresurarse hacia las aulas.

Aquel día, Matilda fue directamente a casa: no hubo ni charlas, ni pesquisas, ni visitas al coleccionista. Había dormido mal, había dado muchas clases y tenía ganas de darse un baño caliente para poder reflexionar con tranquilidad.

La sirvienta le informó de que la señora Westlake había salido. Matilda subió a la planta superior después de decirle que le bastaba con tomar una cena fría. Cerró la puerta tras de sí, dejó su bolsa de mano junto al escritorio y llenó con agua la bañera del baño, que tenía una puerta que conectaba directamente con su cuarto. Luego encendió el calentador de gas para calentarla. Se quitó los zapatos, se soltó las ligas y se bajó las medias; se desabrochó la falda, se la quitó, colgó la chaqueta en el colgador de la puerta y arrojó la blusa en la cesta de la ropa sucia.

Habría podido pedir los servicios de la criada, pero no le gustaba que alguien la ayudara a quitarse o ponerse la ropa ni a darse un baño. Matilda prefería hacerlo sola. Tal vez más adelante tendría que volver a valerse por sí misma.

No había olvidado la habitación amueblada donde había vivido mientras estudiaba. Todavía sentía el aire frío y húmedo, que no desaparecía ni en verano, y recordó a su casera, que le cobraba todos y cada uno de los leños para calentarse. Sus estudios y su manutención los había cubierto con lo que quedaba de la herencia de su padre tras haber pagado la formación de Harry como oficial. Él sentía remordimientos por ello y por eso le había dado todo lo que él no necesitaba.

Matilda se acabó de quitar las últimas prendas. En la chimenea el fuego crepitaba y ella dejó que el aire cálido le acariciara la piel. Un dormitorio confortable, un buen empleo, una amiga maternal..., había conseguido muchas cosas. Y precisamente por eso temía perderlo todo.

Entró en el baño, se metió en el agua caliente, se reclinó y dejó colgar los brazos sobre el borde de la bañera.

No había mejor lugar donde pensar con calma.

Las dudas volvieron a ella. ¿Acaso se había obsesionado demasiado con algo? ¿Y si la nota de Laura y el hallazgo de la caja eran solo un juego y carecían de mayor importancia?

Matilda cogió una esponja y empezó a lavarse con movimientos lentos.

Podía abandonar las pesquisas en cualquier momento. El señor Arkwright y el profesor Fleming se preguntarían por un instante por qué ya no tenían noticias de la señorita Gray y luego la olvidarían. Laura y el señor Easterbrook proseguirían su viaje, la vida en la escuela seguiría su curso y ella podría indicar el camino a una u otra muchacha de forma tranquila y discreta. Era decisión suya.

Sin embargo, para ser sincera consigo misma, sabía que no había vuelta atrás. La carta del señor Easterbrook lo cambiaba todo. Y la conducta de Anne confirmaba su desconfianza.

Matilda dejó a un lado la esponja y se reclinó pensativa.

A la señorita Haddon la carta no le parecía extraña. Para ella, solo era la petición de un tutor, que ella quería satisfacer porque el caballero tenía la intención de prestar apoyo financiero a la escuela. ¿Se comportaría también de forma generosa si no se le entregaban esos «objetos personales»?

Easterbrook no sabía ni siquiera de qué objetos de Laura se trataba, no los había detallado y, sin embargo, intentaba ejercer cierta presión para hacerse con ellos. En teoría, para darle una alegría a Laura, pero eso podía ser solo una excusa.

Matilda frunció la frente un instante y dejó volar de nuevo su pensamiento.

La señorita Haddon creía al señor Easterbrook. Matilda, en cambio, sabía más cosas y por eso no le creía. De algún modo, él había descubierto que Laura ocultaba algo y su pupila no le tenía suficiente confianza para contárselo. Por otra parte, ella prefería pasar los fines de semana sola en la escuela que con su tutor.

«Yo tenía la impresión de que ella quería pasar el mínimo tiempo posible con él».

¿Acaso Laura estaba en peligro?

13

Apreciada señorita Gray:

Antes que nada, espero que se haya recuperado ya del desgraciado incidente. Lamento mucho que haya sido víctima de un patán precisamente en nuestra universidad y le aseguro de que ese tipo de personas no suelen encontrarse por aquí. Deseo que pronto pueda volver a reír sin dolor.

El otro motivo por el que la escribo, sin duda, la complacerá más, ya que tiene que ver directamente con la petición que la llevó hasta mí...

Stephen Fleming inició sus pesquisas inmediatamente después de haber conocido a la decidida señorita Gray. Ella le había despertado la curiosidad, así que dedicó de buena gana su tiempo libre a averiguar algo sobre la casa de Laurence Pountney Hill.

Se puso de rodillas en su estudio rodeado de un caos de planos topográficos antiguos, documentos manuscritos y obras de consulta. Cuando la señorita Gray le indicó la dirección de la casa le había venido una idea a la cabeza, y había estado rebuscando entre los facsímiles de planos antiguos de la ciudad que conservaba en una carpeta.

Tras dar con el plano correcto, lo extendió cuidadosamente en un espacio de la alfombra que todavía estaba desocupado. El original de John Ogilby y William Morgan había sido publicado en 1676, y durante mucho tiempo había sido considerado como el mejor y más preciso de los mapas de la ciudad de Londres. Mostraba la ciudad tal y como había sido reconstruida después del Gran Incendio. Sus creadores no solo habían procurado mostrar las calles, sino también cada una de las casas, iglesias e incluso límites de los terrenos, una labor ambiciosa que siempre había provocado el asombro de Fleming.

Se inclinó sobre el plano con una lupa y escudriñó la zona en cuestión. Ahí estaba: en el lugar que la señorita Gray había descrito había una casa. Construida antes de 1673, que era cuando los dibujantes habían empezado a hacer el mapa.

> *Debo admitir que tenía alguna noción de la casa, pero no quise decirle nada hasta haberlo comprobado. Ahora le puedo asegurar que es un edificio especial. Seguramente fue construido poco después del Gran Incendio y ya aparece en un plano de 1676. Así pues, se trata de un edificio bastante antiguo para la zona en que se encuentra. Sin embargo, esto solo es el principio.*

Examinó las superficies claras que se mostraban al norte de la construcción. «*St. Laurence Poultney Church and Yard*». Al parecer, en esa época el nombre se escribía aún con ele. El color claro indicaba que se trataba de áreas verdes y terrenos no edificados.

> *Cuando usted se quedó mirando la casa, se hallaba sin saberlo en suelo histórico. Delante del edificio —por cierto, la antigua dirección era Laurence Pountney Lane*

n.º 9— había una iglesia medieval, St. Laurence Pountney, que fue destruida por el Gran Incendio y no se reconstruyó. Sin embargo, como ocurre tantas veces en Londres, eso dejó huella en los nombres de los callejones de alrededor.

(Esa zona, en sí, antes era Candlewick Yard, uno de los veinticinco distritos administrativos de la antigua City. Supongo que allí era donde habitaban los cereros que dieron nombre al distrito. Disculpe por favor esta digresión tan aburrida.)

Fleming se acabó de tomar el té, que entretanto ya se había enfriado, se sirvió un whisky y buscó un libro de grabados antiguos.

Como no podía ser de otro modo, enseguida le vino a la cabeza ese famoso grabado de un mapa de Londres hecho en la década de 1550 y que, de hecho, fue el primer plano que reproducía fielmente la ciudad. Aunque ningún ejemplar había sobrevivido al tiempo, sí lo hicieron tres de las placas de impresión de cobre utilizadas. La suerte quiso que en su libro estuviera precisamente la parte del mapa que necesitaba.

En ella la iglesia aún seguía en pie, el cementerio era mayor que en otros mapas más recientes y en el centro se veía una cruz grande de piedra. Fleming se deleitó con los esmerados detalles que mostraba aquel plano antiguo, que convertían el pasado en algo sorprendentemente vívido.

La casa que limitaba al sur con el cementerio no podía ser la misma que había visitado la señorita Gray. Su emplazamiento era distinto y entre el cementerio y el edificio había un patio abierto. Posiblemente aquella residencia había sido destruida por el Gran Incendio y la nueva se había construido sobre sus ruinas.

El cementerio de St. Laurence Pountney se extendía hasta donde hoy en día se erige la casa. Se mantuvo después del incendio de la iglesia, algo que se aprecia en los mapas antiguos.

Fleming se encendió una pipa y sacó de la estantería un volumen desgastado con tapas de cuero. Cuando encontró lo que buscaba, la pipa ya se le había apagado, pero eso no le inquietó. En cuanto se apasionaba por algo, fumar perdía todo su interés.

Así pues, en el terreno de la iglesia y el cementerio se siguieron enterrando personas... ¡hasta hace apenas unos cincuenta años! Eso me ha sorprendido mucho, porque yo había dado por hecho que la casa y el jardín eran de la misma época. Sin embargo, todo indica que los propietarios vivieron durante mucho tiempo junto al muro del cementerio, viendo desde las ventanas las lápidas que sobresalían del césped como dientes. Discúlpeme, a veces me dejo llevar por la imaginación.

En 1850 el cementerio se clausuró. En esa época, el propietario de la casa compró el terreno y lo convirtió en un jardín privado. Según un plano topográfico de 1875, se renovó el camino, que desde entonces transcurre en forma de arco desde la puerta de la casa hasta la entrada al jardín y no lleva directamente a la antigua entrada del cementerio. Tal vez el propietario mandó retirar las lápidas y las losas pero dejó intactas las tumbas. Así pues, si alguien dice que en la zona «ronda» algo puede que eso tenga que ver con la existencia del antiguo cementerio.

Solo podía esperar que sus explicaciones académicas resultaran de interés para la señorita Gray. Él era lo bastante crítico consigo mismo para saber que no todo el mundo se entusiasmaba al descubrir un detalle revelador en un mapa antiguo o al percatarse de la ausencia de una palabra en una escritura de propiedad de 1394.

En todo caso, volviendo a su pregunta, apreciada señorita Gray, de momento no he localizado otro propietario que no sean los Ancroft. A veces, las casas de los comerciantes se vendían si el propietario abría un negocio en otra parte, cuando las estancias se volvían pequeñas o dejaban de ser adecuadas para el negocio, si la empresa entraba en quiebra, o cuando no había herederos directos. Sin embargo, todo indica que los Ancroft superaron en esa casa todas las crisis y contratiempos económicos de los últimos siglos.

Espero haber podido serle de ayuda. Como su historia ha despertado mi curiosidad, me gustaría que me permitiera seguir investigando. Esa casa oculta más historias que las que ha revelado hasta el momento.

Con mis mejores saludos y deseos de recuperación,

STEPHEN FLEMING

Satisfecho, metió la carta en un sobre y se la envió a la señorita Gray.

Luego se dispuso a eliminar el caos que había creado. Su ama de llaves, la señora Polley, tenía una notoria capacidad para elaborar las recetas que él le indicaba, pero de su estudio prefería ocuparse él en persona. Ella no entendía el sistema que él seguía y en una ocasión se había atrevido a ordenar los libros por tamaño y color de las tapas. A él le había llevado dos días restablecer el orden anterior.

Al terminar, se sacudió el polvo de las rodillas, se bajó las mangas de la camisa y se dirigió a la sala de estar, donde se sentó ante la chimenea con su whisky. Aunque era bastante tarde, disfrutaba de esos minutos de tranquilidad junto al fuego con los leños crepitando suavemente y despidiendo chispas cuando un trozo de madera se rompía. La lluvia azotaba la ventana y Fleming se acercó todavía más a la chimenea.

¿Qué podía haber detrás de la historia de la señorita Gray? Recordó divertido que, en un rapto de romanticismo, había usado la palabra «tesoro». Ella se había mostrado sorprendida, pero luego también la había utilizado. Le habría gustado poder ver esa misteriosa caja y su contenido.

Fleming volvió la cabeza a un lado y reparó en una carta que había en una mesilla junto a su butaca. Echó un vistazo al remitente.

«Dr. Cranford, High Lavering, Bucks...»

La placidez de la tarde acababa de perder todo su encanto.

Al día siguiente, al llegar a casa, a Matilda le esperaba una carta del profesor Fleming. Cuando la cogió, la señora Westlake la miró con una curiosidad mal disimulada, pero no dijo nada.

Matilda se metió el sobre en el bolsillo de la falda y se sentó en la butaca junto a la chimenea.

—Aún no le he contado nada de la carta.

—La acaba de recibir —dijo la señora Westlake mirándola perpleja.

—No me refiero a esta —explicó Matilda divertida.

Entonces le explicó lo ocurrido el día anterior en la escuela. El rostro de la señora Westlake se iluminó.

—¡Vaya! ¿Así que el ángel ha caído?

Matilda se quedó sorprendida un instante hasta que recordó lo que habían dicho las alumnas sobre el señor Easterbrook.

—Para ser exactos, no era un ángel, sino un santo prerrafaelita, pero entiendo lo que quiere usted decir.

—¡Ah, los prerrafaelitas! —dijo la señora Westlake ensimismada—. ¡Ya va siendo hora de darle un nuevo hombre a Adela! Un marido, no. ¡Dios nos libre! Le exigiría pasar el día en casa bordando junto a la chimenea. No, no. Un hombre guapo, con un pasado trágico...

—¿Un español, tal vez? —apuntó Matilda, incapaz de tomarse mal esa digresión.

—¿Por la Alhambra? No necesariamente. He visitado algunos museos y galerías, y me he comprado postales artísticas de los prerrafaelitas y, ¿qué decirle? Todo mujeres. Solo pintaban mujeres. Muy decepcionante. —La casera se acercó al aparador y rebuscó en una pila de papeles hasta que encontró una postal artística—. Tras mucho buscar, di con el señor Simeon Solomon, que pinta sobre todo santos jóvenes y guapos.

Matilda cogió la postal en la que se veía un joven de pelo oscuro pintado de perfil ante un anaquel con dos floreros y sosteniendo en las manos un recipiente dorado. Era, en efecto, muy bello y miraba arrobado algo que se mantenía oculto al observador.

—¿Le parece lo bastante apasionado como para entablar una relación con Adela?

—Oh, sí, seguro. Solo habrá que sacarlo de ese estado de ensoñación y entonces... —La señora Westlake se dio una palmada en la frente—. Pero ¡qué descortesía por mi parte! Hábleme del señor Easterbrook. La estoy importunando con otros hombres hermosos. —Le quitó a Matilda la postal de la mano y la dejó a un lado—. A usted esa carta le parece extraña y yo, querida, estoy de acuerdo con usted. ¿Qué va a hacer ahora?

Matilda se encogió de hombros.

—En la escuela ya no puedo conseguir nada más. No puedo decir que estuve en la habitación de Laura ni que me he llevado cosas de ahí. Ayer le dije a la señorita Haddon que ni Anne ni yo sabíamos nada de ningún objeto. Ya veremos cómo reaccionará el señor Easterbrook a todo eso.

—¿Y sus pesquisas?

—Van avanzando.

Matilda pensó en la carta que llevaba en el bolsillo. La leería más tarde.

Un leve asomo de contrariedad asomó en el rostro de la señora Westlake, pero se contuvo.

—Es hora de cenar. Después me complacerá mostrarle la ruta hacia España que he ideado para Adela.

Matilda dejó caer la carta y se abanicó con ella. Mientras la leía se había acalorado. Había descubierto más cosas de las que esperaba, y mucho más rápido de lo que esperaba. Además, el profesor creía que todo aquello podía ser solo el principio.

De nuevo acudieron a ella las palabras del vendedor de almendras. «Cuando paso por delante, y llevo más de veinte años haciéndolo, siento un escalofrío, incluso en verano». Había hablado también de una niebla invisible. Ninguno de los dos podía imaginar que, en realidad, andaban sobre sepulturas.

Matilda se preguntó si Laura sabía que debajo del jardín en el que había jugado de niña había un cementerio. ¿Eso le habría dado miedo, o había sido valiente y se había dedicado a cavar en secreto entre los arbustos con la esperanza encontrar restos de tiempos muy lejanos? Matilda sonrió. Tal como conocía a Laura, en cuanto la niñera la perdiera de vista, seguramente se escapaba a un rincón con la pala del jardinero. Puede que se sentase bajo un árbol y pensara en el Gran Incendio, cuyas llamas se habían precipitado desde el campanario de la iglesia hasta dejar únicamente unos muros ennegrecidos, y se ensimismase pensando en los tiempos en que Londres logró surgir lentamente de entre las cenizas.

El profesor decía en su carta que creía que los Ancroft habían habitado la casa desde la fecha de su construcción. Entonces se le ocurrió una idea. Si la casa había sido edificada en la misma época en que se crearon los tesoros de la caja, entonces debía de haberla encontrado allí. Cierto es que también la podía haber heredado, pero el secretismo con el que la muchacha la envolvía hacía pensar lo contrario.

Aquella noche Matilda permaneció despierta mucho rato, pero no fue por preocupación. Por fin había encontrado a alguien capaz de mostrarle un pasado insospechado para ella. El profesor había abierto una puerta y la casa y su historia habían cobrado vida.

Al dormirse se quedó pensando en su última frase.

«Esa casa oculta más historias que las que ha revelado hasta el momento».

14

El jueves Matilda regresó a Folgate Street. El día en la escuela había transcurrido sin problemas, y Anne le había dirigido una sonrisa al encontrarse cara a cara en el pasillo.

Esta vez el ajetreo de Commercial Street no la amedrentó, ni tampoco prestó atención a los gritos que atronaban desde la residencia para hombres. Mentalmente, ella ya estaba en la tienda, rodeada del olor a papel viejo y a aceite para lámparas.

Matilda recordó lo que le había dicho el coleccionista en su último encuentro. «Podemos deducir algunas cosas por el contexto. De todos modos, sería de gran ayuda saber a quién perteneció el libro. Averiguar eso será su tarea. Vuelva cuando haya descubierto más cosas».

Ella aún no sabía a quién había pertenecido el libro ni cómo había acabado en manos de Laura, pero había descubierto algunas cosas sobre la casa en la que había crecido la chica.

Pensó en lo que el profesor Fleming le había dicho sobre el señor Arkwright y decidió que sería mejor no mencionar su nombre. El coleccionista quería obtener información, pero ella no estaba obligada a decirle de dónde la había sacado.

Estaba tan ensimismada que apenas reparaba en lo que la rodeaba, cuando de pronto llegaron a sus oídos las notas de un órgano. Era un preludio y fuga de Bach. Volvió la vista hacia el otro lado de la calle y vio una iglesia con pórtico y un campanario acabado en punta que tenía las puertas abiertas. Nadie excepto ella parecía oír la melodía, pero ni el golpeteo de las ruedas y los cascos, ni el ruido de la multitud podían esconder la belleza de esa música.

De ser otro día, habría entrado y se habría sentado en un banco a escuchar en silencio, pero empezaba a oscurecer, no sabía cuánto tiempo más estaría Arkwright en su tienda y no quería llamar a la puerta de su casa, porque habría dado a entender una insistencia excesiva por su parte.

Las farolas de la calle iluminaban Folgate Street con una luz pálida y amarillenta que se reflejaba en el adoquinado mojado. Ese rincón de Spitalfields siempre parecía desierto, como si el ajetreo comercial no penetrara en esa calle. En algunas casas la luz se colaba a través de las cortinas, pero no se veía ni un alma.

Matilda empujó la cancela enrejada tras la cual se bajaba a la tienda. Constató con alivio que en esta aún había una lámpara encendida.

Abrió la puerta y se sobresaltó al oír esa voz áspera y malhumorada.

—Voy a cerrar ahora mismo.

—Señor Arkwright, soy yo, Matilda Gray.

Salió de la sala del fondo con paso arrastrado, envuelto de nuevo en un batín de estampado distinto, y miró a través de sus anteojos.

—Con usted no había contado.

Ella no hizo caso de su tono de voz.

—Me dijo que regresara en cuanto hubiera averiguado más cosas.

Él se apoyó en el respaldo de una silla, pero no hizo ningún ademán de ofrecerle asiento.

—Bueno, pues entonces, explíquese, señorita. Pero dese prisa. Soy una persona mayor y es tarde.

Ella dejó su bolsa de mano en el suelo, decidida a no permitir que esos modales rudos la confundieran. A continuación, explicó lo que había averiguado sobre la casa de los Ancroft.

En cuanto finalizó, él se limitó a decir:

—Esto no explica ni de dónde procede el libro, ni quién lo tuvo, ni durante cuánto tiempo.

La ilusión que había sentido hasta entonces la abandonó. Era la tercera vez que iba a Spitalfields y se había hecho muchas ilusiones. ¿Cuántas veces más tendría que ir allí en medio de la oscuridad, o incluso con lluvia o nieve?

—Si fuera tan fácil averiguarlo, no le habría pedido ayuda a usted.

El coleccionista no parecía saber si debía tomarse aquello como un cumplido, pero luego asintió de forma apenas perceptible.

—Un jardín creado sobre un cementerio. En sí no es ninguna rareza. Londres es como un cuerpo; la superficie es una piel fina bajo la cual se esconden las arterias, los huesos y los músculos, una vida que resulta inconcebible desde fuera. Pero ese cementerio no nos dice de dónde proceden la caja ni los demás objetos. A menos que estuvieran enterrados y se encontrasen cuando las sepulturas fueron retiradas.

—Esa es una idea interesante.

La pregunta de Arkwright surgió como de la nada.

—¿Quién le ha hablado de la casa?

—Hablé con un periodista —se apresuró a decir Matilda.

Él frunció los labios con un gesto que a ella le pareció un poco malévolo.

—Ese no es un conocimiento propio de un periodista, señorita Gray. Si quiere que la ayude, me gustaría saber quién más está implicado.

¿Había en su voz un tono ligeramente amenazador? De pronto se sintió incómoda. Estaba a solas con él en aquella sala, invisible para cualquiera que pasara por allí.

Se acordó entonces de las palabras del profesor.

«A Arkwright no le interesa ni la belleza, ni la utilidad, sino la posesión».

—Pedí consejo al profesor Fleming. Él me comentó que ustedes se conocen.

El golpe sonó como un disparo. El coleccionista había dado un manotazo en la mesa; su expresión era muy severa.

—Yo no trabajo con Fleming.

—Ni tiene por qué —se apresuró a decir Matilda—. Solo acudí a él porque me dijeron que es un experto en la historia de Londres. Él me habló del cementerio y de la iglesia que se destruyó en el Gran Incendio. Yo solo habría podido dar con esa información tras una búsqueda larga y dificultosa.

—Va a tener que elegir —espetó Arkwright con rudeza—: o él, o yo.

—¿Cómo dice? —Matilda no podía creer lo que estaba oyendo.

Él tenía un semblante muy serio.

—Me ha entendido perfectamente. O mis conocimientos, o los de ese. Los dos no los va a poder tener.

Matilda miró a su alrededor. ¡Cuánta fascinación había sentido la primera vez que había entrado en esa tienda, cuando el coleccionista había examinado su hallazgo y le había contado tantas cosas! Sus historias sobre las semillas de amapola y el microscopio del doctor Hooke la habían cautivado.

Por eso aquel rechazo le sentó como un bofetón, y durante un instante se quedó sin habla. Esa decepción le dolía. Con todo, algo se rebeló dentro de ella. No estaba dispuesta ni a implorar ni a rogar. No estaba dispuesta a consentir que un anciano solitario, sumido en un mundo de cachivaches y papel, la coaccionara. Aunque a ella su disputa con el profesor no le incumbía, no le gustaba que él la quisiera acaparar para sí. Matilda entonces cogió su bolso de mano y se incorporó, superando a Arkwright en altura.

—Me marcho entonces. Que tenga una buena tarde.

Al girarse, vio la cara de él por el rabillo del ojo: estaba sorprendido e incrédulo. Cuando ya estaba en la puerta, oyó su voz áspera.

—No lo conseguirá.

—¿El qué? —preguntó sin darse la vuelta.

—Resolver el misterio. Vaya, vaya con Fleming el predicador. ¿O tal vez debería decir engañabobos? —Su sarcasmo era amargo—. Disfruta encandilando a la gente con sus palabras, exhibe sus conocimientos como si los tuviera en venta, y escribe libros para ganarse la vida. ¿Cuánto gana un profesor sin cátedra? Ciertamente, no lo bastante para pagar el tren de vida que lleva.

Matilda seguía con la mano en el pomo de la puerta, pero no se giró.

—No quiero oír esas cosas.

—¡Oh! ¿Se ha ganado ya su simpatía? No me extraña. Una historia interesante, un poco de amabilidad, y ya está usted de su parte.

Ese comentario era tan injusto que ella se quedó sin habla. Ya desde el principio se había dado cuenta de que Arkwright era difícil y excéntrico, pero no que fuera malicioso.

—La amabilidad no es un defecto, señor Arkwright. Buenas tardes.

Matilda solo detuvo su marcha cuando llegó a la esquina siguiente. El corazón le latía deprisa, las mejillas le ardían y asía el bolso con tanta fuerza que sentía el asa clavándosele en la palma de la mano. Se dio la vuelta y echó una última mirada atrás.

Luego se dirigió hacia Commercial Street. Apenas un cuarto de hora antes había doblado la esquina con ilusión. Ahora se sentía deprimida y aterida, pues entretanto había empezado a lloviznar. Las ruedas de los carruajes y los omnibuses se deslizaban zumbando sobre los adoquines mojados, y Matilda se apretó a la derecha, contra la pared de las casas, para resguardarse de las salpicaduras de agua.

No se podía esperar nada más de Arkwright. Él le había impuesto una tarea y ella se había lanzado a ella con ganas, había investigado, había recopilado información y luego, obediente, había regresado a él. Y entonces él la había rechazado.

La rabia la invadió, quemándola por dentro. Esa rabia era buena, porque la mantenía alejada de la autocompasión y la vergüenza. La grosería de Arkwright la había amedrentado, pero ahora que era capaz de pensar con calma, recordó lo que ella le había dicho. «La amabilidad no es un defecto».

Cuando la gente actuaba con ella de forma autoritaria o con una actitud irreconciliable, tendía a preguntarse primero si tal vez ella estaba equivocada. Pero eso era un error. Una persona que trataba de manera desconsiderada a los demás solía ser una persona desdichada. Matilda no sabía qué había ocurrido entre Arkwright y Fleming. Tal vez aquel modo de conducirse de Arkwright era también la demostración de su actitud hostil respecto a los demás.

Ella había interpretado el hecho de que la hubiera invitado a tomar té en su casa como una distinción, y había creído que él estaba de veras interesado en su misterio.

Sacudió la cabeza para apartar de sí ese recuerdo. Por suerte, había anotado cuidadosamente todo lo que Arkwright le había explicado. Revisaría esas notas y le mostraría al profesor Fleming todo lo que tenía: las notas, la caja, el libro, el perfume y el pañuelo.

¿Que ella no conseguiría descifrar ese misterio?

Eso, señor Arkwright, ya se verá.

Cuando Matilda, cansada y empapada, dobló la esquina de Beaufort Street, vio salir de su casa a un caballero ataviado con un abrigo largo que abría un paraguas. ¿Un visitante tardío de la señora Westlake? Entonces reparó en su maletín y se acercó a toda prisa.

—¡Buenas tardes, doctor Campbell! ¿Qué ha ocurrido?

Matilda se apartó los mechones mojados de la cara. El médico dejó el maletín en el suelo, sostuvo el paraguas para los dos y le puso la mano en el brazo con gesto tranquilizador.

—No hay de qué preocuparse, señorita Gray, ha sido solo un simple accidente doméstico. La señora Westlake ha resbalado por la escalera y se ha torcido el tobillo. Por suerte, no es una fractura, aunque este tipo de lesiones suelen ser más dolorosas. Debe mantener el pie quieto en alto e irse aplicando frío. Por lo demás, deberá ponerse un vendaje, ya se lo he explicado todo a la criada. La señora Westlake no va a poder salir de casa durante un tiempo, pero no hay que temer ningún daño permanente. Usted ya sabe dónde encontrarme, estoy a su disposición en todo momento.

Matilda dio las gracias al médico, se despidió y abrió la puerta.

—Aquí dentro, querida —oyó que le decía una voz débil desde la sala de estar.

Matilda colgó el sombrero y el abrigo en el perchero y entró. La señora Westlake estaba tumbada en el sofá con el pie izquierdo envuelto en paños. A su lado, en una mesilla, había una botella de brandy y una copa en la que aún quedaba un dedo de esa bebida.

Sally estaba arrodillada frente a la chimenea poniendo leños en ella. Al oír a Matilda se levantó y se alisó el delantal.

—¡Ya me he ocupado de todo, señorita! ¡Menudo susto hemos tenido!

Volvió la vista hacia su señora, que se limitó a sacudir el brazo sin decir nada.

—Estaba yo acabando de limpiar la chimenea cuando he oído un estrépito tremendo en la escalera. Al llegar al pasillo, la señora Westlake estaba tumbada en el suelo, con el tobillo totalmente torcido. ¡He tenido que apoyarme en la pared de la impresión! Temí que se hubiera roto el cuello.

En imaginación, Sally no tenía nada que envidiar a su señora.

—Yo estaba segura de que se me había roto. He oído un crujido —apuntó la paciente desde el sofá—. En el tobillo, claro, no en el cuello.

Sally entonces se desbocó por completo.

—Y entonces me he dado cuenta de que respiraba. Y que gemía flojito. Así. —Hizo un sonido como el de un fuelle al apretarlo—. Entonces he ayudado a la señora Westlake a levantarse. ¡Lo que me ha costado! Ella aullaba de dolor y yo he empezado a sudar, y he tenido que respirar muy profundamente. Hasta que, de algún modo, hemos logrado llegar a la butaca.

—¡He estado a punto de desmayarme!

—He ordenado los libros, los papeles y el mapa y ese gato disecado, y entonces he ido a buscar al doctor Campbell...

—Un momento —dijo Matilda. Su mirada fue de Sally a la señora Westlake, que se esforzaba por clavar la vista en el techo—. ¿De dónde has recogido todo eso?

—Pues del pasillo, señorita. Las cosas estaban esparcidas por ahí.

—¿Señora Westlake? —Ninguna reacción desde el sofá—. Me estaba preguntando por qué no se había agarrado usted a la barandilla. Con esto, la pregunta se responde sola.

Un leve carraspeo.

—Necesitaba todas esas cosas.

Matilda cruzó los brazos y se acercó al sofá. Le estaba costando un esfuerzo contener la risa; la señora Westlake parecía una niña descubierta en falta.

—¿Por qué no le ha pedido a Sally que la ayudara, o ha hecho dos viajes?

—Y, por cierto, es un lince ibérico.

Matilda volvió la cabeza con una sonrisa, y le hizo una señal a Sally.

—Me gustaría tomar una cena fría y un té.

Y un brandy, se dijo para sí. Tras un día como ese, la bebida le vendría muy bien.

—¡Habrase visto! —exclamó la señora Westlake, que descansaba en el sofá entre cojines. Sally había ordenado los libros, papeles, mapas y el lince en una mesa y le había traído a Matilda un plato con jamón, queso y salmón ahumado, además de una tetera—. ¡Qué hombre tan desconsiderado!

Matilda acabó de masticar y tragó la comida antes de responder.

—Me alivia ver que usted piensa como yo.

—¿Acaso había dudado?

La señora Westlake tenía las mejillas sonrojadas, posiblemente por el brandy que, junto con el relato de Matilda, parecía tener un efecto calmante.

—Bueno, usted y sus amigas me recomendaron al coleccionista. Temía que usted se disgustara por nuestro..., cómo decirlo..., desacuerdo.

—En absoluto, querida. Su comportamiento es imperdonable, aunque, la verdad, no me sorprende. Es un excéntrico. Llamarlo huraño es quedarse corto. Lo cierto es que me asombró que la ayudara.

Matilda dejó el plato a un lado.

—¿Quiere que le cambie la compresa?

La señora Westlake negó con un gesto.

—No, todavía está fría. Mejor hablemos de usted y de sus planes. ¿Qué va a hacer ahora?

Matilda no necesitó mucho rato para reflexionar.

—Le enseñaré al profesor Fleming la caja de Laura y le contaré todo lo que me explicó el coleccionista.

Sintió una satisfacción malévola. Posiblemente aquella era la peor pesadilla de Arkwright.

15

Querida, puede usted utilizar mi sala de estar mientras me retiro a la *chaise longue* de mi estudio. Aunque me gusta apartarme de convencionalismos y no tengo nada en contra de que usted y el señor Fleming se encuentren en casa de él, yo para la primera cita con un hombre joven (es más joven que el coleccionista, ¿verdad? ¿Mucho más? Ya me figuraba, ya), en fin, yo aconsejaría optar por un lugar de encuentro menos comprometido.

Matilda sabía que la elocuencia y amabilidad de la señora Westlake solo obedecían a un único objetivo: ver al profesor Fleming y oír algo de la conversación. De todos modos, considerando que se habían conocido después de que ella se golpeara con el marco de una puerta, sin duda sería más cómodo recibir al profesor en su propio terreno.

—Es muy amable por su parte.

—¿Le va a escribir? —La señora Westlake se recolocó el pie lastimado sobre el cojín—. Sally puede echar la carta al buzón. Hoy tiene la tarde libre.

—Aún estoy intentando dar con las palabras adecuadas.

—Fácil: usted quiere enseñarle algo por lo que él siente curiosidad. Él está esperando su mensaje, se lo aseguro.

La señora Westlake tiró de la manta que tenía sobre las piernas, se quitó las lentes y se volvió a acomodar. Estaba inquieta y se aburría tremendamente a causa del reposo. El nuevo capítulo de la novela le estaba dando dificultades, y no podía salir de casa para distraerse o inspirarse en una biblioteca o un museo. Además, se pasaba todo el día a solas con Sally y, por lo tanto, aprovechaba de manera desesperada cualquier ocasión que le permitiera distraerse.

Tenía razón, se dijo Matilda mirando la hora. Aún faltaba media hora para que vaciaran el buzón por última vez. Tiempo suficiente.

La respuesta le llegó puntual a la hora del desayuno, algo que no solo daba cuenta de la increíble celeridad del servicio postal londinense, sino que permitía adivinar también el interés que tenía el profesor Fleming por ese misterio.

Distinguida señorita Gray:

Muchas gracias por su mensaje. Acepto con mucho gusto la invitación. Será un placer para mí tomar el té con usted y poder echar un vistazo a su hallazgo.

Como no ha mencionado ningún día en concreto, le hago saber que hoy estoy disponible. Si no le viniera bien, podemos acordar, claro está, otro momento.

Con mis mejores respetos,

Stephen Fleming

La señora Westlake se le adelantó antes de que ella pudiera decir nada.

—Yo me ocuparé de todo, querida. ¡Ah, no se preocupe! Sally no tocará el horno.

En una ocasión, la criada había intentado seguir una vieja receta de la familia y estuvo a punto de incendiar la cocina.

El personal era caro, y la señora Roberts, la cocinera, solo iba tres días a la casa y cocinaba para el resto de los días.

—La enviaré a Fleury a comprar un bizcocho. Y seguro que es capaz de hacer unos sándwiches. Y más tarde, un té sustancioso... Eso bastará.

Matilda escribió rápidamente una respuesta y la llevó al buzón.

—El bizcocho está delicioso, señorita Gray. Mis felicitaciones a la cocinera.

Matilda se echó a reír.

—Se las haré llegar a la pastelería Fleury.

El profesor dejó el tenedor en el plato, lo apartó a un lado y se levantó.

—Disculpe si le parezco descortés, pero no puedo esperar más. —Señaló con la cabeza la mesa grande sobre la que Matilda había dispuesto todo cuanto quería mostrarle—. ¿Me permite?

—Por supuesto —respondió ella levantándose también.

Como no podía ser de otro modo, se habían atenido a las reglas de la educación. Matilda le había presentado a la señora Westlake, que, al poco rato se había excusado, a pesar de que el profesor Fleming le había pedido que los acompañara. Ella había aducido que debía tener el pie en alto y que, además, iba retrasada con su trabajo, pero que en otra ocasión estaría encantada de tomar el té con ellos. Luego él se había interesado por cómo se encontraba Matilda y no paró hasta que le hubo examinado la cara con detenimiento. Solo entonces se habían sentado a tomar el té.

Ahora se encontraban de pie, expectantes, ante la mesa en la que estaban los objetos de la caja de Laura. Matilda, de repente, se sintió nerviosa.

—Cuénteme todo lo que sabe.

Él fue cogiendo los objetos uno a uno, acariciándolos con los dedos, examinándolos con cuidado y volviéndolos a dejar en su sitio. No hizo preguntas y escuchó atentamente lo que ella le contaba. Al final, Matilda sacó sus notas y leyó lo que había sabido por Arkwright.

—Realmente él es bueno —dijo el profesor cuando ella terminó—. De verdad, me pregunto para qué necesita usted mi ayuda. Arkwright es uno de los mejores en lo que se refiere a la historia secreta de Londres. —Le escrutó el rostro con sus ojos azules, pero entonces, al parecer, adivinó algo en la expresión de ella y preguntó—: ¿Ha habido problemas?

Ella asintió a la vez que la invadía una sensación de mezquindad. Si le hablaba de Arkwright, él pensaría que era solo su segunda opción. De todos modos, debía decirle la verdad.

—El señor Arkwright ya no está dispuesto a ayudarme.

—¡Qué lástima! ¿Puedo preguntar por qué?

Como Matilda no respondió de inmediato, susurró:

—Ah... ¿Es por mí?

Ella carraspeó.

—Quiso saber quién me había hablado de la casa de los Ancroft. En cuanto surgió su nombre, se volvió grosero.

—Lo lamento. Sus conocimientos tienen un valor incalculable, pero es algo tacaño con ellos.

—Me dijo que debía decidirme entre su ayuda y la de usted, que no podía tener ambas cosas.

El profesor rodeó lentamente la mesa, se detuvo y entonces se volvió hacia Matilda.

—Podría haberlo elegido a él. Aunque es una persona difícil, usted se había ganado su simpatía. Eso no es habitual.

Matilda se encogió de hombros.

—Él fue muy injusto al ponerme en esa tesitura. Injusto e infantil. Por otra parte, usted me ha ayudado mucho. No podía transigir ante el señor Arkwright.

Fleming adoptó una expresión seria.

—Gracias, señorita Gray. Valoro mucho su franqueza. —Señaló la mesa—. Entonces voy a tener que esforzarme al máximo para sustituir al coleccionista. Manos a la obra.

Todo fue muy diferente a como había sido con el señor Arkwright. Nada de batas desgastadas, ni cacaeros en forma de risa, ni agarres repentinos en el antebrazo, ni cacareos escrutadoras, ni rechazos bruscos. Una sala de estar iluminada y cálida, no una tienda en la penumbra, y un té que no le encogía las entrañas a Matilda.

Con todo, el coleccionista había logrado atraerla, llevarla a su mundo hasta que ella casi había olvidado que había otras cosas además de la cueva mágica de Folgate Street.

Mientras hablaba, el profesor no dejaba de moverse: rodeaba la mesa, gesticulaba y miraba atentamente a Matilda una y otra vez. Lejos de elaborar una historia misteriosa, más bien mantenía un diálogo con ella. Matilda no se olvidó de donde se encontraban y no quedó inmersa en un mundo nuevo creado por él para ella, sino que se mantuvo todo el tiempo por completo en el presente. Con todo, eso no la decepcionó, porque ese modo de actuar le resultaba familiar. Y entonces cayó en la cuenta: él era un profesor compartiendo conocimientos, y ella se reconocía en él.

—En cuanto al opio y los boticarios, deberíamos averiguar si existe alguna relación entre la familia de comerciantes Ancroft y las boticas. A continuación, nos ocuparemos de Hooke. Miraré en los archivos del Consejo del Condado de Londres. Y en la Sociedad de Farmacia. Existe desde 1617, y tal vez tenga documentos que nos pueden ser útiles. —Fleming se interrumpió y miró a Matilda—. Oh... Usted también quiere participar.

Ella asintió.

—Me gustaría ser de utilidad.

—Preguntaré a los boticarios si permiten el acceso al archivo hasta tarde y se lo digo. ¿Entre semana podría estar allí antes de las seis? —preguntó el profesor con naturalidad.

Ella sintió en su interior una calidez agradable.

—¿Usted confía en que pueda encontrar algo?

Él se encogió de hombros.

—Ya ha averiguado muchas cosas. Por otra parte, ambos debemos trabajar para mantenernos y hemos de apoyarnos mutuamente. A fin de cuentas, nadie nos paga por esto.

«¿Cuándo gana un profesor sin cátedra? Ciertamente, no lo bastante para pagar el tren de vida que lleva». A Matilda le vinieron a la memoria las palabras del coleccionista, pero las apartó rápidamente de sí.

—Me encantaría encargarme de eso.

—Bien. Y necesitamos descifrar el libro. Podríamos hacerlo los dos. ¿Me lo puedo llevar yo e intentarlo? Tengo experiencia con manuscritos antiguos. Eso, siempre y cuando usted quiera confiármelo.

Matilda asintió.

—Por supuesto. —Entonces abrió su cuaderno de notas por la última hoja—. Hace poco apunté fragmentos legibles que me llamaron la atención. No es gran cosa, pero esas palabras me parecieron extrañas. El señor Arkwright no lo examinó.

Le pasó la página que tenía abierta. «infinito... botica... horrible e inconmensurable... por mar... Sentí mucho miedo... también en St. Giles... Madre...».

—Y hay otra cosa. Al final del libro había una nota. Escrita con la caligrafía de mi alumna.

Le entregó el trocito de papel.

—¿«Una casa bajo la casa»? —Fleming levantó la cabeza con gesto brusco—. ¿Por qué no lo ha dicho antes?

—El señor Arkwright no...

Por primera vez desde que le conocía, el profesor infringió las normas de la buena educación y la interrumpió.

—Ese hombre no nos concierne. Nosotros investigamos este caso, nadie más.

A Matilda el corazón le latía deprisa.

—¿Y qué importancia tiene eso?

—Londres reposa sobre el pasado. Basta con que piense en el jardín de los Ancroft, situado sobre un cementerio. Gracias a los planos antiguos de la ciudad, sabemos que antes del incendio allí había una casa. Es posible que la nueva se construyera sobre los fundamentos de la antigua, la cual desapareció en el incendio de 1666. Esa nota podría ser una pista de que ahí debajo hay algo escondido.

Hablaba con tanto entusiasmo, que contagió a Matilda.

—¿Está usted diciendo que es posible que debajo del edificio actual haya escondido algo importante y que eso se explica en el libro? ¿Le parece que podríamos encontrarlo si logramos descifrar lo suficiente?

—En el mejor de los casos, sí. En el peor, haremos una humilde contribución a la investigación de la historia de la ciudad de Londres. —Acarició cuidadosamente el libro antiguo—. Si hay alguna clave, tiene que estar aquí dentro.

Matilda carraspeó. Fleming sonrió.

—¿Más revelaciones?

Ella vaciló un instante.

—El tutor de Laura —¿Para qué mantener más tiempo en secreto el nombre de la chica?— escribió a la escuela hace poco.

A continuación, explicó lo que había reclamado el señor Easterbrook.

Él comprendió al instante lo que ella estaba insinuando.

—Y usted no se fía él.

—Así es.

Él frunció la frente.

—Tal y como Arkwright le dijo, la caja, el medallón y el vial son obras hermosas con cierto valor a causa de su antigüedad.

—Pero es posible que el tutor no sepa de qué objetos se trata.

—Es evidente que sospecha que existe algo que a ella le parece valioso y que se lo está ocultando. Y eso le debe de haber despertado la curiosidad. Laura se ha esforzado mucho para esconder estos objetos. No se los llevó para las vacaciones, ni en su viaje; de lo contrario, el tutor ya sabría de ellos. Me atrevería a afirmar que todo indica que el valor de ese tesoro no se puede calcular en libras y chelines, y eso lo hace aún más interesante.

—Y nosotros descubriremos el secreto que entraña...

Era más una afirmación que una pregunta.

—Lo intentaremos. —Él volvió la vista hacia la puerta—. Señorita Gray, me despido ya. Ha sido una velada tan agradable como emocionante.

Matilda empezó a recoger los documentos, de entre los que se deslizó la postal de Laura desde Nápoles.

—¡Vaya! La Safo de Pompeya.

Matilda se giró sorprendida.

—¿Cómo ha dicho? En el dorso solo dice mujer con tablilla de cera y estilete.

El profesor asintió.

—Ese es el nombre oficial, pero se cree que representa a Safo. Es bonito pensar que la imagen de una poeta escribiendo haya logrado sobrevivir a una catástrofe, ¿no le parece? La mirada, despierta y reflexiva a la vez, está magníficamente captada. No sé de muchas representaciones antiguas que ejerzan un efecto tan intenso en el espectador.

—Tiene usted razón —dijo Matilda casi incapaz de ocultar su propia agitación.

Tras despedir al profesor, se quedó en el pasillo y se pasó las manos por las mejillas, que tenía acaloradas. Tenía que tranquilizarse antes de ir a ver a la señora Westlake.

¡Qué tonta había sido! Había tenido la postal en la mano muchas veces y no había reparado en que en sí misma también era un mensaje. Laura había estado en Nápoles, había visitado el museo y había escogido esa postal, perfectamente consciente de quién era la persona representada.

Esa mujer era Safo. La poeta del amor entre mujeres.

16

Dos días más tarde, en Black Friars Lane, Matilda se quedó parada contemplando el magnífico escudo de armas blasonado sobre la puerta de entrada. Por suerte, la luz de una farola cercana le permitía distinguir los dos unicornios dorados que enmarcaban el escudo. En él, se veía la figura de un hombre, también dorada, que acababa de matar a un dragón alado. En la cimera del escudo había un rinoceronte. La divisa decía: *Opiferque Per Orbem Dicor.*

—Ovidio, las *Metamorfosis.* La cita completa dice: «Yo inventé el arte de curar, salvador y redentor me llama el mundo; ¡y en mi mano está el poder de las hierbas sanadoras! Pero, ay, no crece ninguna hierba que cure el amor… ¡Y el arte que beneficia a todos no beneficia a su señor!». Si quiere saber mi opinión me parece un escudo realmente pagano. Apolo, el dios de la medicina, matando al dragón, que es la encarnación de la enfermedad. Ese rinoceronte representa el remedio que se obtiene de sus cuernos. La señorita Gray, supongo.

Matilda vio ante sí un anciano menudo vestido con levita y con una mata de pelo desgreñado en torno a su media calva. Miraba por encima de unos anteojos en forma de media luna.

—William Upchurch, archivero de la Sociedad de Farmacia. El profesor Fleming me anunció su vista y pensé en salir a recibirla.

—Sí, soy Matilda Gray. Gracias por recibirme a estas horas. Este edificio es imponente.

—Por favor, venga conmigo.

La acompañó hasta un patio interior en cuyo centro había un gran farol iluminado sobre un pedestal de piedra. El señor Upchurch le indicó una escalera situada en una esquina del patio.

—Ahí está nuestra tienda. Fabricamos medicamentos y los vendemos *en gros* y *en detail.* —Hizo una pausa—. Me entusiasmo hablando de nuestra Sociedad. Por favor, interrúmpame si divago demasiado.

—No, no, me parece muy interesante.

Él señaló a su alrededor.

—En otros tiempos aquí estaba el monasterio dominicano de los Frailes Negros, los Black Friars, el cual da nombre a esta parte de la ciudad. En 1632 la Sociedad adquirió la antigua hospedería del monasterio, pero esta sucumbió al Gran Incendio y en su emplazamiento se levantó un nuevo edificio, que lleva siendo nuestra sede desde hace 228 años. Aunque no somos, en absoluto, el gremio más antiguo de Londres, sí poseemos el edificio más imponente. Además, hemos cultivado nuestras propias plantas medicinales en Chelsea hasta el año pasado, cuando el jardín pasó a manos de una organización benéfica.

Esas palabras llamaron la atención de Matilda.

—¡Qué interesante, señor Upchurch!

—¿El jardín?

—Sí, eso también, pero me refería a la historia de esta institución. Es algo a lo que empiezo a acostumbrarme: ningún lugar de esta ciudad es lo que parece. Siempre hay algo más antiguo oculto debajo o en su interior.

Él asintió con la cabeza.

—Lo ha expresado muy bien, señorita Gray. Y, ahora, si me sigue por aquí...

La acompañó al interior del edificio y abrió una puerta.

—El Gran Salón.

Matilda miró a su alrededor con asombro. La amplia sala estaba revestida de madera de roble oscura, tenía las ventanas adornadas con magníficas vidrieras y en las paredes colgaban retratos de miembros eminentes de épocas pasadas. El rojo intenso de las telas de las cortinas y los candelabros dorados contrastaban a la perfección con la madera oscura.

—¡Qué sala tan magnífica!

El señor Upchurch no podía ocultar su orgullo y le fue mostrando las distintas estancias, que daban cuenta de tradición y elegancia discreta.

—Supongo que el profesor Fleming le ha informado de lo que se trata.

El archivero asintió y señaló a lo alto. Subieron por una bonita escalera hasta el primer piso, donde sus pasos eran amortiguados por las alfombras mientras debajo de ellos crujían las viejas tablas del suelo. El edificio parecía desierto, y Matilda agradeció que el señor Upchurch se hubiera quedado más tiempo en atención hacia ella. El anciano abrió una puerta discreta situada al final del pasillo y encendió la luz.

—Nuestras colecciones son muy extensas. No solo archivamos documentos de todo tipo, también coleccionamos objetos de plata, muebles e instrumentos médicos y farmacéuticos. Por eso me he tomado la libertad de preparar todo lo que podría ser importante para usted. —Señaló una mesa enorme cubierta de infolios con cubiertas de cuero, rollos y carpetas—.

Son documentos de los que se puede extraer información sobre los boticarios londinenses del siglo XVII. Muchos son muy especializados y difíciles de entender sin conocimientos en la materia. No obstante, espero que le sean de ayuda; por otra parte, estaré encantado de responder a sus preguntas si le surgen. Estaré en la sala de al lado.

Tras hacer una leve reverencia desapareció por la puerta que separaba las dos salas. Matilda tragó saliva: la colección de documentos que tenía delante era inmensa.

Por suerte, había anotado algunos puntos que podían serle útiles:

Ancroft
comerciante
botica
Laurence Pountney Hill/Lane
semillas de amapola
opio
microscopio
Hooke
Medallón

Todos guardaban relación entre sí; con suerte, podría relacionar por lo menos algunos entre ellos.

Sin embargo, al cabo de media hora se vio llamando desesperada a la puerta, y el señor Upchurch asomó inmediatamente.

—Perdóneme si le interrumpo, pero... —Señaló la mesa—. Creo que lo he entendido todo mal.

Él sonrió.

—Déjeme adivinar: usted esperaba encontrar una lista ordenada cronológicamente de los negocios que fabricaban y vendían medicamentos doscientos años atrás. Es decir, de lo que hoy llamaríamos boticas. —Ella asintió—. En cambio, se encuentra con un batiburrillo de gente, entre ellos, muchos que también eran tenderos o tenían una ocupación completamente distinta, que carecían de formación alguna y no pasaron ningún examen.

—Sí, me desconcierta mucho que hubiera verduleros vendiendo pócimas amorosas, y que los fruteros ofrecieran laxantes bajo mano. Además, algunos farmacéuticos eran considerados cirujanos. ¿En estos casos no deberían haber pertenecido a otro gremio?

—Señorita Gray, hay pocos países donde las profesiones médicas se hayan descuidado tanto durante tanto tiempo como en Inglaterra. No había nada regulado, cada uno hacía lo que le venía en gana. Había muchas injerencias. Los farmacéuticos también comerciaban con lo que hoy llamamos «productos de droguería» y trataban pacientes pese a no estar capacitados para ello. Lo mismo se podía decir de los médicos, la mayoría de los cuales tampoco habían completado sus estudios.

Indicó la mesa.

—Si me dice qué es lo que busca exactamente, tal vez pueda ayudarla.

—Bien, me gustaría saber si uno o varios boticarios compraron opio de un comerciante en concreto.

El señor Upchurch se pasó la mano por la boca con gesto pensativo.

—¿Ha oído hablar de Thomas Sydenham? Lo llaman el padre de la medicina inglesa. Ejerció en el siglo XVII y concedía una gran importancia al opio como medicamento. Al parecer, llegó a afirmar que de todos los remedios que Dios Todopoderoso nos ha dado para aliviar el sufrimiento humano ninguno es tan versátil y eficaz como el opio. Imagínese, un remedio eficaz contra el dolor, la tos y la diarrea en una época en que la mayoría de la gente no podía permitirse un médico. Y, si podían, este se limitaba a desangrarlos y a cobrar mucho dinero por ello. Pues bien, Sydenham desarrolló y dio a conocer una nueva forma de láudano en Inglaterra. Eso fue en la década de 1660, es decir, en la época que le interesa a usted.

Matilda apenas podía contener su emoción. ¿Por qué no le había preguntado de inmediato al señor Upchurch? Se habría ahorrado media hora de quebraderos de cabeza.

—¿Acaso en esa época el opio como remedio era una novedad?

—No, en la antigüedad ya se utilizaba. Pero fue redescubierto y tuvo un éxito tremendo. Hoy sabemos que su empleo no es inocuo y buscamos sustancias que lo sustituyan. Pero durante doscientos años fue considerado un medicamento indispensable.

Matilda asintió y dijo:

—Por lo tanto, a partir de entonces fueron necesarias más cantidades de opio para fabricar medicamentos, sobre todo el láudano. Si un comerciante distribuía opio, seguramente podía contar con hacer una fortuna con él.

—Nadie podía saber la rapidez con que ese medicamento llegaría a introducirse, pero cabía esa posibilidad. Sobre todo si ese comerciante se aseguraba que los boticarios solo le compraban opio a él.

El señor Upchurch se levantó, se acercó a un armario y giró la llave, que estaba muy decorada. Sacó con cuidado un libro y lo dejó sobre la mesa. A continuación, abrió la primera página y señaló el título.

TESORO ABIERTO DE FÁRMACOS
O
Descripción completa y fiel de todos los tipos de drogas y preparados químicos ofrecidos por los drogueros. Con indicación del lugar donde se cultivan, de dónde vienen y cómo distinguir las buenas de las perjudiciales.

Muy ÚTIL para
todos los caballeros, comerciantes, droguistas, médicos, boticarios, cirujanos y los aprendices de estos. Y también para viajantes, marineros, funcionarios de aduanas y todos quienes con ellas tratan o quienes las utilizan, las importan o las entregan en puerto. Incluye una relación veraz de las que están prohibidas y las que no, evitando así muchas disputas y pleitos innecesarios. Obra dispuesta en orden alfabético, con un índice completo de todas las drogas.

—Lo publicó un tal Juan Jacobo Berlu en 1690 y es una especie de gran enciclopedia de los medicamentos conocidos de esa época. —El señor Upchurch sonrió—. Incluye también sustancias procedentes del unicornio o de cuerpos humanos, así que no sería exactamente lo que hoy consideramos un libro de referencia médica. Sin embargo, tiene un valor incalculable para la investigación. Me gustaría mostrarle algo...

Pasó cuidadosamente las páginas hasta la 150:

—Aquí está: «Opio: obtenido de las amapolas, un jarabe espesado por ebullición, de olor muy intenso, de color muy vivo, fácil de cortar, no duro, envuelto en hojas; el mejor procede de Alepo y Esmirna, en Turquía; se importa también a las Indias Orientales desde Surat y Persia, pero su calidad es inferior, dista mucho de ser tan puro y de olor tan intenso como la variedad turca». Berlu está en lo cierto: el opio que llegaba a Europa en esa época procedía principalmente del Imperio otomano.

—Por lo tanto, los boticarios obtenían el opio de los comerciantes que trataban con Turquía.

—En efecto.

—¿Le suena haber visto alguna vez el apellido Ancroft en este contexto? Era una familia de comerciantes que podría haber negociado con el opio en esa época.

El señor Upchurch frunció el ceño.

—¿Ancroft? No me dice nada ese nombre, pero yo soy archivero de la Sociedad de Farmacia y mis conocimientos sobre la historia mercantil de Londres son limitados.

Entonces se le iluminó el semblante y empezó a rebuscar entre los papeles de la mesa hasta que dio con una vieja carpeta de cuero. Las páginas de su interior estaban amarillentas y tenían los bordes desgarrados; las manipuló con delicadeza, como un médico con una herida dolorosa.

—Esta es una lista del año 1660 de los comerciantes que suministraban a boticarios en esa época. No está completa, ni sigue el orden alfabético, e incluye también otras cosas, como perfumes y especias. Pero podemos buscar y ver si en ella figura el apellido Ancroft.

No estaba. Matilda se sentía un poco decepcionada, pero no se permitió demostrarlo. A fin de cuentas, el señor Upchurch le había dado a conocer cosas interesantes, que ella luego podría seguir estudiando con el profesor.

—Me gustaría volver al tema de las boticas. ¿Hay algún modo de acotar los resultados? ¿Cómo se podrían diferenciar los boticarios que comerciaban con medicamentos fabricados con opio? ¿Eran especialmente ricos, se ubicaban en un lugar concreto? —Entonces se le ocurrió otra cosa—. De la familia de comerciantes que le he mencionado antes queda un objeto, se trata de un medallón que dentro tiene un dibujo de las semillas de amapola. Uno de Robert Hooke. ¿Eso le serviría de ayuda?

La cara del señor Upchurch se iluminó.

—Semillas de amapola de Hooke, ¡qué maravilla! Sus dibujos son muy valiosos; en el archivo tenemos algunos. —Dirigió una mirada escrutadora a Matilda—. ¡Qué idea tan insólita la de llevar un dibujo como ese en un medallón!

Ella asintió con entusiasmo.

—A mí también me lo parece. Por eso deduje que las semillas de amapola debían de tener una gran importancia para la familia. Como eran comerciantes, se me ocurrió la idea del negocio del opio, y más aún porque en otro lugar hallé una referencia a las boticas.

El archivero se quedó pensativo.

—Por lo que me dijo el profesor Fleming, este asunto requiere discreción, pero admito que ha despertado usted mi curiosidad. ¡Qué historia tan peculiar!

No puede ni imaginarse hasta qué punto lo es, se dijo Matilda. A continuación, dirigió una mirada de agobio a la mesa repleta de libros.

—Es imposible retener todos los nombres.

El señor Upchurch sacó su reloj de bolsillo.

—Son las ocho. Podría buscar las listas de miembros del año en cuestión y dictarle los nombres.

—Es muy amable por su parte, pero... seguro que usted estará deseando volver a casa, con su familia. Es bastante tarde.

Él sonrió.

—Mi esposa se encuentra visitando a su hermana en Gales. Será un placer ayudarla, incluso hasta medianoche si es preciso.

No les llevó tanto tiempo. A las diez y media, el señor Upchurch cerró el último listado y enderezó la espalda con un gemido, frotándose los hombros. A Matilda también le dolía; de repente, sintió un dolor en el estómago.

No había comido nada desde el mediodía. Y a esas horas los trenes subterráneos ya no circulaban.

—No podré agradecérselo lo bastante, señor Upchurch —dijo con tono afectuoso.

Él hizo una leve inclinación.

—La acompañaré hasta la puerta. Espero que regrese a casa sana y salva.

—Tomaré un coche de punto.

Y luego haría frente a la tempestad que estallaría sobre ella en cuanto llegara a casa.

—Le deseo mucho éxito en su investigación. Y dele recuerdos al profesor Fleming, dígale que algún día vuelva a honrarnos con su visita.

—Así se lo haré saber.

Aunque las puertas de madera del carruaje abierto resguardaban las piernas de Matilda de las salpicaduras de la lluvia, el trayecto fue desapacible y húmedo. Se acurrucó en un rincón para que el frío la alcanzara el mínimo posible. Al llegar a la puerta de su casa, estaba completamente aterida y sentía la ropa húmeda. El cochero le abrió la puerta desde el pescante y ella se apeó sintiendo las piernas agarrotadas.

Antes de introducir la llave en la cerradura, la puerta principal se abrió de golpe. Detrás asomó la señora Westlake de pie, apoyada en las muletas con la pierna lastimada en alto y mirándola enfurecida.

—¡Señorita Gray, es casi medianoche! ¿Dónde se había metido?

Matilda tragó saliva.

—En la sede del venerable gremio de boticarios.

—¿Hasta esas horas? Allí nadie trabaja hasta tan tarde.

Se dirigió cojeando hacia el salón y Matilda la siguió tras colgar el sombrero y el abrigo.

—Sally está acostada. Así que, lo siento, ya no hay té.

—Me puedo hacer una taza para mí. Y para usted también —se ofreció Matilda.

La señora Westlake negó con la cabeza.

—¡Ah, no! De mí usted no se escapará tan fácilmente.

Entonces Matilda se enojó.

—Soy una mujer adulta. Y no miento. ¿Acaso nunca se ha dejado llevar mientras escribía o investigaba? ¿Nunca ha tenido la sensación de no poder dejar algo, ni quedarse tranquila hasta llegar al fondo de un asunto? Pues eso es exactamente lo que me ha ocurrido hoy, además con la inmensa suerte de que el archivero de allí estaba tan intrigado como yo. Ha sido muy amable conmigo.

La indignación de la señora Westlake remitió un poco.

—Evidentemente, no soy su madre. Pero me he preocupado.

Matilda aceptó aquella disculpa velada.

—He cogido un coche de punto, que me ha llevado justo hasta delante de la puerta. Además, ha merecido la pena pasar toda la tarde entre documentos antiguos.

—Así pues, ¿ha conseguido resultados tangibles?

—En realidad, un montón de consejos útiles que posiblemente darán pie a resultados tangibles. Y además he aprendido bastantes cosas sobre el opio.

La señora Westlake enarcó las cejas, sorprendida.

—Me gustaría escuchar eso.

—¿No le apetece un poco de té? Además, miraré en la cocina si encuentro algo de comer, me da miedo llegar desfallecida al desayuno.

Cuando, diez minutos más tarde, se sentaron juntas con una bandeja de té y sándwiches entre ellas, Matilda resumió la teoría a la que había llegado.

—Creo que la familia de Laura comerciaba con países como Turquía. La antigua enciclopedia que me mostró el señor Upchurch decía que el mejor opio procedía de Turquía, en concreto, de Esmirna y Alepo. Eso suponiendo que el profesor Fleming encuentre algo al respecto en el libro de Laura...

La señora Westlake dejó su taza y levantó la vista hacia Matilda.

—¿Cree usted que los Ancroft debían su riqueza al comercio del opio y que eso explicaría el medallón con el dibujo de la semilla de amapola?

Matilda asintió.

—¡Qué lástima no poder preguntarle a la chica!

—Si pudiera, de hecho, no tendría que preguntarle nada —repuso Matilda—. Si ella todavía fuera a la escuela, nunca habría descubierto su tesoro, ni habría conocido al coleccionista y al profesor Fleming. Estaría preparando clases y me pasaría las tardes charlando con usted en lugar de ir de un lado a otro en carruajes descubiertos o de quedar empapada de lluvia yendo de camino al tren. —Se sonrojó un poco—. Lo que más me importa es ayudar a Laura, pero, si le soy sincera, le he encontrado gusto a la aventura.

La señora Westlake sonrió con picardía.

—Todo indica entonces que me esperan algunas noches de soledad. O invitaré a algunas amigas a jugar a las cartas a partir de mañana mismo.

—Hágalo. Mis pesquisas aún no han terminado.

Cuando Matilda por fin se acostó, miró la hora y soltó un suspiro. La una y media. Justo al día siguiente había previsto levantarse especialmente pronto para escribir al profesor Fleming antes del desayuno. Ardía en deseos de idear con él el paso siguiente.

Esa noche, buques repletos de opio y especias olorosas rondaron por sus sueños.

17

Cuando sonó el despertador, Matilda se despertó sorprendentemente lúcida, escribió rápidamente la carta al profesor y la echó de camino a la estación. Sally se había ofrecido a llevarla aprovechando su visita al mercado, pero Matilda quería que él la recibiera cuanto antes. Esperaba tal vez obtener respuesta ese mismo día.

Antes de empezar la primera clase, Dora Spencer se acercó a su pupitre.

—¿Tiene un momento, señorita Gray?

Dora era una chica tranquila y había sorprendido a Matilda cuando aceptó hacer el papel de la sirvienta María en *Noche de Reyes*.

—Por supuesto, ¿se trata de los ensayos?

—No. Mi madre me ha enviado esto. Acostumbra a leer la revista *The Queen*. Pensé que tal vez a usted también le podría interesar.

Le entregó a Matilda un recorte de periódico cuidadosamente doblado.

—Gracias, déjalo aquí. Lo miraré más tarde.

Mientras las muchachas hacían las tareas que Matilda había escrito en la pizarra, desplegó la hoja.

Al instante siguiente tenía la mirada clavada en el rectángulo de papel que sujetaba en la mano, intentando que las alumnas no notaran su estupor.

> A la recepción ofrecida por el embajador británico en Atenas asistió, entre otros, el distinguido abogado londinense Charles Easterbrook. Acudió acompañado de la joven de la que es tutor, la señorita Laura Ancroft. Tal y como se informó, el señor Easterbrook se encuentra realizando un viaje cultural y de recreo por Italia y Grecia con su pupila. Según declaró, la joven ha demostrado un gran interés por la cultura antigua y es posible que regresen a Inglaterra por Año Nuevo. A las damas presentes no se les pasó por alto lo pendiente que se mostró el señor Easterbrook de la encantadora señorita Ancroft, ni su desagrado por dejarla sola cuando los caballeros se retiraron a beber oporto y fumar puros.

En la pausa del almuerzo el artículo ya había llegado también a sus compañeras, a pesar de que *The Queen* no formaba parte de las lecturas entre el profesorado.

—Aunque no doy mucha importancia a ese tipo de publicaciones, es gratificante saber que Laura está lo bastante recuperada como para asistir a recepciones —comentó la señorita Haddon en la mesa.

—Y es bueno saber que no ha descuidado la cultura. Nada mejor que estudiar de cerca los tesoros del arte antiguo —apuntó la señorita Fonteyn—: Italia y Grecia, ¡qué maravilla! Y allí el clima es fabulosamente suave.

—Parece que el señor Easterbrook es un compañero de viaje especialmente solícito —apuntó la señorita Fellner con cierta sorna—. Me imagino perfectamente que las mujeres corrientes lo encuentren atractivo. Es innegable que su aspecto es agradable.

—Señorita Gray, está usted muy callada —dijo la señorita Haddon.

—Bueno, yo sigo confiando en que Laura acabe sus estudios en Riverview College. Aunque, por supuesto, me alegra que ese viaje le haya devuelto la salud y la ayude a conocer mejor la cultura mediterránea.

Las palabras de Matilda sonaron terriblemente envaradas.

—Si interpreto bien la jerga de la sección de sociedad —dijo la señorita Haddon mirando a su alrededor—, yo diría que el señor Easterbrook está ansioso por hacer de Laura algo más que su pupila. Es joven, así que habrá que esperar para la boda, pero como mujer prometida no es probable que regrese a la escuela. Me temo que vamos a tener que prescindir definitivamente de una alumna tan bien dotada.

—¡Cuánto lo lamento!

Matilda se concentró en su comida mientras la conversación seguía a su alrededor.

Le resultaba muy difícil controlar sus emociones. Nadie excepto ella parecía lamentar la idea de perder a una alumna como Laura Ancroft por un matrimonio precoz. Y, además, con un hombre en el que no solo no confiaba, sino al que parecía temer. A Matilda se le encogió el pecho de rabia y de preocupación.

La señorita Haddon le dirigió varias miradas, pero Matilda siguió comiendo; finalmente apartó a un lado su plato medio lleno y se levantó.

—Les pido disculpas, aún debo preparar algunas cosas.

Al salir del comedor, notó que algunas miradas la seguían.

La señora Westlake tenía el recorte de periódico en la mano y miraba a Matilda con cierta perplejidad.

—Cuando una joven y un caballero al que, según parece y por lo que usted misma dijo, no le falta atractivo emprenden un largo viaje, estas cosas pueden ocurrir. Usted no tiene tanta experiencia en asuntos amorosos, pero yo misma conocí al señor Westlake en un viaje. Bueno, no fue en Italia ni en Grecia, sino en Inglaterra, y no bajo el sol del Mediterráneo, sino durante un verano lluvioso en el Distrito de los Lagos, pero aun así...

—Si todo fuera tan maravilloso, ¿por qué Laura me envió ese mensaje y se tomó tantas molestias para ocultarlo? Yo... no creo que se trate de un divertimento.

Matilda era consciente de que no se conducía de forma racional.

La señora Westlake se irguió con dificultad en su asiento e hizo que Matilda se sentara en una butaca.

—Ahora usted se tomará una copita de oporto y me contará por qué cree que el mundo se acabará si Laura Ancroft se compromete con su tutor.

Matilda se quedó sentada con la copa en la mano mirando la alfombra. Había guardado el secreto de Laura durante mucho tiempo, y ahora se daba cuenta de que tenía que contárselo a alguien. Pero ¿cómo?

Aunque posiblemente fue algo casual, la propia señora Westlake se encargó de guiar la conversación en la dirección correcta.

—Si me permite que le cuente una cosa, querida, yo también he tenido un terrible disgusto. Todavía se me encoge el estómago al pensarlo. Se dice que Wilde está muy mal; una conocida mía se encontró a unos amigos de París que se lo contaron. Corre el rumor de que se está muriendo. Está en un hotel de mala muerte, completamente arruinado.

—¿Se refiere usted a Oscar Wilde?

—Sí. Coincidí con él en unas pocas ocasiones, evidentemente antes del juicio. Tenía casa en la calle Tite, no muy lejos de aquí. ¡Qué terrible tragedia! Castigar a alguien porque su amor no obedece a unas normas absurdas.

Matilda miró con asombro a la mujer. Conocía la historia de Oscar Wilde y, en secreto, sentía lástima por él. Sin embargo, cuando tuvo lugar su juicio, ella estudiaba y era impensable que las jóvenes hablaran entre ellas, o con sus profesoras, de asuntos como aquel.

Se aclaró la garganta.

—¿La he entendido bien, señora Westlake? ¿Usted no condenaría a una persona que se sintiera atraída por su propio sexo? ¿No lo consideraría un crimen, ni un pecado contra natura?

La señora Westlake sonrió con pesar.

—Yo no condenaría a nadie por su amor, siempre y cuando no perjudique a otros. El daño infligido a Oscar Wilde y a la literatura inglesa excede, con creces, cualquier daño moral que su comportamiento haya podido causar.

—Por favor, discúlpeme un instante.

Matilda se levantó de repente, fue a su habitación, buscó la postal de Laura y se armó de valor.

—Hay algo sobre Laura Ancroft que no le he contado. Ni a usted, ni a nadie más...

Cuando terminó de hablar, la señora Westlake se inclinó y asió la mano de Matilda.

—Mi pobre niña. ¿Ha cargado con esto desde junio? ¿Sintiéndose culpable por creer que si Laura no volvía a la escuela era por usted?

Matilda tragó saliva.

—Al principio, sí. Hasta que recibí la postal. Pero hace poco me di cuenta de que la postal, en sí, también es una pista.

Con ella me dice que no ha cambiado. Me ha enviado la imagen de una poeta que amaba a mujeres. La última vez que nos vimos estuvimos hablando de esto.

La señora Westlake contempló el retrato de aquella joven mujer.

—Tiene usted razón, esta postal no la escogió al azar.

—Ahora entiende usted por qué me inquietan esas alusiones a las intenciones del señor Easterbrook. No me entra en la cabeza que Laura quiera casarse con él. Estando de viaje, me hizo llegar un mensaje que seguramente a su tutor le pareció totalmente inocente. Un fresco antiguo de un museo que habían visitado los dos, la imagen ideal para escribir a casa estando de vacaciones en Italia. Sin embargo, con la postal ella envió dos mensajes dirigidos solo para mí. ¿Y a quién quiso ocultárselos? Al señor Easterbrook.

—Usted lo sospechó desde el principio, ¿no? —apuntó la señora Westlake.

Matilda se encogió de hombros.

—Sí. Laura se encuentra a merced de él. Pero si digo algo así en la escuela, me pondré en ridículo.

—¿Qué sabe usted de ese caballero? —preguntó la señora Westlake.

—Solo sé que es abogado, que es el tutor de Laura y que es a todas luces un hombre atractivo. Además, a Laura no le gustaba mucho y quería pasar el menor tiempo posible con él. Pero eso no es suficiente para juzgar a una persona.

—Está también la carta que escribió a la escuela.

—Hace tiempo que debería haber averiguado más cosas sobre él. ¿Es pariente de Laura? Si no es así, ¿por qué fue él, y no sus parientes, quien asumió la tutela? ¿Qué reputación tiene en la sociedad? ¿Tiene familia?

La señora Westlake volvió a servirle oporto.

—Así usted me gusta mucho más. Ceder a las emociones es, sin duda, muy bonito, pero para este asunto conviene tener la cabeza despejada.

Entonces de pronto se tapó la boca con la mano.

—¡Oh, disculpe! Antes estaba tan agitada que no pensé en el correo.

Señaló el aparador, en el que había una carta apoyada en un jarrón.

—Ha llegado con el correo de la tarde.

Matilda se levantó de un salto. El profesor Fleming debió de responder en cuanto recibió su carta.

—Retírese, querida —dijo la señora Westlake—. Nos encontraremos en la cena.

Querida señorita Gray:

Muchas gracias por sus líneas. Me alegra mucho que su visita al señor Upchurch no fuera en vano. Estoy seguro de que su voluntad incansable por investigar pronto dará resultados.

En todo caso, sería bueno que nos reuniésemos con urgencia. He analizado casi la mitad del libro y he conseguido descifrar algunas cosas. Me gustaría poder mostrárselo en persona.

En este caso sería conveniente hacerlo en mi piso, ya que, como sabe, carezco de despacho en la universidad y no me gustaría volver a acaparar la sala de estar de su casera.

Espero que esta propuesta no le parezca impropia, así pues, me gustaría poder recibirla en mi casa, en el número 12 de Bedford Row, mañana a las seis y media. Por favor, hágame saber si le parece conveniente.

Atentamente,

Stephen Fleming

A Matilda el corazón le latía con fuerza mientras escribía rápidamente la respuesta. Cuando Sally sirvió la comida, le entregó la carta.

—Si la pudieras enviar hoy mismo, te estaría muy agradecida.

La señora Westlake la miró divertida.

—¡Vaya, qué rapidez!

Matilda sonrió.

—Hay cosas que no se deben posponer.

18

El profesor Fleming vio cómo Matilda giraba sobre sí misma en su estudio y luego dirigía la mirada hacia arriba. Además de la lámpara moderna, del techo colgaba un desgastado estandarte de seda, un viejo farol y el letrero de una posada, que mostraba la cabeza de un jabalí.

—The Boar's Head Inn. ¡Caramba! La Posada de la Cabeza de Jabalí. No será el letrero original ¿verdad? ¿Shakespeare? ¿Falstaff?

Él sonrió.

—No, pero también se conserva. Este es de una posada de Whitechapel que tenía el mismo nombre. En el siglo XVI allí se representaban obras de teatro, lo cual me parece una idea bonita. Lo vi en una subasta y no pude resistirme.

Matilda se acercó a la gran estantería que ocupaba la pared derecha de la sala y que estaba repleta de objetos de lo más diverso.

—Tómese su tiempo. Mis alumnos llaman a esto «el museo».

Ella señaló una lámpara de aceite hecha de terracota.

—¿Me permite?

—Aquí se puede tocar todo.

El profesor se puso a su lado y volvió la mirada hacia ella cuando cogió con cuidado la lámpara.

—Dos gladiadores peleando con armadura completa. El aceite se vertía a través del agujero que hay en el disco, que es como se llama la parte superior. La mecha se introducía en la abertura de delante y listos. Esta lucerna se encontró en unas obras en Cheapside por las que yo pasé casualmente. El obrero me la vendió por unos chelines.

—¿Es de la época romana?

Matilda volvió a poner la lámpara en su sitio.

—Llega un momento en que el suelo de Londres lo escupe todo hacia fuera. O casi todo. Vaya adonde vaya, la historia está siempre bajo sus pies. Pero eso, sin duda, ya lo sabe.

Matilda recorrió lentamente la estantería.

—Yo sé muy poco. Pero desde que los he conocido a usted y al señor Arkwright, me doy cuenta de más cosas. Él me habló de los ríos ocultos y al hacerlo aludió al Londres romano. Dijo que el Walbrook era el río más sagrado.

—Ese hombre debería estar enseñando en vez de estar metido en esa tienda polvorienta suya —dijo Fleming con pesar—. El conocimiento es como el amor. Solo tiene sentido si se comparte.

Matilda levantó la vista sorprendida, pero su rostro no dejó entrever nada.

—No es un proverbio. Es mío.

Sacó algo de la estantería y se lo entregó. Era un libro diminuto, de no más de cinco centímetros, que no estaba encuadernado en cuero, sino en un material duro y brillante.

—Esto es una Biblia, conocida como «del pulgar». Es una de mis piezas más valiosas. Data de principios del siglo XVII y es uno de los primeros ejemplares de este tipo.

Matilda tocó la tapa.

—¿Esto es carey? ¡Qué curioso!

—Un golpe de suerte en una subasta en Southwark. El subastador y el público no tenían ni idea, creían que el librito era un simple objeto curioso.

—¿Sabe usted dónde estuvo durante los trescientos años transcurridos desde entonces? —preguntó Matilda con entusiasmo.

—Por desgracia, no. El subastador dijo que no tenía permiso para decir el nombre de su cliente. Puede que se trate de un ejemplar robado. Pregunté a la policía si les constaba alguna denuncia, pero se limitaron a negar con la cabeza y me dijeron que ellos tenían cosas mejores que hacer que ocuparse de libros enanos.

Matilda siguió avanzando lentamente, contemplando los cuadros, los espejos y los mapas de las paredes, y se detuvo ante una vitrina que exhibía llaves antiguas. Seguramente cada una tenía su propia historia, y el profesor debía de conocerlas todas.

—Esta sala es mágica —dijo por fin—, me podría pasar la noche mirando y preguntando.

—Pero antes querrá saber lo que he descubierto —añadió él con una sonrisa—. Puede contemplar mi colección cuando desee. Para eso está. —Abrió un cajón del escritorio y sacó una carpeta de cuero—. Por favor, no se haga muchas ilusiones. Gran parte del manuscrito se ha perdido sin remedio. El tiempo y la humedad han afectado al papel y la tinta se ha corrido. Por el olor, estuvo guardado en un sótano o algún tipo de sala bajo tierra durante mucho tiempo. He llegado hasta la mitad y he podido descifrar algunas cosas. Por favor, eche primero un vistazo para hacerse una idea y luego hablamos.

La carpeta contenía el libro de Laura y varias hojas escritas a mano. Matilda se la acercó y comenzó a leer. El profesor había marcado los pasajes que faltaban con tres puntos y algunas palabras con signos de interrogación.

Aun así, de pronto Matilda tuvo la impresión de oír una voz que había estado mucho tiempo callada y que por fin se hacía oír.

... del modo más honesto y veraz ... Si alguien da con este ... con posterioridad ... comprenda lo que nos ocurrió ... horror ... infinito.

... una familia distinguida ... comerciaba ... de tierras lejanas ... sentaba en su regazo ... contaba cómo había viajado allí de joven (¿hombre?) ... Esmirna ... en su almacén ... me acaricia el pelo ...

—Aquí dice algo de Esmirna —dijo ella emocionada—. El señor Upchurch me mostró una enciclopedia antigua que decía que el mejor opio provenía de Turquía, especialmente de Esmirna y Alepo. Esto confirmaría nuestra teoría de que el tesoro procede de una familia de comerciantes.

... botica de Cheapside ... solo a él ... un conocido (manchas y agujeros, probablemente de ratas) ... una discusión ... voces airadas ... después de eso no lo he vuelto a ver por casa ...

—Eso también es interesante. Una discusión, pero ¿entre quiénes? ¿Y quién nos cuenta la historia?

—Una mujer. La letra no deja lugar a dudas.

... del continente llegó la noticia ... La enfermedad causaba estragos ... Ámsterdam notificó 50 000 víctimas, una cifra horrible e inconmensurable ...

—La peste —dijo Matilda sin aliento—. Se trata de la peste, ¿no?

... Hamburgo ... como dijo padre ... cometa ...

—¿Un cometa? Es una buena pista, ¿no? Es posible averiguar cuándo ha habido cometas.

—Su impaciencia resulta muy agradable, señorita Gray. —El profesor sonrió y empujó hacia ella un libro abierto—. Samuel Pepys habló de ello en la entrada de su diario con fecha de 1 de marzo de 1665. Y fíjese qué otro viejo conocido aparece aquí: «Al mediodía, almuerzo en Trinity House, y desde allí a Gresham College, donde para empezar el señor Hooke pronunció una segunda conferencia muy perspicaz sobre el último cometa, en la que, entre otras cosas, demostró de forma muy sólida que se trata del mismo cometa que apareció ya en 1618, y que probablemente volvería a aparecer en el mismo intervalo, lo cual es una teoría muy novedosa; pero todo eso ya se publicará».

—Por lo tanto, el cometa apareció poco antes del mes de marzo del año 1665. Y si la escritora de ese libro lo vio, sabemos cuándo escribió esto.

Él levantó la mano en señal de advertencia.

—No necesariamente. También podría haberla escrito de memoria muchos años después.

—Es cierto. Me he precipitado.

—Siga leyendo.

... él no cree en las señales del cielo. ... la suciedad, la falta de espacio y el exceso de gente ... las calles ... por mar.

En febrero ... un muerto en St. Giles. Y conforme el tiempo iba ... produciéndose más muertes. Padre dijo que a menudo no se decía el motivo, pero que sospechaba que la peste se había desatado ahora por completo. Sentí mucho miedo ... me consoló.

—Parece unida a su padre—dijo Matilda pensativa—. Es el único familiar que ha mencionado hasta ahora. Su relación parece muy estrecha.

... se burlaba ... Nada de eso ayudaría contra la enfermedad. Mejor rezar, dijo, que al menos es gratis. Madre se (¿enojó?) ... Entonces oímos ... Middlesex ... cerrado una casa ... también en St. Giles ...

—¿Qué es esto? —preguntó Matilda, súbitamente presa de una extraña inquietud—. ¿Qué significa que una casa esté cerrada? Sé que marcaban las casas donde había alguien enfermo, pero...

—En el muro exterior se pintaba una cruz roja con las palabras «Que Dios se apiade de nosotros». Sin embargo, a veces se apostaba también un guarda frente al edificio para evitar que nadie entrara. Y viceversa, a los habitantes de la casa se les prohibía salir. Estos confinamientos, o cuarentenas, duraban cuarenta días.

—¿De qué vivía la gente durante tanto tiempo?

Él se encogió de hombros.

—De lo que tenían guardado. Siempre y cuando les sirviera de algo.

—¿Quiere decir que siempre y cuando no murieran antes de comérselo todo?

—Esto es. Pero también se dice que hubo casos de personas que murieron sin estar enfermas de peste. De hambre, de sed o de otras enfermedades. O porque se quitaban la vida por miedo.

—Eso es terrible.

—Pepys también menciona esto el día 30 de abril: «Aquí, en la City, hay gran temor a la peste; se dice que ya hay dos o tres casas cerradas. ¡Que Dios nos libre!».

Eran más y más. En junio... abandonar ... Madre se disgustó mucho, temía por la casa ... robaran. Pero padre fue inflexible ... empaquetamos ... una oleada de gente ... (¿salía?) de la ciudad ... vieja Beth ...

Matilda agrupó todas las hojas y levantó la mirada.

—Lamento no haber avanzado más —dijo el profesor Fleming con rostro serio—. ¿Qué opina usted de esto, señorita Gray? ¿Es lo que esperaba?

—No sé lo que esperaba, pero estoy impresionada. He aquí una mujer, o más bien una chica joven, contándonos cosas de hace doscientos años. Todavía no sabemos quién era, ni cómo acabó, pero sí podemos deducir varias cosas.

—Adelante.

Ella notó respeto en su voz. Fleming carecía de la condescendencia que a veces había percibido en Arkwright.

—A mí me parece una especie de crónica. La autora no escribe solo para ella, como haría con un diario. Ella es la hija de un comerciante y tiene una relación muy estrecha con su padre, el cual ha viajado a Turquía y ha estado en Esmirna, donde posiblemente compró opio.

Fleming asintió.

—Luego describe el brote de peste, que llega a Inglaterra procedente del continente. Aparece un cometa en el cielo, que algunos interpretan como un mal presagio. El padre de nuestra autora no comparte esas supersticiones. Esto encajaría con la posibilidad de que tuviera tratos con el señor Hooke, el cual dio una conferencia científica sobre el cometa. Sin embargo, esto también es una conjetura.

—Es usted precisa y metódica, señorita Gray. Me gustaría tenerla en uno de mis seminarios.

—Informa de casas cerradas. Luego menciona un conflicto entre sus progenitores. Su padre dice que algo no ayuda contra la plaga, puede que amuletos y preparados medicinales. De hecho, una vez leí que se vendían por doquier en las calles. La madre no parece compartir esa actitud despreocupada.

—Y probablemente sus palabras le parecen una blasfemia.

—En verano, la epidemia se agrava. El padre quiere marcharse de la ciudad, como tantos otros. La madre teme que les desvalijen la casa, pero el padre se sale con la suya. Luego ella menciona a la «vieja Beth».

—Casi perfecto, señorita Gray.

—¿Solo casi? —repuso con tono divertido.

El profesor cruzó los brazos.

—Ha pasado por alto una cosa. El padre no solo se muestra escéptico ante los presagios, sino que además intenta encontrar la causa de la enfermedad de forma racional. La suciedad, el hacinamiento, el exceso de población. Hace pocos años que sabemos que la peste está causada por una bacteria y que su propagación se favorece cuando hay demasiadas personas viviendo juntas en condiciones poco higiénicas. Y eso es precisamente lo que ocurría en Londres en esa época. La ciudad rebosaba de gente, la guerra civil acababa de terminar, la monarquía había sido restaurada, el ejército se había disuelto. La gente acudía en masa a la ciudad. Querían ganarse la vida aquí, labrar su fortuna, divertirse. Se cree que en muy poco tiempo la población aumentó en cien mil personas.

Matilda se aclaró la garganta.

—Usted ha pasado por alto que yo he pasado por alto otro punto. ¿Le parece bien acordar que estamos en tablas?

Fleming negó con la cabeza, riendo.

—Si fuera estudiante, usted sería todo un fastidio. Pero, por favor, siga.

Ella buscó el apartado.

—Aquí está: «(manchas y agujeros, probablemente de ratas) ... una discusión ... voces airadas ... después de eso no lo he vuelto a ver por casa ...». Las ratas se cebaron en un punto muy inoportuno. Hubo una discusión en la casa de la familia. Según parece, con un hombre que solía visitarlos con frecuencia y que después rara vez se presentó por allí. No sabemos si fue una disputa por un asunto privado o comercial, pero debió de ser algo importante o no lo mencionaría.

El profesor Fleming señaló su pipa, que tenía sobre la mesa.

—¿Me permite?

—Se lo ruego.

La llenó con gesto tranquilo y la encendió antes de responder.

—Desde luego, es una pista importante. Estoy impresionado con sus deducciones. ¿Qué le parecería probar con la otra mitad?

Matilda vaciló.

—Yo no soy historiadora.

—Todo lo que necesita es sobre todo buena vista y una mente despierta. Cualquiera que haya tenido que descifrar ejercicios de clase sabe cómo interpretar la caligrafía. Hablo por experiencia.

Matilda vio que él no la quería dejar en la estacada como el coleccionista, sino que quería demostrarle confianza.

—De acuerdo, lo intentaré. Por desgracia, es como si alguien hubiera hecho desaparecer todo lo que podría responder a nuestras preguntas.

—Es la gran conspiración de las ratas —dijo el profesor, sonriendo. Entonces se levantó—. Mi cocinera ha preparado un pequeño refrigerio. Hoy ha sido un largo día para usted. ¿Le apetece? Entretanto podemos seguir charlando.

El «pequeño refrigerio» resultó ser un espléndido guiso de carne, verduras y hierbas aromáticas que desprendía un olor fabuloso.

Matilda mojó un trozo de pan e hizo una mueca de placer.

—Esto está delicioso, señor Fleming, mis felicitaciones a su cocinera. Jamás he comido nada igual. Tiene un sabor exótico, aunque no oriental. No sé cómo describirlo.

Él le sirvió una copa de vino y brindaron.

—Para que nuestra investigación sea un éxito.

Tras beber, señaló la sopera con el guiso.

—Esto es un plato del siglo XVII adaptado al gusto actual. Es un cocido de origen español.

—¿Y qué lleva? —preguntó Matilda, esforzándose para no comerse el guiso a toda prisa.

—La versión de la señora Polley tiene carne de vaca, cordero, ternera y aves de corral a partes iguales, como en la receta original. En cambio, no le hemos puesto ni capón, ni palomas. Además, lleva cebollas, puerros, col blanca, ajo, una mezcla de lo que se conoce como especias dulces (un secreto de la señora Polley) y sal. Se tiene que dejar cocer mucho tiempo, entre cinco y seis horas. Las hierbas aromáticas se ponen casi al final para que conserven todo su sabor.

La carne se deshacía sola, los sabores se habían mezclado entre sí por completo y los ingredientes se habían fundido en una cremosa salsa marrón.

—Sabe de maravilla. ¿Come siempre platos históricos?

Él mordió un trozo de pan mientras sonreía.

—Solo en ocasiones especiales. La señora Polley vale su peso en oro, pero no puedo pedirle que haga esto todos los días.

Matilda bajó la cuchara.

—Muchas gracias. Así pues, no es casual que eligiera una receta de ese siglo, ¿verdad? Antes he tenido la sensación de que esa chica me hablaba directamente, y ahora estoy saboreando algo que ella tal vez también comió. Es impresionante.

—¿Está segura de que era una muchacha joven?

Matilda asintió.

—Es por el modo en que escribe sobre su padre. Imagino que todavía vivía con sus padres. —Hizo una pausa para pensar—. Me pregunto si Laura sabe lo que hay tras su tesoro.

—De hecho, hizo todo lo posible por esconderlo.

—¡Me gustaría hacerle tantas preguntas!

—Yo también tengo una pregunta para Laura: ¿a quién le esconde el tesoro? ¿Le apetece un poco más de guiso?

Matilda miró la sopera con avidez y asintió. Pensó en la carta que el señor Easterbrook había escrito a la escuela y en el artículo del periódico que Dora Spencer le había traído.

—Por desgracia, sé muy poco de Laura y de su familia. Ahora se encuentra de viaje con su tutor. —Miraba pensativa su plato—. Sé muy poco de él, solo que es abogado. Me gustaría ir a su bufete alguna vez, a ver si averiguo alguna cosa. La secretaria de la escuela seguro que tiene la dirección, pero ahora mismo no me puedo permitir solicitarla.

—Tal vez yo pueda serle de ayuda —se ofreció el profesor—. ¿Cómo se llama ese abogado?

—Charles Easterbrook.

Matilda siguió comiendo con ganas. No quiso volver a repetir, apartó el plato, y se limpió los labios con la servilleta. Luego volvieron al estudio.

—Me gustaría echar otro vistazo a la nota de la parte posterior del libro.

Fleming la examinó por las dos caras y la miró con lupa; cuando se disponía a guardarla, Matilda le tomó la mano con un gesto espontáneo.

—¡Un momento! —dijo sin reparar en que lo estaba tocando—. Déjeme mirar.

Se pasó un dedo por los labios, pensativa.

—Aquí, esta línea vertical de color rojo. Este papel no es de un cuaderno escolar, si lo fuera, tendría las líneas horizontales.

—¿Y?

Ella señaló la nota con un dedo.

—Un libro de cuentas tiene columnas separadas por líneas verticales. Laura encuentra el tesoro y quiere escribir una pista. Para eso, arranca una esquina de un libro de cuentas, lo cual indica prisas. Así pues, debía de tener uno a mano.

—La casa de sus padres. Era a la vez sede del negocio y hogar de la familia. Por lo tanto, probablemente encontró el tesoro allí.

—Exacto.

El profesor hizo una pequeña reverencia.

—La felicito, señorita Gray. Si esto fuera un examen, usted habría aprobado con nota.

Matilda sintió que se sonrojaba. Se dio cuenta de que tenía la mano muy cerca de la de él y la apartó.

—Yo también iré a echar un vistazo a la casa, tal vez encuentre algo que me llame la atención —dijo Fleming, y luego añadió, como si fuera lo más natural del mundo—: Si todos nuestros esfuerzos fracasan, existe siempre, por supuesto, la posibilidad de colarse en la casa.

Ella vio que guiñaba un ojo, pero su expresión era grave.

Matilda acababa de subir al coche de punto cuando oyó a Fleming gritar al cochero mientras se asomaba por la ventana:

—¡Aguarde, por favor!

El profesor fue a la puerta principal y se acercó a toda prisa al carruaje vestido en chaleco y mangas de camisa.

—¡Se me ha ocurrido otra cosa! Sobre Hooke.

—El hombre del microscopio y el cometa.

—Y muchas cosas más. Hooke era un genio universal y ejercía una gran cantidad de tareas. También trabajó para la ciudad de Londres.

Matilda lo miró con mucho interés.

—Fue topógrafo de la ciudad durante cinco años, de 1667 a 1672, poco después del Gran Incendio. La ciudad estaba en ruinas, cuatro quintas partes de ella estaban completamente destruidas y había más de 13 000 casas quemadas. Hooke y sus colegas midieron las propiedades para que los propietarios pudieran volver a construir sobre ellas. Y, para ello, examinaron los cimientos que habían quedado...

—Señores, tengo trabajo que hacer—dijo una voz impaciente desde el pescante.

Fleming levantó la mano.

—Deme un segundo, buen hombre. Los cimientos, ¿entiende? «Una casa bajo la casa». Si él se encargó de examinar esa zona, eso lo relacionaría también con los Ancroft. Puede que dejara documentos que nos digan algo más sobre el edificio.

Su entusiasmo era contagioso. Habían empezado con unas piezas sueltas que poco a poco iban componiendo una imagen.

En su euforia, Matilda olvidó lo que él había dicho sobre colarse en la casa.

19

Aunque Stephen Fleming iba bien abrigado, el frío le atravesaba el abrigo. Tomó un camino distinto al de la señorita Gray y, en lugar de recorrer Cannon Street, fue por Upper Thames Street. Desde allí unas callejuelas estrechas bajaban hasta el Támesis y el aire estaba impregnado del olor del cercano mercado de pescado de Billingsgate. A continuación, dobló a la izquierda en Laurence Pountney Lane, una calle estrecha bordeada de edificios altos. De las paredes colgaban letreros de latón que anunciaban empresas comerciales y un despacho de arquitectos. Era una calle tranquila y respetable.

Se detuvo frente a la casa de los Ancroft. La planta baja con la tienda presentaba un revestimiento de madera negra. Junto a la puerta había una gran ventana y debajo, dos contraventanas de madera aseguradas con sendos candados. Fleming las tocó ligeramente y tuvo que limpiarse el óxido de los dedos. Hacía tiempo que no se habían abierto. Delante de la casa había una trampilla de madera empotrada en la acera cuyas bisagras también estaban oxidadas.

Fleming levantó la vista y se percató de un anillo metálico fijado a la pared de la casa. En el pasado, allí debía de haber un sistema de poleas que se utilizaba para meter sacos pesados y cajas en el sótano de debajo de la trampilla.

Encima de la ventana, escrito en una caligrafía sinuosa de letras doradas, aunque deslucidas en algunos puntos, se leía: «G. P. Ancroft & Co. – Comerciantes». Todo parecía abandonado; seguramente la tienda estaba cerrada desde la muerte del dueño y su esposa.

Pensó en la muchacha por la que la señorita Gray sentía tanto aprecio. ¿Habría pasado aquí las vacaciones después de la muerte de sus padres? ¿Encima de una tienda vacía en la que su padre no volvería a vender nada y con vistas a un jardín bajo el cual había sepulturas de tiempos pasados? ¿Acaso había encontrado la caja en algún lugar de ese edificio?

Vio, al otro lado, el pasaje estrecho donde la señorita Gray había topado con el vendedor de almendras garrapiñadas. Fleming no creía en los espíritus, pero la casa destilaba soledad, y el hecho de que hubiera un cementerio bajo el jardín ayudaba a crear una atmósfera inquietante a su alrededor. Había personas con una sensibilidad especial para captar el alma de un lugar, y a veces él mismo lo había sido.

En una ocasión fue a examinar una zanja en la que se habían encontrado cuarenta y tres esqueletos de hombres, mujeres y niños. Los obreros habían topado con una sepultura de la época de la Peste Negra. Eso también había sido un mes de noviembre, y mientras él permanecía junto al hoyo contemplando esos huesos que al cabo de tanto tiempo revelaban su historia, oyó de forma fugaz el tañido de una campana, que no parecía venir de ninguna parte. Nadie más excepto él la oyó.

Fleming se acercó a la esquina y giró a la izquierda para entrar en el pasaje que conducía al jardín. Ladrillos rojos oscuros, ventanas blancas, un jardín bien cuidado, un camino que llevaba de la puerta del jardín a la puerta principal dibujando un arco, un muro rematado por una reja metálica pintada de negro.

Pero ¿qué era eso? Se detuvo sorprendido, retrocedió y miró hacia lo alto de la casa. Entonces lo entendió. En el lado que daba a la calle había un piso más. La planta baja de la tienda no se correspondía con la planta baja a la que se accedía a través de la puerta del jardín.

Fleming sacó un cuaderno de notas del bolsillo y dibujó un boceto. Calculó que el jardín se encontraba unos tres metros y medio por encima de las oficinas comerciales y el almacén. Dicho de otro modo, el muro norte del sótano y de las salas dedicadas al negocio limitaba con el subsuelo del jardín y, por tanto, con el antiguo cementerio.

Pensó en el papelito arrancado del libro de cuentas. «Una casa bajo la casa».

—¿Le puedo ayudar en algo, caballero? Parece que esta zona le interesa sobremanera.

Fleming levantó la vista y se encontró cara a cara con un caballero elegante de unos sesenta años que lo miraba con desconfianza a través de sus anteojos. Indicó con el dedo la casa de al lado, donde, junto a la puerta, colgaba un letrero que decía: *Edwin Losey, arquitecto*.

—No he podido evitar ver que lleva usted un buen rato merodeando. Aquí los haraganes no están bien vistos.

Fleming se levantó el sombrero con una sonrisa.

—Perdóneme si le he dado esa impresión, señor Losey. Soy historiador en el University College y estoy estudiando la arquitectura del siglo XVII de la ciudad. Este es un buen ejemplo.

Señaló la casa.

—Bueno, si usted lo dice. De hecho, no tiene usted aspecto de haragán, ni tampoco de esos que examinan las casas para entrar a robar.

—Le aseguro que mi interés es puramente académico.

El señor Losey se arrebujó la bufanda en torno al cuello.

—La casa está vacía. Una desgracia. Estas cosas llaman la atención de los ladrones.

Parecía tener un auténtico temor a los delincuentes.

—Construida poco después del Gran Incendio —dijo Fleming, dejándose llevar por su papel—. Modificaciones estructurales posteriores; la fachada de la tienda es propia de finales del siglo XVIII. Dígame, ¿lleva mucho tiempo desocupada? —preguntó de repente.

Losey bajó la voz en un gesto de consideración.

—Yo me hice cargo del bufete en 1897. Mi predecesor me dijo que, tiempo atrás, el propietario y su esposa habían muerto en un incendio. Un jardinero viene dos veces al mes para mantener el exterior cuidado.

—¿Ha visto a alguien más por aquí?

El arquitecto se restregó los antebrazos, como si fuera incapaz de esperar más tiempo para entrar en calor.

—No. Cuando me hice cargo del bufete, mi predecesor me dio la dirección de un abogado. Me dijo que contactara con él para cualquier asunto relacionado con la casa vecina. Sin embargo, hasta ahora no ha habido ninguna razón para hacerlo. No podría pedir vecinos más tranquilos.

Pretendía despedirse con esa ocurrencia tan manida, pero Fleming aprovechó la ocasión.

—¿Le parecería fuera de lugar si le pido la dirección del abogado? Me gustaría ver el interior de la casa.

El señor Losey vaciló un instante:

—De acuerdo, luego tendré que regresar a la mesa de dibujo. Acompáñeme, aquí fuera hace un frío de muerte.

Dos minutos después, Fleming estaba de nuevo en la calle con la dirección.

—Un telegrama para usted, señorita Gray.

La alumna asomó la cabeza por la puerta del aula con un sobre pequeño en la mano.

—Se lo han entregado a la señorita Chambers.

En el primero que pensó fue en Harry. Matilda le dio las gracias a la chica y cogió el sobre temblando. «Apenas he pensado en él últimamente, he estado entretenida con otras cosas. Si le ha ocurrido algo, nunca me lo perdonaré». Ese pensamiento ocupó su mente durante unos segundos, hasta que cayó en la cuenta de que se trataba de un telegrama normal y corriente.

Lo desplegó: «EASTERBROOK&VINE. STOP. 122 CHANCERY LANE. STOP. SUERTE. STOP. SF»

—¿Es algo malo, señorita Gray?

La pequeña y rolliza Henrietta Alcott la miró inquieta y en los rostros de las demás chicas percibió la misma preocupación.

Matilda negó con la cabeza mientras en su interior se debatían la indignación y el alivio.

—No, no. Es un asunto privado.

Se guardó el telegrama en el bolsillo de la falda y continuó la clase de matemáticas como si nada hubiera pasado, aunque notó que las alumnas intercambiaban miradas furtivas.

Al terminar la clase, Matilda salió rápidamente del aula y se dirigió al lavabo. Sostuvo las muñecas bajo el chorro de agua fría y se humedeció la frente. El corazón le seguía latiendo con fuerza. Cuando se miró en el espejo, vio la indignación en su mirada.

¡Enviarle un telegrama a la escuela! ¡Qué idea tan absurda, inapropiada e irreflexiva! La intención de Fleming era buena, había querido evitar que hiciera más averiguaciones, pero esa era la peor manera de comunicárselo.

En las últimas semanas, había tenido que justificarse ante la señorita Haddon en más de una ocasión. Recibir un telegrama privado en horas de clase era más que delicado.

No era la primera vez que se preguntaba si de verdad merecía la pena arriesgar su sustento y su futuro por una muchacha que posiblemente regresaría a Inglaterra convertida en una mujer casada y que no iba a volver a la escuela. Matilda había luchado mucho por su independencia. La vida quc llevaba era muy valiosa, no podía arriesgarla a la ligera.

Era muy sencillo, le susurró una voz en su interior. Bastaba con enviar la caja de Laura al bufete de abogados y luego se dedicaría de nuevo solo a su trabajo y a las estimulantes veladas con la señora Westlake y Adela. Los fines de semana, una excursión al campo o una visita a un museo. Ahorrar para un viaje. Podría escribir a Harry más a menudo y hacerle saber que en Inglaterra pensaban en él.

Matilda volvió a contemplarse en el espejo, pero no se vio a sí misma, sino la postal con el retrato de esa joven mujer que se suponía que era Safo. No había vuelta atrás.

Como se había esforzado siempre por ser sincera consigo misma, también era consciente de que hacía tiempo que su objetivo no era solo ayudar a Laura Ancroft. Aquel asunto la atraía de tal modo que ya no se podía librar de él.

Con todo, el profesor Fleming se merecía una reprimenda. Una gran reprimenda.

Matilda salió bien parada del atolladero. La señorita Chedley le preguntó si había recibido malas noticias y ella respondió educadamente que no; entonces la señorita Fonteyn se acordó preocupada de que su hermano estaba luchando contra los bóeres y aprovechó la ocasión para tranquilizarla.

Después del trabajo se dirigió a la estación con paso alegre. Por primera vez en horas respiraba tranquila. Se pasó la mano por el bolsillo del abrigo, donde crujió el telegrama.

Miró la hora. Faltaba poco para las cinco. El trayecto era un poco incómodo, iba a tener que cambiar de tren varias veces, pero desde Earl's Court podía tomar el District Railway hasta Temple. Desde ahí, Chancery Lane no quedaba muy lejos. Echaría un vistazo por la zona, aunque probablemente no encontraría a nadie en el bufete.

Cuando finalmente se sentó en el tren subterráneo, notó lo agotada que estaba. El telegrama la había agitado mucho y el traqueteo amenazaba con adormecerla. Leyó los nombres de las estaciones indicadas en el vagón: Sloane Square, Victoria, St. James's Park, Westminster, Charing Cross, Temple... y se dio cuenta de que no solo iba de oeste a este, sino que también retrocedía en el tiempo.

De repente se acordó del grabado en cobre que había visto en la tienda del señor Arkwright.

Mientras que hoy en día los trenes atravesaban el Támesis a través de túneles, aquella imagen solo mostraba un único puente, y donde no había casas se veían pastizales en los que el artista había dibujado con esmero vacas y caballos diminutos pastando. Sloane Square y Victoria no existían. St. James solo era un bosque donde el rey cazaba ciervos; Westminster y su palacio estaban alejados de la City, y Charing Cross era un cruce de caminos en el que el rey Eduardo I había conmemorado a su difunta esposa con un monumento de piedra.

En trescientos cincuenta años, había surgido un nuevo mundo.

Lugares que antes distaban un día de camino habían pasado a ser paradas de la línea de tren a las que se llegaba en el tiempo que se tardaba en hojear el periódico. ¡Qué rápido se había vuelto el mundo!, se dijo Matilda cuando entraron en la estación de Temple. Su cansancio se había esfumado y se encaminó rápidamente a la salida.

No había mucha distancia hasta Chancery Lane, así que decidió andar por el distrito de Temple. Mientras paseaba por esas calles silenciosas, rodeada por edificios de piedra de arenisca de color claro y ladrillos rojo oscuro y árboles cuyas ramas desnudas se recortaban de forma nítida en el cielo del atardecer, se sintió sumergida en el pasado. Todo a su alrededor parecía intemporal, y casi esperaba oír el sonido de una armadura o la campanilla de un leproso pidiendo limosna.

Matilda se acordó del vendedor de almendras, que creía que algo rondaba la casa de los Ancroft. Allí el ambiente era distinto, tranquilo y de una calma casi solemne.

La iglesia de Temple Church, con su curiosa forma circular, apareció ante ella. Siendo niña había estado allí con su padre en una ocasión. Después tuvo una pesadilla aterradora en la que un caballero de piedra se alzaba de su tumba y la seguía. Harry la oyó llorar y se metió en la cama con ella, contándole historias espeluznantes de las Cruzadas que, curiosamente, lograron disipar sus temores.

A continuación, asomaron ante ella las torres puntiagudas de los Royal Courts of Justice, los tribunales de justicia, y al cruzar la ajetreada calle de Fleet Street pensó en lo que circulaba bajo sus pies. En los tiempos del tesoro de Laura, por allí fluía el Fleet, un río desprestigiado y repleto de suciedad. Por aquella zona se habían construido varias cárceles de mala fama. En cualquier caso, era estimulante imaginar una corriente de agua llena de vida. Nunca volvería a ver Londres de la misma manera.

Matilda tomó Chancery Lane, una calle bastante discreta que no permitía adivinar sus setecientos años de historia.

Los letreros de muchas casas anunciaban bufetes de abogados especializados en contratos, testamentos y asuntos similares.

Entonces encontró el edificio que buscaba. Una fachada sobria y bien cuidada con un letrero en forma placa bruñida. Matilda fue a la acera contraria y observó que en una estancia aún había luz encendida. Interpretó aquello como si fuera una señal. Tras el espanto sufrido con el telegrama, se sentía capaz de cualquier cosa.

Accionó la aldaba de la puerta. Un joven con anteojos y protectores en las mangas abrió la puerta y la miró con asombro.

—Lo siento, señorita, el bufete está cerrado.

Matilda fingió estar afligida.

—¡Oh! He visto luz y he pensado... En fin. Entonces supongo que tendré que volver en otra ocasión. Me habían recomendado su bufete.

El joven miró por encima de su hombro y dio un paso atrás.

—Bueno, el señor Easterbrook sigue en el edificio. Preguntaré si la puede recibir.

¿Cómo podía estar ahí? A Matilda el corazón le latía desbocado. El secretario la hizo pasar a una antecámara, desde donde vio, a través de una puerta semiabierta, a un hombre de unos sesenta años sentado en un sillón.

—Señor —dijo el hombre llamando a la puerta—, aquí hay una joven a la que le han recomendado nuestro bufete. ¿Puedo hacerla pasar, o tal vez es mejor que vuelva mañana?

—¡Que pase, Hastings! Tráigame un brandy a mí, y un té para ella.

La voz no parecía huraña.

Matilda no esperaba encontrar allí a un Easterbrook, pero debía aprovechar la oportunidad. Por suerte, había ideado un pequeño plan.

El abogado se levantó y le estrechó la mano.

—¿En qué puedo servirle?

Tenía una barba oscura y bien cuidada, que contrastaba extrañamente con su pelo blanco y alborotado. Parecía como si la barba se resistiera a envejecer. Sus ojos grises de mirada vivaracha brillaban tras sus gafas doradas.

El secretario regresó con el té y brandy, concediendo así a Matilda un respiro para hallar las palabras adecuadas.

—¿Y bien? —preguntó el abogado tras tomar un trago.

—Su bufete me fue recomendado en relación con un asunto inmobiliario, en concreto, me recomendaron al señor Charles Easterbrook. Supongo que debe de ser usted —dijo ella, sabiendo perfectamente que eso no era posible.

Él levantó la mano para negarlo.

—No, señorita ...

—Jones.

—Señorita Jones, ese es mi hijo. Yo soy John Easterbrook.

—Le pido disculpas.

—Si se trata de un asunto urgente, va a tener que contentarse conmigo, ya que mi hijo se encuentra de viaje.

No volvería a ver a ese hombre, y él además no sabía cómo se llamaba ella. No tenía nada que perder y, por lo tanto, podía dar rienda suelta a su imaginación.

—Por desgracia, es un asunto que no puede postergarse mucho más. Una conocida mía se encuentra gravemente enferma. Es viuda y tiene dos hijas. Como carece de parientes cercanos, le preocupa tremendamente el futuro de las niñas, sobre todo porque no está falta de recursos. —Se dio cuenta de que estaba adoptando casi una jerga jurídica—. Alguien mencionó que su bufete lleva casos de tutelas, así que me pidió que hiciera averiguaciones.

—Gracias por molestarse en venir a vernos, señorita Jones. Su confianza me honra.

Matilda, sintiéndose entonces más segura, miró en torno a la habitación. Los muebles eran de madera oscura, los lomos de cuero de los libros de leyes se alineaban en los estantes, y el ambiente olía a tabaco y papel. Al lado de un certificado colgaba una fotografía enmarcada que mostraba al señor Easterbrook y a un hombre más joven vestido con toga y birrete, posiblemente tomada en una ceremonia oficial.

El santo prerrafaelita, pensó Matilda. La gomina para el pelo a duras penas podía contener los rizos, tenía un rostro bien proporcionado y el brillo de su mirada prácticamente salía de la imagen.

—Es mi hijo—dijo el señor Easterbrook, que le había seguido su mirada—. Estudió en el University College. Mi padre también fue abogado, pero Charles es el primer licenciado en Derecho de la familia.

—Entonces, ¿él podría ejercer también como abogado de tribunales? —preguntó Matilda, diciéndose sin querer que estaría impresionante vestido con toga y peluca.

—En efecto, pero es una persona muy apegada a las tradiciones y quiere seguir con el bufete. De todos modos, su formación no fue en vano ya que allí pudo hacer contactos importantes. —Easterbrook padre se interrumpió—. Le pido disculpas, usted no ha venido aquí para escuchar la historia de nuestra familia. Volvamos a su conocida, señorita Jones. Siento mucho tener que decirle esto, pero no nos dedicamos a casos de tutelas. Nuestra especialidad son testamentos y todo tipo de contratos mercantiles.

—¡Oh, vaya! Entonces debe de haber habido un error. A mi conocida le habían dicho otra cosa.

—Un desafortunado malentendido.

Matilda se levantó.

—Mis disculpas de nuevo por robarle su tiempo. ¿Podría recomendarme a un colega para no salir de aquí con las manos vacías?

Easterbrook tomó un papel y anotó varios nombres.

—Aquí tiene. Estos caballeros están todos por esta zona y estarán encantados de atenderla.

Le abrió la puerta para dejarla marchar. El secretario levantó la vista de sus papeles.

—Por favor, acompañe a esta dama a la salida, Hastings. Y luego ya puede acabar, yo me marcho ya también.

Se volvió hacia Matilda.

—Que tenga una buena tarde, señorita Jones.

Había empezado a lloviznar. Matilda inclinó la cabeza hacia atrás y notó cómo una neblina fría y húmeda se le posaba en la cara.

Giró a la derecha en dirección a Holborn, la estación del tren subterráneo de Chancery Lane no estaba lejos. Sus pensamientos animados se reflejaban en el ímpetu con el que caminaba bajo la lluvia.

Charles Easterbrook era el tutor de Laura a pesar de que su bufete no aceptaba casos de tutela. Así pues, tenía que haber tenido una relación de carácter privado con los Ancroft. Sin duda, había conocido a los padres de Laura; de no ser así, no le habrían dado ese encargo. Matilda volvería a hablar con Anne Ormond-Blythe; era la única que parecía saber algo sobre Easterbrook. Lo haría después de la representación, cuando todo estuviera más calmado.

Sin embargo, de momento, Matilda se permitió sentir un poco de orgullo por todo lo que había descubierto. A continuación, se encaminó rápidamente a tomar el tren hacia su casa, donde la aguardaba una comida caliente. Y, luego, escribiría una carta muy severa al profesor.

20

A Matilda el corazón le latía agitadamente mientras avanzaba por la avenida Rosebery. Salir a cenar con un hombre que apenas conocía en una zona habitada por inmigrantes italianos no era algo que le resultara habitual. Miró a su alrededor, pero nadie parecía reparar en ella.

El profesor se levantó y abrió los brazos cuando entró en el restaurante. Luego inclinó la cabeza.

—Me declaro culpable de todos los cargos.

Matilda no contaba con ese gesto de derrota. Sonrió y le tendió la mano al profesor.

—¿Debo pronunciar ahora la sentencia?

Él miró fugazmente a su alrededor.

—Tal vez sería mejor que sacara el hacha cuando salgamos a la calle. Ahora le podría estropear el apetito a los demás comensales.

En ese momento, un camarero se acercó a ellos y tomó el abrigo de Matilda.

—¿Les acompaño a su mesa, *signora e signor*?

El Ristorante Roma estaba en la avenida Rosebery, no muy lejos del teatro de Sadler's Wells. El profesor Fleming se había ofrecido cortésmente a ir a recogerla al tren subterráneo, pero Matilda había rehusado de forma igualmente cortés.

El salón estaba decorado de forma sencilla, con mobiliario italiano de madera de roble, y en las mesas había mantelerías con un estampado de cuadrados rojos y blancos que también se repetía en los cojines de las sillas. En las paredes colgaban panorámicas de Nápoles y Florencia, acompañadas de fotografías firmadas de cantantes de ópera. Las velas en las mesas creaban un ambiente acogedor, y el abrumador aroma a especias, queso y carne asada abrió el apetito a Matilda.

El camarero la acompañó la silla para que se sentara, encendió la vela de su mesa y les entregó la carta.

—¿Toma usted vino tinto? —preguntó el profesor.

—Con mucho gusto, gracias.

Él pidió una botella de vino, y agua para acompañar.

—¿Conoce la cocina italiana? Si no, pregúnteme.

Se decidieron por *antipasti misti, gnocchi con burro e salvia* para Matilda, y *coda di rospo alla saltimbocca* para el profesor.

—He probado varios restaurantes y en ninguno he comido mejor comida italiana. —Levantó la copa para brindar con ella—. Por los éxitos obtenidos hasta ahora y por los que están por venir.

En cuanto hubo bebido, se aclaró la garganta.

—En cuanto al telegrama... Lamento mucho si le he causado algún inconveniente. Mi intención era ahorrarle esfuerzos innecesarios, pero admito que fue una imprudencia escribirle a la escuela. Espero que acepte mis disculpas.

Ella no pudo evitar volver a sonreír.

—Por supuesto. No hubo problemas. Es solo que me preocupé mucho, pues ya ha habido otras veces en que he dado una mala impresión. Pero no hablemos más de eso.

—¿Ya ha hecho algo respecto a Easterbrook? —preguntó inclinándose hacia delante con curiosidad.

Matilda le relató la charla que había mantenido con el abogado.

—¿Le dio usted un nombre falso? ¡Como en una novela de detectives!

—O como Adela Mornington —repuso ella con una sonrisa—. En cualquier caso, el anciano señor Easterbrook declaró de forma categórica que no llevan asuntos de tutelas. Así pues, supongo que los Easterbrook conocían personalmente a los Ancroft.

En ese momento, les sirvieron los entrantes. Cuando el camarero se retiró, Fleming se apresuró a decir:

—Esta cuestión la responderé antes de que nos zambullamos en estos manjares. —Le habló brevemente del señor Losey, el arquitecto—. Me imagino que Easterbrook era el representante legal de los negocios de Ancroft. En ese caso, a falta de parientes cercanos, parece lógico que le encargara la tutela.

Matilda vaciló.

—¡Qué lástima! Me había hecho ilusiones de que los Easterbrook tenían algo que esconder.

—Una cosa no quita la otra. Vamos, ahora tenemos que probar estos *pomodori gratinati alla pugliese* y el *prosciutto di Parma*.

Dejaron a un lado las pesquisas. Matilda disfrutó de los curiosos sabores del aceite de oliva, el ajo y las especias mediterráneas. La comida era sencilla pero de una calidad exquisita, y al final se descubrió a sí misma rebañando el pan con las últimas gotas del aceite y el aliño. Notó la mirada divertida del profesor.

—Sé que una dama no debería comer así, pero tengo hambre.

—Quien mucho trabaja, debe comer —dijo él sirviéndole más vino—. Conmigo no tiene que guardar las apariencias. No doy valor a las normas que solo se observan por temor a la desaprobación de los demás.

Ella lo miró sorprendida.

—Siempre pensé que eso era exactamente lo que se espera de las mujeres.

—Que muchos esperen una cosa no la hace necesariamente correcta.

Tras terminar los entrantes, Matilda miró al profesor por encima de su copa.

—Seguro que usted también tiene cosas que contar.

—Así es, pero preferiría esperar a haber comido el plato principal para mostrárselo. Verá, he hecho un dibujo de la casa de los Ancroft.

—Así pues, ha descubierto algo.

Él asintió.

—Podría ser importante.

Matilda estiró el cuello en busca del camarero.

—Si tiene previsto torturarme de este modo, solo me queda esperar que nos sirvan pronto la comida.

Como si la hubiera oído, el camarero se acercó entonces con los platos principales, que comieron con avidez. Matilda se bebió una copa entera de vino, que se le subió a la cabeza con una rapidez pasmosa. Decidió que, a partir de entonces, bebería agua.

En cuanto les retiraron los platos, el profesor sacó una hoja de papel, que alisó sobre la mesa. En él se veía la casa Ancroft desde diferentes lados.

—No soy un buen dibujante, pero creo que se apreciará bien. Yo, por mi parte, no reparé en ello de manera inmediata.

Matilda miró los bocetos con detenimiento.

—Hum, es como lo recuerdo. —Señaló el pasaje que bordeaba el jardín—. Aquí es donde me detuve. Y aquí encontré al vendedor de almendras.

—Usted venía de Laurence Pountney Hill, ¿verdad?

Fleming señaló el callejón.

—Sí.

Luego él dio un golpecito con el dedo en el dibujo que mostraba la casa desde el lado de la calle.

—¿La vio también desde este otro lado?

—No. Fue un descuido de mi parte. Solo me lo explico porque ese vendedor de almendras me distrajo. Regresé por el mismo camino, aunque, en realidad, quería tomar el siguiente callejón.

—No tiene de qué disculparse. Esta es la vista desde Laurence Pountney Lane. ¿Nota algo?

Entonces se dio cuenta.

—¡La casa aquí tiene un piso más!

—En efecto.

—Pero ¿cómo es posible? —Matilda miraba de un lado a otro.

—Yo me pregunté lo mismo. El cementerio que se convirtió en jardín se encontraba mucho más arriba que la casa. Se supone que en esa época ya había dos entradas para salvar la diferencia de altura: la puerta del callejón, que siempre se había utilizado, y la nueva puerta trasera del cementerio, pensada para que la familia y sus visitas no tuvieran que entrar y salir por la zona dedicada al negocio. Luego, cuando el cementerio se convirtió en un jardín, se construyó una entrada noble.

—Desde el punto de vista histórico desde luego resulta interesante, pero... —Matilda vaciló—. ¿Nos ayuda en algo?

—¿Va a querer postre? —preguntó el profesor mientras el camarero se acercaba a la mesa.

—Solo café, gracias.

—¿Que si nos ayudará? Posiblemente, sí.

—¿Una casa bajo la casa?

—En eso pensé yo. El mapa de 1550 demuestra que entonces ya había una vivienda ahí. Después del Gran Incendio se construyó sobre sus cimientos. Sospecho que debajo debe de haber un sótano profundo.

—¿Qué le hace creer eso?

El profesor parecía realmente emocionado.

—Hay una trampilla de madera en la acera, y en la pared de la casa vi los restos de un sistema de poleas. Así que debe de haber un sótano por debajo del nivel de la calle. Dicho de otro modo, no solo hay un piso más que en el lado del jardín, sino dos.

La excitación contagió a Matilda.

—¿Un sótano antiguo? ¿Es ahí donde Laura encontró la caja de madera?

Él se encogió de hombros.

—Aún no hemos llegado tan lejos, pero es posible.

Matilda revolvió el azúcar en el café, y que era muy negro.

—Es posible que la caja permaneciera escondida ahí abajo durante casi doscientos cincuenta años, y que fueran las posesiones de una chica que vivía en esa casa con su familia.

Llevada por la excitación, se tomó rápidamente el café, que tenía un sabor muy amargo. Después de que Fleming pagara la cuenta y la ayudara a ponerse el abrigo, él le indicó la puerta.

—¿Tiene tiempo para un paseo? Me gustaría mostrarle algo.

—Será un placer.

—Cuénteme algo de esta zona—dijo Matilda en cuanto salieron del restaurante y anduvieron en dirección sur por la avenida Rosebery. A lo lejos se oía la música de un organillero tocando una melodía popular italiana.

—Esto es Saffron Hill, conocido también como Little Italy, pequeña Italia. Los italianos suelen vivir aquí o en el Soho. Me gusta venir porque la comida es buena y se puede charlar. La gente es más abierta que nosotros, los ingleses. La mayoría son de Calabria o de Nápoles.

—Leí un relato de Arthur Conan Doyle —dijo Matilda— en el que el rufián era un italiano y era también de esta zona.

—Los malos de las novelas no suelen ser ingleses —repuso Fleming divertido—. Probablemente tenemos tantos delincuentes locales que la gente no quiere encontrárselos también en las novelas.

Habían llegado a la altura del organillero, que llevaba al hombro un loro colorido en lugar de un mono adiestrado. El hombre lucía un traje desgastado pero limpio y una gorra de visera. Matilda lanzó unas monedas en el plato que tenía delante, que él agradeció con una ligera inclinación.

—Una canción totalmente nueva, *signora e signor*, solo para ustedes.

Giró la manivela y del organillo salió una melodía lenta y melancólica que impresionó a Matilda. El músico tenía una voz grave y potente cuando comenzó a cantar: «*Che bella cosa è na jurnata 'e sole, n'aria serena doppo na tempesta!*».

—Nunca antes había oído esto, es precioso.

Se quedaron quietos hasta que terminó la canción, y Matilda aplaudió.

Mientras avanzaban, ella bajó la cabeza, pensativa.

—Dijo una vez que hay muchos sitios que tienen su propio espíritu. El vendedor de almendras también lo dijo.

—¿Y eso? —preguntó el profesor—. ¿Acaso percibe usted alguna cosa aquí?

Ella miró alrededor. La amplia calle estaba bordeada de árboles jóvenes que habían perdido las hojas hacía ya tiempo. La mayoría de las casas eran de ladrillo rojo, algunas de cuatro o cinco pisos, otras mucho más bajas.

—Es curioso, no noto nada en absoluto.

—Esta calle es reciente. Se construyó hace pocos años para descongestionar la calle St. John, que estaba siempre saturada. En la parte sur principalmente se demolieron muchas casas para hacer sitio.

Matilda se dio una palmada en la frente.

—¡Cuántas preguntas estoy haciendo y, de hecho, era usted quien quería mostrarme algo! Según lo conozco, debe de ser algo antiguo y profundamente enterrado. Londres es como un cuerpo; la superficie es una piel fina bajo la cual se esconden las arterias, los huesos y los músculos, una vida que resulta inconcebible desde fuera. El señor Arkwright me lo dijo en una ocasión.

—Y no le faltaba razón, señorita Gray. El adoquinado de Londres sería la piel, y los túneles, canales, ríos y tuberías, las venas por las que fluyen el agua, la inmundicia, el gas y las personas.

Fleming hablaba con tono apasionado; saltaba a la vista que adoraba la ciudad, incluso con sus lados oscuros.

La luz de gas le iluminaba el rostro y Matilda pensó en lo agradable que resultaba pasear y charlar con Fleming por allí sin pensar en guardar las normas del decoro. A él le gustaba elegir lugares donde a esas normas no se les diera gran valor. Aquello tanto podía ser un gesto intencionado, como la actitud de un hombre para quien era natural tratar con mujeres independientes.

—Oh, ¿acaso la mención de la inmundicia la ha asustado? —preguntó él medio preocupado, medio divertido al ver que ella guardaba silencio un rato.

—No, para nada. He leído acerca de Bazalgette y sus alcantarillas, convertidas en las catedrales de los bajos fondos de Londres. Y también sobre el Gran Hedor de 1858.

—Hoy en día ya no es tan tremendo. Ni mucho menos. Ahora debemos girar a la izquierda.

Las calles en las que entraban eran claramente más estrechas, y las casas, más antiguas.

Fleming extendió un brazo, como si quisiera abarcar toda la zona con el gesto.

—En otros tiempos esto era Hockley-in-the-Hole, uno de los distritos de peor fama de Londres. Los hombres libraban peleas de exhibición con espadas o a puño limpio, y el ruido y la suciedad eran indescriptibles.

—Sigue pareciendo un poco sombrío —dijo Matilda, fascinada.

Aquello era lo que le gustaba: nada de avenidas anchas, ni edificios nuevos y feos. Mejor lo que quedaba apartado, era antiguo y tenía una historia que contar.

—En efecto. Las zonas conservan su espíritu, aunque los edificios de otras épocas hayan desaparecido hace tiempo.

Al llegar a un cruce anodino de calles, él se detuvo y señaló un pub.

—Aquí había un local de entretenimiento muy especial, el llamado «jardín de los osos». Hasta hace cien años, usted habría podido ver aquí luchas de toros y osos. Antes de que empezara la pelea, los animales eran exhibidos por las calles como reclamos vivientes. Hoy parece cruel, pero a la gente le encantaban esas diversiones.

—Resulta realmente cruel dejar que los animales se peleen entre ellos —dijo Matilda con disgusto.

Fleming asintió.

—Un día, uno de los propietarios de este jardín de osos sufrió el ataque de su propio animal. Cuando se dieron cuenta, el oso casi se lo había comido por completo. Por lo menos, se dijo una misa por él. De lo que le pasó al oso no hay constancia.

Matilda no pudo evitar soltar una carcajada.

—Deseo que escapara y huyera al bosque y que pasara el resto de su vida allí en libertad.

—Yo también lo espero.

Fleming se colocó justo delante del pub, en la calle, y le hizo un gesto a Matilda para que se acercara. Frente a él, en el suelo, había una rejilla. Se llevó el dedo índice a los labios.

—Escuche.

Matilda se puso las manos en las orejas como si fueran embudos y se inclinó hacia delante.

Allí había agua corriendo, pero el sonido no era el de un canal, sino como el de un río haciendo remolinos y fluyendo sobre las piedras. Ella levantó la vista.

—Supongo que no me ha traído usted hasta aquí para enseñarme una alcantarilla.

El profesor la miró casi con orgullo.

—Este es el río Fleet, el mayor río oculto de Londres. Nace en Hampstead Heath y fue considerado un río sagrado. No muy lejos de su curso se descubrió un templo, de forma octogonal y con el interior completamente pintado de rojo. Allí era donde los celtas o los romanos adoraban a sus dioses.

Matilda arqueó las cejas con asombro.

—Sabía que pasaba por debajo de Fleet Street, pero no tenía ni idea de que incluso se pudiera oír. —Bajó los ojos, absorta en sus pensamientos—. Así pues, estamos en medio del agua.

Fleming extendió el brazo.

—¿Ve cómo las calles descienden y forman una especie de hueco? Allí está el cauce del río. Las huellas del pasado están en todas partes, solo hay que saber verlas.

Bajo la luz tenue de las farolas, su rostro parecía iluminado por dentro. Su entusiasmo y respeto eran contagiosos, y Matilda sintió en su interior una agradable calidez. Fleming era un narrador capaz de contar historias sobre luchas de osos y ríos subterráneos, y transportarla a otro mundo con sus relatos.

Al darse cuenta de que lo estaba mirando muy fijamente, apartó la vista avergonzada.

—Gracias por mostrarme este lugar. Sin usted nunca habría descubierto todo esto.

—Acompáñeme, la estación de Farringdon no está lejos.

Cuando se pararon frente a los pilares de la entrada, él se quitó el sombrero y pasó la vista, indeciso, de ella al vestíbulo de la estación.

—Señorita Gray, antes no ha querido que la escoltara. ¿Me permitirá por lo menos que ahora la acompañe a casa?

Ella tenía ya un «no» en la punta de la lengua. Sin embargo, vaciló, porque no quería que esa velada terminara.

—Gracias, con mucho gusto, siempre y cuando no tenga otra cosa que hacer.

En cuanto entraron en el andén, a ella le vino algo a la cabeza.

—Yo también sé una historia—dijo con tono triunfante—. Hace 37 años, pasó por aquí la primera línea de tren subterráneo del mundo. El trayecto era de seis kilómetros de longitud e iba de Farringdon a Paddington.

El profesor se llevó la mano al pecho y se inclinó ligeramente.

—No tengo nada que añadir a eso, señorita Gray.

Ella se paseó lentamente de un lado a otro mirándolo con picardía.

—Vamos, sé perfectamente que usted podría contarme más cosas aparte de que el ferrocarril iba tirado por una locomotora de vapor y que la inauguración se celebró con un gigantesco banquete. Vi una foto. La mesa era enorme, y no había ni una sola mujer.

Entonces llegó el tren y, mientras buscaban asiento, a Matilda le pareció que Fleming había olvidado su último comentario, pero en cuanto estuvieron sentados él dijo:

—Seguramente hoy en día eso sería diferente. Me refiero a lo de las invitadas.

El tren arrancó con una sacudida y entró en el túnel.

—¿De verdad lo cree, señor Fleming? Cuando veo a mis alumnas, me parece que las cosas han cambiado menos de lo que me gustaría. Usted tiene otro punto de vista, porque sus alumnas han llegado a la universidad. Sin embargo, la mayoría siguen utilizando sus conocimientos para entablar conversación y nada más. Y eso es lamentable.

Sus palabras parecieron hacer reflexionar a Fleming.

—Y entonces llega una que es realmente distinta y en la que depositas muchas esperanzas, y simplemente desaparece de la escuela. Es posible que se case sin haberse podido graduar.

Matilda sintió un nudo en la garganta. Miró por la ventana, en la que se reflejaba el interior del vagón.

—Lo ha resumido perfectamente en apenas dos frases.

El trayecto era largo y Matilda se dio cuenta de lo inusual que era viajar acompañada de otra persona. No es que echara en falta la compañía cuando iba al trabajo; al contrario, ella prefería hundir la nariz en un libro para que así la gente no le hablara.

Pero eso era distinto. Ella y el profesor hablaban con toda naturalidad a pesar de conocerse desde hacía poco. Ciertamente había personas a las que no había que tratar mucho para sentirse a gusto con ellas.

Entonces le sobrevino un pensamiento extraño, como surgido de la nada: es mejor que no me acostumbre a él.

—¿Señorita Gray? Tengo la impresión de que está usted a kilómetros de aquí. —Ella dio un respingo y levantó la vista—. ¿He dicho algo fuera de lugar?

—No, en absoluto. Discúlpeme, me he quedado ensimismada... ¡En lo que respecta a Laura, me siento tan impotente! Ella está lejos y es posible que necesite mi ayuda, y yo estoy aquí sentada tratando de descifrar un libro.

Matilda bajó la vista y se observó las manos, que tenía cruzadas sobre el regazo. Fleming echó una breve ojeada a su alrededor antes de inclinarse hacia adelante.

—Señorita Gray, no mire solo lo que le queda por delante, sino también el camino que ya ha recorrido. Usted empezó con una simple postal.

Aquellas palabras de ánimo le sentaron muy bien.

Al llegar a Chelsea, ella quiso despedirse, pero Fleming no lo permitió.

—Cuando digo que la acompañaré a casa, lo digo en serio. A Beaufort Street. Vamos.

Sonrió para sí misma cuando se echaron a andar a la vez. Tras haber recorrido un tramo en silencio, Matilda dijo:

—Estoy un poco nerviosa por el libro. Sé que no debería hacerme demasiadas ilusiones, pero...

Él le tocó el brazo.

—Y yo que esperaba haberla distraído con los osos y el río Fleet...

Él la hizo reír otra vez.

—Y lo ha logrado a la perfección. Las dudas me han surgido en cuanto hemos subido al tren.

Ante ellos pasó un ómnibus. Sobre la plataforma había un joven de pie con una trompeta, tocando una melodía que pareció permanecer en el aire incluso cuando el vehículo ya casi no se veía.

—Adoro Chelsea —dijo Matilda.

—Usted encaja muy bien aquí.

—Aunque ni soy pintora, ni toco música...

Él desestimó ese comentario con una sacudida de mano.

—Todo es cuestión de espíritu, señorita Gray. Y del mismo modo que yo pertenezco a Bloomsbury, este parece ser su territorio natural.

Llegaron a Beaufort Street, con sus largas hileras de casas cuyos ventanales iluminados iluminaban la noche con una luz mortecina. Se estrecharon la mano frente a la casa de la señora Westlake.

—Escríbame si averigua alguna cosa.

—Lo haré. Gracias por la maravillosa cena, los osos y el río Fleet.

Él soltó la mano de Matilda y se llevó la mano al sombrero con una sonrisa.

—Ha sido un placer. ¡Hasta la próxima!

—Y gracias también por acompañarme a casa —exclamó ella cuando él ya se había girado—. Se está haciendo muy tarde para usted.

Él se detuvo un momento y dijo sin girarse apenas:

—¡Ah! ¡No me espera nadie!

Luego apresuró el paso hacia King's Road.

21

Matilda entró a ver un momento a la señora Westlake, que estaba trabajando y solo se volvió hacia ella un momento.

—Espero que haya tenido una velada agradable. Váyase tranquila a su cuarto, estoy haciendo grandes progresos. Nos vemos en el desayuno.

Matilda subió de inmediato, sacó el libro y se puso a trabajar. Por fortuna, al día siguiente era sábado. De todos modos, si hubiera sido un día entre semana también se habría dedicado al libro hasta altas horas de la madrugada, pues sentía mucha curiosidad; sin embargo, saber que al día siguiente podría dormir hasta tarde resultaba reconfortante. Matilda no se dio cuenta de que el tiempo que pasaba, no oyó los pasos de la señora Westlake en las escaleras cuando se fue a acostar y no se percató de nada excepto del olor a papel viejo y la imagen de esas letras de color parduzco, muchas de las cuales ya no podrían descifrarse.

Aun así, notó que esta parte del libro era distinta a la anterior. Estaba menos fragmentada. Y el texto parecía más personal, como si la chica le estuviera hablando directamente. Matilda escribía como si estuviera en éxtasis. Cada vez le resultaba más fácil descifrar las palabras.

... no había muerto de la peste ... rastreadora en la zona ... casa de apestados y que nos iban a encerrar ... entrar en razón y luego los amenazó ... Dibujaron unos signos en la pared ... taparon con maderos ... desesperados ... un lado a otro ... alguien quería perjudicarnos. Madre se intranquilizó... sé quién» «No se debe dar falso testimonio» ... «Sé lo que me digo, ...

...en silencio y muy triste ... quiero a padre... tiene razón ... ser cierto? ... de la familia ... Ancroft ...haría algo así? ... estar padre tan equivocado?... habla mal de los demás ...

... dos ... empieza a escasear ... si lo aguantaremos. Madre está ... fiebre. Lucy tiene un sarpullido. Padre ... a la puerta para hablar con los guardas: ... suplica ... ofrece dinero ...

... Apenas puedo escribir ... sin velas. Madre grita aterrada que el fuego no... todos moriremos. Lucy ... no puede comer. Tampoco quiere beber.

Padre ha ... una carta de él ... suma exorbitante de dinero ... llevará a la iglesia y se la entregará a Anthony ... toda nuestra fortuna ... padre confía en mí ... la verdad no ... saldremos con vida.

Faltan once ... Lucy ha muerto ... envolver su cuerpo, dejarlo frente a la puerta ... tirarán a una fosa ... madre... tira a mi hijita ... con enfermos de la peste ... Elizabeth... no siente más... con Dios... el día llorando y no come ...

...ocho días. Ahora padre está ... fiebre ... náuseas continuamente y frío ... incapaz de comer ... bajar al sótano ...

quiero en mi caja ... Solo falta este libro ... en el futuro, cuando el mundo haya recuperado la cordura ... en esta casa ... asesinada a traición. Que el Señor se apiade de nosotros... Amén.

KATHERINE ...
1665

... amapola está ... oro

Matilda se quedó sentada con las hojas sobre la mesa delante de ella y tapándose la boca con la mano. ¡Ancroft! ¡Ahí estaba! ¡En negro sobre blanco! Seguramente a los antepasados de Laura los acusaron de tener la peste en casa y los encerraron a cal y canto, una medida habitual que se utilizaba para evitar la propagación de la enfermedad. Si lo había entendido bien, toda la familia fue encerrada y se fueron quedando sin luz y sin provisiones. Primero había muerto la hija, Lucy, luego los padres habían enfermado y finalmente también Katherine, que era quien narraba todo aquello.

Hablaba además de calumnias, de alguien que quería perjudicar a la familia. ¿Acaso esa persona había hecho correr expresamente el rumor de que en casa de los Ancroft había peste al morir la vieja Beth, que seguramente era una sirvienta? ¿Había denunciado a los Ancroft para destruir a la familia? La sospecha era monstruosa, pero las palabras que habían sobrevivido a los años así lo daban a entender.

Matilda empezaba a comprender algunas cosas. Con la caja y su contenido, Laura preservaba la historia de su familia. Katherine había sido una chica joven, tal vez de la misma edad que Laura.

Se levantó. Estaba rígida y aterida y necesitaba moverse para sacudirse el horror que la había invadido. Aquella era una historia cruel, aunque tuviera algunas lagunas y no pudiera comprenderse por completo.

Cuando se hubo recobrado, puso en limpio las anotaciones y abrió su cuaderno de notas. Era tarde, pero no dormiría hasta haber anotado los puntos más destacados.

... en silencio y muy triste ... quiero a padre... tiene razón... ser cierto? ... de la familia ... Ancroft... haría algo así? ... estar padre tan equivocado? ... habla mal de los demás ...

Si toda la familia hubiera muerto a causa de la calumnia, ¿quién había sobrevivido y reconstruido la casa?

Lo más interesante era esta parte:

Padre ha ... una carta de él ... suma exorbitante de dinero ... llevará a la iglesia y se la entregará a Anthony ... toda nuestra fortuna ... padre confía en mí ... la verdad no ... saldremos con vida.

¿Quién era Anthony? ¿Acaso un pariente, un amigo de la familia? Leyó esas palabras una y otra vez hasta que se le ocurrió una cosa: tal vez el padre de Katherine había sobornado a alguien para que, a cambio de una suma exorbitante de dinero, aceptara una carta y la llevara a *la* iglesia, la cual, por el modo en que Katherine lo decía, debía de ser la parroquia de los Ancroft. Es posible que la familia confiara en que ese tal Anthony preguntara allí por ellos y que entonces le entregarían la misiva. «Toda nuestra fortuna», ¿de qué podría tratarse? ¿Acaso en la carta ponía lo que había sido de ella? ¿El padre la había vendido, o había conseguido sacarla de la casa?

Matilda pensó en la caja; todo indicaba que había sido escondida por una moribunda hacía casi dos siglos y medio y que Laura la había recuperado y luego la había vuelto a esconder.

Recordó la nota que decía «una casa bajo la casa» y en lo que Fleming le había explicado de la arquitectura del edificio. Un sótano profundo. Un muro que lindaba con el cementerio.

Matilda estaba tan emocionada que al escribir emborronaba el papel con la tinta. Quería anotar todas las preguntas antes de que se le olvidaran.

¿Quién es Anthony?
¿A qué iglesia hace referencia?
¿Qué relación tiene con un boticario?
¿En qué consiste la fortuna y qué fue de ella?
¿Qué significan las misteriosas palabras del final?

Cuando por fin se acostó, intentó aplacar sus pensamientos desbocados. Cerró los ojos y se puso de costado.

Pero, al poco rato, se despertó sobresaltada. Le vino la imagen borrosa de la pared de un sótano abultándose con grietas y hendiduras que se abrían dejando salir tierra y unas astillas blancas con apariencia de huesos.

Matilda se incorporó, se bebió un vaso de agua y esperó a que se calmaran los latidos de su corazón. Luego se acostó de nuevo, se tapó la cabeza con la manta y finalmente se sumió exhausta en el sueño.

Una luz de última hora cayendo sobre un cabello rubio provocando destellos plateados en sus canas. Una mano delgada moviéndose vigorosa en el aire o señalando algo para enfatizar las palabras. Y un hombre anunciando de manera casual y sin tono autocompasivo que no había nadie esperándolo en casa.

Matilda se despertó a las nueve y media, con el sol brillando pálido en la ventana. Sintiéndose extrañamente despierta, se puso calcetines calientes y un jersey y empezó a escribir una carta para el profesor. Copió cuidadosamente todo lo que había descifrado del libro y debajo anotó sus preguntas y suposiciones.

Terminó la misiva con las siguientes palabras:

La semana próxima la escuela me va a tener muy ocupada, ya que se acerca nuestra representación de Shakespeare. Pero, por favor, puede escribirme en cualquier momento para darme su opinión sobre mis ideas.

Quedo a la espera de sus noticias.

Atentamente,

MATILDA GRAY

Cuando bajó a desayunar, se encontró con la mesa puesta, aunque, para su asombro, la sala estaba vacía. Buscó a Sally, que al verla se acercó un dedo a los labios y señaló con la cabeza el estudio.

Matilda la siguió hasta la cocina.

—La señora Westlake no ha querido desayunar. Ha entrado ahí, ha cerrado la puerta y no ha vuelto a salir desde entonces. Ni siquiera ha tomado el té.

Al poco rato, Matilda se acercó al estudio con una bandeja en la que había una tetera, tazas, azúcar y leche, y llamó a la puerta.

—Adelante.

La señora Westlake estaba sentada a su escritorio, vestida con un batín. El cabello, que solía llevar recogido, le caía por la espalda recogido en una trenza.

—Buenos días, ¿qué le ocurre? ¿Qué ha pasado? —preguntó Matilda preocupada.

Sirvió dos tazas, le dio una a la señora Westlake, se sentó en una butaca orejera y recogió las piernas. Entonces se dio cuenta en que esa mujer, ya entrada en años, tenía los ojos rojos.

—No quisiera ser indiscreta, pero parece que usted no ha querido desayunar y tiene aspecto de haber llorado.

La señora Westlake le tendió en silencio una hoja de papel escrita de su puño y letra.

—¿Un obituario?

—Wilde ha muerto. —Tragó saliva dificultosamente—. En sí, no es una sorpresa, pero esto no cambia la tremenda injusticia de haber sobrevivido solamente un año a Queensberry. Un conocido me ha escrito desde París explicándome que ha muerto de meningitis. Hay quien habla de sífilis, pero yo no pienso manchar aún más su memoria. Han destruido a un hombre. Lo dije hace cinco años y lo sigo diciendo hoy en día. —Señaló el obituario—. No sé si alguna revista lo publicará. Algunas se mostrarán reticentes por tratarse de Wilde, y otras porque escribo folletines.

Su voz desprendía una sorda amargura. A Matilda nunca le había parecido que la señora Westlake se avergonzara de su trabajo; siempre había afirmado con orgullo lo mucho que disfrutaba entreteniendo a la gente.

—Llegará un día en que el nombre de Oscar Wilde volverá a pronunciarse con reconocimiento y admiración. Pero ¿viviré para verlo?

Finalmente, recobró la compostura y miró a Matilda por encima de la taza.

—Disculpe, me he dejado llevar. De todos modos, me gustaría darle un consejo: cuando vuelva a ver a Laura, dígale que sea prudente. A las mujeres les resulta más fácil ocultar esos sentimientos y de cara al exterior los pueden disfrazar de amistad, pero ni siquiera ellas están totalmente a salvo, aunque no tengan la amenaza de un juicio. El ostracismo social también puede destruir a una persona.

Matilda nunca había visto así a su casera, esa mujer tan jovial y poco convencional que rebosaba de ideas. La pregunta le brotó de los labios sin haberla pensado de veras.

—¿Cree usted que sería más prudente que Laura se casara con su tutor?

La señora Westlake soltó un chillido cuando el té caliente le salpicó la mano. Dejó la taza y se secó el dorso de la mano con el batín mientras negaba con la cabeza de forma expresiva.

—Naturalmente que no, nunca. Si esa muchacha es como dice usted, eso destruiría su vida. Es solo un aviso bien intencionado. Estoy muy afectada.

Matilda le señaló la mano, que tenía enrojecida.

—¿Le traigo algo para refrescarla?

—No, estoy bien. Ahora voy a tomarme el té civilizadamente y usted me contará cómo fue la velada de ayer.

La señora Westlake, que al principio parecía un poco distraída, fue recuperando poco a poco la atención y, al cabo de un rato, escuchaba con los ojos muy abiertos.

—La verdad, querida —dijo al fin—, yo no sé si se me habría ocurrido algo así para Adela. Pero no se apure, este asunto me lo tomo muy en serio. Lo único que digo es que es una historia inaudita, cruel e inhumana. Solo pensarlo me da escalofríos.

Matilda recordó aquel sueño confuso en el que el cementerio amenazaba con volcarse dentro del sótano. La imagen de una casa con los accesos bloqueados y vigilada, con sus moradores enfermos y desesperados, podía perseguirla a una hasta en sueños.

—¿Qué puede saber Laura al respecto?

Ella se encogió de hombros.

—Si estuviera aquí en Inglaterra, haría todo lo posible por hablar con ella. ¡Tengo tantas preguntas! Pero mientras siga en el extranjero con ese hombre, solo podemos buscar nuestras propias respuestas.

La señora Westlake dejó su taza y se puso de pie.

—Gracias por el té y por distraerme. ¿Le parece si por fin desayunamos? Creo que nos lo hemos ganado.

22

En los primeros días de la semana, Matilda no tuvo tiempo para averiguaciones. Eran los últimos ensayos antes de la obra escolar y había mucho que hacer. Los decorados no estaban listos y hubo que modificar algunas prendas de vestuario porque dos muchachas cayeron enfermas y las suplentes debían sustituirlas. Por suerte, las alumnas estaban tan entusiasmadas que Matilda no temía ningún desastre. Estaba previsto que muchos padres y familiares asistieran a la representación, y la señorita Haddon había dejado muy claro que la reputación de la escuela estaba en juego.

Al llegar a casa, estaba tan cansada que después de la cena se limitaba a tomar una copa de oporto con la señora Westlake y luego se retiraba a su cuarto. Preparaba a toda prisa las clases, repasaba las notas que había tomado durante los ensayos y luego se sumía en un sueño profundo que ninguna pesadilla podía invadir.

El miércoles, la víspera de la representación, Claire, una alumna más bien callada, intervino en la clase de inglés. Tenía la mano medio levantada, y Matilda solo reparó en que quería decir algo al echar un segundo vistazo al aula.

—Sí, por favor, ¿Claire?

—Yo... tengo una pregunta

Miró alrededor con vacilación y luego bajó los ojos.

—¿Qué pasa? —preguntó Matilda con amabilidad.

Claire se encogió de hombros.

—Oh, bueno..., nada, ya está solucionado. Disculpe, señorita Gray.

A Matilda aquello la inquietó, y en cuanto sonó el timbre se acercó al pupitre de la chica.

—¿Querrías contarme algo en privado?

Claire miró rápidamente a izquierda y derecha y luego asintió. Se dirigieron juntas hacia el pupitre de la profesora, en el que Matilda se apoyó y cruzó los brazos.

—Adelante.

—Es sobre Oscar Wilde. Hace años mi hermano mayor me prestó un libro suyo. Ahora me gustaría leer más cosas de él, pero mis padres me lo han prohibido. Bueno, me lo prohibirían si se lo pidiera. Pero me gustó tanto, y me gustaría leer las obras de teatro y los poemas...

Claire hablaba a borbotones, y Matilda se alegró de estar a solas con ella.

—No puedo prestarte nada suyo, supongo que lo entiendes. Si tus padres no quieren, yo no puedo contradecirles.

Claire asintió, pero era incapaz de ocultar su decepción.

Matilda recordó lo que la señora Westlake le había dicho apenas unos días atrás y lo repitió.

—Llegará un día en que el nombre de Oscar Wilde volverá a pronunciarse con reconocimiento y admiración. Hasta entonces, será mejor que vayas con cuidado y seas prudente.

Se preguntó si había hablado demasiado. Por otra parte, Matilda se resistía a pedir siempre a las muchachas que fueran sumisas.

—Evidentemente, nada te impide preguntarle a tu hermano si tiene más libros suyos —dijo con un guiño—. Y existen las bibliotecas públicas. Por cierto, cuento con tu discreción —añadió, a lo que Claire respondió con un asentimiento vehemente; luego balbuceó una palabra de agradecimiento y salió del aula.

Matilda se quedó pensativa. A veces se sentía deshonesta. Por un lado, quería ayudar a las muchachas a ser independientes y a pensar por sí mismas y, por otro, una y otra vez se veía instándolas a ser prudentes y discretas. Incluso a fingir. Soñaba con una escuela en la que poder responder a todas las preguntas y en donde no hubiera que hablar de algunos temas a escondidas. Un lugar donde ella no chocara siempre contra los límites que imponían los convencionalismos.

La escuela estaba iluminada de forma festiva, frente a la entrada se había desplegado una alfombra y se había decorado con rosas. La idea había sido de la señorita Haddon y resultaba muy vistosa, aunque a Matilda le recordó a una frase de la obra, que al mencionar que las mujeres eran como las rosas aludía en realidad a su condición efímera. Pero, en fin, nadie se había entrometido en cómo debía dirigir la obra, así que ella no iba a decir nada de la decoración de la directora.

Las familias que no vivían en Londres habían aprovechado la ocasión para viajar a la metrópoli, y pronto hizo falta traer a toda prisa más sillas pues vino más público del esperado. Aunque las señoras no iban vestidas con grandes galas como en la ópera, sí se habían vestido con elegancia para honrar a sus hijas.

Mientras se servía el champán, la señorita Haddon iba de un lado a otro saludando personalmente a las familias. Irradiaba una dignidad serena y parecía estar completamente en su elemento; Matilda, en cambio, estaba un poco nerviosa. Ojalá todo saliera bien; además de hacer sus deberes, las muchachas se habían esforzado mucho.

La sala de teatro estaba decorada con ramas de abeto, creando así un ambiente navideño. Mientras se dirigía a la parte de atrás del escenario, Matilda se preguntó si acaso no habría sido mejor representar *Cuento de invierno*. Pero no, *Noche de reyes* había sido buena elección. Siempre le había gustado esa obra enigmática con equívocos de género, y el hecho de que, en una inversión de lo habitual en tiempos de Shakespeare, todos los papeles fueran interpretados por mujeres la complacía enormemente.

Entre bambalinas había murmullos, bullicio y mucha excitación.

—Silencio, por favor. —Aunque no alzó la voz, su tono hizo que todas pararan—. Estamos a punto de empezar. La sala está llena, e incluso algunos caballeros van a tener que permanecer de pie.

Al otro lado del telón se oían las sillas rozando el suelo, crujidos de papeles y murmullos de voces.

—Mary, si interpretas a Malvolio igual que en los últimos ensayos, vas a hacer historia en esta escuela. Eso, de hecho, va para todas: demostrad lo que habéis hecho en los últimos meses. Dejad que las palabras de Shakespeare cobren vida. Así pues... ¡Buena suerte!

Tras decir esto, Matilda se apartó e hizo una señal a la señorita Haddon, que pronunció unas palabras de saludo. Cuando la sala quedó en silencio y a oscuras, se levantó el telón.

Fue una noche mágica. Incluso lo que hasta entonces había dado problemas y no acababa de funcionar, salió perfectamente y no deslució el conjunto. Los solos de Anne al violín recibieron aplausos espontáneos, igual que todas las escenas en las que Mary Clutterworth hizo de Malvolio. El vestuario y el maquillaje estaban tan bien logrados que los límites entre sexos quedaban deliciosamente difuminados.

El orgullo de Matilda fue en aumento con cada escena y al final apenas pudo contenerse cuando el público estalló en aplausos y vítores. Estaba de pie en el extremo del escenario, detrás del telón, cuando Mary se acercó de pronto hacia ella y le tendió la mano. Matilda vaciló, pero las otras muchachas se giraron hacia ella pidiéndole que saliera. La empujaron suavemente hasta el centro, formaron un semicírculo a su alrededor y ella hizo una inclinación, sintiendo cómo se ruborizaba.

Cuando terminaron los aplausos, dijo:

—Les agradezco a todos su asistencia aquí esta noche. Me siento muy orgullosa de lo que han conseguido nuestras chicas y me gustaría felicitarlas de todo corazón.

A continuación, pasó a nombrarlas, y las actrices dieron un paso al frente de una en una e hicieron una inclinación. Dio las gracias a Lucy, que había cosido el vestuario, y a Ellen y Claire, que habían trabajado en los decorados con la ayuda de un carpintero. Finalmente, señaló a Anne.

—Y muchas gracias a Anne por haber encontrado tiempo entre sus múltiples ensayos para acompañarnos musicalmente.

Anne se sonrojó e hizo una inclinación con el violín en la mano.

Poco después, todas bajaron del escenario muy contentas para recibir las felicitaciones de sus familias y disfrutar de un refrigerio.

Matilda había tomado dos sándwiches pequeños y una copa de vino mientras iba recibiendo felicitaciones. La señorita Haddon le dirigió una mirada de reconocimiento, y sus compañeras elogiaron de corazón la representación. En un momento en que se quedó sola de pie mirando alrededor, alguien le tocó el brazo.

Una mujer de pelo oscuro y mirada cansada, que parecía recién recuperada de una larga enfermedad, le sonrió amablemente.

—Soy la señora Ormond-Blythe, la madre de Anne.

Matilda le estrechó la mano.

—Estoy muy contenta de conocerla, señora Ormond-Blythe.

Le pareció que la mujer vacilaba y luego miraba hacia la puerta.

—¿Tiene un momento? Me gustaría hablar a solas con usted.

Matilda dejó la copa sobre una mesa y acompañó a la madre de Anne hasta un pasillo más tranquilo y fresco que el vestíbulo del teatro. En un rincón había dos butacas.

—Por favor, tome asiento.

La señora Ormond-Blythe se sentó y se alisó el vestido. Luego se inclinó un poco hacia delante, como si temiera que alguien la pudiera oír.

—Quería darle las gracias, señorita Gray.

—¿Por qué?

La madre de Anne inspiró profundamente.

—Como sabrá, Anne es una chica muy callada. Tiende a centrarse solo en su violín, a meterse completamente en su mundo, y es algo que lamento. Es cierto que tiene un talento especial, algo que también fomentamos, pero me entristece ver a mi hija sola tan a menudo. —Se aclaró la garganta—. Cuando supe que Laura ya no estaba en la escuela, me preocupé mucho por Anne. Laura es su única amiga íntima. Por eso me alegró mucho que le encomendase esta tarea.

—Le pedí a Anne que lo hiciera porque es la que tiene más talento para hacerlo. Ninguna otra alumna podría haber aprendido las piezas de manera tan rápida, ni interpretarlas con tanta seguridad. Me alegro de haber obrado algún bien, aunque fuera sin saberlo, pero no merezco su agradecimiento. Puede usted sentirse orgullosa de su hija, señora Ormond-Blythe.

La madre sonrió, pero parecía que aún tenía algo que decir, ya que no hizo el menor ademán de levantarse.

—Yo... Mi marido dice que no debo hablar de esto, pero sé por sus cartas que Anne confía en usted. Por eso se lo confiaré, señorita Gray. —Hizo una pausa, como si al final dudara de su decisión, pero finalmente cedió—. ¿Ha tenido usted noticias de Laura Ancroft? Soy consciente de que no me corresponde preguntar por una alumna, pero Anne la echa mucho de menos. Laura pasó varios veranos con nosotros en Hampshire. ¡Es una chica muy jovial y divertida! Cuando estaba allí, a Anne se le contagiaba algo de su alegría. Mi hija no ha recibido ningún mensaje de Laura, ni una sola carta, desde que está en el extranjero. Me parece extraño.

A Matilda el corazón le latía con fuerza. Había gente, además de ella, que se preocupaba por Laura y albergaba dudas sobre ese viaje.

—Señora Ormond-Blythe, me coloca usted en una posición delicada. —Ahora fue Matilda quien miró a su alrededor para asegurarse de que nadie las interrumpiría—. Llevo preocupada por Laura desde que me enteré de que probablemente no iba a volver a Riverview College. Es una alumna especialmente dotada, que aspiraba a estudiar en la universidad. Por eso al principio me pareció impensable que hubiera abandonado los estudios en esta escuela. Sin embargo, mis compañeras no comparten estas dudas, y yo debo resignarme. Aun así, me reservo el derecho de esperar el regreso de Laura, por muy improbable que sea.

La madre de Anne asintió y bajó la mirada hacia sus manos, que tenía entrelazadas en el regazo.

—Es una chica especial, como nuestra Anne, si bien de forma distinta. Tiene un carácter agradable y no le cuesta acercarse a los demás. ¿Sabe lo que más admiro de ella? Sus ganas de vivir pese al tremendo revés que tuvo que sufrir. La muerte de sus padres fue una tragedia terrible. Una vez me habló de ello, en una ocasión en que Anne había salido con su padre. Parecía sentir la necesidad de confiar en mí. En una madre.

Matilda escuchaba sin atreverse a respirar.

—¿Qué le contó?

—Cómo le llegó la noticia de lo ocurrido. Según dijo, estaba en Londres, con su institutriz, en la casa a la que ella le gustaba llamar la «caja oscura». Una vez Anne la reprendió porque, al fin y al cabo, era un edificio espléndido, pero, según parece, a Laura no le gustaba. Decía que se alzaba sobre cimientos oscuros, pero no quiso explicar qué quería decir con eso. Dio la impresión de que escondía una historia sombría. Sea como sea, ella estaba en esa casa y sus padres se habían ido al campo, tal y como hacían a menudo. Allí recibían a artistas y amigos y posiblemente una chica joven no habría encajado bien.

A Matilda le pareció percibir un reproche sordo.

—Con todo, estoy contenta de que se quedara sola en Londres aquel fin de semana, pues de lo contrario habría podido morir también... Al día siguiente de la partida de sus padres, su abogado, con el que ellos también tenían una relación de amistad, se presentó en casa de Laura. Ella notó de inmediato que algo no iba bien, pero la institutriz la mandó primero a su habitación. No fue hasta al cabo de media hora que pudo bajar, ¡imagínese! La institutriz le comunicó que a partir de entonces el señor Easterbrook sería su tutor y que representaría a sus padres. Al parecer incluso él adoptó una actitud más amable, salió al jardín con ella y le explicó con la máxima delicadeza posible lo ocurrido. Fue una suerte que Laura ya lo conociera, y que no se encontrara con un completo desconocido en su vida.

—De todos modos, debió de ser un golpe tremendo. Y me da la impresión de que la conducta de la institutriz dejó mucho que desear. Sin duda, fue un acierto que Laura viniera a nuestra escuela poco después, pues parecía sentirse muy a gusto aquí. ¿Conoció usted al señor Easterbrook personalmente?

—En una ocasión vino a recogerla a nuestra casa, al final de las vacaciones.

—¿Puedo preguntarle qué le pareció? Yo solo lo conozco de vista.

—Es un caballero muy solícito.

Matilda pensó en lo distinta que había sido la opinión de Anne sobre el tutor.

—Eso me tranquiliza. Me sorprendió saber que Laura viajaba con un caballero, aunque hasta ahora solo he oído hablar bien de él.

La señora Ormond-Blythe asintió.

—Frecuentaba mucho la casa de los Ancroft, era muy amigo de los padres. Fue una suerte que ese fin de semana no estuviera con ellos en el campo, si no, Laura se habría quedado sola.

—¿También él formaba parte del círculo que se reunía allí? —preguntó Matilda con interés—. Creía que solo iban artistas.

—Los padres de Laura se consideraban mecenas y apoyaban a los jóvenes artistas, pero, según me contó Laura, también los acompañaban otros conocidos, entre ellos su abogado, el señor Easterbrook. De hecho, el propio señor Ancroft tampoco era artista, sino empresario. Hoy en día, en la sociedad hay más mezcla, algo que personalmente no lamento. Nuestras hijas tienen oportunidades que a nosotras nos estaban vedadas.

Matilda pensó en Anne, que había puesto su corazón y su voluntad en dedicarse a la música. Tenía suerte de tener una madre con una mente tan abierta.

—¿Por qué sonríe, señorita Gray?

—Pensaba en lo bien que le viene a Anne poder contar con su madre. Está trabajando con mucho empeño para su examen. Saber que su familia la apoya es una gran ayuda.

La señora Ormond-Blythe se alisó la falda, que se le ajustaba de forma impecable.

—Costó un poco de esfuerzo convencer a mi marido. Pero el primer profesor de violín de Anne me apoyó. Tal vez a los padres les resulta más difícil aceptar que sus hijas tienen voluntad propia que a las madres, que han tenido que sufrir en persona muchas limitaciones.

Nunca antes la madre de una alumna le había hablado con tanta franqueza, y Matilda sintió una repentina conexión con esa mujer.

—A las jovencitas les sigue siendo difícil encontrar su propio camino, pero hay esperanza. Y yo, como profesora, intento contribuir a ello. Por eso me entristeció personalmente perder a una alumna como Laura.

—Espero de verdad, y no solo por el bien de Anne, que Laura regrese a Riverview College. Hace poco apareció un anuncio de sociedad en el periódico que la mencionaba a ella y al señor Easterbrook. —Dudó y dirigió una mirada interrogativa a Matilda—. Aunque no es de mi incumbencia, lamentaría que ocurriera lo que allí se insinuaba. Ella aún es muy joven.

—Sé a lo que se refiere, y coincido con usted.

—Louise, ¡te estaba buscando!

La señora Ormond-Blythe se giró mientras un hombre alto, de complexión fuerte y bigote rubio, se acercaba a ella. Saludó a Matilda con una breve inclinación.

—Mayor Ormond-Blythe, encantado.

—Esta es la señorita Gray, la profesora de Anne, de la que habla tan a menudo.

Él estrechó la mano de Matilda y sonrió.

—Disculpe mis ademanes militares, uno nunca se acaba de librar de ellos del todo. Ha sido un placer. Una representación de categoría, me ha entretenido mucho.

Matilda notó que la conversación privada había terminado y se despidió del mayor y su esposa. Cuando las miradas de ambas mujeres se encontraron, fue como si Matilda y la señora Ormond-Blythe hubieran establecido una alianza.

Matilda se encaminó al tren sintiéndose muy satisfecha. Había días perfectos en los que todo salía bien, y ese era uno. Solo había escuchado palabras elogiosas y amables, y las muchachas le habían regalado un ramo de flores, que ella había colocado en un jarrón en su escritorio. Con todo, la verdadera sorpresa había sido la señora Ormond-Blythe. No había contado con saber nada de Laura esa tarde, y menos aún con conocer a una persona que pensara como ella.

El vagón estaba vacío y Matilda pudo centrarse en sus pensamientos sin ser molestada. Había algo que le rondaba en la cabeza, un retazo de la conversación con la señora Ormond-Blythe, pero se le escapaba. Tenía que ver con la casa incendiada, eso seguro. Pero ¿qué era?

Cuando se apeó en Chelsea, aún no se había acordado.

Aquel atardecer era frío pero seco, y decidió que un paseo le vendría bien. En King's Road apenas había tráfico, solo unos pocos transeúntes. Encogió los hombros porque un viento cortante soplaba en la calle, llevándose consigo las últimas hojas de los árboles.

Como tantas otras veces, se preguntó qué estaría haciendo Laura, si seguiría en Grecia, viajando a lugares que ella se había imaginado. ¿Iría tal vez a la isla de Lesbos, donde vivió Safo? Sin duda esa visita sería del agrado de Laura, pero difícilmente podría disfrutar del lugar si el señor Easterbrook la acompañaba. Aquel era un lugar al que viajar con una amiga, no con su tutor.

Ese hombre solícito que siempre acudía cuando se le necesitaba, que se había hecho cargo de forma desinteresada de una pequeña huérfana y que incluso había encandilado a las profesoras de Riverview College. Pero también era ese hombre al que Laura evitaba claramente, el hombre que le quería dirigir la vida y al que parecía temer.

Matilda había estado a punto de pasar de largo la calle Beaufort. Dio media vuelta y entró en su calle tranquila aunque con un paso más lento, porque quería llegar hasta el final de aquel pensamiento. Poco antes de llegar a su casa se detuvo, al darse cuenta de lo que la había estado inquietando todo ese rato.

En pocos pasos alcanzó la puerta y abrió la puerta con la llave con un gesto decidido. Sabía lo que iba a hacer al día siguiente.

La señora Westlake la recibió con una botella de champán, que tenía en una cubitera. Se levantó y la saludó agitando dos copas.

—Y bien, ¿hay motivos para brindar, querida?

Matilda sonrió. Se sentía cansada después de aquel día tan lleno de emociones, pero no quiso hacerle un desprecio a su casera.

—Sí, la obra ha sido un éxito. Estoy muy orgullosa de las chicas. Y además tuve una conversación interesante con una madre, pero eso se lo contaré mañana.

Entrechocaron las copas y bebieron.

Matilda no tardó en sentir cómo el champán se le subía a la cabeza, ya que apenas había comido y en la escuela ya había bebido una copa de vino.

—Da la impresión de que está usted muy satisfecha —comentó la señora Westlake.

—Di mucha libertad a las muchachas y, en vez de recibir una reprimenda, han sido aplaudidas. Esas cosas no suelen ocurrir.

—Así pues, por fin volverá a tener tiempo para sus pesquisas. Y para su profesor.

Matilda dirigió una mirada severa a la señora Westlake.

—No es «mi» profesor. Lo dice como si yo lo hubiera dejado de lado. Es una persona adulta capaz de apañárselas muy bien él solo.

—Aun así, le ha escrito. La carta está en el pasillo —contestó la casera con tono de suficiencia.

—Supongo que habrá descubierto algo que quiere contarme —respondió Matilda con tono especialmente despreocupado y, sin embargo, ardiendo en deseos de leerla de inmediato.

—Debe de ser eso —respondió la mujer con un guiño.

Matilda puso los ojos en blanco. De vez en cuando la frivolidad de la señora Westlake era agotadora. Sin embargo, las palabras que siguieron le llamaron mucho la atención.

—La entregó en persona.

Matilda sintió cómo el calor le subía a las mejillas.

—Tal vez estuviera casualmente por la zona.

La señora Westlake dejó la copa y miró a Matilda. De pronto, su expresión era muy seria.

—Estoy convencida de que vino aquí específicamente para verla y que la carta solo fue una excusa.

—¿Qué le hace creer eso?

—Intuición femenina, querida. Sally lo hizo pasar, y reparé en su mirada cuando le dije que no estaba. Fue solo un momento y quiso disimular, pero estaba claramente decepcionado.

Matilda volvió la vista hacia la puerta. No estaba completamente sobria, y no quería hablar de eso en ese estado. En realidad, prefería no hablar de ello en absoluto. La señora Westlake era una romántica incorregible que veía sentimientos en todas partes y que luego elaboraba historias con ellos. Si se ajustaban a la realidad o no, eso era harina de otro costal.

—Ahora la he avergonzado. Discúlpeme. —La mujer sonrió—. Creí que le gustaría saberlo.

—Gracias. —Matilda dejó la copa y se levantó, aunque era consciente que con ese gesto podría dar a entender a la señora Westlake que se sentía ofendida—. La verdad es que hoy ha sido un día muy largo. Será mejor que me vaya a acostar.

—Por supuesto. Espero que usted no esté enfadada conmigo.

Su mirada era tan encantadora que Matilda también sonrió.

—Ni por un minuto, señora Westlake. Buenas noches.

Al pasar por el pasillo, cogió el sobre —papel gris claro, tinta azul oscura— de la bandeja para cartas y subió con ella a la habitación. Se sentó en la butaca y la abrió.

Querida señorita Gray:

Espero que se encuentre bien y que la obra haya sido todo un éxito.

Además, confío en que esas anotaciones no la hayan perturbado demasiado. Estoy de acuerdo con sus conclusiones y la felicito por el excelente trabajo.

La idea de que una familia entera y sus sirvientes fueran encerrados en una casa y abandonados a su suerte es perturbadora. El hecho de que aquello le ocurriera a los antepasados de una muchacha que conoce personalmente aún puede serlo más, aunque ocurriera hace mucho tiempo. Por supuesto, no sabemos si se trata de la misma familia, pero hay muchos indicios que así lo sugieren.

Voy a intentar averiguar quién era el propietario de la casa que había antes en ese terreno. Tal vez encuentre algún otro vínculo con Robert Hooke, que aparece repetidamente en esta historia. Tan pronto como tenga novedades, me pondré en contacto con usted.

Me complacería mucho que usted hiciera lo mismo.

Saludos cordiales,

Stephen Fleming

Matilda bajó el papel y lo dejó reposar en el regazo. ¿Acaso la señora Westlake estaba en lo cierto? El profesor no necesitaba ir a Chelsea expresamente por ese mensaje. ¿Había ido por ella, con la esperanza de encontrársela después de la función? Notó una calidez agradable en su interior. Por primera vez, él se había dirigido a ella como «Querida señorita Gray».

Dobló la hoja con una sonrisa y la volvió a meter en el sobre.

23

—Señor Marsden? Espero que me recuerde. En una ocasión usted me fue de gran ayuda.

El periodista tenía la apariencia de no haber dormido en días, pero le dirigió una sonrisa amable.

—Por supuesto que la recuerdo. La señorita Gray, ¿verdad? Pocas veces vienen aquí mujeres jóvenes, y menos aún a última hora de la tarde. Esas cosas no las olvido.

Le indicó una silla.

—¿Le apetece un poco de té?

—No, gracias. —Dejó la bufanda y los guantes en su regazo. —No lo entretendré.

Marsden se rio y tomó un trago de una bebida de color ámbar, sospechosamente parecida al whisky. El hombre reparó en su mirada y encogió su hombro sano.

—No puedo beber más café, y de alguna manera debo mantenerme despierto. Las próximas elecciones y los relatos procedentes del sur de África me mantienen bastante ocupado. Llevo aquí sentado desde las nueve de la mañana. —Al darse cuenta de su mirada, añadió—: Su visita es una distracción muy bienvenida. Dígame, ¿qué puedo hacer por usted?

—La última vez que estuve aquí fue por un incendio en Kent que acabó con la vida de un matrimonio. —Él asintió y ella siguió hablando—: En el libro que me mostró de ese año, no encontré ningún otro artículo referido a esa desgracia. ¿Podría echar un vistazo al volumen del año siguiente?

—Por supuesto.

Matilda se habría levantado y cogido ella misma de la estantería el pesado libro que llevaba la inscripción 1897, pero no quiso ofender al periodista. Así que lo vio subirse a una escalera de mano, encaramarse por ella trabajosamente a pesar de su espalda torcida y sacar el volumen de la estantería. Le quitó el polvo de encima y lo dejó sobre el escritorio.

—Adelante, señorita Gray. Tómese el tiempo que necesite. Yo iré a comer algo.

Se puso la chaqueta y desapareció por el pasillo oscuro. Matilda empezó por el mes de enero; por suerte, encontró lo que buscaba en febrero.

Finalizada la investigación sobre el incendio

Ayer se cerró la investigación del incendio en la casa de campo de Cranbrook, en Kent, que se cobró la vida del comerciante londinense George Ancroft y de su esposa Violet el pasado mes de octubre.

Se consultó a un inspector de incendios del cuerpo metropolitano de bomberos de Londres para que determinara si el incendio pudo ser provocado. El señor Lewis Carpenter, el experto, examinó los restos carbonizados de la casa del siglo XVI y declaró que el fuego se había propagado fácilmente porque se trataba de un edificio con estructura de madera. Al parecer, el matrimonio se encontraba en el primer piso y el fuego los sorprendió mientras dormían, de modo que no pudieron salvarse saltando por la ventana.

Aunque no se encontraron indicios de que el incendio fuera provocado, hay que decir también que los bomberos o el personal de auxilio presentes en el lugar del accidente pudieron haber destruido las posibles pistas. Según se informó, el suelo fue pisoteado y quedó surcado por las ruedas del camión de bomberos, por lo que no se halló ninguna huella servible. Ello se justifica y resulta comprensible por el intento de salvar vidas humanas.

No se encontró tampoco ningún objeto relacionado con el incendio en los restos de la casa, el jardín o el bosque vecino.

La policía concluyó que la causa probable fue un accidente provocado por chispas de la chimenea o los fogones.

Como ya informamos anteriormente, el matrimonio deja una hija huérfana. El señor Charles Easterbrook, abogado de Londres, a quien ese fin de semana un compromiso impidió acudir y que, por tanto, escapó de las llamas, se hará cargo de la huérfana. Se trata de una persona muy conocida en el pueblo, ya que era un invitado habitual en casa de los Ancroft, y expresó personalmente su alivio al periódico local. Una vez concluida la investigación, podrá asumir la tutela y velar por un «futuro seguro para la niña y su bienestar mental».

Matilda leyó el artículo dos veces. Había algo que la inquietaba y le hacía pensar en la conversación con la señora Ormond-Blythe. Apoyó la cabeza en la mano con gesto pensativo y volvió a echar un vistazo a las líneas impresas muy juntas entre sí. Entonces, tres frases adquirieron de pronto todo su sentido.

Allí se leía: «a quien ese fin de semana un compromiso le impidió ir allí». La señora Ormond-Blythe había dicho: «Fue una suerte que ese fin de semana no estuviera con ellos en el campo, si no, Laura se habría quedado sola». Y finalmente una frase del artículo de octubre: «Por fortuna, los invitados del fin de semana no habían llegado aún; de lo contrario, cabría lamentar más víctimas».

Era demasiado perfecto. El abogado de la familia, un amigo, había sido invitado a pasar el fin de semana, pero no había podido acudir y, por tanto, no estaba presente cuando se produjo el incendio. Había asumido la tutela, aunque, tal y como Matilda había oído decir a su padre, el bufete no estaba especializado en esos asuntos. Y ahora podía dejar a sus clientes al cargo de su padre durante meses, porque su pupila estaba enferma y tenía que viajar a Italia y Grecia para recuperarse.

Cuando la puerta se abrió y el señor Marsden entró con una bolsa de papel que olía mucho a fritanga, Matilda se dio la vuelta.

—Le estoy muy agradecida. De nuevo me ha ayudado mucho.

Él se sentó en la silla con un gemido y abrió la bolsa.

—¿Me permite?

—Por supuesto.

El señor Marsden desenvolvió dos salchichas y las puso en un plato que guardaba en un cajón del escritorio.

—No quiero que piense que no tengo modales.

Ella se echó a reír.

—¡Qué aproveche! ¿Le puedo preguntar otra cosa?

Él asintió con la cabeza mientras masticaba.

—¿Sabe algo del bufete de abogados Easterbrook & Vine, de Chancery Lane? Asuntos privados también, rumores, eventos sociales. Me interesa todo lo que tenga que ver con los Easterbrook. —Hizo una pausa brusca—. Pero debo pedirle por favor que trate mi pregunta con discreción.

Esta vez fue él quien se rio.

—Querida señorita Gray, lo habitual es advertir a los periodistas *antes* de confiarles algo, no después. Pero con usted haré una excepción. Déjeme terminar la comida mientras voy pensando.

Resultaba francamente absurdo permanecer sentada en esa oficina viendo a un hombre comerse dos salchichas, pero Matilda se lo tomó con una calma estoica.

Cuando Marsden terminó, se limpió la boca y las manos, arrugó la bolsa y la arrojó a la papelera con habilidad sorprendente.

—Así pues, Easterbrook, padre e hijo, ¿no? Especialistas en representar familias de prestigio en todos sus asuntos: testamentos, contratos comerciales, bienes inmuebles, contratos matrimoniales, y lo que surja.

—Pero nada de tutelas—intervino Matilda.

Marsden la miró asombrado.

—No sé nada de eso. Aunque no es imprescindible ser abogado para ser tutor. Básicamente, puede hacerlo cualquiera que tenga buena reputación.

—¿No sería lógico que un abogado de familia con experiencia se encargara de esta tarea si fuera amigo de una familia y esta dejara a un menor de edad tras un trágico suceso?

—Por supuesto —Él frunció el ceño, pensativo—. La verdad, no sé a dónde quiere llegar.

—Yo tampoco. Me siento como si recorriera a tientas las paredes de una habitación oscura.

Él levantó la mano educadamente para interrumpirla.

—Eso me recuerda que hace poco publiqué algo sobre el joven Easterbrook.

Rebuscó en un montón de periódicos apilados junto a su escritorio y sacó un ejemplar, que deslizó por la mesa hacia ella.

Una fotografía mostraba a Charles Easterbrook frente a un palacio italiano. A su lado, un hombre con un bigote retorcido y abrigo oscuro y una mujer elegante conversaban con él. El pie de la fotografía decía:

> El embajador británico y su esposa departiendo con el abogado londinense señor Charles Easterbrook, que se encuentra en un viaje de convalecencia con su pupila, la señorita Ancroft. Por desgracia, ese día ella no pudo asistir a tomar el té, porque, según explicó el señor Easterbrook, su salud sigue algo resentida. El embajador lamentó mucho la noticia y expresó su esperanza de poder saludar a la pareja a su regreso.

Matilda comprobó la fecha. Era de finales de septiembre. Seguramente Roma había sido una de las primeras etapas del viaje. Volvió a leer la última frase. ¿La «pareja»? En todo caso, coincidía con lo que había dado a entender la nota de sociedad de Atenas.

Golpeteó con el dedo el artículo.

—Parece como si hubiera una relación romántica entre la joven y su tutor.

Marsden se encogió de hombros.

—No sé nada de eso. Formaba parte de un artículo sobre británicos en el extranjero con el que llenamos páginas. Por decirlo amablemente, esta gente no da mucho de sí. No son lo bastante glamurosos ni famosos. Lamento no poder contarle más al respecto.

Ella se levantó y le tendió la mano al señor Marsden.

—Me ha sido usted de gran ayuda. Muchas gracias de nuevo.

Él le dio la mano y sonrió.

—Mis saludos a la señora Westlake. Me gustaría charlar con ella de vez en cuando. Siempre y cuando tenga un buen brandy que ofrecer. No puedo soportar ese oporto suyo.

—¡Oh! Pues yo lo encuentro delicioso —dijo Matilda divertida.

En el tren subterráneo tuvo tiempo para pensar con calma.

Por lo visto, en Kent se había hecho una investigación. Era lo habitual cuando una casa se incendiaba y nadie lograba escapar de las llamas. La conclusión a la que llegó el responsable recordaba un poco la expresión «sobreseimiento por falta de pruebas». Aunque nadie había sido acusado, el artículo dejaba entrever que no se podía descartar por completo la posibilidad de un incendio provocado, ya que las pistas posibles habían desaparecido y los testigos de la desgracia habían fallecido.

¡Qué difícil debió de ser para Laura!

La iluminación del vagón parpadeaba y Matilda cerró los ojos porque aquello le daba jaqueca.

Su pensamiento regresaba una y otra vez a las mismas preguntas. ¿Qué sabía Laura? ¿Qué esperaba de Matilda? Y, sobre todo, ¿por qué desconfiaba de Charles Easterbrook?

Laura había escondido la caja de madera en la escuela, en el único lugar al que su tutor no tenía acceso. Para la postal, había escogido una imagen cuyo significado solo entendería su profesora. Y el mensaje que contenía estaba tan escondido que Matilda había estado a punto de no verlo.

Por su parte, el señor Easterbrook había escrito a la señorita Haddon porque seguía la pista correcta. «Es posible que queden aún algunos objetos personales en la escuela que no me fueron entregados durante mi visita. Son recuerdos de valor sentimental que me gustaría entregar a Laura. Estoy seguro de que contribuirán a su recuperación».

La idea de que Laura Ancroft llevara viajando meses con un hombre en el que no confiaba resultaba difícil de soportar.

Matilda estuvo a punto de pasarse de parada y salió al andén de un salto en el último momento.

Se encaminó hacia su casa a paso ligero porque el anochecer era muy frío. De un pub le llegó el aroma a grog y oyó música de piano procedente de una calle secundaria. Alguien, seguramente un niño, estaba practicando *Adeste fideles*, deseoso de tocar la pieza de forma impecable para Navidad.

Era como si la oscuridad la envolviera y le recorriera las venas, una oscuridad que la luz de las farolas era incapaz de disipar. Le recorría todo el cuerpo, penetrando en las ramificaciones de las venas y los nervios más finos. Era capaz de apartar el recuerdo de las Navidades con sus padres, ya fallecidos, pero estaba también Harry, que, a menos que ocurriera un milagro, pasaría esas fechas en África.

¿Era solo esa pieza de música lo que la afectaba tanto? ¿O también esas cavilaciones incesantes? ¿El hecho de pasar las Navidades no con su hermano, sino con su casera y sus amigas achispadas, a menos que se decidiera a visitar a una prima soltera de su padre en Yorkshire, que le preguntaría con expresión avinagrada cuánto tiempo iba a seguir Matilda «trabajando fuera de casa»?

Aunque amaba su independencia, en ese momento, recorriendo la gélida King's Road a última hora de la tarde, con los pies helados y un abrigo que apenas la calentaba, se sintió sola.

Se obligó a apresurarse para no permanecer en la calle con ese frío más tiempo del necesario.

Si ella se sentía sola, ¿cómo debía de sentirse Laura pasando las Navidades en un país extranjero con un hombre que detestaba? Un hombre con una reputación intachable y que parecía intocable... Matilda no podía rendirse. Laura confiaba en ella. La señora Westlake y el profesor Fleming creían en ella. Eso tenía que ser suficiente.

Al entrar en la casa, Matilda oyó a la señora Westlake riéndose en la sala de estar. Vaciló. El extraño estado de ánimo que la había invadido hacía un rato aún no había desaparecido y, por otra parte, no le apetecía estar sola.

Entonces reconoció esa voz masculina, abandonó la bolsa de mano ahí mismo, arrojó el sombrero y el abrigo en el perchero y abrió la puerta con energía.

La señora Westlake y el señor Fleming estaban sentados a sus anchas junto al fuego crepitante; él, con un vaso de whisky en la mano, ella, con su indefectible botella de oporto. Ambos la miraron sonriendo.

El profesor se levantó y le tendió la mano.

—Buenas tardes, señorita Gray. Espero que nos disculpe por habernos puesto cómodos sin usted. Su encantadora casera me decía que desde hace un tiempo llega usted tarde a casa porque se entretiene dando vueltas por la ciudad. Son sus palabras, no las mías.

Antes de que Matilda pudiera decir nada, la señora Westlake se había puesto de pie, la había prácticamente obligado a sentarse en una butaca y le había puesto una copa en la mano.

—Beba. Por su aspecto se podría decir que acaba de ver a un fantasma ahí fuera.

Matilda notó que su estado de ánimo sombrío se disipaba y se alegró de estar en esa sala caldeada, al calor de la chimenea, con personas que, aunque no eran de su familia, la trataban con amabilidad y aprecio.

—Ningún fantasma. Pero las calles son frías y solitarias. ¿Qué le trae por aquí, señor Fleming? ¿Acaso la señora Westlake le ha estado leyendo algo sobre los secretos de la Alhambra?

Él se rio.

—No hemos llegado tan lejos, pero sí he aprendido varias cosas sobre Adela Mornington. Una joven fascinante. Muy independiente y aventurera.

No fue solo el tono que empleó, sino también la mirada que le dirigió. Matilda miró a la señora Westlake, que enarcó una ceja con gesto divertido.

—Puede que sea una anciana vanidosa, pero no creo que el profesor haya venido por mí. —Se levantó de su asiento—. Las nueve. Comienza mi momento creativo. Así pues, me temo que debo dejarlos solos. Matilda, la cocina es suya, tome lo que necesite. Que tengan una velada agradable.

Se cubrió los hombros con una estola de los colores del arco iris y abandonó el salón.

Matilda se mordió el labio sin atreverse a mirar al señor Fleming. Este resolvió ese momento embarazoso sirviéndole otra copa de oporto.

—¿Trata usted de emborracharme? En ese caso va por buen camino.

Él negó con la cabeza.

—Cuando usted entró, parecía que le había ocurrido algo malo y que le vendría bien tomar una copa. ¿Seguro que el oporto es suficiente?

Ella se apresuró a tenderle la copa antes de que él le sirviera otra cosa.

—Gracias, sí. Si ahora empiezo a beber whisky, será mejor que no me moleste en presentarme en la escuela mañana por la mañana.

Él la miró detenidamente, y Matilda trató de esquivar su mirada.

—¿Puedo preguntar de nuevo qué lo trae por aquí?

Él dejó el vaso y sacó del bolsillo interior de su chaqueta unas hojas dobladas que colocó sobre la mesa entre él y Matilda. Luego se reclinó en su asiento.

—Si tiene información que compartir, le cedo gustoso el honor. Ha estado fuera mucho rato y, si la señora Westlake está en lo cierto, ha estado haciendo pesquisas.

Matilda asintió. La oscuridad era apenas una sombra leve, como el eco de una migraña cuando el dolor auténtico ya ha desaparecido. Le contó que había ido a ver al señor Marsden y que había leído un artículo sobre la investigación del incendio.

—No encuentro nada que deje al señor Easterbrook en mal lugar —dijo con enojo—. Todo tiene una explicación inofensiva, incluso ese mensaje secreto de la postal. ¿Cómo puedo saber que no es el producto de una sed infantil de aventuras por parte de Laura y no de miedo a su tutor?

Fleming alzó la mano.

—Permítanme un comentario antes de que empiece usted a cuestionar todo lo que ha averiguado hasta ahora. Yo soy un investigador científico. En ciencia, las pruebas son indispensables. Nadie puede demostrar una teoría a base de intuición e instinto. Sin embargo, usted no sabe la frecuencia con que esos sentimientos han dado pie a importantes avances científicos. Sin sospecha, asombro y curiosidad, no hay ciencia. Las pruebas no están al principio, son el resultado de la búsqueda.

Matilda tragó saliva. Aquellas palabras la habían emocionado de un modo extraño.

—Lo que tiene son sospechas y pistas que por separado puede que no signifiquen nada, pero que juntas son importantes. Entiendo su desconfianza y comparto su preocupación.

—Gracias, muchas gracias. —Ella levantó la cabeza de repente—. Y ahora, por tercera vez, le pregunto qué es lo que quiere contarme.

Él se levantó, cogió las hojas y las alzó de forma ostensiva. Mientras hablaba, iba de un lado a otro de la habitación. Matilda supuso que en sus clases hacía lo mismo.

—Como prometí, he estado investigando a Robert Hooke, con quien nos encontramos continuamente: la imagen del medallón, la conferencia sobre el cometa que menciona esa tal Katherine y su labor después del Gran Incendio. He centrado mi investigación en este último punto porque queríamos saber a quién perteneció la casa.

Rebuscó entre las hojas.

—Robert Hooke juró el cargo de medidor de la ciudad ante el lord alcalde y el consejo de la ciudad el 14 de marzo de 1667. Era un cargo respetable, arduo pero indispensable para reconstruir la ciudad destruida. Una de sus tareas consistía en medir los terrenos y averiguar a quién pertenecían. A continuación, se reunía con el propietario legítimo en la propiedad, el cual, si era preciso, debía presentar a Hooke documentos acreditativos; a veces también tomaba declaración a vecinos y otros testigos. Y aquí es donde el asunto se pone interesante. Suponemos que durante la peste murieron todos los habitantes de la casa en cuyo lugar se encuentra la propiedad de los Ancroft. Así pues, si no había herederos, el terreno se pudo poner a la venta.

Matilda lo miró muy intrigada.

—¿Y ha descubierto qué pasó?

Fleming sacó una carpeta de cuero del maletín que tenía junto a su butaca. La colocó sobre la mesa, la abrió y la volvió hacia Matilda para que pudiera ver el documento que había dentro.

—Tuve que jurar por la vida de mi madre que lo devolvería intacto —dijo con un guiño.

Era una hoja amarillenta, con los bordes desgarrados y escrita por completo con una caligrafía antigua y ampulosa.

—Por desgracia, solo se conservan lo que se conoce como sus diarios, no la documentación de la medición en sí —explicó el profesor—. Hooke era una persona excéntrica que, desoyendo todas las órdenes, se negó en redondo a entregar la documentación a la ciudad. Al parecer, contenían observaciones sobre el tiempo y otros fenómenos naturales. Incluso en ese cargo no dejó de ser un científico.

Fleming señaló un fragmento en el centro.

14 de mayo de 1667: Laurence Pountney Lane, medición de un terreno por orden del comprador Gabriel Ancroft, comerciante de Londres. Antiguo propietario del terreno: John Cleland, fallecido. Tasa pagada.

—¡La C del escudo! —exclamó Matilda emocionada—. ¿Se acuerda? En el medallón hay una señal, que viene a ser una marca comercial. El señor Arkwright me lo explicó. Seguramente la C se refería a Cleland

—En efecto, señorita Gray.

—Así pues, ahora ya sabemos el apellido de Katherine, ¿no? Katherine Cleland, muerta durante la epidemia de peste de 1665 —dijo en un tono casi solemne.

—Eso parece. Y todo indica que su Laura no es pariente de Katherine Cleland, sino de Gabriel Ancroft, el constructor de la casa.

—En cambio, ese tesoro es muy importante para ella —repuso Matilda pensativa—. Hace tiempo que me pregunto si tal vez ella intentó descifrar el libro y si lo consiguió. ¡Cómo me gustaría preguntárselo!

—Ya me lo figuro. Es posible que sospeche que esa caja guarda un secreto y que por eso la escondió.

—De Easterbrook —dijo Matilda—. Ella esconde la caja y él la quiere. Pero ¿por qué?

—Eso es lo que vamos a averiguar.

—¿Qué piensa hacer, señor Fleming?

24

El plan era un auténtico disparate y la ilusión de Matilda —tras haberle dado vueltas preocupada durante cinco minutos y luego dejar de lado sus reparos morales—, infinita. Habían quedado en encontrarse la noche siguiente, sábado, y ella a duras penas conseguía ocultar su excitación. Como había supuesto que sería difícil engañar a la señora Westlake la sorprendió gratamente que las sospechas de la casera adoptaran una dirección completamente distinta.

Durante el desayuno del sábado dijo:

—Querida, sus ojos brillan de una forma sospechosa.

Durante el almuerzo, proclamó:

—Si no la conociera mejor, diría que está enamorada.

Cuando tomaban el té, aseveró:

—Matilda, espero que sea lo que sospecho y no una gripe.

—No se preocupe, señora Westlake, estoy perfectamente. Por cierto, es posible que esta noche llegue tarde. Por favor, no se preocupe.

La mirada que dirigió a Matilda por encima de sus anteojos hablaba por sí sola.

—Sé que está usted en buenas manos, querida. Espero que pase una velada maravillosa.

Mientras Matilda en el vestíbulo se calzaba las botas de más abrigo, se envolvía el cuello con una bufanda especialmente gruesa y metía otro jersey en la bolsa de mano que usaba para ir a la escuela, se preguntó qué diría la señora Westlake si viera ese atuendo. Ciertamente no parecía que fuera una cita para cenar en un restaurante elegante, sino más bien para comer anguilas en gelatina compradas a un vendedor ambulante de Limehouse.

No se encontraron en Limehouse, sino en la estación de Cannon Street, el punto de partida de su primera salida exploratoria. El profesor Fleming también se había abrigado y llevaba una gorra de *tweed* en lugar de su sombrero —lo que hizo que Matilda no lo reconociera a primera vista—, así como una bufanda.

—¡Qué bufanda tan bonita! —dijo ella—. Y con rayas de colorines.

Él sonrió.

—Son los colores de mi universidad. Mi hermana la tejió para mí hace años y soy incapaz de desprenderme de ella.

—Ni debería. Parece muy calentita.

—Letty tardó ocho meses en hacerla —dijo él divertido mientras señalaba una cafetería muy iluminada.

—¿Ocho meses? —repitió Matilda al poco rato, cuando ya se habían acomodado en un rincón del local y tenían delante un té bien cargado y pastas—. Es mucho para una bufanda.

—Mi hermana odia las labores. Mi madre se desesperaba con ella, llegó a romper tres bastidores para bordar. Sus bordados parecían redes de malla para la compra. Esta obra es la única con la que es posible aventurarse a salir a la calle.

—Eso la hace aún más valiosa, ¿no?

Él sonrió con cariño.

—Letty es maravillosa. Ahora tiene tres hijos y hace esculturas de madera. Ha convertido el invernadero en un taller. Mi cuñado siempre se queja porque se suponía que aquel lugar debía ser la sala de desayuno, pero es incapaz de enfadarse con Letty.

—Parece un matrimonio maravilloso —dijo Matilda removiendo el té.

Al levantar la vista, vio algo en la expresión de Fleming que no supo interpretar. ¿Arrepentimiento? ¿Melancolía, tal vez? «No me espera nadie».

—Son muy felices juntos. Voy a pasar la Navidad en su casa. A Letty le regalaré un juego de cinceles y un desbastador.

—Desde luego es más interesante que unos pañuelos bordados —comentó Matilda. Luego miró a su alrededor y preguntó en voz baja—: ¿Empezamos?

Él dejó la taza en la mesa con un tintineo.

—Estoy listo.

Una bruma amarillenta envolvía las calles y la luz de las farolas tenía un brillo mortecino. Del Támesis llegaban las quejumbrosas sirenas de los barcos, y Matilda notó el primer escozor en la garganta de la temporada. Todos los inviernos la niebla asediaba la ciudad, sumiéndola en una luz crepuscular fantasmagórica que, pese a su encanto, a ella le irritaba la garganta y los pulmones. Cuando la visibilidad empeoraba, solo podían circular de manera regular los trenes subterráneos; para el resto de los vehículos, desplazarse por la ciudad era demasiado peligroso.

Laurence Pountney Lane no estaba lejos. Esta vez Matilda se sintió aliviada de que la zona estuviera desierta a esa hora. En cuanto abandonaron Cannon Street, un silencio profundo se cernió sobre los edificios. La niebla impedía que la atravesaran incluso sonidos amortiguados.

—Esto en 1665 debía de ser igual —dijo Matilda en voz baja—. Este ambiente parece de algún modo intemporal.

Notó que el profesor le golpeaba suavemente el hombro con el brazo.

—¡Qué oscura debía de ser la ciudad! Ni gas, ni petróleo, ni electricidad.

—¡Y qué fría!

Ella se arrebujó en su abrigo.

De pronto Fleming se detuvo. Matilda reconoció entonces dónde se encontraban: era la esquina que estaba justo delante del jardín de la casa de los Ancroft. Se adivinaba la silueta de los árboles desnudos y, detrás de ellos, la casa era una masa oscura en la noche sin luna.

—Vigile, por favor —dijo el profesor en voz baja.

Matilda se apostó de forma que pudiera mirar, o mejor dicho escuchar, el callejón y el pasaje estrecho. Si surgía algún peligro, únicamente los oídos la podrían advertir. Un poco más lejos había dos ventanas iluminadas. Por lo demás, solo se oía el ruido ocasional de cascos procedente de Cannon Street.

Fleming dejó su bolsa de mano en el suelo y rebuscó en su interior. Se oyeron unos ruidos metálicos. Una sirena de niebla provocó un estremecimiento en Matilda. Los mechones de pelo que se le habían soltado del gorro se le encrespaban con la humedad del aire. Su aliento quedó detenido, como una nube, frente a su cara. Pasó el peso de un pie al otro para entrar un poco en calor, pero el frío ya le había trepado por las piernas.

Oyó que el profesor gemía en voz baja, como si estuviera haciendo un esfuerzo. Siguieron a continuación unos chasquidos y el ruido de raspaduras, finalmente algo crujió y rebotó en el suelo. Matilda se sobresaltó y miró sin querer a su alrededor. No se veía a nadie. Cuando se quebrantaba la ley, cualquier ruido parecía una explosión.

—Acérquese —la llamó Fleming con un susurro.

Entonces se oyó el chasquido de una cerilla y, acto seguido, encendió un candil de mano que había traído en su bolsa.

Matilda se acercó y miró casi sin aliento el agujero rectangular que había en la acera. A un lado estaba la trampilla abierta. Fleming sostuvo el candil sobre la abertura.

—La descubrí al examinar la casa. Era el modo de guardar las mercancías en el sótano.

Entregó el candil a Matilda.

—Ilumine aquí dentro.

A continuación, arrojó al interior la bolsa, que cayó al suelo con un ruido sordo. Acto seguido, balanceó las piernas en la abertura, se alzó con los brazos y se dejó caer.

Matilda se arrodilló en la acera y se inclinó todo lo que pudo. La luz cayó sobre el rostro de Fleming, que le tendía la mano con una sonrisa.

—Páseme el candil; luego salte y yo la agarraré. No está muy alto.

Ella tragó saliva y le entregó el candil. Él lo dejó a un lado y tendió los brazos hacia ella.

—Vamos.

Matilda tomó aire, volvió a mirar a su alrededor y se dejó caer por la abertura. Dos brazos fuertes amortiguaron su caída y la soltaron con suavidad. Pensó por un instante que aquello no era muy decoroso. Entonces se dio cuenta de que eso le daba absolutamente igual.

El profesor se arrodilló y encendió otra cerilla. Había sacado de su bolsa otro candil más pequeño, lo encendió y se lo entregó. Matilda iluminó su alrededor. La luz no era suficiente para alumbrar todo el sótano, pero le permitió formarse una primera impresión. Paredes, estanterías, una mesa tosca de patas gruesas, ganchos en la pared y un tubo apoyado en una esquina que probablemente se empleaba para bajar mercancía hasta allí.

El frío y la humedad eran tremendos, y notó un olor que no supo identificar. Con cautela dio una vuelta alrededor, iluminando los rincones y oliendo. ¿Acaso era posible oler el pasado? De ser así, debía ser lo que notaba. Resultaba difícil creer que ese sótano todavía se había utilizado pocos años antes. Daba la impresión de que ahí no había estado nadie desde el siglo XVII.

—Ayúdeme.

Matilda se sobresaltó cuando el profesor arrastró una caja de madera y la colocó bajo la abertura.

—Debo cerrar la trampilla, si no, alguien podría caer dentro.

Matilda sostuvo los dos candiles mientras él subía y cerraba la trampilla por dentro.

Era inquietante colarse en una casa extraña y deshabitada en una noche fría de invierno. Sin embargo, nada en el mundo le habría impedido acompañar al profesor.

Él señaló hacia arriba.

—La tienda está encima de nuestras cabezas. Debe de haber una escalera en alguna parte, pero es mejor mirar por aquí. Si lo que el comerciante Cleland escondió durante la peste aún sigue oculto, tiene que estar en este sótano. Todo lo que queda encima de nosotros no existía en su época.

Matilda asintió. Se acercó al muro a su izquierda, levantó el candil y lo recorrió lentamente. Las piedras parecían viejas y el mortero crujía bajo sus pies.

A su espalda, el profesor examinaba la pared que daba al callejón. Matilda le oyó proferir una exclamación en voz baja; a continuación, rebuscó en su bolsa de mano. ¡Qué silencio había allí! No parecía que se encontraran en medio de una ciudad de más de un millón de habitantes. Era como si Londres no fuera más que un pueblo que se iba a dormir en cuanto llegaba la noche.

Él empezó a rascar en el muro mientras sostenía el candil muy cerca de las piedras.

—¿Cómo es el muro en su lado? —preguntó.

—Bueno, está viejo. El mortero se desprende de las juntas —dijo Matilda.

—¿De qué color son los ladrillos?

—Yo diría que rojizo, el normal de los ladrillos. Hay algunos trozos de color blanco grisáceo, tal vez son sedimentos, o líquenes. Aunque... —Se puso en cuclillas e iluminó las piedras—. Esto de aquí abajo es completamente diferente, parecen piedras de verdad.

—¿Piedras de verdad?

Ella percibió la excitación en su voz.

—Acérquese aquí, por favor.

Fue hacia Fleming, que le señaló el muro con un escoplo.

—¿Como estas de aquí?

A la luz de los dos candiles, Matilda se dio cuenta del parecido.

—Sí, tienen el mismo aspecto que las de allí. ¿Qué importancia tiene eso?

Él se levantó de un salto y la tomó por el brazo.

—Las partes superiores de los muros son de ladrillo. Pero esto de ahí abajo —dijo golpeando con los nudillos en el sitio—, eso es la llamada «piedra de trapo», que suele proceder de Kent. Era la que se empleaba para construir edificios en la Edad Media.

Matilda contuvo la respiración con un gesto involuntario.

—¿En la Edad Media? ¿Está usted diciendo que la parte inferior de estos muros es más antigua que la casa?

—Unos trescientos años, puede que incluso más.

Él puso la mano en ese lugar con un gesto casi reverencial. Entonces Matilda cayó en la cuenta.

—«Una casa bajo la casa».

Fleming asintió de forma solemne.

—Estos sillares formaban parte de la casa que se quemó en 1666, la casa donde...

—... donde murió la familia Cleland.

—Se aprovecharon los cimientos que quedaban para construir el nuevo edificio. Demoler esos viejos muros solo habría costado dinero y mucho trabajo.

—Así pues, ¿es posible que aún esté aquí lo que escondió el padre de Katherine? —preguntó Matilda emocionada.

Recordó las palabras que la chica había escrito: «Faltan ocho días. Ahora padre está ... fiebre ... náuseas continuamente, y frío ... incapaz de comer ... bajar al sótano ... lo que quiero en mi caja ... Solo falta este libro ... en el futuro, cuando el mundo haya recuperado la cordura ... en esta casa ... ».

Alguien había llevado algo al sótano en el que se encontraban en ese momento, doscientos cincuenta años después de que se escribieran las palabras.

—Sí, es posible —dijo el profesor, pensativo.

Olvidaron el frío y también el temor a ser descubiertos. Matilda se dio la vuelta.

—¡Si tuviéramos más luz!

El profesor parecía completamente absorto en la pared. Matilda recorrió el lugar muy lentamente. El suelo de arcilla pisada se había ido endureciendo a lo largo de los siglos hasta convertirse casi en piedra.

—¿Adónde va?

—Estoy intentando ver qué tamaño tiene el sótano y si posee más estancias.

—Cuidado, la luz no alcanza muy lejos.

Ella sostenía el candil a media altura para que la luz cayera de forma uniforme sobre el suelo y los alrededores. De repente, algo le rozó el pie. Estuvo a punto de dejar caer el candil, pero apretó los labios y dio una zancada.

¿Una rata? Mejor no pensar en ello.

La pared siguiente era toda de ladrillo y delante había una escalera de mano podrida con tres peldaños rotos. No había ningún indicio de un secreto.

Matilda suspiró, se dio la vuelta y se dirigió al último muro, que aún no habían examinado. Recordó la ubicación del edificio. Ese tenía que ser el muro que limitaba con el jardín. Posó la mano sobre esos ladrillos fríos y sintió un escalofrío sordo al pensar que al otro lado se encontraba el subsuelo del antiguo cementerio. Si alguien estuviera en el jardín, para esa persona ella estaría bajo tierra. ¡Qué locura de casa!

Alumbró cuidadosamente la pared y el suelo que tenía delante. Unas estanterías toscas, barriles vacíos, un saco de yute roto, ni rastro de las mercancías que en otros tiempos se almacenaban aquí. Al morir los Ancroft lo más seguro es que se hubiera liquidado todo. ¿Quién se habría encargado de eso? Con toda probabilidad Charles Easterbrook.

Entonces descubrió los sillares.

—¡Señor Fleming! —dijo, y oyó que él se levantaba y se acercaba—. ¡Mire, aquí esas piedras antiguas llegan hasta el techo!

Los dos iluminaron el muro hacia lo alto. Sus cabezas asomaron en la pared opuesta como sombras intermitentes.

—Aprovecharon el antiguo muro del cementerio. Debía de medir varios metros de alto y era muy sólido; eso les ahorró mucho dinero. —Fleming se aproximó, golpeó las piedras y hurgó en una junta—. Es un hallazgo extraordinario. Escribiré un artículo sobre esto...

Matilda carraspeó.

—Pero antes será mejor que haga una solicitud oficial para que le permitan investigar la casa. ¿Qué diría la universidad si publicara algo sobre unos hallazgos obtenidos al colarse en un edificio sin autorización?

Él soltó una carcajada que resonó en las viejas paredes; luego se llevó el dorso de la mano a la boca.

—Disculpe mi entusiasmo, pero este hallazgo es realmente interesante. Como bien sabe, mi especialidad es todo lo que queda por debajo de la superficie. Y en este sentido el siglo XVII tiene mucho que ofrecer. Las fosas de la peste, la reconstrucción tras el Gran Incendio y...

Se arrodilló de un modo tan brusco que Matilda pensó que había tropezado. Se arrastró muy cerca de la pared mientras sostenía el candil casi por encima del suelo. Luego le pidió que se acercara haciendo un gesto con la mano izquierda.

—¡Acérquese, tiene que ver esto!

Nunca lo había visto tan emocionado. Ella se arrodilló a su lado sin prestar atención a su falda y miró la pared.

—Aquí, ¿lo ve?

Él dibujó una línea horizontal con el índice.

De nuevo Matilda deseó que la luz fuera mejor y acercó mucho el candil a los sillares. Pasó la mano por encima de ellos y se encogió de hombros, perpleja.

—¿Otro muro medieval? Los sillares tienen el mismo tacto que en los otros muros. Y su aspecto también es igual.

—¡No se trata de los sillares!

Ella tragó saliva y sintió una punzada de impaciencia. No era una experta académica, no sabía interpretar las sutilezas de la piedra. Entonces se inclinó bruscamente hacia adelante y sujetó el candil sobre una junta que quedaba justo encima del suelo. A continuación, lo fue deslizando hacia arriba, hasta donde Fleming había descrito la línea, y entonces se volvió hacia él triunfante.

—Es el mortero, ¿verdad? El de aquí abajo es de un color distinto del de arriba. ¿Eso es importante?

—¿Que si es importante?

Él dejó el candil en el suelo y la cogió de la mano. Su entusiasmo era tan contagioso que Matilda no se dio cuenta del gesto.

—Los sillares son iguales que los anteriores. Pero el mortero de aquí tiene un color ligeramente rosado. ¡Esto es una muralla romana!

Matilda notó que tenía la boca abierta de asombro. Miró con respeto aquella discreta pared de sótano.

—¿Está usted..., está usted diciendo que debajo de la casa bajo la casa hay otra casa?

Él sonrió.

—No necesariamente. También podría tratarse de un muro perimetral, pero demuestra que este suelo en el que estamos arrodillados lleva construido casi dos mil años, que aquí vive gente desde hace casi dos mil años. Estamos rodeados de historia, y estas piedras son testigos de ello.

—¿Y usted no lo sospechaba?

—No. Evidentemente, una y otra vez aparecen restos de la época romana, pero nunca en esta zona. —Fleming se levantó y recorrió el muro con el candil—. Estos sillares romanos llegan hasta la esquina de la casa. Es posible que sigan por debajo del callejón. Habría que hacer excavaciones para comprobar la extensión de estas ruinas. Puede que solo sea un muro perimetral, pero también podría haber habido casas, una villa, un templo...

Matilda seguía arrodillada en el suelo, mirándole en la penumbra. Sentía que su excitación inicial daba paso a algo más, algo solemne, casi reverencial.

—Va a tener que encontrar el modo de hacerlo, señor Fleming. Me refiero a la excavación. De forma completamente oficial y con los útiles adecuados.

Él asintió con la cabeza y miró a su alrededor.

—Sí. Haré una solicitud y convenceré a las autoridades. —Se detuvo un momento—. Pero antes tenemos un trabajo que hacer. Todavía no hemos encontrado lo que estamos buscando.

—¿Cree usted que aquí abajo hay algo más?

—Vamos, examinemos el muro palmo a palmo. He traído aceite suficiente. No nos quedaremos sin luz.

Matilda no preguntó qué estaban buscando, porque confiaba en que lo reconocería en cuanto lo viera, igual que antes con el mortero. Cuando empezó la búsqueda en el rincón noroeste, pensó en Laura. ¿Se habría escapado a escondidas de su casa para entrar en la tienda y bajar al sótano cuando no había nadie? ¿Tal vez equipada con un candil como ella misma ahora? ¿Había tenido la sospecha de que allí había algo escondido, o había encontrado la caja de Katherine por casualidad? ¿Dónde podría estar escondido?

Matilda movió el candil cuidadosamente arriba y abajo, alumbrando desde el suelo hasta la altura de su cara.

Si Cleland quería poner a salvo su fortuna, no podía abandonar la casa y además contaba con que tras su muerte el edificio sería vendido, la única posibilidad que tenía era el sótano. La pregunta era: ¿para quién lo había escondido? ¿Para Anthony? ¿Para un hijo que no había muerto con él en la casa?

Matilda se obligó a mirar detenidamente el muro, aunque la luz parpadeante del candil le cansaba la vista.

—¿Ha encontrado algo? —preguntó el profesor desde la otra esquina.

—No. Hasta ahora el muro parece igual en todas partes. Medieval por la parte superior, romano en la inferior. Si un escondite no se ha encontrado en doscientos años, es que debió de escogerse muy bien.

—Hum.

Ella oía cada uno de los movimientos que él hacía, el crujido de sus pies al andar, el frufrú de su abrigo y el chirrido del asa del candil al subirlo y bajarlo.

Matilda examinaba también el suelo que quedaba ante el muro. Puede que hubiera algo enterrado, o una marca, de tal modo que alguien de fuera... Seguramente emitió un ruido sin darse cuenta porque el profesor se acercó rápidamente a ella y le puso la mano en el hombro.

—¿Qué ocurre?

Matilda se arrodilló en el suelo de arcilla pisada, dejó el candil a un lado y escarbó con los dedos.

—¿Tiene una herramienta, algo que sea afilado?

Él le dio un cincel. Matilda se centró en un punto justo delante del muro, se quitó la gorra de la cabeza con un gesto impaciente y la arrojó a un lado. Luego se inclinó hacia adelante y sopló para apartar la tierra suelta.

—¡Mire!

Fleming sostuvo el candil sobre aquel punto y dejó oír un silbido sordo. Había una pequeña baldosa de no más de diez centímetros cuadrados con el dibujo grabado de una planta de pétalos grandes y superpuestos, de contornos finamente dibujados y con el centro más hundido, el cual tenía una apariencia más oscura.

—Es una amapola —dijo Matilda sin aliento.

Apartó los últimos restos de tierra con la mano e intentó meter el cincel bajo la baldosa. La pudo levantar sin esfuerzo. Matilda iluminó el sitio y vio con decepción que solo había una superficie cuadrada y plana, sin ningún agujero ni nada que sugiriera un escondite.

—Pero debería...

—¡Aquí!

Fleming también había sacado una herramienta y golpeó con ella la zona que quedaba encima de la pequeña baldosa.

—Suena a hueco.

—De hecho, esto atenta contra mi honor como científico, pero... —Dicho esto, empezó a raspar el mortero de las juntas—. Mañana ya me maldeciré.

—Luego lo podremos volver a meter —sugirió Matilda mientras retiraba con la mano los trocitos que se desprendían.

—¿Qué haría yo sin usted?

—Sentarse junto a la chimenea en su casa en vez de dejarse las uñas en un sótano maloliente y húmedo.

Él se rio y continuó raspando hasta dejar al descubierto las juntas que quedaban en torno al sillar del muro. Luego dejó caer el cincel, pasó ambas manos en torno a la piedra y tiró de ella, que se soltó del muro con un fuerte chasquido.

Como era de mayor tamaño que un ladrillo, la abertura que quedó era considerable. Fleming metió la mano con cuidado. Matilda oyó un chirrido y entonces él sacó de ahí un objeto cuadrado.

—¡Otra caja!

—Pero no tan bonita —dijo el profesor limpiándola con la manga.

Matilda la alumbró con los dos candiles. Era más bien un pequeño cofre de hierro.

—¡Ábrala!

Comprobó con alivio que no llevaba candado. ¡Solo les habría faltado fracasar a esas alturas por no tener una llave cuando estaban tan cerca de su objetivo!

Fleming levantó con cuidado los dos cierres y abrió la tapa. Las bisagras estaban algo atascadas, pero cedieron tras una suave presión. A Matilda se le escapó un leve «¡Oh!» al ver las monedas de oro y los fajos de papeles atados con una cinta roja.

—¡Un tesoro! —dijo Fleming, impresionado—. Me muero de ganas de examinar esos papeles.

—Así pues, usted cree que... ¿debemos llevárnoslo? —preguntó Matilda con un susurro.

Él levantó la vista, sintiéndose inseguro por un momento.

—Si usted quiere abandonar la empresa ahora, lo entenderé.

Ella notó la decepción que escondían esas palabras.

—Hemos entrado aquí sin permiso —prosiguió él—. Llevarnos algo sería un robo.

Intentó vislumbrar la mirada de él en aquella luz parpadeante, pero Fleming había vuelto la cabeza y esperaba la respuesta de ella.

—Solo sería un robo si nos lo llevamos en contra de la voluntad de su propietaria. Esta casa es de Laura Ancroft. Estoy convencida de que debemos ayudarla y proteger su patrimonio. Nos llevaremos el cofre.

—Muchas gracias.

—¿Por qué?

—Por su confianza. Y por haber podido descubrir todo esto. —Hizo un gesto señalando todo el sótano—. Ayudaremos a Laura. Solo cuando todo haya salido bien para ella le llegará el turno a la ciencia. Tiene mi palabra.

El ambiente era tan solemne que Matilda estuvo a punto de tenderle la mano. En vez de ello, señaló el cofre.

—¿Cómo lo sacamos de aquí?

La cuestión se resolvió rápidamente. Las herramientas, una cuerda y el resto de herramientas que Fleming llevaba en su bolsa pasaron al bolso de mano que llevaba Matilda. Luego levantaron el cofre, que era sorprendentemente pesado, y lo metieron en la resistente bolsa de cuero del profesor.

Matilda miró hacia arriba.

—Me habría gustado ver la tienda y el piso, pero es mejor que nos marchemos antes de que nos descubran.

Fleming asintió.

—Cuando Laura regrese y todo esto haya terminado, seguro que le permitirá ver toda la casa.

Matilda tragó saliva.

—Espero que ese día llegue. De veras que lo espero.

De repente, sintió un toque delicado bajo el mentón. Un único dedo que le alzaba la cabeza.

—Hemos llegado muy lejos, señorita Gray. Usted ha llegado muy lejos. Solo tenía un mensaje críptico escondido bajo un sello. ¡Mire todo lo que ha conseguido!

Ella no sentía nada más que aquella punta del dedo tocándole el mentón.

—Mañana examinaremos lo que contiene el cofre. Le prometo que no miraré dentro sin estar usted presente. O, si lo desea, se lo traigo hoy a su casa, lo que prefiera.

Cuando él retiró el dedo, ella tuvo la sensación de perder algo precioso.

De nuevo sujetó los candiles mientras él arrastraba la caja hasta debajo de la trampilla y la abría desde dentro. El golpe en la acera hizo estremecer a Matilda, pero en la calle todo seguía igual. Fleming se encaramó para salir y se quedó un momento inmóvil para asegurarse de que estaban solos.

Después su voz sonó desde lo alto.

—Deme las bolsas.

Matilda gimió un poco al alzar las pesadas bolsas. Luego él la ayudó a subir a la acera. Fleming se aseguró de que la trampilla quedaba bien encajada en su sitio, asió la bolsa y le ofreció el brazo a Matilda.

—¿Nos vamos?

Cuando casi habían alcanzado Cannon Street, un borracho salió tambaleándose de la entrada de una casa.

—¿Qué cosa andáis *buz-cando* por aquí? —farfulló.

Matilda respiró aliviada cuando lo hubieron dejado atrás.

—Menos mal que no apareció antes.

Fleming se rio.

—Desde luego. De todos modos, ¿quién le habría creído cuando dijera que había visto a dos personas salir de un agujero de la acera cargados con bolsas pesadas?

Al llegar al andén, Matilda le tendió la mano.

—Muchas gracias de nuevo. No puedo decirle cuánto se lo agradezco. ¡Menuda noche! No la olvidaré en mucho tiempo.

Él esbozó una sonrisa tímida.

—Yo tampoco.

—Y gracias por sus palabras. —Aún le parecía sentir su dedo, como si hubiera dejado una huella invisible en su mentón—. Usted sabe cómo animar a alguien.

—Cuando das clase a gente joven, debes ser capaz de hacerlo. Usted también sabe, ¿verdad?

—Es más fácil animar a los demás que a uno mismo.

Ella notó un leve deje de tristeza en su rostro. En un instante él recobró su compostura.

—¿De verdad no quiere que la acompañe hasta su casa?

—No, no es tan tarde. Tenía la impresión de que habíamos pasado una eternidad allí abajo, pero son poco más de las nueve.

—Londres a oscuras es peligroso.

—Siempre lo es.

—Muy bien, usted gana.

Matilda tuvo entonces una ocurrencia espontánea.

—Venga mañana a cenar a casa. Y traiga el cofre, si no es mucho inconveniente. ¿A las siete le iría bien?

—Estaré encantado —dijo él llevándose la mano a la gorra en señal de saludo.

Entonces el tren entró la estación. Él insistió en entregarle la bolsa en cuanto ella hubo subido al vagón. Sus miradas se cruzaron por un instante antes de que el revisor cerrara las puertas. Y lo que Matilda leyó en su mirada la acompañó hasta en sus sueños.

25

La noche siguiente la señora Westlake tenía un compromiso, pero se encargó de que la cocinera preparara una cena excelente y de que Sally se pusiera el delantal nuevo.

—¿Sigue sin querer decirme dónde encontraron ese cofre misterioso?

A Matilda la mirada ingenua que puso su casera le hizo pensar en un perro y rio resignada.

—Eso pondría en sus manos el destino del profesor y el mío. Usted podría chantajearnos durante el resto de nuestras vidas.

—¡Oh! —La señora Westlake se tapó la boca con la mano—. Me deja usted de piedra. ¿Acaso lo han robado de la casa de una anciana? ¿Han saqueado una iglesia? Se dice que en Mayfair ronda una banda despiadada de ladrones. No sabía que los profesores universitarios y las maestras cobraran tan poco...

—¡Pare! —le rogó Matilda levantando las manos con resignación—. Se lo ruego. Se lo diré, pero antes debe darme su palabra de que no se lo contará a nadie.

—Lo prometo —dijo solemnemente la señora Westlake. Levantó entonces la mano derecha—. Ni una palabra, a nadie.

—Entramos a escondidas en la casa de los Ancroft y registramos el sótano y allí encontramos el cofre.

—¿Entró allí a escondidas? ¿Con el profesor?

—Sí, hay una trampilla en la acera por la que en el pasado se introducía la mercancía en la casa.

La señora Westlake enarcó las cejas con sorpresa, y puso los brazos en jarras con un gesto enérgico.

—¡Querida, ni siquiera a mí se me podría haber ocurrido algo mejor! Trampillas, sótanos oscuros y cofres como sacados de *La isla del tesoro* de Stevenson. Lo que me gustaría saber es quién convenció a quién de ese plan descabellado.

Matilda se encogió de hombros.

—Si fue idea del profesor, me voy a tener que plantear si debo dejarla de nuevo a solas con él. ¡A saber qué esqueletos podrían ustedes encontrar en mi sótano!

—¿Debo entender eso como una invitación, señora Westlake? —preguntó Matilda divertida—. Parece como si tuviera ganas de una expedición.

La mujer salió al vestíbulo y cogió su sombrero. Matilda la ayudó a ponerse el abrigo y le ajustó el cuello.

—Espero que pase una velada muy entretenida. Y gracias de nuevo por ocuparse de todo.

—Lo mismo le deseo a usted. —La señora Westlake vaciló—. Es un hombre extraordinario. Es usted muy afortunada. No, no, querida, no diga nada.

Le hizo un guiño a Matilda y salió de la casa.

Matilda miró cómo se marchaba con una sonrisa en los labios.

El profesor se limpió la boca con la servilleta, la dobló y la colocó junto al plato.

—¡Qué plato tan delicioso! Esas especias... Tenía un toque italiano.

—La señora Westlake trajo la receta de Milán. Esa ciudad es famosa por su excelente gastronomía. El toque especial de las chuletas de cordero es por la mejorana.

—Es delicioso. Mis felicitaciones a la cocinera. —Miró a Matilda y de pronto adoptó una expresión grave—. Espero que usted ya esté repuesta.

—¿Qué quiere decir?

—Ayer me dio la impresión de que tenía ganas de estar sola. Temí que nuestra aventura la hubiera inquietado de alguna manera.

—¡No! —exclamó ella con más vehemencia de la que pretendía—. En absoluto. No me habría perdido nuestra aventura por nada.

El alivio de él fue evidente. Se llevó el dorso de la mano a la boca y la miró con picardía.

—No puedo evitar estar de acuerdo con usted. Para mí fue un placer especial, y no solo por haber encontrado dos tesoros a la vez.

Matilda sintió que se sonrojaba y se levantó de la mesa para llamar a Sally. Mientras la sirvienta despejaba la mesa, acompañó al profesor a la sala de estar donde él antes había dejado el cofre.

Fleming se quedó de pie a un lado, con las dos manos metidas en los bolsillos del pantalón y la chaqueta abierta mostrando la cadena dorada del reloj que llevaba en el chaleco. Tenía la cabeza ladeada y los ojos clavados en el cofre.

—Lo he estado mirando por fuera. Posiblemente es algo más antiguo que la caja de Laura. Tal vez fue fabricado para los padres o los abuelos de Katherine. Madera de roble. Un objeto resistente, sin ornamentación, hecho con fines comerciales. Supongo que siempre guardó documentación importante, posiblemente también dinero. —Señaló el cofre—. Es su caso, señorita Gray. Debería abrirlo.

Matilda abrió la tapa y aspiró aire con fuerza.

—¡Mire esto! Eso no se podía ver en aquel sótano oscuro.

Por dentro, en la madera había una pequeña placa de metal negro deslustrado.

—¿Me permite?

Fleming tenía un pañuelo de bolsillo limpio en la mano.

Matilda asintió y él frotó, primero suavemente y luego con más fuerza. Entonces la placa brilló y se pudo leer la inscripción que tenía grabada:

JOHN WILLIAM CLELAND
Comerciante
Londres

Se miraron.

—Esto podría ser la prueba —dijo Matilda excitada—. El padre de Katherine. La casa que había allí antes pertenecía a los Cleland; el padre escondió algo valioso en el sótano, cuando la familia fue encerrada en ella y se vio enfrentada a la muerte, y Katherine lo sabía.

Eran conscientes de que aquel era un momento muy especial. Era como si una voz les hablara desde siglos atrás, igual que cuando descifraron el libro de la joven.

Matilda dejó a un lado los papeles. Luego tomó con cuidado una moneda de oro, fue al aparador y sacó la lupa de la señora Westlake.

La moneda de oro mostraba en el anverso la imagen de un rey y la inscripción CAROLVS D : G : MAGN : BRIT : FRAN : ET : HIB : REX. En el reverso se leía la inscripción EXVRGAT : DEVS : DISSIFENTVR : INIMICI : RELIG : PROT : LEG : ANG : LIBER : PAR y el año 1643, junto con tres flores de lis y el número III.

—¿Es de la época de Carlos I? —preguntó Matilda.

Fleming asintió.

—Es una moneda de 60 chelines en un estado excelente. ¿Entiende latín?

—No muy bien.

—La inscripción del borde dice: *Exurgat deus dissifentur inimici*, es decir, «Levántese Dios, sean esparcidos sus enemigos». Y las siglas significan: «La religión de los protestantes, las leyes de Inglaterra y la libertad del Parlamento».

—¿Y en el anverso?

—«Carlos por la gracia de Dios, Rey de Gran Bretaña, Francia e Irlanda».

—¿Es solo un objeto de colección, o la moneda tiene un valor real? —preguntó Matilda con emoción.

—Usted plantea usted la pregunta al revés —dijo Fleming con una sonrisa—. Su valor como objeto de colección debería ser mucho mayor que su valor material. Si se la ofrece a un numismático o a un subastador de renombre, seguramente obtendrá una suma mucho mayor por ella que si la funde.

Él la devolvió a su sitio y ordenó otras monedas en la palma de la mano.

—¡Oh!

—¿Qué ocurre? —preguntó Matilda—. ¿También son monedas especiales?

—Estas son monedas de Cromwell —dijo el profesor con entusiasmo, colocándolas una al lado de la otra sobre la mesa—. Fueron acuñadas durante sus once años de gobierno y son increíblemente raras y valiosas.

Señaló una moneda de oro que brillaba como si la acabaran de pulir. En el anverso se veía un hombre de perfil tocado con una corona de laurel. OLIVAR D GR P ANG SCO ET HIB & PRO.

—¿Oliver, Protector de Inglaterra, Escocia e Irlanda? —preguntó Matilda.

—Muy bien.

Dio la vuelta a la moneda.

—«*1656 PAX QUAERITUR BELLO*». ¿La paz se busca a través de la guerra? ¡Qué filosofía tan extraña!

—Era el lema heráldico de Cromwell. Esta moneda se conoce como *Gold Broad*, es de una libra.

Matilda notó que el hombre a su lado prácticamente vibraba de emoción.

—¿Y qué tiene eso de especial?

—Las monedas de la época de la Commonwealth, la Mancomunidad de Inglaterra, son casi siempre valiosas porque en ese breve tiempo de existencia no se acuñaron muchas. Y esta moneda solo existió durante un año, 1656. —Echó un vistazo en el cofre—. El cofre de Laura es un tesoro en el sentido ideal. Este, en cambio, es un tesoro de verdad. No soy numismático, pero estas monedas deben de valer miles de libras, más incluso. John Cleland era un hombre rico, pero no podía suponer que doscientos años después los coleccionistas pagarían una fortuna por su patrimonio.

Matilda pensó rápidamente.

—Si alguien sospecha o sabe de la existencia del cofre, hará todo lo posible por encontrarlo, ¿no?

—Sin duda.

—Estaba escondido en casa de Laura. Así pues, le pertenece, ¿verdad?

—Su antepasado adquirió la propiedad legalmente. —Fleming sacudió la cabeza—. Han pasado siglos desde que el cofre fue escondido allí. Posiblemente un tribunal concluiría que Laura es dueña de todo lo que se halle en la casa.

—Por lo tanto, podría quedarse con el cofre —dijo Matilda pensativa—. Y si se casa...

Ella recobró la compostura, volvió a guardar las monedas y sacó el fajo de papeles.

Al cabo de media hora sabían que John Cleland no solo había sido un comerciante rico, sino que además llevaba sus papeles en un orden impecable y había guardado los más importantes en aquel cofre.

Una lista de sus proveedores, a los que él compraba opio, sobre todo.

Una relación de los barcos y los capitanes que transportaban su mercancía de Oriente a Londres.

El contrato de venta de la casa situada en el número 9 de Laurence Pountney Lane.

Una carta personal al famoso médico Thomas Sydenham, en la que le preguntaba amablemente qué perspectivas de negocio tendría la producción de láudano.

Y, por último, un contrato suscrito con varios boticarios que le daba la prerrogativa de suministrarles opio en exclusiva.

—Ahora ya tenemos la confirmación de la importancia de la amapola —dijo Matilda—. Le hizo rico. Por eso regaló a su hija ese medallón con el dibujo de Robert Hooke.

Fleming se dio unos golpecitos en los labios con el dedo.

—Y no olvidemos el azulejo con la imagen de la flor de la amapola que señalaba el escondite. Me imagino que en otros tiempos se usó en la tienda o en las salas de la vivienda como motivo decorativo.

—Cleland sospecha que van a morir pronto. Así pues, mete todo cuanto es de valor en el cofre, lo esconde en el muro y marca el lugar con la baldosa. —Reflexionó Matilda—. Pero ¿para quién era la pista? Todo indica que en doscientos treinta años nadie pensó en buscar allí.

—Porque nadie sabía que allí había algo que buscar —señaló Fleming—. ¿Podría traer el libro de Katherine, por favor? ¿O la transcripción?

Matilda se apresuró a ir a su habitación y regresó con las dos cosas. El profesor hojeó un poco y leyó el pasaje:

—«Padre ... una carta de él... suma exorbitante de dinero ... llevará a la iglesia y ... a Anthony ... toda nuestra fortuna ... padre que confía en mí ... la verdad no le asusta ... saldremos con vida». Cleland pagó a alguien una suma exorbitante de dinero para depositar en una iglesia una carta dirigida a Anthony, posiblemente su hijo.

Matilda dio un golpecito en ese párrafo.

—Anthony era el heredero. Por eso, Cleland quería dejarle una nota sobre la suerte que habían corrido. Le escribió la carta en la que también le explicaba el escondite.

Fleming asintió.

—Tiene sentido. Muchos registros parroquiales antiguos se han quemado, pero tal vez podamos encontrar en algún sitio un registro sobre Anthony Cleland.

Entonces a Matilda se le ocurrió otra idea.

—¿Por qué se vendió la propiedad si había un heredero? ¿Cómo pudo adquirirla Gabriel Ancroft habiendo parientes vivos?

Fleming se encogió de hombros.

—Después de la peste y el incendio, en la ciudad reinaba un caos enorme. Tal vez Anthony nunca recibió la carta porque estaba en el extranjero y tal vez muriera allí. O puede que no quisiera tener nada que ver con el terreno que le recordaba la muerte de su familia. Era una época en la que el pensamiento científico chocaba con las supersticiones antiguas. Apenas unas décadas antes en Inglaterra aún había quemas de brujas. Entiendo que mucha gente no quisiera construir sobre los restos de una casa en la que una familia entera había perdido la vida.

—En cambio, Gabriel Ancroft lo hizo.

—En efecto. Ese terreno sin duda era barato. Quien no temiera a los fantasmas podía hacer un buen negocio. Con todo, parece que el sitio conservó durante siglos su fama siniestra: recuerde lo que le dijo el vendedor de almendras.

Matilda se estremeció cuando sus palabras resonaron en su interior.

«Tengo una sensación extraña. Cuando paso por delante ... siento un escalofrío, incluso en verano ... Se dice que algo ronda por Londres y que este es uno de esos sitios... Me da la impresión de estar atravesando una niebla fría e invisible...».

—Hay que averiguar quién era Anthony y qué le pasó. Y encontrar la carta, aunque eso puede ser aún más difícil, con tantas iglesias quemadas —dijo Matilda. A continuación, prosiguió—: ¿Y si se tratara de la iglesia que había junto a la casa, St. Laurence Pountney? De todos modos, sus registros parroquiales también debieron de destruirse.

Fleming levantó la mano de repente.

—Un momento, señorita Gray, esa es una idea excelente. St. Laurence Pountney no se reconstruyó después del Gran Incendio; la parroquia se fusionó con la de St. Mary Abchurch, cuya iglesia también había desaparecido en el incendio.

Matilda suspiró, pero el profesor sonrió.

—La reconstrucción de St. Mary Abchurch, que estuvo a cargo de Sir Christopher Wren, comenzó en 1681 a pocos minutos de donde hoy se encuentra la estación de Cannon Street. Si los registros parroquiales de St. Laurence Pountney sobrevivieron, los encontraremos allí.

Matilda se levantó y sirvió oporto para los dos. Le tendió una copa a Fleming.

—Deberíamos brindar por esta velada. Un tesoro de oro, documentos valiosos y, tal vez, la oportunidad de descubrir quién era Anthony.

Chocaron las copas.

—«Mi cuarto, la madera que oscila donde se posa el sol». Así empezó todo. Y mire adónde nos ha llevado. ¡Menuda aventura!

Notó que los ojos de Fleming se posaban en ella.

—El entusiasmo le sienta muy bien—dijo él con tono sincero—. Es como un elixir, ¿no le parece?

—Oh, sí. Pero, por desgracia, a menudo los adultos lo pierden.

—No en mi caso —dijo él en voz baja, señalando el cofre, el oro y los papeles—. Este tipo de cosas siempre me emocionan. La indiferencia hace que el corazón se seque.

Ella tomó un sorbo de su copa por hacer algo.

—Con lo que hemos descubierto, hemos llegado casi al final.

Él la miró con curiosidad.

—Hemos encontrado dos tesoros. En el supuesto de que... No, no, en cuanto Laura regrese, se lo podremos entregar todo. Nuestra misión casi ha terminado.

—Me parece oír un «pero» ...

—Pero ¿eso la hará feliz? —preguntó Matilda vacilante—. Hemos descubierto el pasado, pero ¿qué pasa con el presente? Ella sigue con Charles Easterbrook y no es dueña de decidir cómo quiere vivir.

Notó una mano cálida cerrándose en torno a la suya, mientras otra le quitaba suavemente la copa y se la dejaba a un lado.

—Imagine un trayecto de cien kilómetros, pues bien, hemos recorrido ochenta. Ha sido un camino arduo y usted ha tenido que dar algún rodeo. Mire hacia atrás antes de pensar en lo que está por venir. Usted misma lo ha dicho: todo empezó con una frase. Y de ella ha sacado toda una historia, ha resucitado un mundo desaparecido hace mucho tiempo. No fracasará en los últimos veinte kilómetros que faltan.

Fue un gesto casi involuntario. La cara de Matilda se acercó a la de Fleming. Ella no era consciente de tener los ojos cerrados, pero, en cualquier caso, no vio nada, solo sintió que sus labios rozaban suavemente los de él por un breve instante. Entonces, uno de ellos retrocedió, como si hubiera recibido una descarga eléctrica. Matilda no habría podido decir quién de los dos había sido.

El profesor se aclaró la garganta. Matilda abrió su cuaderno de notas y garabateó en él como si quisiera borrar ese instante: «Registros parroquiales de St. Mary Abchurch».

Su lápiz se detuvo sobre la página.

—Es tarde —dijo esa voz que ya le era tan familiar—. Mañana tengo que levantarme temprano, tengo cosas que hacer fuera de la ciudad. Y usted debería recuperarse de este fin de semana tan lleno de emociones.

Fleming ordenó el contenido del cofre y cerró la tapa.

—¿Matilda?

Ella levantó la vista al oír su nombre. A él le pareció leer la pregunta en la mirada de ella y bajó un instante la cabeza, como si quisiera apartar de sí un recuerdo.

—¿Me acompaña hasta la puerta?

Ella se levantó y lo siguió hasta el vestíbulo, donde él cogió su sombrero y su abrigo. En silencio, observó cómo se abrigaba y se ponía la bufanda. Antes de ponerse los guantes, él le cogió la mano, se inclinó y la rozó con los labios.

—Que pase una buena noche. Hasta pronto.

Ella se quedó junto a la puerta y vio cómo él se alejaba hasta que sus pasos se desvanecieron en la niebla. Luego cerró la puerta, se apoyó en ella y se preguntó qué les acababa de ocurrir.

26

Habían sido felices juntos. Él acababa de finalizar sus estudios en la universidad y tenían poco dinero, pero eso no les importaba, ni a él ni, sobre todo, a Margaret. El optimismo de ella era tan grande que a veces incluso conseguía arrastrarlo a él. Cuando supieron que Margaret esperaba un hijo, su alegría apartó sin más la cuestión de que a partir de entonces serían tres las personas que vivirían de lo que él ganaba.

Stephen Fleming estaba sentado en el compartimento con los ojos cerrados mientras en el exterior el paisaje invernal se deslizaba junto a él. No había olvidado nada de todo aquello: ni el nacimiento, ni la felicidad de los primeros días, ni el momento en que encontraron al pequeño sin vida en su cuna. El médico no fue capaz explicar qué le había provocado la muerte, afirmó que era algo que ocurría con cierta frecuencia y que no había que reprocharse. Luego había farfullado además algo acerca de la voluntad divina.

Los dos quedaron devastados, pero mientras él iba superando poco a poco el dolor, Margaret se hundía cada vez más. Apenas comía y se pasaba el día sentada en su habitación a oscuras sin hablar. Él lo intentó todo para distraerla: la llevaba de paseo, le leía, invitaba a familiares y amigos a casa... pero todo fue inútil.

Luego aparecieron los médicos, una ristra aparentemente infinita de médicos. Uno le prescribió una dieta; el siguiente, tratamientos con agua; el tercero, una estancia junto al mar. En vano. Fleming apenas se atrevía a salir de casa por temor a que Margaret se hiciera daño mientras él estaba en la universidad. Después de que Margaret atacara a la criada y luego a él, la había ingresado en un hospital.

Abrió los ojos y miró por la ventana. Incluso entonces, después de todos esos años, el recuerdo aún le resultaba doloroso. El paisaje tranquilo del exterior parecía burlarse de él.

En el hospital no podían hacer nada por Margaret. Su enfermedad era mental, no física. En consecuencia, él consultó a un especialista en enfermedades nerviosas que, por fin, hizo las preguntas apropiadas y sacó sus conclusiones. Margaret se sentía culpable por la muerte de su hijo y no podía superarlo. Esa circunstancia le había provocado una percepción distorsionada de la realidad que le impedía reconocer ni siquiera a las personas más próximas a ella, a las que percibía como una amenaza. El médico recomendó una estancia en un sanatorio. Fleming, que se encontraba al límite de sus fuerzas, accedió.

Prefirió ir a pie desde la estación para así poder prepararse un poco para la visita a Margaret. Las casas de paredes entramadas y chimeneas humeantes parecían empolvadas de nieve y todo el pueblo tenía un aspecto acogedor. La gente se apresuraba a entrar en las tiendas, como si tuvieran que hacer los últimos preparativos para la Navidad, y eso que aún faltaban dos semanas. Vio por una ventana a una madre sentada a la mesa con sus hijos haciendo manualidades, mientras en otra estancia una jovencita colgaba una guirnalda junto a la chimenea. En la puerta de al lado, un hombre algo mayor que cortaba leña estaba apoyado en su hacha recuperando el aliento. Unos niños patinaban en el estanque congelado de la plaza del pueblo. En realidad, el espacio era demasiado pequeño, pero habían logrado ordenarse lo suficiente como para que todos pudieran dar vueltas a la vez. Fleming oyó las cuchillas cortando el hielo. Una de las chicas se rio al ver que su amiga se había resbalado y caído de espaldas, pero luego la ayudó a levantarse y tiró de ella.

En realidad, su intención había sido ir la semana siguiente, pero no podía esperar más tiempo. Su mente no paraba de regresar a ese instante en que los labios de Matilda habían rozado los suyos. Incluso durante su primer encuentro, había sentido algo al tocarla mientras atendía su herida. En ella él encontraba todo lo que anhelaba. Era valiente y poco convencional, aventurera y despreocupada, y de vez en cuando también insegura y dubitativa, pero en todo caso una persona a la que él podía amar. A la que amaba desde hacía ya tiempo.

Llevaba semanas aplazando la decisión. Nunca había mentido abiertamente a Matilda, nunca había afirmado que era un hombre libre... pero ¿acaso no era también una mentira dejar que una persona se le acercara y no advertirle que ya estaba comprometido?

Desde el día anterior ya no había vuelta atrás. Fleming había pasado toda la noche muy inquieto y después de dar clase se había dirigido directamente a la estación, había comprado un billete para High Lavering y se había subido al tren sin avisar antes de su visita. Incluso el más mínimo retraso le resultaba insoportable.

Frenó un poco el paso en cuanto asomaron, tras las desnudas copas de los árboles, las agradables paredes de ladrillo rojo, la chimenea y la veleta de hierro. Aquel día, el mundo solo conocía tres colores: el negro, el blanco y el rojo oscuro. Le vino a la cabeza Blancanieves.

El portón de la entrada estaba entornado; eso significaba que todos los residentes estaban dentro del edificio. Se les permitía pasear por el jardín bajo supervisión, pero entonces, claro está, el portón permanecía cerrado. Seguramente, en vista de la nevada inminente, habían preferido quedarse dentro.

Fleming posó la mirada en el castaño bajo el cual Margaret solía sentarse. No podía saber si a ella le gustaba más estar allí que bajo otros árboles o si eso le daba igual. Hacía tiempo que no sabía lo que pensaba ni lo que la hacía feliz. Claire, la enfermera, le había dicho que sentada allí parecía tranquila, y eso ella lo interpretaba como una buena señal. Él la había creído porque eso lo reconfortaba y le hacía más llevadera la situación.

Con el tiempo Fleming se había resignado a esa vida. Había logrado sentirse satisfecho y a veces incluso feliz. El trabajo le satisfacía, y durante las últimas horas del día se sumergía en sus investigaciones, lo cual le dejaba poco tiempo para cavilar. Visitaba High Lavering con regularidad para ver a Margaret y hablar con el médico, del que siempre obtenía las mismas respuestas.

Le decía que estaba en buenas manos, que se encontraba físicamente bien y que normalmente estaba tranquila. Por desgracia, era imposible predecir si alguna vez iba a recibir el alta ni cuándo, pero le informarían si su estado cambiaba. Le aplicaban los tratamientos más novedosos para aliviarla.

A Fleming le había costado mucho hacerse a la idea, había visitado muchas instituciones que le habían recomendado y había vuelto a casa horrorizado. Edificios abarrotados, paredes lúgubres, charcos inmundos en el suelo, residentes en batas raídas y remendadas. No eran lugares adecuados para su esposa, jamás. Stephen había oído rumores de sanatorios en los que se empleaban ataduras, duchas frías y tratamientos incluso peores.

Era difícil alojar de forma adecuada a enfermos mentales de buenas familias, y había preguntado mucho hasta que le hablaron de lo que se conocía como sanatorios privados. Había unos cincuenta, entre mejores y peores, y de nuevo había ido de un lado a otro, hablando con sus responsables, informándose sobre la atención médica y pidiendo que le mostraran las instalaciones.

En High Lavering había sentido algo de inmediato, una calidez y amabilidad que no había percibido en ningún otro lugar. La casa pertenecía a un matrimonio llamado Bathhurst, cuya única hija había padecido una enfermedad mental y había muerto joven. Los costes allí eran relativamente bajos porque el matrimonio no quería otra cosa que hacer el bien y solo cobraba por la comida, el alojamiento y el tratamiento de los enfermos, sin preocuparse por obtener beneficios. La casa nunca acogía a más de ocho pacientes.

—No podemos atender a más personas, y además nos faltaría espacio —le había explicado la señora Bathhurst durante su primera visita—. El edificio pertenece a la familia desde hace muchas generaciones. Solo repercutimos los gastos derivados de la atención a los pacientes.

Era una insinuación discreta de que el señor Bathhurst era un caballero que no tenía que trabajar para ganarse la vida. Por una vez, Stephen se alegró de ese pensamiento clasista, aunque aquello le excluyera a él de ser considerado caballero, pues siempre había tenido que trabajar para mantenerse.

Levantó la vista hacia el muro de la casa, sobre el cual crecían rosales trepadores que ahora estaban desnudos. En verano todo el edificio estaba bañado de flores y despedía una fragancia aturdidora. Entonces, incluso los inevitables barrotes de las ventanas llamaban menos la atención. Se alegró de haber encontrado ese lugar para Margaret, aunque le entristecía cruzar la puerta y dejar atrás el mundo tal y como lo conocía.

Llamó al timbre. Una mujer joven abrió la puerta. No iba vestida con el uniforme de enfermera, sino que llevaba un traje con blusa blanca y corbata azul oscuro que le recordó espontáneamente a Matilda.

—Buenas tardes, señor Fleming. No lo esperábamos.

—Disculpe, señorita Welsh. Espero que no sea un inconveniente. Me gustaría visitar a mi esposa y, si es posible, hablar con el doctor Cranford.

Ella le dejó pasar y cerró la puerta rápidamente.

—El doctor Cranford estará aquí hasta las seis. ¿Le gustaría hablar con él primero y luego ir a ver a su mujer?

Fleming dudó y luego asintió. Hubiera preferido que fuera al revés, pero había llegado sin avisar y poner condiciones habría sido descortés.

—De acuerdo.

—Por favor, espere un momento, voy a anunciar que está usted aquí.

Se había creado una pequeña sala de consultas para el médico, que era también el lugar donde recibía a los familiares. El doctor Cranford no era especialista en enfermedades nerviosas, pero había recibido formación complementaria y, en caso de urgencia, consultaba a colegas de otras instituciones.

El vestíbulo de entrada se había dejado como siempre había sido: un lugar agradable y acogedor, con sillas tapizadas y una chimenea decorada con guirnaldas navideñas. Allí no había nada que recordara la enfermedad. Nada, excepto el joven que se acercó a Fleming arrastrando los pies mientras miraba de forma compulsiva por encima de su hombro. No llevaba el pelo engominado, sino que lo llevaba levantado, como si acabara de levantarse de la cama.

—¿Está él por aquí?

Fleming no se lo pensó mucho y señaló la puerta trasera.

—Acaba de dar la vuelta y ha corrido hacia el jardín.

El joven, que llevaba un albornoz con un pijama de rayas debajo, abrió los ojos.

—¿Ya no está aquí?

—No, señor Obrock, puede regresar tranquilo a su habitación.

El joven suspiró visiblemente aliviado.

—Gracias, caballero, le estoy muy agradecido.

Luego, asintiendo, desapareció en dirección a la escalera.

Philip Obrock llevaba tres años con la idea de que le perseguían sin que nadie le hubiera podido sonsacar jamás de quién se trataba. Una enfermera le había explicado a Fleming que a Obrock se le podía ayudar diciéndole que su perseguidor había desaparecido en la cocina, el jardín, el sótano o la despensa. Esto le daba la sensación de no estar solo en su locura.

Fleming se había atenido a este modo de obrar después de ver cómo una visitante desprevenida le replicaba que no había nadie persiguiéndole. La visión de aquel hombre gritando y sacudiéndose de manera salvaje mientras dos camilleros se lo llevaban le había perseguido durante mucho tiempo.

Recordó su propia impotencia cuando Margaret montaba en cólera, o se lesionaba, o simplemente se quedaba inmóvil y sentada mirando a la pared. Era tranquilizador saber que en aquel lugar se trataba a las personas con delicadeza y se intentaba protegerlas de sí mismas y de la crueldad del mundo exterior.

—Señor Fleming, el doctor Cranford le está esperando.

El médico rondaba los sesenta años y llevaba un bigote blanco bien cuidado terminado en dos puntas enceradas. Su pelo, aún espeso, le llegaba hasta los hombros y su tez sonrosada era el testimonio de largos paseos al aire libre. Estrechó la mano de Stephen y le ofreció asiento.

—Me sorprende verle hoy, señor Fleming. ¿Ha pasado algo?

—No, en realidad no. —Él vaciló y el médico se dio cuenta de inmediato.

—¿Pero?

Fleming se miró las manos, que había apoyado en las rodillas, y buscó las palabras adecuadas.

—Me gustaría tratar una cosa con usted. Mi mujer lleva residiendo aquí desde hace cuatro años. Estoy muy agradecido a los Bathhurst por acogerla tan amablemente y por tratarla tan bien. Hace dos años que intentó quitarse la vida por última vez. Ya hace tiempo que no se autolesiona. —Era un resumen sin adornos, pero la voz le temblaba.

—En general, es una buena evolución, ¿no le parece?

El médico lo miró con extrañeza.

—Por supuesto, solo que... no sé a dónde quiere usted llegar. En cualquier caso, si está pensando en llevarse a su esposa lejos de aquí, yo se lo desaconsejo. Entiendo que le gustaría tener en casa a la señora Fleming. El trayecto hasta aquí es largo y, aunque el gasto en el alojamiento es moderado, sin duda es una carga.

Fleming quiso objetar algo, pero Cranford alzó la mano.

—Se lo ruego. Ella se ha acostumbrado a este lugar. El entorno tranquilo, las caras conocidas, la comida saludable, la salida al aire libre le hacen bien. Y está rodeada de personas que saben tratar dolencias como la suya y pueden dedicar tiempo a los pacientes. No me malinterprete, señor Fleming, pero usted es un hombre con un trabajo exigente y sin formación médica. Un regreso a casa sería una gran carga para usted y su esposa y, ciertamente, no beneficiaría la situación de la señora Fleming.

Fleming tomó aire. Lo que quería decir en realidad le estaba costando más de lo que había creído. Pero antes de plantear su petición, quería estar muy seguro.

—¿Cree usted que mi mujer alguna vez podrá volver a llevar una vida normal y relacionarse con otras personas?

El doctor Cranford lo miró con gravedad.

—Señor Fleming, el estado que hemos alcanzado es el mejor al que podemos aspirar. Y eso es a largo plazo. Sacar a su esposa de este entorno sería fatal. —Se inclinó hacia delante y juntó las manos sobre la mesa—. ¿De verdad quería hablar conmigo por eso?

—Doctor Cranford, de hecho, lo que le quería preguntar es el futuro que le espera a mi mujer. Nunca ha sido mi intención llevarme a Margaret a casa sin tener el consentimiento de usted ni en contra de su consejo médico.

Inspiró profundamente. Llevaba mucho tiempo dándole vueltas, de día y de noche, lo había considerado y rechazado y, al final, se había decidido a dar el paso, pero pronunciar esas palabras era un enorme esfuerzo para él. Sabía que habría gente que consideraría que era un desalmado y un egoísta, sin duda muchos pensarían eso. Pero entonces se acordó de la noche anterior, sintió de nuevo el rostro de Matilda cerca del suyo.

—Estoy considerando la posibilidad de divorciarme.

El doctor Cranford enarcó una ceja.

—Por supuesto, seguiré cuidando de Margaret, visitándola y haciéndome cargo de su tratamiento.

Los padres de Margaret le habían acusado de ser el responsable del estado de su hija. Se avergonzaban de su enfermedad y jamás se la habían contado a sus amigos y conocidos. Además, se habían negado a sufragar sus gastos de manutención aduciendo que el marido de su hija era el único responsable.

—Esto es... sorprendente.

—Llevo considerándolo desde hace tiempo y con mucho esmero y no he tomado esta decisión a la ligera.

El médico se aclaró la garganta.

—Comprendo que es una gran carga para usted. Este tipo de enfermedades puede llegar a romper una familia, lo he visto demasiado a menudo. La señora Fleming tiene la suerte de no haber sido abandonada. Y es muy generoso por su parte que quiera seguir asumiendo sus gastos.

A Fleming no le gustaban los elogios. Miró al médico con franqueza.

—Doctor Cranford, no quiero parecer mejor de lo que no soy. Seguiré cuidando de Margaret, pero hay un motivo por el que ahora estoy considerando dar este paso: he conocido a otra persona.

—¡Ah!

Era sorprendente la cantidad de comprensión que podía haber en un simple sonido. Fleming se encogió de hombros sin poder evitarlo.

—Margaret está enferma, pero estos últimos años tampoco han sido fáciles para mí. Vivo como un viudo, pero no soy libre. La esperanza de encontrar de nuevo una mujer con la que...

—No hace falta que se justifique, señor Fleming —se apresuró a interrumpirle el doctor Cranford—. Se ha esforzado mucho, pero también debe volver a pensar en usted. Créame, si pudiera darle esperanzas de una pronta mejoría, o incluso de una recuperación, lo haría. Y tampoco dudaría en reprenderle si pensara que está abandonando precipitadamente a su esposa. Sin embargo, ni está actuando usted de forma precipitada ni está abandonando a Margaret.

Fleming bajó la cabeza.

—Gracias, doctor Cranford. En realidad, había querido visitar a Margaret antes, pero ahora me alegro de haber hablado primero con usted.

El médico asintió.

—Vaya a verla.

Claire, la cuidadora, conocía bien a Margaret y era la única, aparte del médico, que podía tocarla. Por eso Fleming toleraba que fuera ella quien lo invitara a pasar. Al principio le había molestado que él y su mujer no pudieran estar nunca a solas, pero pronto se dio cuenta de que era mejor así. Margaret parecía más receptiva cuando sabía que Claire estaba cerca, lloraba con menos frecuencia y hablaba más.

Era una habitación acogedora que tenía algunos muebles que Fleming había traído de su piso de Londres: un escritorio secreter, una butaca con tapicería de flores junto a la ventana desde la que Margaret podía admirar el jardín, un tocador. En las paredes colgaban fotografías de sus padres y hermanos y una foto de Stephen y de ella de cuando se prometieron.

La cama y el armario ropero pertenecían a la casa, pero habían sido escogidos con gusto. Nada ahí recordaba el cuarto de un enfermo ni tampoco una celda.

—Margaret, tiene usted visita.

Claire, una joven pelirroja, se acercó a la paciente, que estaba sentada en su butaca.

—Mire.

Le hizo un gesto a Stephen para que se acercara.

Él tomó un taburete y se sentó frente a su esposa mientras Claire se acomodaba sin decir nada en su lugar junto a la puerta. Margaret Fleming la siguió con la mirada, ignorando a Stephen, y sintiéndose un poco impotente, como si la estuvieran abandonando.

Fleming la contempló mientras las palabras de Cranford vagaban por su cabeza. Tenía confianza en el médico y, sin embargo, sentía la necesidad de asegurarse. Si tomaba la decisión equivocada, nunca se lo perdonaría. A veces se había quedado despierto por la noche imaginándose casado con Matilda Gray, pero la sensación agradable que le invadía se convertía de inmediato en un miedo opresivo.

¿Y si Margaret se recuperara de repente, quisiera volver junto a él y descubriera que ya no era su esposa y que había una nueva señora Fleming?

—Margaret —dijo en voz baja para no asustarla—, ¿cómo estás hoy?

Ella volvió la cabeza lentamente hacia la ventana, mientras sus ojos volvían a rozarlo sin posarse en él. La contempló de perfil, su nariz recta con pecas pálidas, los labios estrechos, los ojos muy abiertos que apenas parpadeaban. Parecía estar viendo algo ahí fuera que permanecía oculto para todo el mundo menos para ella.

—He venido andando desde la estación. Apenas queda nieve, pero se dice que va a haber más, así que puede que tengamos unas Navidades blancas. En Londres las calles ya están decoradas, y huelen a castañas y canela. ¿Te acuerdas de cuando comíamos pavo relleno de castañas? Decías que nunca habías probado nada mejor, que era como un trozo de cielo en la lengua.

Intentaba llegar a ella, atraerla con sus recuerdos. A veces lo conseguía y, muy raramente, ella llegaba a hablarle, pero aquel día permaneció en silencio.

—Margaret, en el pueblo he visto a unos niños patinando. Me contaste que antes solías hacer lo mismo con tu hermana. —Extendió la mano y le tocó un dedo que tenía algo más torcido que los otros—. Te lo rompiste, pero no se lo dijiste a tus padres hasta el día siguiente porque te daba miedo que te prohibieran patinar.

La oyó tomar aire profundamente, como si estuviera a punto de hablar. Él permaneció inmóvil en el taburete, con la mano sobre el dedo de ella.

—Claire, ¿dónde estás? ¿Ya es la hora del baño?

La enfermera se levantó y se acercó. Puso la mano en el hombro de Margaret, que la asió de inmediato.

—Aún falta un poco, Margaret. Esta noche hay baño. Pero ahora tiene usted visita. ¡Qué bien!

Dirigió una mirada de disculpa a Fleming, que se levantó del taburete y dio un paso atrás. Vio que la expresión de Margaret se relajaba. Sus labios apretados se torcieron en una sonrisa y cerró los ojos. Se reclinó hacia atrás de un modo casi imperceptible para apoyar la cabeza en la cadera de la enfermera.

—¿Y después podré ver a mi hijo? ¿Después del baño?

Él se dio la vuelta y se encaminó hacia la puerta. Entonces se volvió y contempló a las dos mujeres. La escena parecía sacada de un cuadro: enmarcadas en la ventana cubierta de destellos de escarcha, irradiaban una tranquilidad que parecía dejarlo a él de lado.

Se despidió de la enfermera con un gesto de la cabeza y abandonó en silencio la habitación.

27

Matilda durmió sorprendentemente bien; había soñado algo que solo recordaba vagamente, pero que hizo que se despertara con una sonrisa. Por suerte, pudo desayunar sola; la señora Westlake, que había llegado tarde a casa, la habría mirado escrutadoramente y habría averiguado de inmediato que había ocurrido algo.

Cuando salió de la estación de Richmond, había empezado a nevar un poco y el mundo estaba cubierto por un velo blanco. Delante de la escuela algunas muchachas alborotaban yendo de un lado a otro, echando la cabeza hacia atrás para atrapar con los labios los fríos copos de nieve. En los últimos días antes de Navidad, todo era más simple, incluso las clases. Reinaba una cierta despreocupación y las aulas olían a cera de abeja y a canela.

A la hora del almuerzo, Anne Ormond-Blythe se acercó a Matilda y le preguntó si tenía un momento. Fueron a su despacho, donde Anne le entregó un paquete bellamente decorado.

—Esto es de parte de mi madre, que le envía sus saludos más cordiales. No he querido dárselo delante de todas porque es la única profesora que recibe uno.

—Me emociona mucho, muchas gracias. Por favor, díselo a tu madre. ¿Puedo...?

Matilda señaló el paquete con un gesto interrogante.

—Si quiere... Así le podré decir a mi madre si le ha gustado.

Era un delicado chal de seda de color azul claro rematado por un festón de ganchillo. Matilda lo tomó entre las manos; se deslizaba entre sus dedos como si fuera agua.

—¡Es precioso! Por favor, dile a tu madre que me ha dado una gran alegría. No le diré nada a nadie.

Ya en la puerta, Anne se volvió a girar.

—¿Cree usted que Laura regresará el próximo año? Lleva tanto tiempo fuera...

En cuanto hubo pronunciado esas palabras, la chica se mordió los labios intentando contener su emoción.

Matilda la miró con simpatía.

—Yo también la echo de menos. Y espero de corazón que pronto tengamos noticias de ella.

Cuando la puerta se hubo cerrado detrás de Anne, Matilda se quedó pensativa acariciando el chal. Un nuevo año... 1901... ¿Qué traería consigo? ¿Regresaría por fin su hermano a casa? ¿Y Laura?

Entonces, apartó de sí esos serios pensamientos, guardó el chal en un cajón y se fue a dar su clase de inglés. Leyó *Jane Eyre* con las muchachas, haciendo hincapié en el papel de la mujer, algo que no resultaba difícil ya que Jane desafiaba a los hombres y se indignaba ante el destino injusto de las de su sexo. Le llegó a Dora el turno de leer en voz alta:

—«Ni se le ocurra compararme con las mujeres de un serrallo, señor. Si es eso lo que busca, váyase a los bazares de Estambul sin perder tiempo y emplee todo su dinero en esclavas. ¡De la forma en que lo malgasta, da la impresión de no saber qué hacer con él!».

Dora se sonrojó y, nerviosa, levantó la mirada del libro para mirar a su profesora.

—¿Qué ocurre? —preguntó Matilda—. Eso es lo que escribe Charlotte Brontë, ¿no?

La niña asintió y dijo tímidamente:

—Mi institutriz me había leído el libro, pero no decía eso.

—¿No decía eso? —Matilda adivinó lo que quería decir Dora.

—Creo que omitía cosas que le parecían indecorosas.

Algunas alumnas asintieron. Matilda tuvo que hacer un esfuerzo para no dejar oír un suspiro.

—Bueno, pero ahora ya sois mayores y podéis leer el libro entero. En mi clase no se omite nada.

Anne pidió la palabra.

—A mí me gusta que Jane no deja pasar nada. No es propio de un caballero comparar a una mujer como ella con una esclava. Y, en general, está mal que las mujeres sean consideradas esclavas.

—Es verdad —apuntó Mary—. Mi parte favorita es cuando Jane dice que las mujeres sienten igual que los hombres, que quieren aprovechar sus habilidades y que, en cambio, se ven obligadas a hacer budines y tejer calcetines.

Tenía las mejillas sonrojadas por las ganas de intervenir.

Matilda notó que el ambiente del aula cambiaba. Después de que dos muchachas se hubieran atrevido a decir lo que pensaban, había más que también lo hacían. En medio de la conversación, Matilda se dio cuenta de que Rosie Burke, una chica bastante callada que escribía unos buenos trabajos pero que rara vez participaba en clase, levantaba un poco la mano y luego la retiraba de golpe.

—Rosie, ¿querías decir algo?

Rosie bajó la mirada al pupitre, tomó aire con fuerza y dijo:

—Siempre hablamos de Jane. Pero tampoco me parece correcto que alguien encierre a su esposa como lo hace el señor Rochester en la novela, aunque ella padezca una enfermedad mental.

Todas las cabezas se volvieron hacia ella. Matilda asintió, henchida de orgullo por su alumna.

—Ese es un argumento muy inteligente.

Al instante, Mary levantó la mano.

—Pero esa Bertha era peligrosa...

Rosie respondió:

—Sí, pero la casaron con un hombre que nunca la amó, que no la valoraba y que ni siquiera la conocía. Lo dice el propio Rochester. A su padre solo le importaba la fortuna que ella aportaba al matrimonio. Y Rochester la saca de su patria y se la lleva a un país frío y desconocido y la mantiene encerrada en la buhardilla durante diez años. —Al darse cuenta de que todas la miraban, Rosie se sonrojó—. Bueno, es mi opinión.

—Y tu opinión es muy interesante —dijo Matilda.

Se estaba adentrando en un terreno peligroso, porque aún entonces era habitual que las jóvenes se casaran por razones económicas o sociales con hombres con quienes tenían poca relación. Por otra parte, la intervención de Rosie era demasiado valiosa como para no darle importancia.

—Cabe pensar que esa enfermedad mental fuera inherente a ella, tal vez incluso de nacimiento. El matrimonio con Rochester, que no era otra cosa que un negocio donde uno se deshace de una hija no deseada y el otro consigue una esposa hermosa y rica, la podría haber desencadenado.

Entonces se le ocurrió una idea espontánea.

—Deberes para pasado mañana: poco antes de su boda, Bertha Mason escribe una carta a una amiga.

—¿Y qué se supone que le cuenta? —preguntó Dora, confundida.

—Un poco de imaginación, señoritas —respondió Matilda poniendo fin a la clase.

Matilda caminaba contenta por King's Road y por el camino le compró a un vendedor ambulante una bolsa grande de almendras garrapiñadas. A la señora Westlake le harían ilusión. La clase de inglés la había animado, porque cuando una alumna contribuía con una idea original o cuando en clase de matemáticas alguna daba con una solución que nadie había visto, ella se sentía reivindicada como profesora. Se había impuesto como objetivo fomentar entre las muchachas el que pensasen por sí mismas e infundirles valor para seguir su propio camino.

Se preguntó si Rosie, esa muchacha tan callada, conocería alguna mujer de su propia familia o de su círculo de amigos que hubiera experimentado algo similar. Por lo general era muy introvertida, pero en cuanto hablaron sobre Bertha Mason había dejado atrás su actitud retraída. Matilda tenía ganas de leer su trabajo.

En cuanto se aproximó a la calle Beaufort, sus pensamientos regresaron a la noche anterior. El fugaz instante en que sus labios habían rozado los de Stephen Fleming llevaba acompañándola todo el día.

Él había dicho «Hasta pronto». ¿Hasta cuándo era eso?, se preguntó con impaciencia.

Sally le abrió la puerta.

—¿Está la señora Westlake?

No se habían visto desde ayer y Matilda tenía muchas ganas de contarle lo del tesoro de oro del sótano.

—Está en su estudio, señorita. La cena estará lista en un instante.

Sally colgó su sombrero y su abrigo en el perchero y desapareció en la cocina mientras Matilda llamaba a la puerta del estudio.

En cuanto vio la mirada de la señora Westlake, supo que algo había ocurrido. Tragó saliva.

—Buenas tardes. ¿Va todo bien?

Su casera se levantó y cerró la puerta. Luego hizo sentar a Matilda en una butaca, aunque ella permaneció de pie.

—Me está asustando. —Matilda intentó bromear. Entonces se le ocurrió algo que la hizo adoptar un semblante muy grave—. ¿Le ha pasado algo a mi hermano? ¿Ha llegado un telegrama?

—No, no —se apresuró a decir la señora Westlake. Luego, finalmente se sentó. Acercó su asiento al de Matilda de forma que sus rodillas casi se tocaban—. No se trata de su hermano.

Se quedó en silencio. Era muy inusual que no supiera qué palabras emplear; normalmente su discurso era casi imparable.

—Por favor, dígame qué ocurre —suplicó Matilda. Le inquietaba mucho la compasión que veía en la mirada de su casera.

—Como sabe, anoche estuve invitada en casa de una amiga. Ella es pintora y está casada con un profesor de matemáticas del University College. ¿Qué opinión tiene usted del profesor Fleming? —preguntó de repente.

—Oh, por favor, otra vez no.

—No estoy ciega, querida. A usted le gusta, no puede disimularlo.

—¿Qué tiene que ver el profesor Fleming con su amiga? ¡Ah, claro, su marido y el profesor son colegas! —Matilda se rio, aliviada—. ¿Acaso le contó lo de las clases tan poco convencionales del profesor Fleming y lo del museo que tiene en su casa?

—No. Habló de la esposa del profesor Fleming.

Al parecer, la señora Westlake lamentaba haber replicado de un modo tan contundente. Contrajo un poco los labios y tragó saliva con dificultad. Sin embargo, Matilda adoptó una actitud extrañamente imperturbable.

—Así que está casado. No lo habría dicho nunca.

¿Cómo habría podido darse cuenta de algo así? Los hombres no llevan alianza, se dijo casi sin venir a cuento.

La señora Westlake fue a poner la mano en su brazo, pero la retiró.

—¿Le apetece una copa de aguardiente?

Matilda negó con la cabeza. Embotarse la cabeza sería un error. Quería pensar con claridad y comprenderlo todo, aunque le doliera.

—Tiene una explicación lógica, no tiene nada que ver con sentimientos. Hace poco, al despedirnos una noche, el profesor dijo que nadie le esperaba. Seguramente fue un error concluir que vivía solo. Nunca ha dicho que fuera soltero.

Reprimió el recuerdo de ese momento, ayer mismo, en la sala de estar, justo en la habitación de al lado cuando se habían olvidado del mundo que los rodeaba.

—La creo.

Matilda a duras penas era capaz de soportar esa mirada compasiva.

—Y entonces, ¿qué pasa con su mujer?

—El profesor Fleming no mintió al decir que nadie lo esperaba en casa. No vive con su esposa.

Matilda se odió a sí misma por la chispa de esperanza que había brillado fugazmente en su interior y que rápidamente se había apagado.

—Está enferma. De eso que se llama un mal de los nervios. Reside en un sanatorio en el campo, en uno de los condados de los alrededores. No se sabe mucho más porque el profesor no habla de ella.

Matilda alzó de pronto la cabeza y la señora Westlake enmudeció.

—Ahora entiendo lo que quiso decir el coleccionista.

—¿El coleccionista?

—La última vez que fui a ver a Arkwright me dijo que en la universidad el señor Fleming no ganaba «lo bastante para pagar el tren de vida que lleva». Entonces pensé que estaba tratando de desprestigiar al profesor, de hacerlo pasar por un derrochador que vivía por encima de sus posibilidades. Sin embargo, lo más seguro es que se refiriera al sanatorio. Esas cosas cuestan dinero. El señor Fleming es una buena persona y no metería a su mujer en un sanatorio de mala muerte.

Ella se aferraba a la lógica, a explicaciones ecuánimes, porque era la única forma de librarse de la oscuridad que amenazaba con engullirla.

—Matilda, sería mejor que no reprimiera su dolor. No es bueno contener las emociones. Eso podría enfermarla.

La voz de la señora Westlake era inusualmente grave.

Matilda enderezó la espalda.

—No tiene que preocuparse por mí, no me estoy conteniendo. Yo he construido la vida que llevo. Mi objetivo siempre ha sido ser independiente. ¿Por qué debería enfermar o entristecerme si el hombre al que aprecio está casado?

Otra vez, ahí estaba, esa maldita compasión en su mirada. A Matilda le habría gustado poder salir corriendo de la habitación, pero la señora Westlake le permitió una salida más digna.

—Tal vez quiera asearse un poco antes de la cena.

Nunca antes Matilda había subido la escalera con tanta rapidez. Agarró el bolso y subió los peldaños de dos en dos, con la única intención de cerrar la puerta tras ella y dejarse caer en la cama. Se tumbó de lado, con las rodillas encogidas y la cabeza acurrucada, como queriendo ocupar el menor espacio posible.

¿Cuánto tiempo había pasado desde que caminaba alegremente por King's Road, sintiendo el aroma de las almendras garrapiñadas y los copos de nieve en la cara y deseando llegar a casa? ¿Quince, diez minutos tal vez? ¿Cómo podían cambiar tanto las cosas en diez minutos?

A Matilda los ojos le ardían y no se molestó en reprimirlo. Allí, donde nadie la veía ni oía, podía desprenderse de la férrea coraza de cordura con la que se había envuelto y abandonarse a su dolor.

Todo cuanto le había dicho a la señora Westlake era cierto. El señor Fleming nunca le había mentido, nunca le había prometido nada que no hubiera cumplido. La había ayudado, divertido y enseñado muchas cosas, la había guiado por el pasado como si fuera un país extranjero por descubrir situado a la vuelta de la esquina. Se había comportado de manera educada e ingeniosa, nunca había reclamado nada para sí mismo, simplemente la había ayudado con gestos y con palabras.

¿Era mentira ocultar algo que nunca le habían preguntado, no explicar algo personal y doloroso? Ella había dado por supuesto que era soltero porque nunca le había dicho lo contrario.

Si había algo que ella podía reprochare era ese breve instante en el que habían estado muy cerca de darse un beso sincero. E incluso eso... Ella intentó recordar qué había pasado exactamente. Uno de ellos se había apartado. ¿Acaso había sido él? ¿Había recapacitado antes de ir demasiado lejos?

Entonces dejó de cavilar y se limitó a llorar por cuanto había sido agradable y bueno y la había acompañado durante aquel día. Por lo que nunca sería. Y por la amistad que probablemente se había roto.

Estimado profesor Fleming:
Gracias por todo lo que ha hecho por mí en las últimas semanas. Ha sido un periplo emocionante que nunca olvidaré. Me ha abierto usted los ojos y no volveré a caminar a ciegas por esta ciudad.

Sin embargo, debo recorrer sola el resto del trayecto. He tenido noticia de algo que desconocía que me hace difícil, cuando no imposible, proseguir nuestra amistad.

De momento no me siento en condiciones de presentarme ante usted sabiendo lo que sé. Le ruego que me crea cuando le digo que no estoy enojada; al revés, siempre conservaré el recuerdo de usted como un amigo especial.

Sinceramente agradecida,

Matilda Gray

No habría sabido decir cómo se las había arreglado para no emborronar la tinta, pero al momento la carta estaba metida en el sobre con la dirección pulcramente escrita y cerrado. Se lo metió en el bolsillo de la falda, decidida a enviarla por correo a última hora de ese día, y bajó a cenar.

28

Matilda estaba ocupada preparando la fiesta de Navidad en la escuela a la vez que cavilaba sobre el modo de proseguir por su cuenta la investigación. Se dijo que preguntaría en St. Mary Abchurch por los antiguos registros parroquiales. Con todo, las perspectivas de encontrar algo eran escasas. El fuego había ocasionado daños devastadores y había dejado una ciudad destrozada, pero debía intentarlo.

El vestíbulo de la entrada y el comedor ya estaban decorados con ramas de abeto y acebo, y cuando Matilda se sentó a almorzar con sus compañeras, pensó con pesar en los días de fiesta que se acercaban. El año anterior no le había importado pasar la Navidad con la señora Westlake. Harry acababa de partir hacia África y ella aún albergaba esperanzas de que la misión no duraría mucho tiempo. Sin embargo, de aquello hacía ya un año y aún no había vuelto a ver a su hermano.

Después de cenar había enviado la carta al profesor porque —tal vez por superstición— no quería tenerla en casa toda la noche. Cuando se encontró ante el buzón y deslizó el sobre lentamente por la ranura, fue como si se estuviera despidiendo de las aventuras vividas durante las semanas anteriores. Ciertamente, el cofre de John Cleland seguía en su armario ropero, al lado de la caja de Katherine, su hija, pero el interés que había tenido por él había disminuido de forma notoria.

A última hora de la tarde había intentado distraerse con el trabajo, pero cuando su mirada se posó en *Jane Eyre* sintió que en su interior surgía una risa amarga. Recordó aquella clase, las palabras de Rosie que habían merecido el elogio de Matilda ahora eran como una burla.

«Pero tampoco me parece correcto que alguien encierre a su esposa como lo hace el señor Rochester en la novela, aunque ella padezca una enfermedad mental».

Qué ironía tan cruel, ese mismo día había estado hablando con sus alumnas sobre *Jane Eyre* y las esposas con enfermedades mentales. Ciertamente, el señor Fleming no era Rochester, y su esposa no era Bertha Mason; la señora Fleming no estaba encerrada en una buhardilla, y nadie impidió en el último segundo que se celebrara un matrimonio ilícito. Pero no podía negar el paralelismo: el hombre del que Matilda se había encariñado ya tenía esposa. No vivían juntos, pero estaba firmemente comprometido con ella.

¿Por qué justo ahora?, se dijo. ¿Por qué la señora Westlake no se había reunido antes con su amiga y había advertido a Matilda? Ella entonces nunca se habría ilusionado, nunca habría llegado a ese casi beso. Eso era lo que le decía la cabeza.

Pero su corazón era de otra opinión. No quería perder ni un segundo pasado con Stephen Fleming: ni la cena italiana, ni el murmullo del Fleet bajo sus pies, ni la osada expedición a ese sótano.

—... ¿ensayar juntas?

Se sobresaltó. La señorita Fellner estaba sentada ante a ella y sonreía.

—Estaba usted a kilómetros de aquí, señorita Gray. Le preguntaba si vamos a ensayar juntas con las chicas los villancicos alemanes. Si está usted ocupada, también me puedo encargar yo sola.

Matilda se obligó a regresar a la mesa de las profesoras, al comedor con platos y cubiertos tintineando y abarrotado de voces que hablaban y reían.

—Por supuesto que podemos ensayar juntas, señorita Fellner. He terminado casi la mayoría de las cosas. Anne interpretará dos solos de violín y, si a usted le parece bien, las canciones servirán de ambientación.

—Desde luego. ¿Le parece bien mañana a las cuatro y media?

Matilda asintió y se sirvió más patatas. Con suerte, si comía, evitaría más conversaciones. Le resultaba extraño estar sentada en medio de esas mujeres, ninguna de las cuales tenía idea de lo que había estado viviendo las últimas semanas. Pensar que había entrado a escondidas en la casa desocupada de una alumna acompañada por un hombre y pertrechada con candiles, cuerdas y herramientas, le hizo olvidar su dolor por un momento. Se preguntaba si sería capaz de renunciar a esa segunda vida, o si ya se había vuelto adicta a vagar por Londres persiguiendo un misterio.

La señorita Fonteyn informó sobre una exposición de arte que tenía planeada para el final de curso.

—Una idea maravillosa —dijo Matilda—. De ese modo, las muchachas tendrán tiempo suficiente para prepararla. ¿Se ha celebrado antes alguna?

—No tal como la tengo pensada —respondió la señorita Fonteyn—. Esta vez no pienso limitarme a acuarelas y dibujos a lápiz, sino que también podrán utilizar pintura al óleo, o hacer esculturas. Y presentar obras de estilo moderno.

Matilda reparó en la mirada suspicaz de la señorita Haddon y se preguntó si acaso la profesora de arte había discutido el plan con ella.

—¿Qué quiere decir con «estilo moderno»? —se apresuró a preguntar la señorita Haddon.

—Bueno, impresionismo, simbolismo, las nuevas tendencias de las artes plásticas —respondió imperturbable la señorita Fonteyn.

—Eso siempre y cuando no se pierda el decoro. Tengan en cuenta que las familias de las chicas, y quizás el público en general, vendrán a ver las obras expuestas —apuntó la señorita Haddon.

—Por supuesto. La expresión creativa debería estar sujeta a los dictados de la moral.

Matilda reprimió una sonrisa. Había visto algunos cuadros simbolistas cuya moralidad dejaba mucho que desear. Y ella no creía que la expresión artística se debiera someter a ninguna restricción.

Las primeras horas de la tarde pasaron más rápido de lo esperado. A las cinco, Matilda salió de la escuela y se apresuró hacia la estación. Había empezado a nevar de nuevo y, aunque las piedras grises parecían hundirse en aquella capa brillante como de azúcar glasé, su encanto no la conmovió.

Poco antes de llegar a la estación, una figura surgió de la entrada de una casa.

—¿Señorita Gray?

Sintió como el calor le subía a la cara y el corazón le empezó a latir con tanta fuerza que casi le dolía.

—¿Qué hace usted aquí?

Él estaba allí de pie, con la cabeza ligeramente inclinada, mirándola por debajo del ala de su sombrero. Tenía las mejillas sonrojadas, parecía haber estado esperando durante mucho tiempo.

—He recibido su carta.

Matilda miró a su alrededor.

—No podemos quedarnos aquí parados, estamos bloqueando el paso.

—¿Me permite acompañarla en el tren?

Ella asintió sin saber qué decir.

Encontraron dos asientos uno al lado del otro, algo que Matilda agradeció porque le permitía no tener que mirarlo.

—¿Va usted a casa?

—No. Voy a ver al párroco de St. Mary Abchurch —respondió ella con tono seco.

—¿Puedo acompañarla?

—No sé si es aconsejable.

El compartimento estaba repleto de gente, era el lugar más inadecuado posible para mantener una conversación personal. O quizás el más adecuado, porque nadie esperaba que alguien pudiera tener allí una conversación personal.

—En mi carta ya se lo dije todo.

—¿Cómo lo ha sabido? —preguntó él resignado.

—El marido de una conocida de la señora Westlake trabaja en la universidad. De alguna manera debió de surgir su nombre y él entonces mencionó... a su esposa.

Ella volvió la cara hacia ventana, que reflejaba el interior del compartimento y, con él, el rostro de Fleming. Vio cómo apretaba los dientes y miraba al frente.

El profesor no dijo ni una palabra más hasta que se apearon en Cannon Street y se adentraron en la fría tarde. Un organillero, que llevaba al hombro un mono vestido con gorro de lana y un grueso jersey, tocaba *Adeste Fideles*, mientras los copos de nieve caían sobre las monedas de su caja de hojalata.

—¿Conoce el camino? —preguntó Matilda.

Fleming asintió. Entonces, de pronto comenzó a hablar, primero con fluidez y guardando la compostura, como si se hubiera preparado bien el discurso. Le contó cómo había conocido a su esposa Margaret, le habló de la ilusión por la llegada de su hijo, y de cómo lo habían perdido poco después de nacer.

Matilda dejó de notar el frío en los pies y la nieve soplándole en la cara, solo estaba pendiente de sus palabras.

Entonces el tono de la voz cambió. Esa triste historia, que por desgracia experimentaban demasiados padres, se convirtió en algo distinto. Él le contó el cambio que había experimentado Margaret, hundiéndose cada vez más en su dolor, y cómo él había perdido a la mujer con la que se había casado pese a que ella seguía viviendo con él.

—Contraté a una chica llamada Maisie para que mantuviera la casa limpia, pero sobre todo para que cuidara de Margaret. —Él se esforzaba por guardar la compostura—. Un día llegué a casa del trabajo y vi que Maisie tenía un ojo hinchado. Al principio no quiso decírmelo, pero al final acabó admitiendo que Margaret la había agredido, convencida de que era una ladrona que quería robarle a su hijo.

Fleming calló.

Matilda no interrumpió aquel instante de silencio.

—Dos días después me atacó a mí, golpeándome la cabeza contra un armario. Pensó que yo era un desconocido que quería llevarse a su hijo. —Él tragó saliva—. No pretendo justificarme. Debería haberle contado la verdad hace tiempo y no lo hice. En cualquier caso, quiero que sepa una cosa: yo amaba a mi mujer y he hecho de todo para ayudarla. La decisión de internarla en un sanatorio no fue fácil para mí.

—¿Cuánto tiempo...?

—Cuatro años —respondió él con el rostro hundido—. A veces me reconoce y se interesa por mi trabajo. Eso es en sus días buenos. La mayoría no lo son. De todos modos, creo que allí se siente a salvo.

No fue tanto lo que contaba sino lo que no decía lo que conmovió a Matilda. Le habría gustado decir algo, pero no le salían las palabras adecuadas.

Tal vez ese no fuera el momento de hablar de ese asunto. Necesitaba tiempo para reflexionar con calma. Fleming también parecía querer poner fin a ese tema. Para entonces habían llegado frente a la iglesia de paredes de color marrón rojizo con el campanario acabado en punta. Fleming la señaló:

—Si no encontramos a nadie allí, vamos a la rectoría.

La luz débil en el interior del recinto permitía adivinar la belleza de aquel pequeño edificio. Paredes pintadas de blanco, grandes losas sepulcrales en el suelo, bancos de color marrón oscuro y una cúpula pintada con cuatro ventanas ovaladas sobre las que la nieve se había acumulado impidiendo apreciar bien las pinturas.

—Una vez más, Sir Christopher Wren, a quien tanto debemos —dijo el profesor dejando entrever algo de su antiguo ser.

La iglesia estaba muy silenciosa. Matilda creyó que estaba vacía, pero de pronto se oyó un ruido procedente de un rincón de detrás del púlpito. Una luz centelleó y ella se acercó hacia allí tanteando los bancos. A su espalda oía los pasos del profesor.

El sacerdote tenía a su lado un candil anticuado y se dedicaba a sustituir las velas agotadas de un candelero.

—Buenas tardes.

Aunque Matilda había hablado en voz baja, él se sobresaltó y alzó el candil.

—Buenas tardes. No los he oído entrar, estaba ensimismado. ¿Qué puedo hacer por ustedes?

Tenía el pelo blanco y un rostro amable, ligeramente sonrojado, con profundas arrugas.

—Me llamo Matilda Gray, y este es el profesor Fleming. Estamos investigando la historia de Londres y tenemos una pregunta sobre sus registros parroquiales.

Ella había adoptado la voz cantante de forma espontánea y el profesor lo aceptó sin decir nada. El sacerdote les indicó un banco, se sentaron y se inclinó hacia adelante con interés.

—Por favor, ¿en qué puedo ayudarles?

—Sabemos que la parroquia de St. Laurence Pountney se unió a la suya después del Gran Incendio. Lo que nos gustaría saber es si los registros parroquiales de St. Laurence sobrevivieron o si se quemaron con la iglesia.

La cara del sacerdote se iluminó.

—¡Qué alegría! ¡Por fin alguien pregunta por ello! Los registros parroquiales de St. Laurence sobrevivieron casi milagrosamente, y desde entonces se conservan en esta parroquia. Tenemos los registros de bautismos, bodas y defunciones desde 1538.

—¿Los podríamos consultar?

El sacerdote vaciló, pero luego asintió.

—De hecho, el sacristán debería estar encargándose de las velas, pero se ha tenido que ir a Kent porque su madre está gravemente enferma. Acompáñenme.

Matilda y el profesor salieron con él de la iglesia y fueron a la rectoría. El sacerdote los condujo entonces a una sala de la planta baja que le servía de despacho. En una esquina había un armario grande con las puertas labradas. Antes de abrirlo, el sacerdote se volvió hacia sus visitantes.

—¿Qué año les interesa? Nos ahorraremos mucho trabajo si no tenemos que revisarlo todo.

Matilda y Fleming se miraron.

—Pensemos a lo grande —dijo él—. Nacimientos y bodas a partir de 1625.

—Y las defunciones también —apuntó ella.

El sacerdote abrió las puertas del armario y fue pasando el dedo por los gruesos volúmenes de cuero que estaban cuidadosamente alineados en los estantes. Algunos eran de color marrón claro y otros de tonos más oscuros o rojizos, y todos los lomos llevaban inscritas unas letras doradas. Llevó tres volúmenes a una mesa y los dejó ahí con un gemido. A continuación, escrutó con la mirada a Matilda y a Fleming y asintió como si hubiera tomado una decisión.

—Consulten los libros tranquilamente. Yo me ocuparé de las velas y luego volveré.

—Muchas gracias por su confianza, padre...

—Malton, James Malton —dijo el clérigo—. Espero que encuentren lo que buscan.

Entonces se quedaron solos.

De pronto, Matilda se sintió incómoda. Las palabras anteriores de Fleming se interponían entre ellos, y ella se dio cuenta de que él la miraba casi con timidez.

—Vamos a empezar —se apresuró a decir—. A ver si soy capaz de descifrar la caligrafía. Eso es más bien competencia suya.

—Hasta ahora lo ha hecho bien.

—Yo me encargaré de los nacimientos y las bodas y usted de las defunciones.

Él asintió y se acercó el pesado volumen.

Durante un rato, lo único que se oyó fue el crujido de las viejas hojas de papel al pasar lentamente. En la habitación hacía frío. Cuando exhalaban, el aliento salía de sus bocas en forma de nubes.

Matilda trataba de no pensar en lo que pasaría cuando salieran de la rectoría. Tendría que decir algo, pero seguía sin saber qué.

Recorrió con la mirada las páginas amarillentas cubiertas de las más diversas caligrafías, testigos de las muchas manos que habían intervenido; a veces la letra resultaba legible; otras, era como patas de araña; en ocasiones, era fina y estrecha, a duras penas descifrable.

Poco a poco Matilda se fue tranquilizando. Recorría con los dedos las columnas y ese movimiento constante aplacó los latidos de su corazón. Su nerviosismo remitió al concentrarse plenamente en su búsqueda.

—¡Aquí!

Levantó la vista y vio que el profesor señalaba una página.

—3 de julio de 1645. Samuel Cleland. Fallecido. —Dirigió una mirada interrogante a Matilda—. Su padre se llamaba John, así que podría tratarse de un hijo. ¿En qué año está usted?

—1640. Tendré en cuenta el nombre y la fecha.

Al poco rato, Matilda también encontró algo

—25 de febrero de 1643. Matrimonio de John Cleland y Elizabeth Wakefield, con domicilio en el número 9 de Laurence Pountney Lane.

Siguió pasando las páginas hasta que dio con el nacimiento en cuestión.

—1 de julio de 1645. Nacimiento y bautismo. Samuel Elias Cleland, hijo de John y Elizabeth Cleland, con domicilio en el número 9 de Laurence Pountney Lane... Solo vivió dos días —dijo apenada.

Espoleados por su éxito, siguieron buscando. El 24 de agosto de 1646, los Cleland fueron padres de otro hijo, que fue bautizado como Anthony Luke. El día 6 de octubre de 1649 nació Katherine Elizabeth, y el 23 de abril de 1656, Lucy Anne. Después ya no había más registros de bautismo.

—Tres hijos —dijo Matilda pensativa—. Katherine dice que su hermana Lucy murió en la casa, pero no menciona a su hermano. Así pues, la carta del padre por la que tuvo que pagar una suma exorbitada a los guardas para que la entregaran iba dirigida a su hijo Anthony. El padre era comerciante, trataba con productos procedentes de Oriente. ¿Es posible que Anthony estuviera viajando en el extranjero para él? ¿Tal vez en un barco?

Hasta hacía muy poco la mirada que le dirigió el profesor la habría cautivado.

—Buena idea. Eso explicaría por qué no estaba en la casa con los demás. Puede que llevara tiempo ausente, tal vez como marinero. Y cuando regresó a Londres... ¿Cuándo se midió el terreno?

—El 14 de mayo de 1667.

—Eso son casi dos años después de la muerte de la familia. Con todo, un viaje por mar podía durar años, sobre todo si se trataba de explorar o abrir nuevas rutas marítimas. Darwin viajó en el *Beagle* durante casi cinco años.

Matilda levantó la mano de repente.

—Un momento, por favor. Dijimos que Hooke tuvo que conocer a la familia Cleland, es posible que tuviera amistad con ellos. Así es como se explica la imagen en el medallón de Katherine.

—¿Sí? —Fleming le dirigió una mirada interrogante.

—En ese caso, tendría que saber que había otro hijo y heredero. ¿No debería haber preguntado a Gabriel Ancroft al respecto cuando este quiso comprar la propiedad? Hooke la midió y Ancroft pagó las tasas. Los dos tuvieron que encontrarse.

Fleming ladeó la cabeza.

—Es posible —dijo— que no se supiera si Anthony Cleland seguía vivo. O tal vez regresó y vendió el terreno a Ancroft. Solo sabemos que Ancroft pagó las tasas de medición a Hooke, pero no cómo lo consiguió.

—Sospechamos que el propio Ancroft denunció a los Cleland, ¿no? Piense en esa anotación del libro: «... de la familia ... Ancroft ... haría algo así? ... podía estar padre tan equivocado? ... habla mal de los demás ...».

—«No se debe dar falso testimonio» —Fleming citó las palabras de la joven Katherine—. Supongamos que Ancroft y Cleland fueran amigos, pero que, en realidad, Ancroft envidiara el éxito de su amigo, especialmente el monopolio de la venta de opio a las boticas. Por lo tanto, se aprovecha de la muerte de la vieja Beth, acusa a la familia de ocultar un caso de peste y soborna a la rastreadora. La familia Cleland es encerrada en su casa y muere. Al año siguiente, la casa se incendia. Nadie quiere comprar una propiedad con mala fama, y no se encuentra al heredero. Ancroft acude a Hooke, al que conoce como amigo de los Cleland, expresa su interés por la propiedad y le encarga su medición.

Matilda asintió.

—Suena convincente. —Señaló el libro de Fleming—. ¿Los Cleland están registrados aquí?

Él pasó las hojas hasta las entradas de verano de 1665 y señaló una columna.

—Aquí están. Una entrada para todos, a pesar de que no murieron el mismo día. Supongo que fue el día en que la casa se reabrió de manera oficial.

Matilda también leyó la inscripción.

13 de agosto de 1665
John Cleland, comerciante

Elizabeth Cleland, de soltera Wakefield
Katherine Elizabeth Cleland
Lucy Anne Cleland
Dorothy Bembridge
Lucas Arden
Gwyneth Boone
Ralph Boone

—La familia y los sirvientes —dijo en tono sombrío intentando no pensar en el horror con que se habían encontrado los guardias al abrir las puertas después de cuarenta días.

En ese momento, el reverendo Malton regresó y los miró con expectación.

—¿Han encontrado algo?

—Sí, muchas gracias de nuevo por dejarnos consultar los registros —dijo Fleming—. Pero tengo una pregunta: ¿sabe usted si en los registros parroquiales de St. Laurence Pountney había una carta? Es muy improbable, pero hemos descubierto que un comerciante de la parroquia murió durante la peste y dejó una carta para su hijo que debía ser depositada en una iglesia, posiblemente St. Laurence.

El señor Malton volvió las palmas de las manos hacia arriba con un gesto de pesar.

—Lo siento, no sé nada de eso.

Matilda y Fleming volvieron a darle las gracias, y el sacerdote insistió en acompañarlos hasta la puerta. La calle estrecha con la iglesia de color marrón rojizo parecía un paisaje de cuento espolvoreado de blanco. Londres parecía extrañamente tranquilo, como siempre que nevaba.

Regresaron lentamente a Cannon Street. El sentimiento de unión que había resurgido durante esa pesquisa en común en la rectoría se desvaneció.

Matilda se detuvo justo antes de llegar a la esquina de la calle.

—Le agradezco mucho que haya sido tan sincero conmigo. Y siento infinitamente lo que les pasó a usted y a su esposa. Pero no puedo... Ahora debo despedirme. —Era incapaz de mirarle a la cara, pero le tendió la mano—. Gracias por todo, señor Fleming. No habría llegado nunca tan lejos sin usted.

Cuando él habló fue como si le costara contenerse.

—¿Me escribirá para contarme cómo avanza la historia de Laura?

Ella tragó saliva y asintió.

—En algún momento. Cuando la historia haya terminado. O vuelva a empezar.

Él le estrechó la mano sosteniéndola más de lo debido. Luego dio un paso atrás como para facilitarle la despedida.

Matilda no se giró, pero en su mente lo vio quieto y solo en la esquina en medio de la ventisca.

29

En los días que siguieron, la señora Westlake la cuidó como si estuviera convaleciente hasta que Matilda se hartó.

—No hace falta que me trate usted como si fuera de porcelana —le espetó el viernes por la mañana—. Sé que sus intenciones son buenas, pero le ruego que actúe como si no hubiera ocurrido nada. Será más fácil.

—Sin embargo, algo ha ocurrido —dijo la señora Westlake mientras golpeaba su huevo con una pequeña cuchara de porcelana.

—Es verdad, pero no me ayuda en nada que usted sea tan... tan considerada. Prefiero que me hable de Adela. Hace tiempo que no sé nada de ella.

—Bueno... se marcha a Wyoming.

—¿Wyoming?

—Después de Granada. En la siguiente entrega. Llanuras infinitas. Con el Parque Nacional de Yellowstone como gran telón de fondo. Encuentros con indios. ¿Sabía que Wyoming fue el primer territorio de Estados Unidos en introducir el sufragio femenino? Aquí podríamos aprender algunas cosas al respecto.

Matilda removió su taza de té.

—¿Me permite usar eso en clase? ¿Tiene libros sobre eso? —preguntó interesada.

—Por supuesto. Aún no sé cómo Adela irá a parar allí; de todos modos, necesita descansar. Ese estado está poco poblado, así que podrá cabalgar varios días por ahí sin encontrarse con nadie. La historia de Granada le ha afectado mucho y sus sentimientos están profundamente heridos.

Matilda dejó la taza después de haber bebido un sorbo.

—Conociendo a Adela, pronto se consolará. Con una nueva aventura, o...

—... con un hombre nuevo, exacto. Con un indio tan atractivo como misterioso de la tribu de los cheyenes. Y, además, con una aventura.

—Señora Westlake, me ha convencido —anunció Matilda—. Apenas puedo esperar a leerla.

—Esta tarde podrá leer los primeros capítulos. Tengo ganas de conocer su opinión.

Matilda se alegró de que el trabajo la distrajera de su pesar, al menos durante el día. En cuanto se quedaba sola, la sensación de vacío la volvía a invadir.

En los últimos días se había acostado temprano, incapaz de soportar la actitud compasiva de la señora Westlake. No había seguido con sus pesquisas porque no sabía qué hacer con lo que había averiguado. No solo había investigado por Laura, sino también por sí misma espoleada por el profesor. Y ahora, aunque no quisiera admitirlo ante sí misma, ya no tenía ese impulso. Esa idea resultaba tan dolorosa que la enterró en lo más profundo de sí misma.

De camino hacia su despacho, oyó la voz clara de una muchacha a su espalda.

—Señorita Gray, ¿tiene un momento? Seré breve. Laura me ha escrito.

Anne agitaba una postal. Parecía muy contenta: la trenza colgaba torcida sobre el hombro, y tenía el cuello de la camisa mal colocado.

Matilda se detuvo y alargó sin querer la mano para ver la postal: una panorámica en color del canal de Corinto con un gran barco pasando por él rodeado de altos muros. El matasellos era de casi quince días atrás, y a Matilda le sorprendió que el correo se hubiera demorado tanto.

—Puede leerla, no se preocupe.

Querida Anne:

Espero que me disculpes por no haber escrito en tanto tiempo. ¡Imagínate, pronto regresamos! Hemos visto muchas cosas y hemos hecho amistades interesantes, pero tengo muchas ganas de llegar a casa. Espero tu visita.

Tu amiga,

Laura

—Regresa a casa —dijo Anne, radiante—. ¿No es maravilloso?

—Oh, desde luego. Me alegro mucho —dijo Matilda obligándose a sonreír—. Para ti esto es como un regalo de Navidad anticipado.

Anne vaciló y luego se guardó la postal en el bolsillo de la falda.

—Voy a buscar el violín y luego vendré al ensayo. Solo quería decírselo cuando no hubiera nadie.

Matilda la miró alejarse a toda prisa. La alegría de Anne se reflejaba en su paso. Sin embargo, la última frase de la postal solo admitía una interpretación: Laura Ancroft volvía a Londres, pero no como alumna. Su tiempo en Riverview College había finalizado para siempre.

Cuando Matilda se apeó del tren en Chelsea, sus ojos se posaron en un quiosco de prensa. «A los pocos días de la batalla de Nooitgedacht: expulsión de los bóeres de Magaliesberg».

En la granja de Nooitgedacht, el regimiento en el que luchaba su hermano acababa de sufrir una derrota aplastante. Al parecer, a partir de entonces, la suerte de la guerra —si es que así se podía llamar— había cambiado. Matilda tragó saliva para no llorar. Hacía mucho tiempo que no recibía noticias de Harry. Cada vez que leía sobre batallas en Sudáfrica, se preguntaba si él había estado involucrado, si lo habían herido otra vez, o incluso si había caído sin que ella lo supiera.

Caminó a un paso más lento que de costumbre, se sentía cansada y resignada, y no tenía ojos para contemplar las calles y escaparates iluminados. En los últimos días se había debatido constantemente consigo misma para que en la escuela no se le notara nada y había guardado distancias con la señora Westlake. Era incapaz de saber cuánto le durarían las fuerzas.

Matilda estaba aterida, y ese frío no solo provenía del exterior, sino que parecía estar bien agazapado en sus huesos. La noche anterior se había despertado sobresaltada de un sueño en el que unos labios rozaban suavemente los suyos. El corazón se le había acelerado tanto que permaneció despierta durante una hora sin dejar de dar vueltas en la cama.

Al doblar la calle Beaufort, vio desde lejos que la puerta principal estaba abierta y que alguien aguardaba en el umbral. ¿La señora Westlake? ¿Por qué estaba de pie en la puerta abierta con ese frío?

Un miedo irracional se apoderó de ella y echó a correr; resbaló en la nieve y estuvo a punto de caerse, pero logró agarrarse a una farola.

—¡Cuidado! —exclamó la señora Westlake—. ¡No vaya a romperse los huesos justo antes de llegar a la meta!

—¿Qué ocurre? —preguntó Matilda jadeando en cuanto llegó ante ella—. Usted no suele aguardar en la puerta...

—Pase, querida. Si supiera cómo he hecho ir hoy a Adela por las extensas llanuras de Wyoming montada en un caballo sin silla...

—No estoy para estas cosas ahora mismo —espetó Matilda con un tono más vehemente del que pretendía. Las emociones que había estado reprimiendo durante días estallaron—. Dígame qué ha pasado.

—Me horroriza el modo en que le hablas a tu casera. Una dama tan encantadora.

Matilda habría podido apartar de un empujón a la señora Westlake, pero la mujer ya se había echado a un lado para mostrar un hombre de uniforme apoyado en un bastón. Unas primeras arrugas en ese rostro joven, hebras grises en su cabello castaño, un cierto tono grisáceo en el bigote, pero daba igual, ahora todo eso daba igual...

Matilda se abalanzó sobre su hermano con tanta fuerza que él se dio contra el marco de la puerta. El capitán Harry Gray dejó caer el bastón y abrazó a su hermana como si no quisiera soltarla nunca más.

La señora Westlake se ofreció para cederles la sala de estar para ellos, pero Harry no quiso ni oírlo.

—Me ha acogido usted de forma hospitalaria en su casa a pesar de que he aparecido ante su puerta como un extraño.

Y sé lo bien que trata usted a mi hermana. De ningún modo voy a expulsarla ahora de su propia sala de estar.

—¡Pero si no es nada! —dijo la señora Westlake con una timidez fingida—. ¡Qué tontería! Su hermana paga el alquiler a tiempo y, a cambio, tiene un techo y comida caliente.

—Y muchas atenciones —intervino Matilda, que se sentía muy aliviada—. Conversación estimulante. Excursiones literarias a Mongolia.

—No se olvide de Granada. Ni de Wyoming.

Era obvio que a Harry le costaba seguir esa conversación, y las dos mujeres se echaron a reír y le sirvieron té.

Luego la señora Westlake se puso de pie.

—La cena será en media hora. Aún tengo algunas cosas que hacer. Capitán Gray, está usted invitado. No se acepta el no como respuesta.

Dicho esto, se marchó.

Matilda tendió la mano hacia la pierna de él.

—¿Qué ocurrió? Creí que estabas en Nooitgedacht, los periódicos no paraban de informar sobre eso.

Él negó con la cabeza.

—Para entonces hacía tiempo que me había ido. —Señaló la herida—. Solo fue una escaramuza. De hecho, fue una herida superficial, pero siguió una infección, hubo que operar de nuevo ...

—Y ahora, ¿qué?

Sin duda, él no había recorrido miles de kilómetros solo para pasar las vacaciones de Navidad.

Él se encogió de hombros.

—Irlanda.

—¿Irlanda?

—Los médicos no estaban seguros de que la pierna se curaría completamente. Una misión de combate se descartó por completo. Van a destinar nuestro IV Batallón a Irlanda y parece que allí sí puedo hacer servicio.

Ella advirtió el dolor en su cara y le puso la mano en la pierna sana.

—Harry, has sobrevivido. Con tiempo y el ejercicio necesario seguro que mejoras: hoy en día la medicina permite muchas cosas. Me alegro mucho de que hayas vuelto.

Él recobró la compostura y la tomó de la mano.

—Discúlpame, mi sed de aventuras siempre acaba saliendo. —Adoptó entonces una expresión grave—. Sin embargo, en realidad hay cosas que no añoro y que no voy a tener que volver a ver.

Matilda recordó las palabras de la señorita Hobhouse. «Pero tampoco enemigas, sobre todo cuando se trata de mujeres y niños indefensos que se han convertido en víctimas de esta guerra. Sus casas han sido destruidas, sus campos, quemados, y han sido expulsados de sus tierras».

No podía saber lo que Harry había vivido allí, ni pensaba insistir en eso. Si él se lo quería contar, seguro que lo haría por propia iniciativa. Aquel era un día de alegría, y no estaba dispuesta a que se la arrebataran.

—Escucharé todo lo que tengas que decir. Todo.

Puso énfasis en esa última palabra y vio cómo una sonrisa le recorría la cara a él.

—Pero antes, dime cómo te ha ido a ti. ¿Qué cosas te han pasado? ¿Cómo va todo en la escuela?

Me han pasado muchas cosas, se dijo Matilda. Demasiadas para contarlo todo en pocas palabras. Decidió que más delante le hablaría de Laura y del tesoro de la antigua casa.

—A veces tengo que contenerme, porque mis compañeras son más anticuadas que yo. Pero entretanto he aprendido a acatar las normas y, al mismo tiempo, a transmitir a las muchachas lo que considero importante.

Harry sonrió.

—Siempre has sido así. Eres una adelantada. Vas siempre tres pasos por delante.

Ella lo miró con asombro.

—¿Qué quieres decir?

—Bueno, cuando de pequeña jugabas con nuestros primos o con la hija de los vecinos, yo estaba sentado haciendo los deberes y no paraba de oír: «¡No tan rápido, Matilda!», o «¡Para y espéranos!». Una vez, le explicaste a Eliza, la chica de la casa de al lado, que los niños crecían en el vientre de la madre, y estabas a punto de explicarle cómo llegaban allí cuando entró la madre de Eliza. Todavía me parece verla de pie, temblando de indignación y contándole a mamá tus comentarios lascivos e indecentes.

Matilda se escondió la cara entre las manos.

—¿De verdad hice eso?

Harry asintió divertido.

—Habías encontrado un antiguo libro de texto de papá en el fondo de la librería. Mamá lo había guardaba por sentimentalismo. O tal vez simplemente lo había olvidado allí. Y de ese libro tú habías sacado tus conocimientos sobre el origen de vida, los cuales, cómo no, querías transmitir. Ya entonces eras una maestra nata.

Matilda lo miró con cariño.

—Y siempre has estado a mi lado.

—¿Qué se supone que debo hacer? Solo tengo una hermana, y los hermanos mayores deben proteger a sus hermanas. Es la ley.

—¿La Ley Harry Gray? preguntó ella, divertida.

Hacía mucho tiempo que no se veían y, sin embargo, hablaban con la misma soltura como si prosiguieran una conversación que habían interrumpido el día anterior. Matilda solo conocía a dos hombres con los que podía hablar así...

—¿Qué te pasa, Tilda?

Ella se sobresaltó y levantó la vista.

—¿Por qué? ¿Qué quieres decir?

—Es tu cara. Nunca has sabido ocultarme lo que piensas. Y ahora mismo has pensado en algo triste. Yo estoy bien, así que no tiene que ver conmigo.

Ella volvió la mirada hacia la puerta deseando que fuera la hora de cenar, pero Harry ya la había descubierto.

—Vale, tal vez luego. O en otro momento. —Él dudó, como buscando las palabras adecuadas. Llevaba mucho tiempo entre soldados, y a la mayoría de los hombres les incomodaba expresar sus emociones—. Me ha dado la impresión de que habías perdido a alguien.

En ese momento, Sally llamó a la puerta y anunció que la cena estaba servida. Matilda se dio cuenta de que ese día llevaba la cofia perfectamente colocada, mucho más que de costumbre. Además, tiró del delantal e hizo una ligera reverencia cuando Harry pasó junto a ella.

Era increíble lo que un hombre podía provocar en una casa de mujeres. Era una suerte que la señora Roberts, la cocinera, no lo hubiera visto, pues en ese caso quizá la comida habría estado demasiado salada.

En la mesa, Harry desplegó todo su encanto y no pasaron ni cinco minutos antes de que la señora Westlake le comenzara a hablar de Adela y sus aventuras. Él le proporcionó explicaciones inteligentes sobre armas y técnicas de lucha y logró que el rostro de su anfitriona brillara más que las velas.

Matilda escuchaba divertida, sintiéndose aliviada de que aquel instante delicado hubiera pasado. Harry era digno de confianza. Podía saber tranquilamente a lo que ella se había estado dedicando después del trabajo en los últimos meses.

Pero no quería hablar de una historia de amor que nunca lo fue y que nunca lo sería.

—... un tema fascinante. Me gustaría consultárselo al experto de su hermana.

Matilda levantó la cabeza.

—¿El qué? —preguntó Harry con interés.

—¡Oh, vaya! —La señora Westlake miró avergonzada su sopa—. Lo siento, yo...

Matilda suspiró suavemente. Adoraba a la señora Westlake sobre todas las cosas, pero si algo le faltaba a su casera era discreción.

—Es un conocido. Es historiador en el University College.

Habló de forma sucinta y desapasionada, pero se dio cuenta de cómo se miraron los otros dos. Sus miradas reflejaban preocupación y pesar. Al parecer se acababa de forjar un entendimiento silencioso entre su hermano y su casera.

Más tarde, acompañó a Harry a la puerta.

—¿Cuánto tiempo te puedes quedar?

—Dos semanas —dijo Harry—. Luego, a Irlanda. Entretanto debo presentarme ante el Ministerio de la Guerra y visitar las familias de algunos compañeros. Pero me han prometido un nuevo permiso en primavera.

—Eso estaría bien —musitó ella.

Harry le puso la mano bajo el mentón con delicadeza y le levantó la cabeza.

—¿Me dirás qué ha ocurrido?

Matilda quiso ignorar la pregunta, pero la mirada de él era tan franca y seria que no se atrevió.

—Han ocurrido muchas cosas desde el verano. Ya... ya te lo contaré con calma. Es una historia increíble.

—¿Y este profesor tiene algún papel en esa historia?

—En cierto modo. —Ella lo miró suplicante—. Por favor, Harry, no aquí, en medio del vestíbulo. Te lo contaré cuando estemos a solas. Salgamos mañana a cenar.

Él la asió de las manos y se las llevó al pecho. Luego apoyó su frente en la de ella.

—De acuerdo. En ese caso te llevaré a cenar a lo grande.

Ella asintió. Él se abrigó, se puso la gorra del uniforme y salió al frío anochecer de invierno. Matilda lo vio marcharse hasta que dejó de oír el ruido de su bastón dando contra el pavimento.

Cuando regresó a la sala de estar, la señora Westlake apenas dijo nada. Matilda se sentó y cogió la copa de oporto que encontró preparada. Miró el fuego de la chimenea hasta que las llamas bailaron ante sus ojos.

—Muchas gracias.

—¿Por qué? ¿Por no ser capaz, otra vez, de mantener la boca cerrada? —preguntó la señora Westlake.

—Por haber acogido a mi hermano tan amablemente.

—Sé el gran apego que siente por él. Ha sido una sorpresa magnífica, ¿no le parece?

—Sí.

—Y ahora usted se pregunta si debería contárselo todo. Porque él es su hermano mayor y quiere protegerla. Porque le preocupará que usted esté poniendo en riesgo su trabajo andando a escondidas por Londres de noche y haciendo averiguaciones sobre una alumna. Y porque él temerá que alguien le rompa el corazón.

—La perspicacia de usted también puede romper el corazón —replicó Matilda con tono seco.

—Como sabe, no tengo hijos. Pero usted para mí es como una hija. —Rara vez la señora Westlake se había mostrado tan emotiva—. Me entristece ver cómo se debate consigo misma.

Y lamento mucho haber mencionado al señor Fleming. Solo quiero que sepa que si hay algo que pueda hacer por usted, estoy dispuesta. Puedo escuchar, callar, aconsejar, distraer con historias divertidas... Lo que convenga.

Esta vez Matilda no se secó las lágrimas, sino que apuró su copa y luego cogió de la mano a la señora Westlake.

—Jamás hubiera creído que este día terminaría tan bien.

30

Harry no había reparado en gastos, y Matilda se alegró de haber decidido no ponerse la ropa que usaba para el trabajo. Vestida con el traje gris y la blusa blanca, en el restaurante Lyon's de Trocadero la habrían tomado por la encargada del guardarropa.

Ya el vestíbulo, con el suelo de baldosas, las butacas de piel y las exuberantes plantas en maceta, las paredes de mármol y la amplia escalera que conducía al primer piso, era impresionante. En una vitrina ovalada se exponían delicias de la pastelería, auténticas obras de arte hechas de azúcar, chocolate y bizcocho. Unos muchachos vestidos con uniformes de botones esperaban solícitos para atender cualquier deseo de los invitados. El público elegante cenaba en los dos restaurantes, situados en el sótano y la planta baja, mientras que las plantas superiores estaban reservadas para fiestas privadas. Aunque el establecimiento solo hacía cuatro años que había abierto, gozaba de una excelente reputación y el Long Bar, reservado solo a los caballeros, ya era un local legendario.

Matilda recordó por un instante el restaurante italiano de Rosebery Avenue donde había cenado con el profesor. ¡Qué ambiente tan informal y familiar había habido allí! Se apresuró a apartar de sí ese recuerdo.

—¿Tiene reserva, caballero? —preguntó un camarero vestido con frac a medida.

Harry asintió.

—Para dos personas.

—Si me acompañan, por favor.

Los acompañó al comedor. Las mesas redondas lucían un blanco reluciente, la cubertería de plata estaba perfectamente pulida y había una pequeña orquesta tocando discretamente en un rincón. Los camareros se deslizaban entre las mesas con donaire. Aunque había mucha gente en la sala, el ruido de voces estaba agradablemente amortiguado, como si un tapiz sonoro estuviera delicadamente fundido con la música de la orquesta.

Matilda eligió el menú más pequeño. Nueve platos por media guinea era más de lo que podía exigir a su estómago y a la cartera de Harry.

Después de pedir champán, ella se inclinó hacia delante.

—¡Qué contenta estoy de que estés en Londres! Pero habría podido ir a cualquier otro local contigo. Lo único que me importa es que estés vivo.

Harry sonrió y encendió un cigarrillo.

—Lo sé, pero quería que nos diésemos un gusto. Ni las maestras ni los capitanes de fusileros de Northumberland suelen frecuentar este sitio. Pero olvidemos eso. Hoy celebramos la vida y vamos a disfrutar.

La comida era excelente y el champán hizo que Matilda adoptara un estado de ánimo relajado. Harry contó anécdotas de sus compañeros en el sur de África y le habló de los animales exóticos que había visto allí. Lo que contaba era entretenido y, a la vez, extrañamente incompleto. Ella pensó en su pierna herida y se preguntó qué otras cosas habría vivido. Se acordó de la mujer con el cartel de cartón que había visto en aquella ocasión cuando iba de camino al trabajo. «Las mujeres y los niños están en una situación de emergencia extrema. Contribuyan a paliar el dolor de estas familias. No solo nuestros hombres están en peligro, también las familias del enemigo son víctimas de la guerra».

—Hace un tiempo vi a la señorita Emily Hobhouse —espetó de pronto.

Harry levantó la vista con asombro.

—¿Quién es?

Matilda le contó lo que sabía sobre la mujer.

—Según parece, a principios de mes se marchó al sur de África para hacerse una imagen de la situación.

—¿Una imagen de qué? —preguntó Harry con un tono extraño.

—Bueno, de la miseria de la población. ¿Acaso no es verdad que son la gente corriente quienes más sufren en la guerra? Las mujeres y los niños son igual de víctimas que los soldados que luchan en ellas.

Cuando vio la cara de su hermano, se dio cuenta de que había dicho algo equivocado. O de que él lo había interpretado mal, como una recriminación contra él, como soldado. Matilda sintió un nudo en la garganta. No era su intención. Estaba muy contenta de verlo repuesto casi por completo, de haber recuperado a su hermano mayor por el que tanto se había preocupado. Sin embargo, se dio cuenta de que algo se había interpuesto entre ellos: él era soldado y había vivido cosas extrañas e incomprensibles para ella. Sopesó la posibilidad de disculparse, pero algo se lo impidió: la sensación de que solo le habían contado una parte de la historia, ya que, después de todo, tal vez él no la creía capaz de escuchar la verdad.

—No hablemos de la guerra esta noche —dijo Harry en tono conciliador, aunque con la voz algo tensa—. ¿Qué hay de ese profesor que mencionó tu casera?

A Matilda se le cayó el cuchillo de pescado con el que quería cortar el lenguado. El corazón le empezó a latir con tanta fuerza que apenas podía respirar. ¿Acaso Harry intentaba esquivar una conversación que le incomodaba? Ciertamente él no quería hacerle daño adrede. De todos modos, seguro que había notado que ella no quería hablar del profesor.

Antes de que ella pudiera seguir comiendo, Harry la tomó de la mano.

—Te ocurre algo, Tilda. Antes te lo habrías pasado en grande sentada conmigo burlándote de otros comensales y degustando platos deliciosos. Desde que entraste por la puerta anoche, sé que algo va mal. ¿Me lo vas a decir?

Ella suspiró. Para contarle la historia a Harry debía sopesar cada palabra. No podía caer en contradicciones, ni mencionar nombres. Los soldados hablaban con mucha franqueza entre ellos, en especial cuando bebían, de modo que el secreto de Laura no estaría a salvo. Pero, sobre todo, no le gustaba hablar de Stephen Fleming.

Por otra parte, si no quería ofender aún más a su hermano, no podía permanecer en silencio por más tiempo, y las ganas de confiarse a él se volvieron casi irresistibles. Para ganar tiempo, tomó la servilleta de su regazo y se levantó, a lo que un camarero se puso inmediatamente detrás de ella y le retiró la silla.

—Si me disculpas un momento...

Harry la miró con sorpresa, pero luego sonrió.

—Por supuesto. Les diré que esperen con el siguiente plato.

Matilda se esforzó por caminar de forma lenta y digna para que no pareciera que estaba huyendo.

En cuanto hubo salido del comedor, se detuvo un momento y tomó aire. Un botones se le acercó manteniendo una distancia de cortesía.

—¿La puedo ayudar, señorita?

—El tocador, por favor.

Sin embargo, ella no escuchó lo que dijo. A sus oídos le llegó una palabra que la había dejado paralizada.

—Tengo una reserva. Un salón privado a nombre de Easterbrook.

—En el primer piso, señor. Si quieren acompañarme.

Algunos invitados se dispusieron a subir por la amplia escalinata. Y en medio de ellos vio a Laura Ancroft.

Matilda no se lo pensó dos veces, salió rápidamente de la sombra y se dirigió hacia la escalera.

—¿Laura? —preguntó.

La joven se volvió.

En su piel se veía que había pasado mucho tiempo en el sur. No estaba bronceada de manera indecorosa, sino que presentaba un delicado tono dorado. Llevaba un vestido de noche de color rosa palo con una cola larga y se había recogido el pelo como una mujer adulta. Caminaba muy erguida y apenas se parecía a la colegiala que había confesado su amor a Matilda seis meses atrás.

Matilda se preguntó por un instante si había sido un error acercarse a Laura. Estaba acompañada por dos caballeros que también se habían detenido. Luego la observó más detenidamente y reparó en que Laura presentaba ojeras oscuras. En ellas leyó todo cuanto no le había podido escribir.

—¡Señorita Gray! —Laura se recogió la falda con una mano y bajó los escalones. Estrechó la mano de Matilda con firmeza—. ¡Qué magnífica sorpresa! Yo... quise escribirle muchas veces, pero...

Señaló de manera imperceptible hacia la escalera y Matilda siguió el gesto con la mirada.

Él tenía el cabello rubio oscuro y rizado peinado con esmero y llevaba una barba completa muy bien arreglada. Vestía con ropa elegante y tenía un porte informal pero digno. Su aspecto era exactamente el mismo que aquel día de septiembre, cuando Matilda se lo había encontrado frente al despacho de la señorita Haddon.

La mirada de Charles Easterbrook oscilaba con asombro de un lado a otro entre ella y Laura, mientras que el otro caballero se había dado la vuelta y había sacado su reloj de bolsillo.

—¿Ya te has recuperado, Laura? He pensado a menudo en ti —improvisó rápidamente—. Me alegró mucho recibir tu postal. Es muy interesante y me ha mantenido ocupada durante mucho tiempo.

La cara de Laura dibujó una sonrisa.

—Sí, era una postal muy especial.

—¿Me permiten que pregunte a quién debemos este placer?

Charles Easterbrook se puso al lado de Laura y le puso la mano en el brazo.

—¿Nos harías el favor de presentarnos, querida?

—Señorita Gray, le presento al señor Charles Easterbrook, mi tutor. Charles, esta es mi profesora, la señorita Matilda Gray.

Él solo hizo un breve amago de sonrisa, y a Matilda no se le escapó el desdén que se dibujó por un instante en su rostro tan bien proporcionado. Luego dijo con amabilidad:

—Encantado de conocerla, señorita Gray. Laura me ha hablado muy bien de sus clases. Debo decir que la escuela le ha proporcionado una base excelente para su educación. Por supuesto, es posible profundizar en todos los aspectos, y desde luego nuestro viaje le ha otorgado un punto de vista que una escuela no puede dar, pero en general estoy satisfecho. En cuanto tenga la oportunidad, se lo haré saber a la señorita Haddon en persona.

—Es muy amable de su parte, señor Easterbrook.

Matilda había percibido también la condescendencia que teñía ese elogio.

—Espero que todo el mundo esté bien en la escuela —dijo Laura, balanceándose nerviosa de un pie a otro—. Escribí a Anne para que venga a verme muy pronto.

—Eso la hará muy feliz, ha hablado mucho de ti. Todas estaremos muy contentas de volver a verte.

El señor Easterbrook apretó el brazo de Laura y a Matilda le pareció ver que la chica se estremecía.

—Lo lamento, pero tendrá que disculparnos. Tenemos unos cuantos invitados para una pequeña celebración. —Hizo una pausa intensa—. La señorita Ancroft y yo nos hemos comprometido.

Antes de que Matilda pudiera componer una respuesta que resultara natural, se oyó una voz de hombre que decía impaciente:

—Charles, nos esperan.

Matilda levantó la vista y la clavó en los ojos del hombre que antes había estado consultando el reloj. Él pareció sorprendido, pero luego sacudió la cabeza y subió la escalera.

Matilda estrechó la mano de Laura y del señor Easterbrook y farfulló una felicitación. Luego se quedó sola y aturdida al pie de la escalera.

—¿Qué ha pasado? —preguntó Harry cuando regresó al comedor.

Matilda no sabía cuánto rato se había ausentado: podían haber sido cinco minutos o dos horas.

Retiró la silla y se dejó caer pesadamente en el asiento. Harry se inclinó hacia ella y la cogió de la mano.

—¿Qué ha pasado? —repitió—. Parece que fueras a desmayarte en cualquier momento. Es como si hubieras visto un fantasma.

Él se levantó y habló un instante con el camarero, que asintió comprensivamente y regresó de inmediato con un vaso de whisky. Lo puso delante de Matilda y se retiró discretamente.

—¿Qué es esto?

—Tú bébelo todo.

En ese instante quien hablaba no era Harry sino el capitán Gray.

Matilda tomó el vaso con las dos manos y se bebió el whisky en tres tragos. Le quemó la garganta, pero luego su calor se le propagó agradablemente en el estómago. A continuación, se llevó la servilleta a la boca y respiró profundamente, ajena a las miradas de las mesas de alrededor.

—Es una larga historia.

—Tenemos la mesa para toda la noche.

Y así fue cómo ella se lo contó todo, interrumpida de vez en cuando por el camarero que les iba sirviendo los distintos platos. Harry insistió en que comiera, aunque en realidad a ella no le apetecía mucho. Lo explicó todo desde el principio, ocultando solo el hecho de que Laura se había enamorado de ella y de que el profesor y ella habían estado a punto de besarse.

Cuando terminó, Harry también pidió un whisky.

—Esta es la historia más asombrosa que he escuchado jamás —proclamó—. He viajado al sur de África, he luchado contra los bóeres, me he enfrentado a animales salvajes, al calor y a la malaria, y mi hermanita vive una increíble aventura en casa, en Londres. —Chocó su vaso con el de ella—. Tilda, ¡me quito el sombrero!

Y ella que creía que Harry ya no la podía sorprender.

—Pero ¿a ti no te parece... escandaloso?

Él se rio y apartó su plato.

—En absoluto. Como he dicho antes, siempre has sido distinta a la mayoría de las chicas.

—La aventura acecha a la vuelta de la esquina —murmuró ella.

Harry la miró con asombro.

—Es lo que me dijiste para consolarme cuando te tuviste que marchar al sur de África. Creo que pensaste que estaba celosa porque tú podías viajar a un país exótico, pero yo solo tenía miedo de perderte.

Él le alzó el mentón para que lo mirara a la cara.

—¿Y ahora qué vas a hacer? —preguntó señalando con un ademán de cabeza hacia arriba, donde se celebraba el compromiso de Laura Ancroft.

Ella se encogió de hombros.

—No lo sé. Ella no va a regresar a la escuela, sino que se convertirá en la señora Easterbrook. —Era doloroso decir esas palabras—. Solo puedo esperar que el viejo señor Easterbrook tenga mala memoria. Después de todo, fui a su bufete bajo un nombre falso.

Harry quitó leña a esa inquietud con una sacudida de mano.

—¡Ah! Yo no me preocuparía por eso. Tú solo di que utilizaste un nombre falso por discreción.

Su actitud despreocupada le hizo bien, aunque no logró disipar por completo los temores de Matilda.

Cuando llegó el postre —merengue con frutas frescas y nata— logró olvidar por un momento el encuentro en la escalera.

Sin embargo, en cuanto hubo comido aquel toque dulce de nada, su preocupación regresó. Dejó a un lado el plato vacío y miró intensamente a Harry.

—Laura no tenía buen aspecto. Desde luego, iba vestida con mucha elegancia, y tenía un tono de piel saludable, pero sus ojos...

—Tilda, has hecho mucho por ella. Pero si no te dice cómo la puedes ayudar, y si realmente necesita tu ayuda, no harás otra cosa que atormentarte con estos pensamientos. Ha tenido un viaje agotador, es posible que no haya superado por completo su enfermedad, está nerviosa ante su compromiso. Parece que el tutor ha cuidado de ella con esmero. —La asió de la mano—. ¿Sabes qué? Ahora te acompañaré a casa para que consultes este asunto con la almohada.

Matilda se dio cuenta de que Harry no comprendía la gravedad de la situación. De hecho, se dijo, aunque supiera toda la verdad sobre Laura, no se daría cuenta. De pronto se sintió sola a pesar de estar sentada en un restaurante lleno de gente. Solo había una persona capaz de comprenderla en ese momento, pero pensar en él era demasiado doloroso.

En cuanto Harry hubo pagado, se levantaron y recogieron sus abrigos en el guardarropa. A la salida, un portero uniformado les abrió la puerta que daba a la concurrida Shaftesbury Avenue.

Los copos de nieve dispersos volteaban en el aire, y les sobrevino una cacofonía de cascos de caballo sobre el pavimento, música de organillo y voces de los repartidores de periódicos ofreciendo las ediciones vespertinas. Harry se disponía a llamar un coche cuando la puerta detrás de ellos se abrió de nuevo de golpe.

Un botones bajó el escalón de la entrada y se detuvo ante a ellos con las mejillas sonrojadas. En la mano llevaba una bandeja de plata en la que había una hoja de papel doblada.

—Disculpe, ¿es usted la señorita Gray? —preguntó.

—Sí.

—En ese caso, debo entregarle esta nota, señorita.

Ella tomó el papel. Harry sacó una moneda del bolsillo y la puso en la mano del chico, que temblaba de frío vestido con su uniforme.

—Gracias, señor, muy generoso.

Desapareció tan rápidamente como había venido.

Poco después se encontraban sentados en un carruaje, Matilda con una manta sobre las piernas. Los caballos se pusieron en marcha con una sacudida y Harry se volvió hacia ella.

—¿Un mensaje de tu alumna?

Ella se encogió de hombros porque no quería hacerse falsas ilusiones, aunque esa era, de hecho, la única opción.

—Sí. Lo leeré en casa. Aquí está demasiado oscuro.

Aunque eso era cierto, también necesitaba leerlo a solas.

—Por supuesto, Tilda. —Le cogió la mano y dijo cabizbajo—: He estado mucho tiempo fuera. Tú has llevado tu propia vida, y sé que no me lo has contado todo. No hace falta. De hecho, es posible que yo tampoco pueda ayudarte: soy soldado. No soy ni profesor ni detective. Pero si hay algo que pueda hacer, o si estás en peligro, acude a mí. Por favor. Es lo único que te pido.

Ella tenía los ojos muy brillantes.

—Oh, Harry, lo haré, sin duda. ¡Estoy tan contenta de que hayas regresado!

Apoyó la cabeza en su hombro durante el resto del trayecto.

Después de que Harry la despidiera con un beso en la frente y le preguntara de nuevo si estaba bien, Matilda abrió la puerta principal. A su espalda, se fue apagando el ruido de los cascos contra el pavimento.

Dentro de la casa reinaba el silencio y la oscuridad; solo una pequeña lámpara de pared iluminaba un poco el espacio. Matilda colgó el sombrero y el abrigo y fue a la sala de estar, donde encendió el gas. Las brasas de la chimenea aún brillaban y en la estancia pendía el último atisbo de calor. Matilda se sentó en una butaca y abrió el mensaje.

La hoja llevaba el membrete del restaurante y presentaba unas cuantas líneas garabateadas a lápiz de forma precipitada.

Señorita Gray:
Se lo ruego, ayúdeme. Los Easterbrook me obligan. Tiene que haber algo. Búsquelo, se lo ruego.

En apuros,
LAURA ANCROFT

Matilda dejó caer la nota en su regazo. Por fin tenía la confirmación de que sus esfuerzos no habían sido en vano. No había estado persiguiendo una quimera, su preocupación por Laura estaba justificada. Volvió a ver la mano de Easterbrook, cerrándose con fuerza en torno al brazo de Laura, y el triunfo en sus ojos cuando le anunció su compromiso.

Se levantó y dio vueltas por la sala de estar mientras volvía a echar de nuevo un vistazo al papel. Por lo general, Laura tenía una letra clara y legible, pero aquel texto lo había escrito a toda prisa. ¿Acaso se había ausentado un momento fuera del salón privado? ¿Había dicho que tenía que ir al tocador? ¿Se había apresurado a pedir papel y lápiz a un botones, impulsada por el miedo a ser descubierta?

Se imaginó a Laura subiendo al salón privado con los Easterbrook, vio a sus elegantes invitados brindando con champán por los prometidos mientras ella sonreía y estrecha ba manos, contando su viaje y pensando febrilmente en cómo pedir ayuda a Matilda, que se encontraba sentada en el restaurante justo debajo de ella.

Sintió que una fuerza inmensa la invadía. Se olvidó de esos instantes perturbadores con Harry, de la sensación de extrañeza que había percibido en ocasiones. Era evidente que todo lo que había conseguido en los últimos meses solo había sido un preludio.

«Tiene que haber algo. Búsquelo, se lo ruego».

¿Algo que poder usar contra los Easterbrook para evitar un matrimonio no deseado? ¿Algo que explicara qué papel jugaba el tesoro de Laura en todo aquello?

La búsqueda continuaba. No sabía lo que debía buscar. Pero sí a quién recurrir.

31

El lunes por la mañana, Matilda se plantó frente a la secretaría de la escuela con una bolsa de tartaletas navideñas que había comprado en su pastelería favorita. Esperó pacientemente a que la señorita Fellner, según se oía con claridad a través de la puerta, acabara de contarle a la señorita Chambers con todo lujo de detalles su próximo viaje a su país natal para pasar las vacaciones con su familia. Se oían expresiones como «aroma de abeto» y «pan de especias», hasta que por fin la señorita Fellner salió por la puerta con los ojos brillantes.

—Buenos días, señorita Gray. Espero que no haya tenido que esperar mucho. Por desgracia me he explayado demasiado.

—No importa.

La señorita Fellner miró rápidamente a su alrededor, le tendió una bolsita y le dijo:

—Son *Aachener Printen*, las mejores galletas de pan de especias que hay. Me las ha enviado mi madre. Solo quedan dos. Sírvase.

Matilda, agradecida, metió la mano en la bolsa, sacó una y la mordió al instante. Era blanda y jugosa, y al masticarla el azúcar candi crujía entre los dientes.

Cuando entró en el despacho de la secretaria, se encontró a la señorita Chambers limpiándose los labios con un pañuelo. La secretaria se ruborizó, masticó, tragó y luego dijo:

—Buenos días, señorita Gray.

—Las *printen* son deliciosas —dijo Matilda, que se rio al ver la cara de apuro de la secretaria—. No se deben despreciar las especialidades alemanas. En todo caso, espero que a usted también le gusten los dulces ingleses. —Puso la bolsa sobre la mesa—. Están recién hechas.

—Señorita Gray, usted me está malacostumbrando. —Una sonrisa socarrona asomó en su rostro—. ¿Qué puedo hacer esta vez por usted?

—Ya veo que nos entendemos. ¿Sería tan amable de ver si tenemos la dirección del tutor de Laura Ancroft en el archivo? Me gustaría escribirle una tarjeta de Navidad, y me parece inapropiado enviársela al bufete de él.

—¿Has tenido noticias suyas? —preguntó la señorita Chambers mientras hurgaba en el archivador.

¿Qué daño podía había en decir la verdad?

—Sí, ha regresado a Inglaterra. Me la encontré ayer por casualidad, de ahí la idea de la postal.

—Espero que esté bien recuperada.

La señorita Chambers se agachó con un gemido y sacó una carpeta del armario. La puso sobre la mesa, la abrió y la giró para que Matilda viera la tarjeta de visita.

CHARLES EASTERBROOK
Abogado
55 Bedford Square
Londres WC

Matilda anotó la dirección, sorprendiéndose de que esos abogados vivieran en Bloomsbury, un distrito de intelectuales, no muy lejos del University College. Luego deslizó la carpeta hacia la señorita Chambers.

—Gracias. Le agradezco mucho de nuevo que haya tenido este detalle conmigo. Y, por favor, que quede entre nosotras.

—Desde luego. —La secretaria miró feliz las tartaletas navideñas—. A fin de cuentas, también usted ha tenido un detalle conmigo.

Matilda maldecía esa época del año. Había viajado hasta la nueva estación de Tottenham Court Road, que era la más cercana a Bedford Square, pero aún le quedaba un buen tramo a pie. ¿Por qué no podía investigar en verano, cuando había luz y por las tardes el calor era agradable? Por otro lado, pensó mientras se protegía del viento frío, la oscuridad tenía también sus ventajas cuando uno quería ocultar lo que hacía.

Giró a la derecha en Great Russell Street, que era la calle que conducía al Museo Británico, y luego giró a la izquierda en Caroline Street, que iba a parar al final en Bedford Square. Las farolas bordeaban el parterre ovalado que ocupaba todo el centro de la plaza, así como la acera, haciendo que las fachadas georgianas fueran fáciles de distinguir. Los edificios parecían venerables, un remanso de calma en medio del bullicio londinense.

Matilda aún no había ideado ningún plan, tan solo pretendía echar un vistazo a la casa donde vivía Charles Easterbrook y luego ver qué pasaba. Cruzó la plaza y oyó las copas de los árboles meciéndose con el viento; de vez en cuando caía algún copo de nieve aislado. Muchas ventanas estaban iluminadas, pero apenas se veía gente en la calle. Matilda se arrebujó más en el abrigo y trató de distinguir los números de las casas. Allí estaba el número 55.

Ladrillos de color gris parduzco, puerta negra con luneta encima, ventanas enmarcadas en blanco, elegancia discreta. La luz brillaba en el primer piso y en la planta baja; una sombra se movió detrás de la ventana y luego desapareció.

Laura ahora vivía allí y no en la casa de sus padres, que permanecía deshabitada y solitaria en Pountney Hill. ¿Qué podía haber más decente y apropiado para una joven que vivir con quien era su tutor y futuro marido? ¿E incluso en la misma casa que su futuro suegro, para mantener el decoro? Sin embargo, Laura se sentía prisionera, a merced de esos dos hombres.

Matilda deambuló de un lado a otro sin dejar de levantar la vista para observar la casa. Debería haber ideado un plan antes de ir hasta allí. ¿En qué estaría pensando? ¿En que treparía por el lateral de la casa como Adela Mornington y rescataría a Laura a través de una ventana? ¿O tal vez debía llamar al timbre y fingir que quería visitar a la muchacha para luego escaparse con ella?

Por otro lado, si Easterbrook la estaba presionando para que se casasen, no había tiempo para investigar registros parroquiales ni para descifrar minuciosamente documentos antiguos. Ella debía salvar a Laura, que no quería casarse y menos aún con un hombre al que parecía temer.

«Tiene que haber algo. Búsquelo, se lo ruego».

Cerca de allí sonó la campana de una iglesia. Decidió quedarse hasta que tocara el siguiente cuarto de hora. Si para entonces no había pasado nada y no se le había ocurrido ninguna idea, se marcharía a casa y empezaría de nuevo al día siguiente.

Matilda anduvo de un lado a otro para entrar un poco en calor, pero no dejaba de mirar la casa y las ventanas iluminadas.

La nieve empezó a caer cada vez más espesa y se había levantado viento. Tenía los pies casi entumecidos. Si no iba a casa y se tomaba un baño enseguida, corría el riesgo de coger un resfriado o algo peor.

La campana sonó. De nuevo, dirigió una mirada vacilante a la casa antes de darse la vuelta y dirigirse al tren subterráneo.

—¿Puedo ayudarla, señorita?

Un anciano que tiraba de un carro se había detenido y la saludó llevándose la mano a la gorra, debajo de la cual llevaba un pañuelo enrollado en la cabeza. En el carro había distintos tipos de rastrillo, una escoba y otras herramientas. Aquel debía de ser el guardaparque. Señaló a Matilda con una gruesa manopla.

—La he visto antes, señorita. Hace mucho frío para estar aquí fuera.

Ella no tenía nada que perder.

—¿Conoce usted a los Easterbrook?

El anciano sonrió, dejando ver una dentadura llena de huecos.

—Una noche fría. Ahora mismo voy a tomarme algo caliente. Lástima que hoy en día el whisky esté tan caro.

Matilda entendió la indirecta y se sacó una moneda del bolsillo. El hombre se la embolsó rápidamente y se le acercó, dejándole sentir su aliento rancio.

—A ese par lo conozco. Padre e hijo. La familia lleva viviendo aquí desde hace mucho. Mi viejo también conoció al abuelo y a su esposa, la increíble Mary Cleland, que en paz descanse. Todo un personaje, eso decía mi viejo, cada mañana, lloviera o nevase, ella...

—¿Cómo ha dicho? ¿Cómo se llamaba la abuela? —Matilda le interrumpió pasmada.

—Mary Cleland. Se casó con un Easterbrook, el primer abogado de la familia. Se mudó con él a la casa familiar. Cuando salía de casa por la mañana, solo llevaba...

Él quiso continuar, pero Matilda le puso otra moneda en la mano y se alejó a toda prisa.

Bedford Row estaba un poco lejos, pero Matilda estaba tan emocionada que apenas sentía sus pies ateridos. Había memorizado el mapa y, por lo tanto, no tuvo problemas para encontrar la calle adecuada. Solo había estado allí una vez, pero todo le resultaba familiar y, mientras se apresuraba andando sobre el pavimento húmedo y resbaladizo, se acordó de algo que Fleming le había dicho una vez.

«Hace cuatrocientos años, aquí estaba el pueblo de Holborn, rodeado de tierras de cultivo que en otros tiempos habían pertenecido a un monasterio. Más tarde, un acaudalado comerciante compró un enorme trozo de ellas y lo donó a una fundación benéfica que había creado en su ciudad natal, Bedford. Hoy en día el nombre de Bedford todavía se puede encontrar en antiguos mojones adosados a las casas. Vayamos donde vayamos, la historia nunca nos suelta».

Entonces se encontró frente a la casa, sin resuello y sudorosa. Ya no tenía frío. Sentía el vestido pegado a la espalda y el pelo húmedo debajo de la gorra, y el asa de su bolso de cuero le cortaba la mano. Miró las ventanas del primer piso. Iluminadas. Matilda inspiró profundamente y pulsó el timbre.

Apenas hacía una semana que no se veían, pero él había cambiado. Su rostro parecía más delgado y las arrugas en torno a los ojos, más profundas. Llevaba un batín sobre la camisa y los pantalones, y dio un paso atrás con sorpresa cuando la vio en la puerta.

—Matilda, señorita Gray, ¿qué ha pasado? Está usted empapada. Pase, por favor —dijo sosteniéndole la puerta.

Ella lo siguió hasta la sala de estar, donde había una butaca frente a la chimenea. Junto a ella, en el suelo, había un libro abierto, como si él lo hubiera dejado rápidamente cuando ella llamó a la puerta.

—Iré a buscar una toalla y le traeré algo caliente para beber. ¿Té con ron?

El profesor desapareció antes de que ella pudiera decir algo. Matilda se quitó el abrigo empapado y buscó una silla donde colgarlo. Consideró por un momento si tal vez podría quitar también las botas y luego se las desabrochó con gesto decidido. Acababa de colocarlas frente a la chimenea cuando él regresó.

Le entregó una toalla y acercó al fuego la silla de la que colgaba el abrigo de Matilda. Cuando ella se hubo secado, él tomó la toalla, le entregó la taza de té y le indicó la butaca.

—¡Siéntese! El té está caliente y es fuerte. —Luego reparó en los pies de ella—. ¡Ahora vuelvo!

Desapareció de nuevo de la estancia y regresó con un par de calcetines de lana, que tendió a Matilda con un gesto algo incómodo.

—Están limpios.

Sonriendo, ella se inclinó, se puso los calcetines y estiró los pies hacia la chimenea.

El profesor acercó una segunda butaca, se acomodó en ella y la miró fijamente.

—Y ahora me gustaría saber qué la trae por aquí en esta tarde húmeda y fría.

Matilda tomó con cuidado un sorbo de la bebida, que olía más a ron que a té. Tenía un sabor dulce y estaba tan caliente que apenas podía beberse.

—Laura Ancroft ha vuelto. Me la encontré anteanoche en el Trocadero donde celebraba su compromiso con Charles Easterbrook.

—Lo que usted temía —dijo Fleming.

—Sí. Pero eso no es todo.

Entonces ella le habló de la nota que le había entregado el botones y le contó su visita a Bedford Square justo después de la escuela. El profesor se había recostado en su asiento y a principio escuchaba tranquilamente, pero entonces alzó la cabeza de repente.

—¿Cómo? ¿La abuela de Charles Easterbrook era una Cleland?

—Sí. Los Easterbrook son los descendientes de la familia que murió en Laurence Pountney Hill.

—Porque un Ancroft los difamó. —Fleming se había levantado de un salto y se puso de espaldas a la chimenea. Matilda vio cómo los ojos le brillaban. Citó de memoria—: «alguien quería perjudicarnos. Madre se intranquilizó... sé quién ... No se debe dar falso testimonio ... Sé lo que me digo, ... de la familia ... Ancroft ... haría algo así? ... estar padre tan equivocado?... habla mal de los demás».

Matilda asintió.

—Gabriel Ancroft traicionó a su amigo John Cleland. Katherine escribe muy indignada, por lo que deduzco que Ancroft no solo era un competidor comercial, sino un amigo o un conocido de confianza, lo cual convierte esa traición en algo especialmente reprobable. En cualquier caso, unos años más tarde, Ancroft compró el terreno a bajo precio y construyó una nueva casa en él.

—Y, sobre todo, se hizo con el monopolio del opio —intervino el profesor—. Sin duda ese era su auténtico motivo. No había muchos tratantes de opio en Londres, y John Cleland se había enriquecido gracias a su comercio exclusivo. Ancroft lo destruyó a él y a su familia, lo sucedió como proveedor de los boticarios y construyó una casa sobre las ruinas de la finca de Cleland. No se puede destruir más a un competidor.

Matilda reflexionó.

—Pero ¿por qué Anthony no hizo nada al respecto? A fin de cuentas, su padre le dejó la carta en la que revelaba lo que le habían hecho a su familia. Y que su fortuna estaba en el antiguo muro del cementerio. ¿Por qué nadie lo investigó, ni buscó el tesoro? ¿Acusó oficialmente a los Ancroft?

Fleming se encogió de hombros.

—Aún no sabemos qué fue de Anthony Cleland. Aunque regresara a Londres, no podía hacer gran cosa. En el lugar donde había vivido su familia, había una casa nueva habitada por un comerciante respetado. Anthony no tenía nada más que la palabra de su padre para demostrar que la familia había sido traicionada, y eso si es que llegó a recibir esa carta. Es de suponer que Gabriel Ancroft había sobornado a la rastreadora para que declarara la casa infestada por la peste. ¿Por qué ella admitiría que había hecho un trato? Eso solo la habría perjudicado a ella. Y, aunque hubiera confesado, la mayoría de las rastreadoras eran ancianas, pobres y adictas a la bebida. ¿De qué serviría su palabra contra la de Ancroft?

—Hum. Sí, es verdad.

—Pero no le convence.

Fleming dirigió una mirada interrogante a Matilda.

Entonces fue ella la que se encogió de hombros.

—Hemos resuelto el misterio. Easterbrook es el descendiente de las víctimas, y Laura desciende del autor del delito; el bien y el mal han intercambiado papeles. Se podría decir que es una especie de justicia poética si se casan y él por fin logra disfrutar de la fortuna que le correspondería por ley.

El profesor se apoyó en la chimenea con los brazos cruzados y negó con la cabeza de forma casi imperceptible.

Ella suspiró.

—Tiene usted razón. Ni me siento satisfecha, ni hemos terminado.

—Está en sus manos. Si quiere ayudar a la señorita Ancroft, no debe contentarse con esto. Ella teme a Easterbrook.

Pero ¿cómo encajaba todo aquello? Matilda se levantó y deambuló por la sala de un lado a otro.

—No puede ser casual que ellos fueran los abogados de los Ancroft y que asumieran la tutela de Laura.

El profesor asintió.

—Podemos suponer que los Easterbrook tuvieron acceso por casualidad a la carta a Anthony y que luego lo planearon todo: conocer a la familia, establecer una relación comercial y luego trabar una amistad con ellos para finalmente conseguir casar a la hija; a fin de cuentas, habría sido grosero y además habría levantado suspicacias ponerse a excavar en el sótano sin más...

Matilda se echó a reír.

—No olvide que los Easterbrook saben a lo sumo lo que dice la carta de Anthony. Solo conocen la mitad de la historia. Por eso Charles Easterbrook preguntó en la escuela si quedaba allí alguna cosa más de Laura.

—Lentamente todas las piezas van encajando.

Matilda se detuvo bruscamente.

—¡No, no, no! —dijo con tanta vehemencia que Fleming la miró asombrado—. No todas las piezas encajan. Estamos dando por supuesto que Easterbrook quería casarse con Laura y así hacerse con una fortuna que, en su opinión, le correspondía. Pero creo que es algo más. Debería usted haber visto el modo posesivo con que él la agarraba del brazo cuando me la encontré en el Trocadero. Y lo rápido que puso fin a nuestra conversación. Fue como si no quisiera que Laura y yo habláramos. —Hizo una pausa antes de proseguir—: Ahora supongamos que los Ancroft no hubieran muerto y que Laura les hubiera dicho a sus padres que no quería casarse con Easterbrook. Estamos en 1900; unos padres progresistas no habrían obligado a su hija a casarse. Sin embargo, Easterbrook quiere a toda costa que Laura sea su esposa. ¿Hasta dónde llegaría para eso?

Ella volvió la cabeza lentamente. Los ojos de Fleming reflejaban su horror.

—¿Quiere usted decir...?

—Lo sé, es terrible. —Y entonces recordó—: «Fue una suerte que ese fin de semana no estuviera con ellos en el campo, si no, Laura se habría quedado sola». Es lo que me dijo hace poco la madre de una alumna.

De repente se hizo el silencio en el salón. Ambos se miraron y permanecieron en silencio. Era demasiado pronto para expresar en voz alta su sospecha.

Matilda se aclaró la garganta, regresó a la butaca y se terminó el té. Por fin había entrado en calor y sentía un leve hormigueo en las manos.

—Mañana me tomaré la tarde libre y, mientras los Easterbrook están en el bufete, me presentaré en Bedford Square. Una visita de una antigua profesora para felicitar a la muchacha por su compromiso es algo de lo más cortés e inocente. Tal vez entonces Laura y yo encontremos juntas las respuestas que aún nos faltan.

Matilda dirigió una mirada esperanzada a Fleming.

—Es una idea excelente, señorita Gray. Espero que salga muy bien. Me gustaría que me mantuviera al corriente... Y tenga cuidado. Se lo ruego.

En esas últimas palabras se notó cierta turbación.

—Tiene usted mi palabra. De todos modos, ahora me gustaría regresar a casa.

Matilda se calzó las botas y dejó que él la ayudara a ponerse el abrigo, que estaba medio seco. Al llegar al vestíbulo él también se puso el suyo.

—Esperaré en la calle hasta que encuentre un coche de punto. Con este tiempo no debería usted andar hasta el subterráneo.

Sin embargo, Bedford Row estaba desierta. Anduvieron en dirección a High Holborn. Los copos se habían convertido en aguanieve y Matilda miró de soslayo a su lado. El profesor no llevaba ni sombrero, ni bufanda, ni guantes. De pronto reparó en el silencio que había surgido entre los dos.

—Le estoy muy agradecida —dijo ella por fin.

—¿Por el té y la chimenea? —preguntó él sin pensar—. ¡Solo faltaría!

—No —respondió ella con cierto titubeo— por escucharme. Por creerme.

Se echó a reír.

—¿Cómo no iba a creerla? Me colé con usted en casa ajena y encontré un tesoro en el sótano.

Matilda se mordió el labio al ver que de nuevo él la esquivaba con una ocurrencia graciosa. Saltaba a la vista que no quería hablar de asuntos personales. ¿Era tal vez porque ella lo había rechazado? ¿Era esa la palabra correcta? Él le había ocultado que estaba casado y ella no había tenido más remedio que romper la relación...

—Yo también le estoy agradecido a usted.

Ella lo miró con asombro.

—¿Por qué?

Él tenía la vista clavada al frente.

—No esperaba que me fuera a pedir ayuda. En realidad, no contaba con volver a verla.

Aunque su tono de voz era contenido, por debajo se percibía emoción.

—Tengo muchas cosas que agradecerle. No lo olvido.

Siguieron caminando en silencio, aunque esta vez el silencio resultaba más agradable, como cuando la lluvia despeja el aire. Tuvieron que caminar hasta la esquina de High Holborn, donde encontraron un coche de punto frente al magnífico hotel First Avenue.

Se detuvieron. El profesor le tendió la mano a Matilda.

—Fue un placer verla. Hágame el favor de avisarme si necesita mi ayuda.

Matilda asintió.

—Prometido. Si mañana averiguo alguna cosa, se lo haré saber.

Él la ayudó a subir al coche y le dio la dirección al cochero antes de abonarle la carrera. Matilda fingió no darse cuenta de ello y levantó de nuevo la mano en señal de saludo antes de que el coche de punto se pusiera en marcha.

32

La señorita Haddon asintió con gesto comprensivo cuando a la mañana siguiente Matilda le pidió la tarde libre. Le dijo que quería estar con su hermano, el cual había venido a Londres de permiso.

—Por supuesto, señorita Gray. Cuando se trata de nuestros soldados, no hace falta decirlo. Espero que pase una tarde agradable.

Matilda no se sentía del todo a gusto cuando cogió el sombrero y el abrigo y salió del edificio de la escuela. No era tanto por esa mentira piadosa —muchas veces se había quedado hasta más tarde dirigiendo los ensayos y siempre se encargaba de sustituir a alguna compañera que no pudiera dar clase—, sino por utilizar a Harry como excusa. Se consoló pensando que él no iba a regresar a Sudáfrica y que lo iban a trasladar a la cercana Irlanda. A partir de entonces se verían más a menudo, incluso tal vez ella podría visitarlo.

A esa hora el tren estaba bastante vacío, y ella se preparó con calma para el encuentro con Laura. Tenía que contar con que no tendrían mucho tiempo y pensó cuidadosamente las preguntas que iba a hacerle.

Mientras Matilda estaba sentada mirando por la ventana, que solo reflejaba su propia imagen, le sobrevino un pensamiento que trató de apartar de sí pero que persistió. De manera furtiva y subrepticia, le penetró en la mente, como si tuviera la cabeza apoyada en una almohada en la que había una aguja clavada.

Volvió a sentir los pies fríos y el abrigo mojado colgándole pesadamente del cuerpo mientras se apresuraba por las calles oscuras, resbalando, sosteniéndose y apurando el paso hasta levantar la vista hacia a las ventanas iluminadas de Bedford Row. Oyó el fuego crepitante, paladeó el ron en el té, escuchó la voz que tanto había anhelado...

Tragó saliva como si eso le permitiera reprimir la tristeza. Sí, había echado de menos a Stephen Fleming y no había dudado ni un segundo en acudir corriendo a él. Cuando él le abrió la puerta, tuvo la sensación de haber llegado a casa. La había ayudado como siempre había hecho, con amabilidad, de manera desinteresada y sin rastro de desconfianza.

En todo el tiempo que ella había permanecido sentada junto a la chimenea o dando vueltas excitada por la estancia, Matilda no había pensado ni por un momento en la mujer de Fleming.

Notó que se ruborizaba y se apretó el dorso de las manos contra las mejillas para refrescarlas. Tenía que sobreponerse y pensar en su cometido. Tenía que ayudar a Laura, eso era más importante que sus sentimientos.

Le alegró poder apearse por fin del tren y abrirse paso entre la multitud de Tottenham Court Road, donde la nieve se había convertido en una pasta gris por el paso de innumerables ruedas, suelas y cascos de caballos. Echó una mirada rápida al reloj que llevaba colgado del cuello con una cadena. Las dos y media. Buena hora.

Llegó a Bedford Square y aflojó el paso. Se detuvo ante la casa. Las luces aún no estaban encendidas, y no se veían ni siluetas ni sombras en las ventanas.

Tomó aire, cruzó la calle y llamó a la puerta con la aldaba. Dentro se oyeron unos pasos ligeros y le abrió la puerta una criada joven, ataviada con vestido negro y delantal y cofia blancos.

—Buenas tardes. ¿Qué se le ofrece?

—Quisiera ver a la señorita Ancroft.

No lo estaba pidiendo, estaba expresando su voluntad con total confianza. La muchacha dudó unos instantes.

—La señorita Ancroft no recibe visitas.

Matilda no se dejó confundir.

—Dígale que la señorita Gray desea verla. Estoy segura de que me recibirá.

La chica se mordió el labio, dubitativa, y luego repuso con tono muy formal:

—Tengo instrucciones de los señores de no dejar pasar a nadie.

Fue a cerrar la puerta, pero Matilda extendió por instinto la mano. No estaba dispuesta a fracasar hallándose tan cerca de su objetivo.

—En tal caso, me gustaría por lo menos dejarle un mensaje. ¿Me permite entrar un momento?

Señaló su bolso, en el que llevaba material de escritura.

La chica la dejó entrar, pero permaneció a su lado como un perro guardián. Matilda seguía pensando febrilmente en lo que iba a escribir cuando sonaron unos pasos ligeros en la escalera. Levantó la vista y se encontró cara a cara con Laura. Llevaba un vestido amarillo dorado que combinaba muy bien con su pelo.

La joven miró a Matilda y a la criada y dijo en tono autoritario:

—Mary, ¿por qué no me has anunciado esta visita? Por favor, pase al salón, señorita Gray. —Y, dirigiéndose de nuevo a Mary, añadió—: No deseo que nos molesten. Cuando quiera té, llamaré al timbre.

En cuanto la puerta se hubo cerrado tras ellas, las dos mujeres se quedaron inmóviles la una frente a la otra. Al momento siguiente Laura se abalanzó a los brazos de Matilda. Ella se limitó a abrazar a su antigua alumna y a acariciarle la espalda con dulzura hasta que Laura se separó de ella y dio un paso atrás. Luego, ligeramente avergonzada, ofreció asiento a Matilda y se sentó frente a ella.

—¿Cuándo regresarán los señores a casa?

—Charles llega en torno a las seis. Su padre va luego al club.

—Tenemos que aprovechar el tiempo —dijo Matilda con énfasis—. Nos explicaremos lo importante y luego decidiremos qué hacer.

Laura asintió.

—¿Podemos confiar en la criada?

—Sí. Mary tiene miedo de Charles, no le dirá a nadie que la ha dejado entrar.

—Entonces, por favor, empieza. Siento mucha curiosidad. Hace mucho tiempo que espero este momento.

Laura sonrió aliviada. Y luego empezó a hablar.

—Nunca me he sentido realmente cómoda cerca de Charles. Siempre ha sido amable conmigo y me trató bien tras la muerte de mis padres, pero... nunca he confiado en él. —Se encogió de hombros—. No sé cómo explicarlo mejor. El invierno pasado, algo cambió. Charles se volvió más autoritario. Insinuó que muy pronto yo dejaría de ir a Riverview College. Y luego no me permitió pasar las vacaciones de verano en casa de Anne. Yo tenía la sensación de estar atrapada, pero no sabía con quién hablar de ello. Nadie me habría tomado en serio. Siempre me decían lo bueno que era él conmigo y lo agradecida que debía estar con él. —Tragó saliva—. Así que pasé las primeras semanas de las vacaciones aquí, en esta casa. Entonces enfermé. Empezó como un inofensivo resfriado de verano. Sin embargo, la tos no mejoraba y los médicos se preocuparon. Yo solo quería regresar a la escuela, pero Charles dijo que teníamos que irnos de viaje, al Mediterráneo, que sería bueno para mi salud y mi educación. Lo tenía todo planeado: había comprado los billetes, teníamos reservadas las habitaciones de los hoteles y había encargado nueva ropa para mí sin decírmelo. Me dijo que yo estaba demasiado débil, que él no había querido molestarme innecesariamente. —Buscó las palabras apropiadas—. Era... extraño. De la noche a la mañana, él había tomado el control de mi vida decidiendo por mí, hablando en mi nombre y sin preguntarme ni una sola vez. Fingía estar preocupado por mi salud, y la gente le creyó. —Ella sonrió con amargura—. Usted ya ha visto a Charles. Es encantador, atento, atractivo. Preocupado de forma abnegada por su pupila, abandona su bufete durante meses y viaja por media Europa. Hizo como si solo se tratara de mí. —Ella se encogió de hombros—. Y, en cierto modo, era cierto. Pero no del modo que él quería que el mundo creyera.

Laura inspiró profundamente.

—Se desvivió, me mostró las ciudades más bonitas de Italia y tesoros artísticos maravillosos; me llevó a los mejores restaurantes y me presentó a amigos y conocidos que vivían o trabajaban allí. Yo siempre había querido viajar por Europa, pero tenía la sensación de estar atrapada. Una mañana, en Roma, quedamos con un par de amigos para desayunar. Mencioné entonces que cuando volviera quería terminar mis estudios. Les dije lo mucho que me gustaba Riverview College, lo mucho que me inspiraban las clases de usted, lo mucho que significaba estudiar para mí... Después de eso, no me permitió salir del hotel durante una semana. Me dijo que estaba demasiado débil, que hacía demasiado calor, demasiado bochorno. Charles salía solo y disculpaba mi ausencia. Decía que mi salud aún estaba resentida y que todavía no podía asistir a eventos sociales. Esa conducta suya se repitió. En cuanto yo me separaba del papel que él había previsto para mí —el de una joven inexperta, de salud delicada, al cuidado de su tutor—, me castigaba. Entonces fue cuando por fin me di cuenta de que estaba atrapada.

»Como nadie sabía dónde estaba, no recibía ninguna carta. Y yo tampoco podía escribir a nadie sin que él se diera cuenta. En el hotel de Nápoles donde nos alojamos trabajaba una joven camarera. Valentina tenía mi edad y era muy guapa. —Laura sonrió al evocar ese recuerdo—. Hablamos en unas pocas ocasiones, cuando yo estaba sola en mi cuarto después de que Charles saliera otra vez sin mí. Le enseñé un poco de inglés. Un día me armé de valor y le pregunté si podía enviar una postal de mi parte. Le dije que le pagaría. Ella me miró con extrañeza y dijo: "Nada de dinero, *signorina*. Démela. El señor no es bueno". Se había dado cuenta de lo que estaba pasando sin que yo le dijera nada.

»Valentina me compró el sello y escribí la postal. Recuerdo cómo temblaba mientras escribía. No me atreví a escribir nada embarazoso por si caía en manos de Charles. Fue entonces cuando se me ocurrió la idea del sello. Me puse muy nerviosa y tuve que sostener una lupa sobre la postal para que la letra fuera legible. —Hizo una pausa y se pasó una mano por los ojos—. Confié en que usted lo entendería. Pero la flecha era muy pequeña y la frase muy enigmática. Era mi única esperanza: todo dependía de aquel trozo de cartón.

Matilda tomó a Laura de la mano.

—Lo hiciste muy bien. Lo entendí todo, aunque me llevó algo de tiempo. Pero sigue.

—No olvidaré a Valentina. He decidido enviarle algo a modo de agradecimiento cuando... cuando pueda volver a disponer de mi vida. Matilda percibió la confianza desesperada que resonaba en las palabras de Laura.

»Al poco tiempo viajamos a Grecia. Yo siempre había soñado con ir, pero quería ir con alguien que me entendiera por completo, con quien pudiera compartir todo aquello, de forma libre y sin miedo. Atenas, Olimpia, Delfos, Tesalónica... Estuvimos en Epidauro, donde se veneraba a Asclepio, el dios de la medicina. En Creta, en el palacio de Cnosos. —Luego añadió con nostalgia—: No fuimos a Lesbos. No quise ir allí con él.

—Incluso la postal era un mensaje en sí —dijo Matilda de repente—. El retrato de Safo. Era una advertencia para que no creyera lo que oyera sobre ti y tu tutor. ¿Ya entonces él pretendía el compromiso?

Laura sonrió.

—Así pues, entendió la indirecta. Sí, Charles sacó el tema poco después de llegar a Italia. Se lo preparó bien, me hizo algunos regalos, acompañándome a visitar lugares de interés que esperaba que yo disfrutara. Me hacía cumplidos en presencia de otras personas mientras destacaba lo bien que nos llevábamos y la seriedad con la que se tomaba sus obligaciones. De todos modos, seguía habiendo unos límites que yo no podía traspasar impunemente.

—La zanahoria y el palo —murmuró Matilda.

—Se podría decir así, sí. Algo cambió en Grecia. Él se sentía más confiado: al pasear, en vez de poner la mano en mi antebrazo, empezó a ponerme el brazo en el hombro. Era como si hubiera comenzado un nuevo capítulo.

—«A las damas presentes —citó Matilda— no se les pasó por alto lo pendiente que se mostró el señor Easterbrook de la encantadora señorita Ancroft, ni su desagrado por dejarla sola cuando los caballeros se retiraron a beber oporto y fumar puros».

—¿Qué es eso?

—Salió publicado en un periódico inglés. Dora me mostró el artículo. Su madre lo había recortado y se lo había enviado.

Laura bajó la mirada.

—Seguro que le vino como anillo al dedo. Cuando algo sale en la prensa, se vuelve cierto.

Matilda le acarició el brazo para tranquilizarla.

—No tiene ninguna importancia. ¿Qué pasó luego?

Laura se encogió de hombros.

—Al poco tiempo, la gente que frecuentábamos empezó a creer que estábamos prometidos debido al trato desenvuelto que tenía conmigo. Entonces, a finales de noviembre, Charles me pidió que me casara con él. Bueno, no fue tan romántico como una podría pensar. Me dijo que el matrimonio sería muy conveniente para los dos porque ya nos conocemos y confiamos el uno en el otro. Según él, mis padres, fallecidos de forma prematura, habrían aprobado esa unión.

—Todo muy sensato.

Laura sonrió con ironía.

—No fue para nada lo que se lee en las novelas. Y desde luego, no es a lo que yo aspiro en la vida. Entonces, empezó a embellecer el matrimonio: me dijo que viajaríamos a España y a Alemania, tal vez incluso a Rusia, lo que yo quisiera. Eso me sorprendió porque... bueno, el bufete tiene buena fama, pero Charles, en realidad, no es un hombre rico.

—¿Y si se casara con una mujer rica?

Laura la miró con asombro.

—No soy rica. Cuando cumpla veintiún años heredaré la casa y una suma de dinero importante, pero desde luego no será una fortuna.

Matilda se reclinó en su asiento y la miró triunfante.

—¿Y si te dijera que en el sótano de tu casa hay un tesoro escondido con monedas de oro centenarias de un inmenso valor?

Laura se levantó de golpe.

—¿Cómo dice?

—Debo corregirme, en realidad, había un tesoro escondido. Ahora lo tengo bajo mi custodia. Un conocido mío y yo misma nos colamos de forma furtiva en el sótano y lo encontramos. Llevaba oculto allí casi doscientos cincuenta años. Nadie lo había buscado porque nadie conocía su existencia; nadie, excepto tu tutor. Bueno, por lo menos es lo que creo.

Laura empezó a ir de un lado a otro, excitada. Luego se detuvo frente a Matilda.

—¿Eso tiene algo que ver con la caja? Usted la encontró, ¿verdad? Me dijo que había comprendido el mensaje de la postal, el que había debajo del sello...

Matilda hizo sentar a la muchacha en la butaca y miró el reloj.

—¿Qué tal si tomamos un té? Y entonces te cuento mi versión de la historia.

Laura escuchó conteniendo el aliento; en alguna ocasión quiso decir algo, pero se contuvo. Se tomó el té sin apartar la vista de Matilda.

Cuando esta terminó de hablar, Laura suspiró profundamente.

—Es la historia más increíble que he oído jamás. —Se tapó la boca con las dos manos y cerró los ojos, como si tuviera que asumir primero lo que acababa de oír—. Entonces, ¿ese antepasado mío fue el responsable de la muerte del antepasado de Charles?

Matilda ladeó la cabeza.

—No conseguimos descifrar todo el libro, pero eso es lo que parece. Hoy en día, claro está, no se puede juzgar a nadie por eso.

Laura afirmó impasible:

—Esto significa que mis antepasados adquirieron la propiedad de su familia de forma ilegal, arrogándose un privilegio que en realidad era de John Cleland. Además, compraron el terreno a bajo precio y construyeron sobre él la casa que ahora poseo. Además, el tesoro que usted y el profesor encontraron en el sótano pertenece, en realidad, a los Easterbrook.

Miró hacia la puerta como esperando a ver allí a su tutor.

Era una situación delicada, se dijo Matilda. Si Laura se sentía culpable, al final tal vez acabaría en manos de los Easterbrook. Por eso se apresuró a decir:

—Estoy segura de que la historia no acaba aquí. Por eso me gustaría hacerte algunas preguntas mientras aún hay tiempo.

La joven asintió con la cabeza, aunque parecía desconcertada.

—¿Cuándo encontraste la caja de madera?

—Fue poco antes de que mis padres murieran. Solía quedarme sola a menudo cuando ellos se marchaban al campo con sus amigos. Por supuesto, estaba la niñera y, más tarde, la institutriz, pero yo sabía cómo escabullirme. Me imaginaba que vivía en otros tiempos y que corría muchas aventuras. Me colaba por todas partes, desde el sótano a la buhardilla, no había ninguna habitación que estuviera a salvo de mí. El sótano era mi lugar favorito. Los fines de semana, cuando no había nadie en la tienda, era capaz de pasarme todo el día allí. —Sonrió—.

Dice usted que algunos muros son de la época romana. No lo sabía, pero siempre notaba algo cuando estaba ahí abajo... algo antiguo, misterioso. Tal vez se debiera a la cercanía del cementerio. Mi padre me contó que nuestro jardín se encontraba sobre un cementerio. Mamá lo regañó porque no quería que eso me asustara. Pero a mí no me daba miedo. Me parecía muy emocionante. —Levantó la mirada como si se acordara de nuevo de la pregunta de Matilda—. Un día observé que había un ladrillo suelto en un lugar algo elevado de una pared. Tuve que encaramarme a una caja para alcanzarlo. Tiré de él y de pronto me lo encontré en la mano. La caja estaba en el espacio vacío que quedaba. No se puede imaginar cómo me latía el corazón.

Más o menos igual que el mío cuando la encontré en tu dormitorio, se dijo Matilda.

—En una ocasión le contaste a tu amiga Anne que la casa se alzaba sobre cimientos oscuros, ¿leíste el libro que contenía de la caja?

Laura se encogió de hombros.

—Lo intenté, pero no pude descifrar casi nada. Aunque lo que fui capaz de leer me asustó. Volví a meter el libro en la caja y no lo volví a sacar nunca más. —Se sonrojó—. Fue como si me hubiera traído mala suerte. No les dije a mis padres que lo había encontrado, y poco después...

Se quedó callada.

—¿Por qué te llevaste la caja a la escuela en vez de dejarla en tu casa? —preguntó Matilda con delicadeza.

Laura vaciló.

—Me pareció que era más seguro.

Matilda se inclinó hacia delante.

—¿Más seguro?

La joven apretó los labios y asintió.

—Laura, si quieres que te ayude, debo conocer la verdad.

Laura se aclaró la garganta.

—Charles me preguntó por ella. Debía de hacer un año de la muerte de mis padres. Me vino a ver a la escuela y me invitó a una pastelería. Me dejó comer todas las pastas que me apeteciera. Y entonces empezó a hacerme preguntas. Quería saber si coleccionaba cosas, por ejemplo objetos antiguos o bonitos, como hacen otras chicas. Al principio yo no sabía a dónde quería llegar. Luego me preguntó si yo o mi familia habíamos encontrado alguna vez algo en casa que pareciera valioso o raro. Dijo que el edificio era antiguo y que en él había vivido mucha gente antes que nosotros, que esas cosas podían pasar. Afirmó que le interesaban los objetos antiguos.

Matilda no se había equivocado con Easterbrook.

—¿Y entonces?

—Le dije que había heredado joyas de mi madre, un hermoso chal de encaje que había sido de mi abuela y una pluma estilográfica de mi padre. Deliberadamente empecé a enumerar cosas que él, como albacea, ya sabía y aproveché para observarlo. Vi que se impacientaba, que le hubiera gustado interrumpirme. La siguiente vez que estuve en mi casa, envolví la caja y la escondí en la escuela sin que nadie se diera cuenta.

—Mientras vosotros estabais de viaje, el señor Easterbrook escribió a la señorita Haddon y le preguntó si en la escuela quedaba aún alguna pertenencia personal tuya.

Laura la miró con asombro.

—¿Cree usted que él sospechaba que yo había escondido algo allí?

Matilda asintió.

—Me imagino que llevaba tiempo registrando toda la casa. Como tutor, él tenía las llaves y podía entrar y salir cuando se le antojara sin levantar sospechas. Como no encontró lo que buscaba ni allí ni en el legado de tus padres, solo lo podías tener tú, es decir, tenía que estar en la escuela. El problema es que él no podía acceder allí. Un hombre adulto deambulando por un colegio de chicas registrando habitaciones... Impensable. Así que ideó un plan: esperaría a que alcanzaras la edad para casarte y luego te sacaría de la escuela. Así lograría que tú le dijeras donde estaba la caja o le pediría a la escuela que la encontrara y se la entregara. No tenía nada que perder. Al ser tu tutor, solo tenía que esperar una ocasión favorable.

Laura no pudo permanecer más tiempo sentada.

—¡Pero usted se adelantó a él! —exclamó con voz triunfante.

—En efecto, aunque fue gracias a tu presencia de ánimo.

—Es increíble. Dos tesoros en una sola casa... —Entonces se interrumpió y su rostro se ensombreció.

—¿Qué ocurre?

Se encogió de hombros.

—Todo parece muy plausible, pero... ¿de verdad Charles solo aspiraba a recuperar la fortuna a la que creía tener derecho? En ese caso, me habría podido hablar de ello, preguntarme, contarme toda la historia. No necesitaba comprometerse conmigo en matrimonio. —Vaciló—. Ni siquiera tengo la sensación de que yo le guste mucho. Hay algo aquí que no acaba de encajar. ¿Por qué se convirtió en nuestro abogado? ¿Y cómo se enteró de todo esto?

Matilda se preparó interiormente y respiró hondo.

—¿Te preguntas si de verdad fue casual que el descendiente de la familia que murió por culpa de un antepasado tuyo acabara trabando amistad con tus padres y ahora sea tu tutor y prometido? —La expresión de Laura se lo confirmó—. No fue casualidad.

—¿Qué quiere decir?

—Que los Easterbrook sabían la historia y se acercaron expresamente a tus padres.

Laura asintió lentamente.

—¿Alguna vez tus padres te contaron cómo conocieron a los Easterbrook?

—Los conocían desde que tengo uso de razón. Mi madre me dijo en una ocasión que el padre de Charles era miembro del mismo club que mi difunto abuelo. Seguramente fue allí donde trabaron amistad. En algún momento, el padre de Charles se convirtió en el abogado de la familia. —Laura vaciló y dijo pensativa—: Y entonces murieron mis padres.

Matilda sabía que aquel momento era extremadamente delicado. Levantar una sospecha falsa sería algo imperdonable. Por otro lado, hacía tiempo que Laura se había dado cuenta de que Charles Easterbrook era peligroso.

Cuando la muchacha por fin volvió a tomar la palabra, parecía hablar consigo misma, como tratando de explicarse lo sucedido.

—Mis padres me educaron de manera progresista. Nunca me habrían obligado a casarme con un hombre al que no quisiera, por muy amigo de la familia que fuera.

Levantó la mirada. Matilda se limitó a asentir.

—Pero entonces ellos ya no estaban. Charles pasó a ser mi tutor. No tengo dinero propio, ni estudios finalizados, y no puedo vivir por mi cuenta hasta que tenga veintiún años. Y todo el mundo está encantado de que Charles cuide tan bien de mí. —Dejó oír una risa amarga—. Ha conseguido que dependa por completo de él. El matrimonio solo es el último paso. No me atrevo a decirlo, señorita Gray, pero usted piensa lo mismo que yo, ¿verdad?

Matilda asintió.

—Es una sospecha muy seria. Y no podemos demostrar nada. La casa era, en efecto, muy antigua y vulnerable al fuego. La investigación no encontró indicios de que el incendio fuera provocado.

No apartaba la vista de la muchacha; a fin de cuentas, estaban hablando de la muerte de sus padres, de la posibilidad de que hubieran sido víctimas de un crimen, pero Laura parecía tranquila y contenida. Y entonces dijo algo inesperado:

—Es posible que tenga una pista. Ocurrió hace ya mucho tiempo y nunca más he vuelto a pensar en ello porque es algo que me entristece. Pero ha llegado el momento de recordar.

Juntó las palmas de las manos y se acercó las yemas de los dedos a la boca. Luego cerró los ojos y se concentró.

—En realidad, ese mismo jueves Charles iba a ir al campo con mis padres y el resto de invitados se reunirían con ellos el sábado por la mañana. Lo sé porque mis padres estuvieron hablando de ello durante la cena del miércoles. Entonces llegó un telegrama de Charles. Todavía me acuerdo de que mi padre soltó una carcajada y dijo: «Ahora resulta que John le ha endosado cita para mañana a las tres. Como si la lectura de un testamento no pudiera esperar al lunes: el muerto, muerto está». Mi madre lo regañó, aunque no muy en serio porque era incapaz de estar enfadada con él mucho rato: «George, no seas tan irreverente delante de la niña». Lo recuerdo porque yo no sabía muy bien qué significaba «irreverente». —Sonrió con tristeza—. Mis padres se marcharon a Cranbrook el jueves, tal y como estaba previsto. Y entonces, el jueves por la noche, la casa se incendió. —Se inclinó hacia delante—. ¿Lo entiende, señorita Gray? Seguramente la lectura de ese testamento solo fue un pretexto.

Matilda no quería contradecirla porque, de hecho, esa conclusión era muy convincente. Pero no podían permitirse el lujo de equivocarse.

—Laura, eso no es una prueba, solo es una sospecha. Ningún tribunal nos daría la razón basándose en esto. Es más, la policía no nos tomaría en serio si después de tantos años compareciésemos con algo así.

—¿Quiere usted decir que no podemos hacer nada? —preguntó Laura con voz temblorosa.

En ese instante fue como si en su interior, cuando por fin podía hablar con libertad tras meses de contención, reventara un dique bajo la presión de las emociones. Empezó a sollozar. Matilda fue a sentarse a su lado, ella levantó la mano.

—Déjeme terminar, señorita Gray. ¿Significa que voy a tener que casarme (algo que yo nunca quise) con un hombre al que no quiero y que tal vez mató a mis padres? ¿Con alguien que ha urdido lentamente una red en torno a mí de la que no puedo escapar? Lo único que yo quería era vivir a mi antojo, aprender, estudiar, ejercer una profesión, tal vez conocer a una mujer a la que amar. Estas esperanzas son las que me han ayudado a superar la muerte de mis padres, a mirar hacia adelante, a tener ganas de vivir. Entonces la conocí a usted. Fue muy importante para mí, aunque me dejó claro que yo nunca sería nada más que su alumna. Usted fue amable y comprensiva. Ha hecho mucho por mí, sobre todo en estos últimos meses. ¿Todo esto habrá sido en vano? Yo... ¡No quiero volver a sentirme encerrada!

Luego bajó la cabeza como si estuviera todo dicho.

—Oh, Laura. —Matilda se levantó, se sentó en el brazo de la butaca y atrajo hacia sí a la chica con dulzura—. Encontraremos una manera, pero...

Laura se separó de ella y la miró con determinación.

—No, yo encontraré la manera. Ahora me toca a mí.

—No actúes de manera precipitada, puede ser peligroso.

—Usted y el profesor no pueden hacer nada más, señorita Gray. Pero yo vivo con Charles bajo el mismo techo. En cuanto averigüe alguna cosa, le enviaré un telegrama. Mary lo hará por mí.

Laura levantó la barbilla para demostrar que su decisión era firme.

—Pero prométeme que serás prudente —dijo Matilda. Miró la hora y se levantó. Era arriesgado permanecer allí más tiempo—. ¿Quieres que siga guardando tus tesoros hasta...?

Laura asintió.

—Llevan tiempo bajo su protección. Sé que están en buenas manos. —Ella también se levantó y estrechó la mano de Matilda—. Quiero que sepa lo inmensamente agradecida que le estoy. Tal vez algún día podré compensarle por todo esto.

Matilda le dio un breve abrazo.

—Cuídate mucho.

Ya estaba casi en la puerta cuando se dio la vuelta. Sacó su cuaderno del bolso, anotó algo y le entregó a Laura la hoja arrancada.

—Aquí está mi dirección y la del profesor. ¡Ah, otra cosa! —Acababa de tener una idea—. ¿Tienes un retrato del señor Easterbrook?

Laura la miró sorprendida.

—Sí, me dio una foto suya en un pequeño marco de plata. Supongo que pensó que era algo romántico. —Su voz sonaba burlona—. Se la traeré.

Matilda oyó a Laura subir la escalera rápidamente. No sacó el pequeño retrato enmarcado del bolsillo de su falda hasta que regresó al salón.

—Espero que no se dé cuenta.

—Te lo devolveré cuanto antes.

Ya en el vestíbulo, Laura le dio un abrazo muy breve y se sonrojó ligeramente.

—Hasta pronto. ¡Mucha suerte con lo que sea que tenga usted en mente!

—Igualmente.

Matilda salió rápidamente de la casa y cruzó la calle. Cuando acababa de dejar atrás Bedford Square, se giró de nuevo y vio a Charles Easterbrook bajando de un coche de punto.

33

No es habitual encontrar damas aguardando ante mi puerta —dijo Stephen Fleming con ligereza, aunque recobró su actitud comedida al instante cuando recordó que todavía había algo entre ellos—. Espero que no haya cogido frío.

—Ni comparación con lo de ayer —respondió ella con una breve sonrisa—. Espero no molestar.

Él vaciló.

—En realidad, esta tarde a última hora tengo un compromiso, pero...

Ella se alisó el abrigo con gesto nervioso.

—Bien, pues, entonces será en otro momento. No quiero molestarle.

Se dispuso a marcharse, pero el profesor se lo impidió.

—Señorita Gray, da la impresión de que es un asunto importante. Parece usted inquieta. Mi colega ya se dará cuenta de que me ha salido un impedimento de última hora.

Ella quiso replicar, pero él ya había abierto la puerta principal y la hacía pasar al vestíbulo con suavidad.

—Tengo una fotografía de él —espetó ella al terminar su relato rápido mientras le tendía el retrato enmarcado—. Al menos debo intentarlo. Tal vez alguien se acuerda. Si Easterbrook estuvo allí esa noche, tuvo que tomar el tren. No tiene carruaje propio, y si hubiera alquilado uno habría llamado mucho la atención. Cranbrook es un lugar bastante pequeño; la gente se fija en los forasteros que llegan con el tren. Pero seguramente eso es lo que él habría querido evitar... Hum.

Miró a Fleming sin saber qué hacer.

Él, pensativo, dio otra calada a su pipa, la dejó a un lado y salió al vestíbulo. Matilda le oyó abrir un cajón y rebuscar en él. Entonces regresó con un libro desgastado en la mano y se lo tendió.

—¿Son horarios de tren?

Él asintió con la cabeza.

—Veamos cuáles son las estaciones más cercanas antes y después de Cranbrook.

Matilda comprendió y comenzó a pasar las páginas.

—¡Pues claro! Él pudo apearse una parada antes o después y luego haber seguido a pie.

—Exactamente. Usted ha dicho que era un invitado habitual en casa de los Ancroft. Seguro que pensó en que en la estación de Cranbrook lo podrían reconocer.

Ella levantó la vista.

—¿Y si todo esto solo es una figuración?

—Nada de lo que me ha contado en los últimos meses ha resultado ser producto de su imaginación. ¿A qué vienen esas dudas?

—Usted sabe cómo animar a la gente —dijo Matilda en voz baja.

—Mejor que a mí mismo —repuso él con un deje de amargura.

Ella no dijo nada y fue pasando páginas hasta que dio con la conexión ferroviaria adecuada.

—Cranbrook se encuentra en una línea secundaria que empieza en Paddock Wood y termina en Hawkhurst. Hay muy pocas paradas: Goudhurst, Cranbrook, Hawkhurst. ¿Tiene un mapa de Kent?

El profesor asintió y abrió un armario que contenía un montón de mapas. Sacó uno y lo desplegó sobre la mesa. Era un mapa topográfico oficial que presentaba todas y cada una de las localidades, por pequeñas que fueran. Señaló Cranbrook con el dedo. Matilda, a su lado, se inclinó sobre el mapa.

—Hawkhurst se encuentra a unos seis kilómetros y medio de Cranbrook —dijo—. Un adulto sano puede hacer este recorrido en hora y media.

—Bien pues, entonces vayamos ahí.

Matilda lo miró sorprendida.

—¿Ahora?

—Solo son las seis. ¿Quiere averiguarlo o no?

Ella asintió rápidamente.

—Vamos.

Matilda consultaba el reloj continuamente, deseando que el tren avanzara con más rapidez. Los barrios periféricos se deslizaban ante ellos y las ventanas iluminadas parecían estrellas brillando en las fachadas oscuras. El traqueteo uniforme de los trenes la solía adormilar, pero en esa ocasión estaba demasiado excitada para cerrar los ojos ni siquiera un segundo.

¿Qué diría Harry si la viera? En plena tarde de invierno, viajando con un hombre casado por el que sentía algo más de lo conveniente, decidida a preguntar en estaciones remotas de High Weald por un desconocido que tal vez se había apeado de un tren cinco años atrás. Visto desde la sensatez, aquella era una empresa totalmente descabellada.

Pero ella no contemplaba la situación desde la sensatez. Recordaba la mirada desesperada de Laura, el miedo que intentaba esconder y que, sin embargo, resonaba en cada una de sus palabras. «No quiero volver a sentirme encerrada».

Tenía que impedir ese matrimonio y proteger a Laura de los Easterbrook, incluso si eso significaba... Se sobresaltó sin acabar de elaborar ese pensamiento.

—¿Qué ocurre, señorita Gray? —preguntó Fleming, preocupado.

—Ah, solo pensaba...

Se interrumpió. Él se inclinó hacia delante sin tocarle la mano, limitándose a mirarla.

—¿Se arrepiente de todo esto?

Ella negó con la cabeza.

—No, en absoluto. Me acaba de venir a la cabeza que tal vez voy a tener que buscarme otro trabajo, independientemente del resultado de toda esta historia. La escuela no tolerará que una profesora desoiga las órdenes de su directora y se lance a hacer averiguaciones por su cuenta. Y encima, a última hora de la tarde y en compañía de un desconocido.

Él volvió la vista hacia la ventana.

—Lo lamentaría profundamente.

—No es culpa suya. Yo le pedí ayuda y le estaré eternamente agradecida. Sin embargo, estoy actuando en contra de las órdenes explícitas de la directora, y estas cosas están mal vistas.

—¿Y si todo sale bien?

—Es preciso que salga bien; de lo contrario, Laura perderá su libertad y yo, mi trabajo. —Sonrió un poco avergonzada—. Dicho así parece sacado de una novela de Adela Mornington, pero me temo que es cierto.

Él se reclinó en el asiento y cruzó los brazos.

—En ese caso, saldrá bien.

Al llegar a Paddock Wood tomaron el tren vacío en dirección a Hawkhurst. El revisor les comentó que aquella línea secundaria apenas se utilizaba y que, aunque la zona era idílica, era remota. Tiempo atrás había habido una conexión directa con Londres, pero al final tuvo que suspenderse por falta de demanda.

—Un momento, por favor. ¿Usted conoce a este caballero?

Matilda le mostró al revisor la fotografía en el marco de plata. El hombre lo miró y negó con la cabeza.

—No, señorita. ¿Acaso debería?

—Es un viejo conocido nuestro que solía viajar aquí a menudo. Dice siempre que en este trayecto viaja tan poca gente que el revisor lo saluda con un apretón de manos.

—Lo siento, solo llevo en esta ruta desde el año pasado, señorita.

El hombre se despidió llevándose la mano a la gorra y siguió andando. En cuanto se hubo alejado lo suficiente para que no los oyera, Fleming la miró y se echó a reír.

—Realmente usted se las sabe todas.

Matilda se encogió de hombros.

—La necesidad agudiza el ingenio.

—Podemos utilizar esa misma treta en Hawkhurst.

Luego volvieron a quedarse sentados en silencio. La oscuridad era tan impenetrable en el exterior, que el tren bien podría estar atravesando un planeta lejano. Excepto el traqueteo y el silbido ocasional de la locomotora, no se oía nada más.

Matilda se imaginó a Easterbrook tomando el mismo camino, impulsado por un deseo irrefrenable de asegurarse la fortuna que consideraba suya. Ya había concebido un plan para acercarse a pie a la casa de campo de noche, cuando sus amigos ya estuvieran dormidos sin sospechar que su antigua casa de techo de paja sería su fin...

—¡Próxima parada, Goudhurst! —exclamó el revisor.

Se quedaron sentados porque querían empezar a buscar desde la estación final.

En Hawkhurst, además de ellos, solo bajaron dos hombres que arrastraban una caja pesada. Había un único andén mal iluminado, con un pequeño edificio con marquesina que ofrecía escasa protección frente a la intemperie. Miraron a su alrededor. Fleming señaló la puerta del edificio de la estación.

—Venga conmigo. No quiero quedarme aquí más tiempo del absolutamente necesario.

Entraron en una pequeña sala de espera en la que retumbaba el ruido de una estufa. Matilda sostuvo las manos encima, pero se dio la vuelta de inmediato en cuanto la puerta se abrió tras ellos. Un anciano vestido con uniforme de guardavía asomó la cabeza y los miró con sorpresa. Su bigote blanco tenía un toque amarillento a causa del tabaco; en el cenicero sobre la mesa había una pipa encendida.

—¿Qué puedo hacer por ustedes a estas horas?

Se acercó arrastrando los pies y colgó la gorra en un gancho de la pared.

Matilda volvió a sacar la fotografía y sonrió en un gesto de disculpa.

—Es solo una pregunta. Mi primo Charlie ha apostado conmigo que todos los jefes de estación de la línea de Hawkhurst lo conocen. Dice que es la línea ferroviaria con menos pasajeros de Inglaterra.

El jefe de estación sonrió y cogió su pipa.

—He oído decir que hay líneas con menos gente, pero en el sur no conozco ninguna que la supere. —Se encogió de hombros—. A mi edad es muy agradable. Menos trabajo para estos viejos huesos.

Matilda le tendió la fotografía.

—Este es mi primo Charlie. Me gustaría ganar la apuesta, pero necesito su ayuda. Solía venir por aquí con regularidad hasta hace unos años.

El hombre miró la fotografía y frunció el ceño.

—Hum, no sé. —Se tiró del bigote en un gesto pensativo. —Aunque, esa cara... me parece...

Matilda apenas se atrevía a respirar. Fleming tenía la vista clavada en el jefe de estación.

Entonces el hombre se dio una palmada en la frente.

—Es el hombre que se esfumó.

—¿Cómo dice?

Él hombre soltó una risa.

—Es una broma entre Tom, mi antiguo ayudante, y yo. Como se pueden figurar, cuando un forastero se apea aquí llama la atención. La gente como ustedes, que no son de la zona. Este hombre se apeó aquí una vez. Le pregunté si llevaba equipaje, o si quería que llamara a un carruaje, pero él me dijo que no necesitaba nada. Fue bastante grosero. Así que le dije a Tom que, cuando regresara, ese hombre me iba a oír. —Hizo una pausa dramática—. Sigo esperando a que vuelva. Tom entretanto murió.

—¿Cuándo fue eso? —preguntó Matilda sin aliento—. De eso debe de hacer algunos años.

—Y tanto, y tanto —dijo el jefe de estación—. Tom murió en el 98, así que eso fue antes. Esperen, sí, ahora me acuerdo. Fue antes de que cayera la noche en que se produjo aquel terrible accidente en Cranbrook. Aquel incendio. Murió un matrimonio de Londres. Una historia horrorosa.

—Oh, eso es terrible—dijo Fleming con consternación—. Debió de ser una tragedia para la zona.

El anciano asintió.

—Ya saben lo que ocurre. Cuando sucede algo malo y alguien te pregunta años después, eres capaz de recordar exactamente todo lo que hiciste ese día. Sé que mi Millie había hecho chuletas de cordero asadas para el almuerzo. Y que Tom barrió la hojarasca. Y que, por la noche, aquel desconocido se apeó del tren. Dice usted que es su primo Charlie. Pregúntele a dónde fue a parar. Y dígale que no hay nada malo en ser amable con un jefe de estación. Me desperté en medio de la noche y me acerqué a la ventana. Olía a humo. Entonces vi llamas en Cranbrook. Está a pocos kilómetros. Una noche siniestra, le dije a mi Millie, una noche muy siniestra.

Tomaron el último tren hacia Paddock Wood. Cuando se sentaron en el compartimento, se miraron triunfantes.

—Nunca debió dudar de sí misma.

—Él estuvo aquí. —Matilda apenas podía creerlo—. ¡Estuvo aquí de verdad! Y apostaría a que después de provocar el incendio caminó hasta Goudhurst y tomó el tren allí. Él confiaba en que nadie lo reconocería porque normalmente subía y bajaba en Cranbrook.

—Y su plan habría funcionado si usted no hubiera planteado las preguntas correctas —dijo Fleming con aprecio—. Después de tantos años.

De repente, Matilda sintió mucho frío. Unos puntitos negros danzaron ante sus ojos y entonces notó una mano cálida se acercaba a ella y la apretaba suavemente en el asiento.

—Señorita Gray...

La voz venía de lejos.

—Señorita Gray, Matilda, ¿qué le pasa?

Entonces notó algo duro en los labios y sintió un olor intenso a alcohol.

—Beba.

En cuanto notó el calor del brandy en garganta, recuperó la sensación en su cuerpo entumecido. Fleming estaba sentado a su lado, con una vieja petaca de plata en la mano.

—¿Quiere otro sorbo?

Ella negó con la cabeza.

—No, gracias. Estoy bien.

—¿Qué ha pasado?

De repente él estaba muy cerca de ella.

—Es eso que ha dicho usted..., eso de que hice las preguntas correctas: Laura está en grave peligro —dijo nerviosa—. ¿No lo entiende? Está decidida a enfrentarse a Easterbrook, a hacerle preguntas. Entonces él sabrá que alguien le sigue la pista. Ese hombre ha cometido dos asesinatos y Laura se encuentra a su merced.

34

Llegaron al Puente de Londres en torno a medianoche. Cuando el tren se detuvo con una sacudida, Matilda apenas conseguía mantener los ojos abiertos. El profesor la ayudó a levantarse de su asiento mientras ella, algo avergonzada, asía el bolso.

—Gracias, estoy bien.

Ya de pie, en el andén, tiritaba.

—La acompañaré a casa. Hoy ya no podemos hacer nada más —dijo Fleming ofreciéndole el brazo.

Matilda vaciló. Sentía el impulso de hacer algo, de acudir a la policía, de dar la alarma, de activarlo todo para sacar a Laura de esa casa. Pero era consciente de que su teoría sonaría extraña y poco creíble a personas ajenas. Seguían sin tener pruebas concluyentes.

—No debe rendirse ahora, Matilda. —La voz de él sonaba cálida a sus oídos. Además, volvía a llamarla por su nombre de pila—. Está usted cansada y muerta de frío. Mañana ya veremos cómo podemos sacar a Laura de allí.

¡Qué bien la conocía! ¡Y qué cerca se mantuvo de ella cuando abrieron la puerta y salieron a la calle! Las farolas de la calle se reflejaban borrosamente en los adoquines húmedos, y él llamó un coche de punto con un gesto de la mano.

—A Beaufort Street.

Matilda se reclinó en el asiento acolchado y cerró los ojos. Tenía la mente en blanco, como si el frío y el cansancio le hubieran borrado todos los pensamientos. Aquel viaje estaba a punto de terminar: habían conseguido muchas cosas y, sin embargo, seguía habiendo dudas.

Finalmente se durmió y no reparó en que su cabeza se inclinaba hacia la izquierda, hacia el hombro de Fleming.

De pronto, el carruaje se detuvo. El cochero soltó una maldición, azotó el látigo y desvió el vehículo de un obstáculo.

Matilda dio un respingo y notó el tacto áspero de la lana en la mejilla izquierda. Entonces cayó en la cuenta de que era el abrigo de Fleming. Tragó saliva y se sentó con la espalda recta.

—Perdón, me he quedado dormida.

Él tenía la vista clavada delante.

—No hay motivo para disculparse.

Su voz parecía contenida.

—Me... me incomoda. Porque yo...

Se calló, avergonzada.

—¿Por haberse apoyado en el hombro de un hombre casado, que está dispuesto a iniciar los trámites de divorcio tras darse cuenta de lo mucho que usted significa para él, después de haberle dejado muy claro que no desea amistad con él?

Matilda se deslizó al rincón opuesto y lo miró bajo la penumbra.

—Realmente usted puede llegar a ser muy mordaz.

Él rio con suavidad.

—Yo diría sincero.

—¿Es cierto?

—¿Que soy sincero?

—No, lo otro que ha dicho. Lo del divorcio.

Una voz le advertía que aquel no era el momento adecuado. Pero era incapaz de despedirse de él sin obtener una respuesta.

—Inmediatamente después de esa tarde en que casi nos besamos, fui a High Lavering, visité a Margaret y hablé con su médico. Me confirmó de nuevo que no hay esperanzas de mejora. Ella vive en su propio mundo, del que probablemente nunca logrará salir. El médico se mostró muy comprensivo cuando le comuniqué mis intenciones. No todo el mundo se muestra así cuando oye hablar de divorcio... pero es algo que asumo. —Hizo una pausa—. Es decir, podría asumirlo si hubiera la posibilidad de...

Se hizo el silencio.

Matilda miró por la ventana. Estaban pasando por King's Road, no estaban lejos de casa. Ella pensó febrilmente qué decir, qué era lo correcto, qué no lamentaría al día siguiente, o la semana siguiente. Él la libró de tener que decidirse.

—Vamos a ayudar a Laura ahora, y cuando todo esto termine, volveremos a cenar comida italiana. ¿De acuerdo?

Cuando el coche de punto se detuvo frente a la casa, Fleming saltó y ayudó a bajar a Matilda. Hizo una señal al cochero para que aguardara y, cuando se disponía a acompañar a Matilda hasta la puerta principal, esta se abrió de golpe. En el umbral estaban la señora Westlake y el capitán Harry Gray.

—¿Qué ocurre? —exclamó Matilda al ver sus expresiones de preocupación.

Luego se volvió hacia Fleming, que la miró sin saber qué hacer.

—¿Le parece que...?

—Sí, por favor.

Él regresó al coche de punto y pagó; luego el cochero se despidió desde el pescante llevándose el dedo a la gorra y se marchó abrigado como una momia.

—Adentro —ordenó la señora Westlake—, no podemos estar de pie en medio de la calle en plena noche.

Cerró la puerta e hizo pasar a los tres en el salón.

Harry y Fleming se presentaron de forma escueta dirigiéndose miradas de recelo.

—¿Qué ha ocurrido? —insistió Matilda.

La señora Westlake sacó un papel del bolsillo de su falda y se lo entregó a Matilda.

—No debería haberlo leído, pero no sabía dónde estaba usted. Y parecía urgente. Lo siento, Matilda, pero con todo lo que sé, me ha parecido prudente avisar a su hermano. Lleva horas esperando aquí conmigo.

Un telegrama.

Enviado a las siete menos diez de la tarde.

AYUDA STOP QUIERE ALEJARME DE AQUÍ STOP PREGUNTÉ POR MIS PADRES STOP URGENTE STOP LAURA

Matilda le entregó a Fleming el telegrama sin decir palabra.

—¡Maldición!

—¿Qué significa todo esto, Tilda? —preguntó Harry—. No teníamos ni idea de dónde estabas. He preguntado en la escuela. Me dijeron que te habías tomado la tarde libre para estar conmigo.

Matilda se mordió el labio y bajó la mirada. El encuentro con Laura, el largo viaje en tren con Fleming, las palabras de él en el carruaje, que en la escuela la tomaran por mentirosa, que Harry se sintiera traicionado, y ahora el telegrama de Laura...

—Siéntese —dijo una voz cálida junto a su oído mientras una mano la obligaba a sentarse en la butaca más próxima—. Caballero, hoy su hermana en pocas horas ha logrado grandes cosas. Permita que se recupere un momento.

Matilda solo escuchó vagamente la respuesta de Harry. Luego oyó la voz de la señora Westlake:

—¿Está en peligro esa muchacha? ¿Debemos llamar a la policía?

Matilda levantó rápidamente la cabeza e inspiró profundamente para disipar la niebla que tenía ante los ojos.

—¡No! Tenemos que ir a Bedford Square antes de que él se lleve a Laura. A la policía podemos acudir en cualquier momento, pero si esperamos a mañana, tal vez sea demasiado tarde. —Miró a su hermano—. Harry, esto ha dejado de ser una aventura. Sospechamos —dirigió la vista a Fleming, que se había quedado quieto junto a su asiento— que el tutor de Laura mató a sus padres. Y tememos que se sienta acorralado ahora que Laura le ha planteado preguntas incómodas. Él no sospecha que nosotros estamos al corriente de todo. Debemos aprovechar esa circunstancia para sorprenderlo.

Fleming miró a Harry.

—Matilda tiene razón. Venga conmigo y se lo explicaré.

Saludó con un ademán de cabeza a las mujeres y salió al vestíbulo con Harry. La señora Westlake sirvió a Matilda agua de una jarra.

—Beba un poco, querida. Le traeré un trozo de pastel y luego ya se podrá dedicar a salvar a la muchacha. —Al llegar a la puerta de la estancia se dio la vuelta e hizo un ademán brusco con la cabeza señalando el vestíbulo—. Cuando todo esto termine, se ocupará de él. Y, no, no me refiero a su hermano.

Dicho esto, se marchó de la estancia.

Poco después, Matilda estaba en King's Road acompañada de Stephen Fleming y de Harry para coger un coche de punto. Tuvieron que esperar varios minutos, ya que las calles estaban desiertas. La hostilidad de Harry había disminuido, aunque aún dirigía miradas recelosas a ella y a Fleming.

Por fin llegó un coche y se apresuraron por las calles gélidas en dirección a Bedford Square. A Matilda el corazón le latía tan fuerte que apenas podía soportarlo. Era como si estuviera a punto de estallar por la tensión y la preocupación.

—Llamaré a la puerta. Vosotros esperad cerca sin que os vean.

Harry se aclaró la garganta.

—Por desgracia, no voy armado.

Matilda lo miró estupefacta, pero Fleming respondió impasible:

—Es una lástima, capitán; en ese caso, nuestros puños deberían ser suficientes.

Cuando oyó esas palabras, ella sintió un estremecimiento agradable. Era bueno saber que no estaba sola. Entre los tres lo conseguirían.

Cuando el coche de punto se detuvo frente a la casa, Harry pagó y la ayudó a apearse. Antes de que Matilda llamara a la puerta se miraron entre ellos y asintieron en silencio.

La casa estaba a oscuras y solo había una ventana iluminada en la planta baja. Unos pasos pesados, de hombre, se aproximaron en el interior.

—¿Quién anda ahí?

—Soy Matilda Gray. La señorita Ancroft me ha pedido ayuda.

El silencio se prolongó tanto tiempo que llegó a temer que no la dejaría pasar. Entonces se abrió la puerta. Se encontró frente ella a Charles Easterbrook, con un batín bordado que le cubría la camisa y el chaleco. Él sonrió con sorna.

—La omnipresente señorita Gray. Su interés por mí resulta excesivo; ha llegado incluso a visitar a mi padre al bufete. Pero, ah, no, no fue usted. Fue la señorita Jones. ¿Qué quiere esta vez?

En ese momento Fleming y Harry surgieron entre las sombras.

—¿Qué significa esto? A mí no me acosa nadie en mi propia casa en medio de la noche. Si no se marchan, llamaré a la policía.

—Capitán Harold Gray, de los Fusileros de Northumberland, señor. Mi hermana ha recibido una petición de auxilio de esta casa. Nos gustaría darle la oportunidad de explicarse, pero también podemos llamar a la policía.

Easterbrook vaciló y se hizo a un lado para dejarlos entrar.

—Esto solo puede ser un malentendido que se aclarará rápidamente.

En el vestíbulo había unas maletas junto a las cuales se apilaban varias cajas de sombreros. Matilda se alegró de no haber esperado al día siguiente.

Easterbrook los acompañó a la misma sala de estar en la que había estado aquella tarde. Matilda volvió a tomar la iniciativa.

—Laura me ha enviado un telegrama pidiendo ayuda. Tiene miedo de usted.

Easterbrook negó con la cabeza con ademán apesadumbrado.

—Tenía esperanzas de que el viaje le sentara bien. Pero Laura es sensible y sus nervios están afectados. Tiene una imaginación muy vívida y a veces se deja llevar por ella. Esperemos que eso vaya a menos conforme crezca y madure. El matrimonio con un hombre mayor que ella le dará más fortaleza interior.

Matilda no podía entender cómo sus compañeras en la escuela, todas ellas mujeres bien educadas, se habían dejado engañar por él. ¿Había sido solo su aspecto atractivo, o era porque era muy bueno fingiendo y ocultando tras su porte sofisticado un modo de ser despectivo y burlón?

—Casarse con usted sería lo peor que le podría pasar a Laura —respondió ella sin rodeos—. No confía en usted. No quiere casarse. Quiere terminar los estudios y decidir por sí misma qué camino tomar. Pero, sobre todo —alzó la voz—, Laura sabe que a usted solo le interesa su dinero. Sabe la historia de los Ancroft y los Cleland, ahora Easterbrook. Conoce el legado que alberga la antigua casa.

El silencio en la sala se podía palpar. Matilda escrutó el semblante de cada uno: vio sorpresa en Harry; admiración en Stephen e incredulidad en Easterbrook.

—¿Y bien, señor Easterbrook? ¿Le sorprende que sepamos lo que les ocurrió a los Cleland durante la peste de 1665? Admito que fue laborioso, pero el profesor Fleming me ayudó mucho. Él es experto en historia de Londres y se adentró conmigo en el sótano de los Ancroft. La de cosas que encontramos allí.

Hizo una pausa dramática. La atención de los hombres la espoleaba y le daba una seguridad insospechada en sí misma.

—... unos muros romanos de gran importancia arqueológica...

—Eso no me interesa —la interrumpió bruscamente—. ¿Qué más?

Matilda respondió con otra pregunta.

—¿Me mostrará la carta?

—¿Qué carta?

—La que John Cleland le escribió a su hijo Anthony poco antes de morir encerrado en su propia casa en el verano de 1665.

Era un tiro a ciegas.

Pero la expresión de él demostró que acababa de dar en el clavo.

—No hace falta que la busque.

Las cuatro cabezas se volvieron hacia la puerta. Allí estaba Laura, pálida pero erguida, sosteniendo una hoja de papel doblada. Se acercó para entregársela a Matilda, pero Easterbrook se adelantó y se interpuso. Le agarró la mano, apretándole la muñeca con tanta fuerza que Laura soltó un grito.

Al instante, Harry se acercó a él y lo asió por detrás.

—¡Suelte a la chica!

Easterbrook se dio la vuelta rápidamente.

—¡Ha estado registrando mis cosas en mi propia casa!

—Siéntese —dijo Stephen Fleming con voz cortante.

Acto seguido Harry arrojó al abogado a una butaca.

Laura entregó a Matilda el papel que sostenía en la mano.

—Envié el telegrama, pero no sabía si llegaría a tiempo. La espera casi me vuelve loca. —Señaló detrás de ella, hacia el vestíbulo—. Ya lo ven. Está todo empaquetado. De nuevo pretenden alejarme de aquí. Como Charles estaba abajo, busqué en su dormitorio. Era mi única oportunidad.

Matilda miró el papel doblado, en el cual por fuera se podía leer, escrito en caligrafía antigua: «Para mi hijo Anthony Cleland». Aún quedaban restos de lacre. La desplegó con respeto. Era una carta muy antigua, tenía la tinta muy corrida y la escritura apenas se podía descifrar.

—Stephen, ¿nos la podría leer?

Él tomó el papel, lo miró detenidamente y luego leyó:

Londres,
Anno Domini 1665

Querido hijo:

Cuando recibas estas líneas, todos nosotros habremos fallecido. El destino cruel impide que nos volvamos a ver, pero en estas horas de necesidad nuestros pensamientos están contigo.

Un desalmado nos ha calumniado denunciándonos por ocultar una muerte por la peste. Esta mentira ha significado nuestra desgracia, pues han cerrado la casa y, con ella, a todos los que la habitamos. La enfermedad y el hambre nos consumen y, con nosotros, también desaparecen nuestras esperanzas.

Sospecho que fue Ancroft. Él sentía envidia de mí, aunque supo ocultarla bajo una capa de cortesía y altruismo. Es el único que podría beneficiarse de nuestra desaparición.

El mundo, adepto al engaño, cree a quienes avivan los miedos. Me pregunto dónde estará Dios en estos días, aunque me esfuerzo por conservar mi fe. Porque solo Él me da esperanzas de que nos volveremos a ver en otra vida.

Querido hijo, este es mi testamento. Los bienes que poseo, excepto la casa, se encuentran en lugar seguro. Sin embargo, estos son tiempos inciertos y no sé si esta carta te llegará intacta. Como no deseo que tu herencia caiga en las manos equivocadas, tal vez incluso en las de quienes nos han llevado a la ruina, atiende a lo siguiente:

Tu querida hermana Katie esconderá en casa todo cuanto le es querido y también nuestra historia. Allí encontrarás la clave para hacerte con tu herencia.

Discúlpame por no poder explicarme con más claridad, pero eso no es posible.

Que el Señor te bendiga y te ayude. No te enfrentes a tu destino, sigue tu camino.

Tu padre, que te quiere,
JOHN CLELAND

Siguió un silencio profundo. Una voz les acababa de hablar desde siglos atrás y nadie podía resistirse a su poder.

—«... amapola está ... oro» —dijo Matilda por fin—. Son las palabras al final del escrito de Katie. Y resultó que sobre la amapola dimos con el oro.

Matilda notó que Laura a su lado se ponía tensa y le puso la mano en el brazo para tranquilizarla.

—¿De dónde sacó la carta, señor Easterbrook? ¿Cuánto tiempo lleva en posesión de su familia?

Él se levantó de un salto, pero Fleming logró apartar el papel de su alcance.

—Responda a la señorita Gray.

Con un movimiento brusco de cabeza, el abogado se acercó a la chimenea y apoyó la espalda en ella.

—Mi padre se dedica a la genealogía. Una ocupación que nunca me interesó hasta que dio con esa carta.

—¿Dónde la encontró su padre?

—En los registros parroquiales de St. Mary Abchurch. Había rastreado la historia de los Cleland y había averiguado que vivían en la parroquia de St. Laurence Pountney, una parroquia que después del Gran Incendio se fusionó con St. Mary Abchurch, que es donde estuvo la carta durante siglos. Nunca llegó a manos de Anthony. Él no supo jamás lo que le habían hecho a su familia. —En ese momento, su semblante cambió, deformado por la ira—. Usted, señorita Gray, aparece en mi casa como si fuera una salvadora después de rebuscar en libros antiguos y dar con un secreto: una historia espeluznante que la entretiene. No es más que una maestrilla de escuela en busca de diversión ante su aburrida rutina diaria. ¿Qué sabrá usted de la vida?

Matilda no se dejó engañar.

—¿Qué hizo su padre con la carta?

—Le pareció interesante. Entonces le entró la curiosidad y empezó a investigar qué había sido de los Ancroft. Y de ese modo conoció al abuelo de Laura.

—¿Alguna vez su padre tuvo la intención de reclamar la propiedad de su familia?

—Por supuesto que no. —Easterbrook la miró despectivamente—. Como abogado, sabía que tenía todas las de perder. No podía demostrar que Gabriel Ancroft hubiera calumniado a los Cleland y, aunque lo hubiera hecho, había pasado mucho tiempo.

Matilda le sostenía la mirada.

—Pero usted no lo veía así, ¿verdad? Usted pretendía recuperar lo que le habían quitado a su familia, y eso implicaba a Laura. —Hizo una pausa—. Dice usted que su padre sabía que no podía hacer nada desde los tribunales. Entonces, ¿por qué se convirtió en el abogado de la familia que había destrozado la vida de sus antepasados? No tiene sentido. A menos, por supuesto...

—... él buscó la proximidad con la familia con la esperanza de hallar algún modo —dijo de pronto Laura. Todos los ojos se volvieron hacia ella—. Tu padre se convirtió en el abogado de mi familia y tú lo sustituiste. Tal y como ha dicho la señorita Gray, solo había un modo y este me concernía a mí. Te convertiste en mi tutor. Puedes disponer de mis bienes mientras yo no alcance la mayoría de edad. Es más, puedes disponer de mi vida. Viajaste conmigo por Europa durante meses, a pesar de que yo prefería ir a la escuela. Me presentaste en sociedad y te granjeaste elogios por cuidarme con tanto esmero. Pero en cuanto yo hacía o decía algo que tú no aprobabas, me encerrabas. Me castigabas.

La risa de Easterbrook le deformó todo el rostro.

—Eres más lista de lo que pensaba. Más incluso que tu señorita Gray. Sí, te encerraba. Porque eso es lo que les hicieron a los Cleland, y de una forma peor y más cruel. ¿Qué es tu vida encerrada en una jaula de comodidades comparada con una muerte miserable en la propia casa? No puedes quejarte, querida. No es posible que te disguste tanto vivir a mi lado.

Entonces Matilda se dio cuenta de que el dinero nunca había sido la motivación principal de Easterbrook. Lo que había empezado con la curiosidad por conocer la historia de la familia y la esperanza de hacer fortuna se había convertido en una obsesión. Una obsesión por la que él habría sacrificado la vida de una muchacha.

—Nunca creí que Laura abandonara la escuela y se comprometiera con usted por voluntad propia. Ella me envió un mensaje. Mientras usted viajaba con ella por Italia y Grecia, el señor Fleming y yo logramos encajar las piezas de este rompecabezas. Ella le tenía miedo, y ese miedo fue lo que la ha salvado.

Easterbrook dio un paso hacia ella.

Harry quiso intervenir, pero Matilda levantó la mano.

—No te preocupes, el señor Easterbrook no hará daño a una dama.

—No, pero ahora mismo pondré fin a toda esta comedia. Laura, ve a tu habitación. No tengo que seguir escuchando esto, señorita Gray. Caballeros, salgan de mi casa ahora mismo o llamaré a la policía.

Fleming y Harry Gray se miraron y se apostaron delante de la puerta de la estancia.

A Easterbrook se le encendió el rostro.

—¡Esto es un atropello!

Matilda lo miró con calma.

—Todavía no he terminado. Usted se convirtió en tutor de Laura tras la muerte de los padres de ella. Fue un trágico accidente: una vieja casa que se incendió y ardió por completo.

—En efecto, fue un trágico accidente. Y yo asumí la responsabilidad de ayudar a Laura —intervino Easterbrook.

—Usted lo sabía todo: que la casa era vieja y ardería fácilmente; que Laura no tenía parientes cercanos en Inglaterra aparte de sus padres; que los Ancroft iban a Cranbrook ese fin de semana. De hecho, estaba previsto que usted acompañara al matrimonio, pero entonces surgió esa estúpida lectura del testamento que se lo impidió.

Una leve contracción de los labios, un parpadeo de asombro. Matilda supo que había ganado.

—No es nada inusual, si no fuera porque esa noche usted fue a Kent, apenas unas horas después que los Ancroft. Tomó el último tren, pero no se apeó en Cranbrook, sino en Hawkhurst, la estación siguiente y final de línea. El jefe de estación lo recuerda bien. Y sabe además que no regresó desde allí. Lo recuerda tan claramente porque toda la zona estaba conmocionada. Dos personas, gente que no era del lugar pero sí unos visitantes muy apreciados, habían muerto en un incendio esa misma noche. Usted, señor Easterbrook, estuvo allí. Y probablemente tomó el primer tren de Goudhurst a la mañana siguiente.

Matilda miraba preocupada a Laura. Le hubiera gustado prepararla para esa revelación. Para su alivio, la chica estaba pálida, pero entera.

—Me interesaría saber lo que su padre tiene que decir al respecto —prosiguió—. ¿Lo sabe? ¿Planeó ese crimen atroz con él? ¿O tal vez lo sospecha pero reprime ese conocimiento porque no quiere perder la fe en su hijo? Creo que deberíamos pedirle que venga.

Easterbrook se precipitó hacia ella con el puño en alto. Matilda no sabría decir quién saltó primero para ayudarla, si Harry o Fleming. Laura dio un grito, una butaca se volcó y un cuerpo cayó al suelo pesadamente. Segundos después, Fleming hincaba la rodilla en la espalda de Easterbrook mientras Harry presionaba su cabeza contra el suelo.

La puerta se abrió de golpe. John Easterbrook estaba en el umbral sosteniendo el batín con una mano.

—¿Qué está ocurriendo aquí?

Detrás de él asomó Mary, la criada, que no se atrevía a entrar en la estancia.

—¡Llamen a la policía! ¡Ahora mismo! —ordenó Harry con tono autoritario. Matilda nunca había visto a su hermano así—. Su hijo ha atacado a mi hermana. Tenemos algunas cosas que contarle a la policía.

El viejo Easterbrook miró a cada uno de ellos con asombro. Entonces su mirada se posó en Laura.

—Jovencita, ¿qué significa esto? ¿Qué quiere esta gente?

—Será mejor que se lo pregunte a su hijo, señor.

35

Al principio, el detective inspector Matthews, del Departamento de Investigación Criminal de New Scotland Yard, se mostró reticente cuando leyó el informe de sus colegas de la policía uniformada que habían recibido la llamada de una casa en la respetable zona de Bedford Square. Según el escrito, cuatro personas —una maestra de escuela, una muchacha joven, un capitán del Ejército de Su Majestad y un profesor universitario— sostenían de forma unánime que uno de los habitantes de la casa, un abogado reputado de Chancery Lane, había matado años atrás a los padres de la muchacha en un incendio provocado con el fin de casarse más adelante con la chica y hacerse con la fortuna de ella, una fortuna que por razones morales aunque legalmente inadmisibles correspondía a la familia de él. El motivo de esa reivindicación moral era un crimen que había tenido lugar en Laurence Pountney Hill en el siglo XVII, del cual habían sido víctimas los antepasados del abogado y por el cual su familia había perdido sus bienes, su posición económica y su hogar. Aquella enmarañada historia se había conseguido desentrañar descifrando documentos antiguos, examinando dibujos guardados en joyas e investigando un sótano en el que el profesor y la maestra habían entrado con un permiso cuestionable.

Matthews se llevó una grata sorpresa cuando al día siguiente se encontró cara a cara con las cuatro personas. Todos parecían sensatos, cabales y dispuestos a resolver el asunto rápidamente.

Una hora más tarde, se encontró examinando la curiosa colección de objetos que tenía sobre el escritorio: una bonita caja de madera, un medallón de plata metido en una bolsa de terciopelo azul, un vial de cristal verde para colgar al cuello, un libro antiguo encuadernado en cuero rojo sobre un pañuelo bordado; también había una carta quebradiza con restos de un sello de lacre y, finalmente, un pequeño cofre guarnecido con herrajes que contenía un fajo de papeles y numerosas monedas de oro cuyo brillo no había resultado afectado por el tiempo.

—Llevo en la policía veinticinco años y nunca me había encontrado con nada que fuera ni remotamente tan fascinante e increíble. Sin todo esto —señaló la mesa—, la verdad, no habría creído ni una palabra. Pero así las cosas...

Los cuatro visitantes lo miraron expectantes.

—Así las cosas, reabriremos el caso y llevaremos a cabo interrogatorios más exhaustivos en Cranbrook y alrededores. Ha pasado mucho tiempo, pero si ustedes, sin ser profesionales, han conseguido resultados, creo que nosotros, que nos dedicamos a ello, también los obtendremos. Deberán permanecer a nuestra disposición y declarar de manera detallada todo lo que han averiguado en sus pesquisas. —Carraspeó—. Otra cosa, y espero que se lo tomen como el cumplido que es: no nos suele gustar que unos aficionados interfieran en nuestra labor. Sin embargo, como de no ser por ustedes este crimen habría quedado impune, les felicito por ello. Señorita Gray, señor Fleming, ha sido un trabajo excelente.

Los cuatro se miraron entre sí. Harry se levantó y se encaminó hacia la puerta, pero Matilda aún no había terminado.

—¿Qué va a ser de la señorita Ancroft? Por lo que tengo entendido, el señor Charles Easterbrook está en prisión preventiva por riesgo de fuga y esto la deja sin tutor. Me parecería una irresponsabilidad y un peligro enviarla de vuelta a Bedford Square. El anciano señor Easterbrook podría ser cómplice.

Miró a Laura, que asintió con énfasis.

—Bueno, yo no soy ni abogado, ni juez, señorita Gray —dijo el detective—, pero entiendo sus reservas. ¿Qué propone usted? ¿Y cuál es su deseo, señorita Ancroft?

—La señorita Gray me ha ofrecido la posibilidad de quedarme en su casa de momento. Ella vive en una habitación alquilada en casa de una señora de cierta edad; me parece un arreglo que superaría cualquier sospecha de falta de decoro. Con el comienzo del año nuevo, yo podría regresar a la escuela. Mi mayor deseo es proseguir con mis estudios.

Ella habló de forma tranquila y contenida, y eso, al parecer, impresionó al inspector.

—En ausencia de un tutor adecuado, permito que la señorita Ancroft se instale con usted hasta nuevo aviso. Por favor, indique el nombre de la casera en la oficina.

Cuando los cuatro salieron del nuevo edificio de color rojo y con torreta, caían unos copos de nieve. La campana de la torre del reloj del Parlamento sonó con fuerza y Laura abrazó de repente a Matilda.

—Yo ya no necesito que llegue Navidad. Ya tengo mi regalo: ¡mi libertad! Muchas gracias. —Luego estrechó la mano de Stephen Fleming y Harry Gray—. Les estoy muy agradecida a todos ustedes. Me tomaron en serio y me creyeron. Sin ustedes yo hoy... —Tragó saliva—. Nunca olvidaré lo que han hecho por mí.

Después de los días festivos, a Matilda le aguardaba un momento difícil. La fiesta de Navidad había sido alegre e inusualmente animada, no solo porque Laura residía en la casa, sino porque Harry y Stephen las acompañaron en las famosas veladas de ponche y tartaletas navideñas de la señora Westlake. Durante esas horas logró abandonarse por completo a la alegría y no pensar en los dos oscuros nubarrones que se cernían aún sobre ella.

Matilda había pedido una entrevista con la señorita Haddon para el jueves que siguió a la Navidad. Aunque la escuela estaba cerrada por vacaciones, sentía que le debía una explicación a la directora. La señorita Haddon sabía que Matilda le había mentido. Aunque era consciente de que había obrado bien, y la detención de Easterbrook así lo confirmaba, el malestar de Matilda era demasiado grande como para aplazar esa charla por más tiempo.

—Por supuesto que aceptaremos a Laura de nuevo —dijo la señorita Haddon en un tono inusualmente amable y comprensivo cuando por fin se sentaron cara a cara—. Me incomoda la idea de haber sido engañada también por el señor Easterbrook. ¡Qué escándalo tan terrible! Me alegro de que las clases no empiecen otra vez hasta dentro de dos semanas; espero que para entonces no haya tanto revuelo. Evidentemente, es inevitable que las chicas pregunten a Laura, pero si ella es tan madura y equilibrada como dice usted...

—Lo es —se apresuró a decir Matilda—. Y además tiene muchas ganas de terminar sus estudios. Y yo estaré encantada de ayudarla a ponerse al día con las clases que se ha perdido.

La señorita Haddon asintió con la cabeza y bajó la vista hacia las manos, que había cruzado sobre la mesa. En la derecha llevaba un anillo de sello, la única joya que lucía.

—Le agradezco mucho que haya pedido usted esta entrevista por iniciativa propia. No es fácil para mí, pero debo decirle que, tras pensarlo cuidadosamente...

Aunque, por supuesto, Matilda ya lo suponía, aquello le rompió el corazón. Matilda sabía lo que iba a venir y permaneció sentada en silencio mientras veía cómo el futuro se le escapaba entre los dedos.

—... he llegado a la conclusión de que, lamentablemente, no puedo seguir teniéndola aquí como profesora. Nuestra escuela vive de su reputación. Usted salvó a Laura de una situación peligrosa y por eso merece el mayor de los elogios, pero su modo de proceder, tan poco convencional y del que se han hecho eco los periódicos, no se ajusta a los requisitos que exigimos a nuestro profesorado. Las familias van a temer que en cualquier momento usted pueda volver a meterse en una empresa parecida, e incluso arrastrar a sus hijas en ella. ¿Cómo puedo tranquilizarlas en este sentido?

—No lo sé, señorita Haddon. Yo contaba con sus reparos, no me sorprenden. Aun así, me decepciona que mi modo de proceder, que usted llama tan poco convencional, pese más que el hecho de que yo y mis amigos hayamos ayudado a una muchacha cuya vida, de otro modo, habría terminado en la desgracia y la desesperación. De todos modos, si ha perdido la confianza en mí, será mejor que me vaya.

La señorita Haddon apretó los labios.

—Lamento que no entienda mis objeciones.

—Las entiendo perfectamente. Pero veo que pesan más que el bien que yo y mis amigos hemos procurado a Laura. La reputación de su escuela no debería ser más importante que la felicidad de una muchacha. En cualquier caso, me gustaría pedirle una cosa: que me dé buenas referencias. Hasta donde yo sé, mi labor como profesora nunca ha sido motivo de queja.

La directora pareció sentirse aliviada de que Matilda no insistiera en conservar su empleo y asintió de buena gana.

—No solo le daré unas referencias excelentes que le permitan encontrar un nuevo empleo en cualquier momento, sino que también haré todo lo que esté en mi mano para que sus compañeras y los padres guarden un buen recuerdo de usted.

Matilda se levantó y tendió la mano a la señorita Haddon.

—Le agradezco que Laura pueda terminar su formación aquí. Le informaremos tan pronto como se resuelva la cuestión de la tutela. Además, como actualmente Laura está viviendo en mi casa, tampoco voy a perder por completo el contacto con Riverview College.

A fin de cuentas, nadie se atrevería a hablar mal de ella a sus espaldas.

—Si me lo permite, me despediré de mis compañeras en cuanto terminen las vacaciones.

—Por supuesto, señorita Gray. Aquí siempre será bienvenida.

En la puerta, Matilda se dio la vuelta una vez más y contempló los muros del edificio en el que tantas veces había entrado, las ventanas lanceoladas por cuyos cristales de colores penetraba el sol de invierno, las torretas que evocaban las novelas góticas y caballerescas.

Poco tiempo atrás, había pensado que el tiempo de Laura allí había terminado; en vez de eso, se daba cuenta de que ahora era ella la que ya no pertenecía a Riverview College.

Laura era libre, Harry estaba sano y salvo, pero no todos los deseos podían cumplirse. Si tenía que encontrar un nuevo trabajo, lo haría.

Dio la espalda al edificio de la escuela y se dirigió hacia la estación.

Matilda se estaba quitando el abrigo cuando Laura salió de la sala de estar.

—¿Cómo ha ido, señorita Gray? ¿Me aceptan de nuevo? —Señaló el libro que tenía en la mano—. *Macbeth*. Intento ponerme al día con las clases que perdí.

—Eso está bien. Y, sí, podrás volver a Riverview College después de las vacaciones.

La muchacha la escrutó con la mirada.

—¿Qué ha pasado? Por su cara diría que hay algo que va mal.

Se sentaron en la sala de estar.

—La señorita Haddon me ha comunicado que ya no puede tenerme como profesora en la escuela. Ella valora todo lo que he hecho por ti, pero me considera inaceptable como profesora.

Laura la miró indignada.

—¿Cómo puede decir eso?

—Bueno, aunque actué movida por razones correctas, al hacerlo infringí mis obligaciones como profesora y soy la culpable de que la escuela esté en boca de todo el mundo. Le mentí diciéndole que iba a encontrarme con mi hermano cuando, en vez de ello, fui a visitarte a Bedford Square. —Tragó saliva—. Ahora no tengo trabajo. Así que buscaré otro. Al menos me dará buenas referencias.

—No las necesitará.

Algo en el tono de Laura llamó la atención de Matilda.

—¿Qué es lo que no voy a necesitar?

Los ojos grises de Laura se clavaron en los suyos.

—Ni buscar trabajo, ni referencias. De hecho, aún no quería decírselo, pero parece que es el momento adecuado. He encontrado un modo de expresarle mi agradecimiento.

—No me debes nada —se apresuró a decir Matilda.

—Claro que sí, señorita Gray. Le debo mi vida. Y no lo digo de forma sentimental. Voy a vender la casa. Haré tasar el hallazgo del sótano, venderé las monedas y, en cuanto sea mayor de edad, fundaré una escuela con todo lo recaudado. Será una escuela que solo preparará a las niñas para que ejerzan una profesión: nada de manualidades, economía doméstica, ni bailes. Y para ello confío en su ayuda. Mis razones no solo son altruistas: tengo pensado viajar y voy a necesitar a alguien que me represente. A fin de cuentas, aún no he estado en Lesbos.

El telegrama llegó a la mañana siguiente. Eran unas pocas palabras.

Ristorante Roma, sábado 19 hrs. S.

Matilda lo apretó un instante contra su pecho antes de guardárselo en el bolsillo. Durante la cena informó a la señora Westlake y a Laura de que al día siguiente por la noche no cenaría en casa.

—Oh, no importa, querida —dijo la señora Westlake sacudiendo la mano—. La señorita Laura ha accedido amablemente a hablarme de Italia y Grecia. Quién sabe adónde irá a parar Adela a continuación.

—En ese caso, espero que lo pasen muy bien.

La señora Westlake apoyó la barbilla en la mano y miró pensativa a Matilda.

—¿Por qué será que tengo la sensación de que usted también se lo pasará muy bien? Desde que llegó ese telegrama, anda muy animada.

Matilda se ruborizó y miró su plato.

—La verdad es que con usted no puede haber secretos. Ándate con cuidado con ella, Laura, o te hará lo mismo.

Laura sonrió.

—De momento no hay nadie que me anime a mí.

La señora Westlake le dio una palmadita en la mano.

—No te preocupes, ella está por venir.

Laura tragó saliva y sonrió aliviada.

36

Esta vez en la mesa había dos velas encendidas y una rosa metida en una antigua botella de aceite.

—Luigi es un romántico —dijo Stephen, disculpándose.

Matilda sonrió mientras el camarero les servía vino.

—*Signor,* es para crear ambiente.

Luego les puso las cartas del menú sobre la mesa y se retiró discretamente hacia la barra.

Matilda le habló de los planes de Laura y le anunció que ella iba a abandonar la escuela.

Stephen la miró con atención.

—¿Y cómo se siente? ¿Decepcionada, esperanzada o ambas cosas a la vez?

—Esperanzada. La idea de crear una escuela propia es como saltar a un lago sin saber si el agua está fría, si es profundo, qué corrientes hay, si hay rocas escondidas bajo la superficie... Pero es emocionante.

—¿Cree usted que le concederán la tutela?

—Espero que sí, y el inspector Matthews me apoya. Han encontrado varios testigos en Goudhurst que vieron al señor Easterbrook en la estación la mañana siguiente al incendio. Llamaba la atención porque era un desconocido en la zona.

Espero por el bien de Laura que confiese el crimen. Así ella por fin quedaría libre.

Stephen brindó con ella. De pronto adoptó una extraña actitud de abatimiento.

—¿Qué pasa? ¿He dicho algo malo? —preguntó ella inquieta.

Las cartas del menú seguían olvidadas sobre la mesa.

Él se aclaró la garganta.

—No, no, en absoluto. Yo... me alegro mucho por usted y por Laura. Un nuevo trabajo, un futuro independiente. Sin duda es lo que usted siempre ha querido en la vida.

—Así es, pero... parece usted compungido. Después de todo lo que hemos pasado juntos, ¿no le parece que tengo derecho a saber por qué?

Él palideció y apartó la mirada.

Ella entonces lo comprendió y puso suavemente la mano sobre la suya.

—Stephen, míreme. También quiero otras cosas. Se están produciendo muchos cambios, empieza una nueva era en la que una mujer podrá tener trabajo y familia.

Matilda vio la duda en sus ojos y se armó de valor: dejó de lado el recuerdo del sanatorio en el campo, el divorcio y todos los demás obstáculos y dijo:

—Una profesora contratada debe abandonar su trabajo cuando se casa. Pero cuando dirige su propia escuela, solo obedece sus propias reglas.

Él no apartó la mano.

—Así pues, lo que está diciendo... Hará falta algo de tiempo, claro, con la escuela y todo lo demás, pero usted podría... ¿casarse conmigo algún día?

—Sí, Stephen, podría.

De repente era todo muy fácil.

—Habrá habladurías —dijo él—. Algunos menearán la cabeza y nos criticarán: al hombre que abandona a su esposa enferma y a la mujer que se casa con él de todos modos. ¿Está dispuesta a ello?

Matilda enarcó una ceja.

—¿Dónde cree usted que estaría hoy Laura si yo tuviera miedo de las habladurías?

Él esbozó una sonrisa fugaz.

—Lo único que quiero es que... seas feliz y nunca te arrepientas de esta decisión.

Ella lo miró y se dio cuenta de que solo debía dar un pequeño paso más.

—No me arrepentiré, y no tengo miedo. Te quiero, Stephen.

El camarero iba a tomar la comanda, pero regresó a su puesto junto a la barra con una sonrisa.

El libro de Katie Cleland

Por el presente yo, Katherine Elizabeth Cleland, paso a relatar del modo más honesto y veraz posible lo acontecido a nuestra familia en el año 1665. Si alguien da con este escrito con posterioridad, espero que comprenda lo que nos ocurrió en una época en que el horror fue infinito.

Somos una familia distinguida. Mi padre, el comerciante John Cleland, se hizo cargo del negocio de su padre, el cual a su vez lo asumió de su abuelo. Los Cleland gozamos de buena reputación en Londres. Mi abuelo ya comerciaba en sus tiempos con el opio, que traía de tierras lejanas; yo me sentaba en su regazo mientras él me contaba cómo había viajado allí de joven. Los lugares de los que hablaba tenían nombres mágicos, como Alepo o Esmirna. Hace tiempo que el abuelo murió, pero hoy visito a menudo a padre en su almacén.

Me acaricia el pelo cuando entro y me deja ver cómo revisa la mercancía. Su cliente más importante es una botica de Cheapside, a la que vende opio. El boticario elabora un nuevo tipo de láudano que al parecer tiene poderes curativos inimaginables y con el que gana mucho dinero. Mi padre me ha explicado que tiene el monopolio. Todos los boticarios de la City de Londres le compran el opio solo a él. Por eso me regaló el medallón. Me contó que el dibujo de la semilla de amapola que tiene dentro es un símbolo de lo que nos ha llevado a la prosperidad. Según él, es muy bonito. Tiene un conocido, el señor Hooke, que lo dibujó con un instrumento milagroso.

Hace poco hubo una discusión en la oficina. Se oyeron voces airadas, así que le pregunté a papá qué había pasado. Él no quiso hablar de ello, pero vi al señor Ancroft, otro comerciante, salir furioso de la tienda, con la cara enrojecida y claramente molesto. Él y padre siempre se habían llevado bien, pero después de eso no lo he vuelto a ver por casa.

Al poco tiempo, del continente llegó la noticia de que la peste había vuelto a estallar. La enfermedad causaba estragos por doquier. Ámsterdam notificó 50 000 víctimas, una cifra horrible e inconmensurable, que resulta muy difícil de comprender con el intelecto. También la ciudad de Hamburgo es víctima de la plaga.

Según dijo padre, esto lo había anunciado un cometa, aunque él no cree en las señales del cielo. La culpa, asegura, es de la suciedad, la falta de espacio y el exceso de gente. En las calles, por los arroyos, los escombros fluyen como un torrente en los prados. La peste llega por mar, en los barcos.

En febrero hubo de nuevo un muerto en St. Giles. Y conforme el tiempo iba volviéndose más cálido, se iban produciendo más muertes. Padre dijo que a menudo no se decía el motivo, pero que sospechaba que la peste se había desatado por completo. Sentí mucho miedo, pero él me consoló con sus conocimientos. Padre se burlaba de los amuletos y de los papelitos con hechizos que se vendían por las esquinas. Según él, nada de eso ayuda contra la enfermedad. Puestos a hacer algo, mejor rezar, afirmó, que al menos es gratis. Madre se enojó mucho y dijo que eso era blasfemia.

Entonces oímos decir que en Middlesex habían cerrado una casa. Y luego también en St. Giles. Cada vez eran más y más. En junio, padre decidió abandonar la ciudad. Madre se disgustó mucho, temía por la casa y que nos robaran. Pero padre fue inflexible. Empaquetamos todo lo importante que podía caber en el carro. En Cannon Street vi una oleada de gente saliendo de la ciudad, a pie y en carros, muy cargados o con apenas unos fardos.

Queríamos marcharnos al día siguiente, pero no pudimos. Por la mañana encontramos a la vieja Beth muerta en su cama. Sabíamos que no había muerto de peste, sino por una fiebre. En Londres siempre ha habido fiebres, no son nada inusual. Pero entonces apareció ante la casa la vieja que hace de rastreadora en la zona acompañada de unos guardas. Nos dijeron que éramos una casa de apestados y que nos iban a encerrar. Prohibieron que nadie entrase o saliese de aquí. Padre habló con ellos, intentó hacerles entrar en razón y luego los amenazó, pero se mantuvieron firmes. Dibujaron unos signos en la pared y taparon con maderos las ventanas. Nos quedamos aquí dentro, desesperados, incapaces de entender lo que ocurría. Padre iba de un lado a otro, afirmando que alguien quería perjudicarnos. Madre se intranquilizó y le preguntó: «¿Qué quieres decir?». «Que alguien nos ha denunciado», respondió él. «Y yo sé quién». «No se debe dar falso testimonio», empezó a decir madre, pero él reaccionó con rabia. «Sé lo que me digo, y fue Ancroft». Ellos siguieron discutiendo. Yo no podía soportarlo.

Me fui a mi habitación en silencio y muy triste. Quiero a padre y tiene razón en muchas cosas. Pero ¿cómo podía eso ser cierto? ¿Por qué un amigo de la familia, el señor Ancroft, que entraba y salía de nuestra casa, haría algo así? Y si no era así, ¿cómo podía estar padre tan equivocado? No es un calumniador, ni habla mal de los demás a la ligera.

Llevamos dos semanas aquí encerrados. La comida empieza a escasear. La sentencia dice cuarenta días. No sabemos si lo superaremos. Madre está muy débil y tiene fiebre. Lucy tiene un sarpullido. Padre se acerca cada día a la puerta para hablar con los guardias: los amenaza, les suplica, les ofrece dinero, no deja piedra por mover.

Faltan veinte días. Apenas puedo escribir. Nos estamos quedando sin velas. Madre grita aterrada que el fuego no debe apagarse, que entonces todos moriremos. Lucy no está bien, no puede comer. Tampoco quiere beber.

Padre ha logrado convencer a uno de los guardias para que acepte una carta suya. A cambio de una suma exorbitante de dinero, el hombre la llevará a la iglesia y se la entregará a Anthony cuando él venga a Londres. Ha escondido toda nuestra fortuna en el sótano. Me ha dicho que confía en mí. Soy la única a quien no le asusta la verdad. Y ha dicho por primera vez que quizás no saldremos con vida.

Faltan once días. Lucy ha muerto. Tuvimos que envolver su cuerpo, dejarlo frente a la puerta y retirarnos al primer piso. Solo entonces se la llevaron. «¡La tirarán a una fosa!», gritaba madre, «¡Van a tirar a mi hijita a una fosa con enfermos de la peste!». «Está muerta, Elizabeth», dijo padre. «Ya no siente nada. Está con Dios». Pero madre no atiende a razones. Se pasa el día llorando, no come y se tira del cabello.

Faltan ocho días. Ahora padre también está enfermo. Es la fiebre. Yo siento náuseas continuamente, y frío. Soy incapaz de comer. Conseguí bajar al sótano a duras penas, tropecé varias veces. He guardado todo lo que quiero en mi caja. Solo falta este libro. Tal vez alguien lo encuentre en el futuro, cuando el mundo haya recuperado la cordura. Quien lo encuentre sabrá que aquí, en esta casa, murió la familia Cleland asesinada a traición. Que el Señor se apiade de nosotros cuando nos llegue la hora. Amén.

KATHERINE ELIZABETH CLELAND
Londres, agosto *anno* 1665

Sobre la amapola está el oro.

Epílogo y agradecimientos

A veces, un libro comienza con otro. En este caso así ha sido. Después de leer hace unos años la magnífica obra de Peter Ackroyd *Londres, una biografía*, aquel libro se me quedó grabado en la memoria. En 2011 a esa obra le siguió otra, *Londres bajo tierra*, en la que Ackroyd explora el subsuelo de esa ciudad. En sus páginas se hace patente que el autor es ante todo un novelista, ya que no se centra en una crónica histórico-científica de Londres, sino que se mete en sus mismísimas entrañas. El autor explora el subsuelo laberíntico de la ciudad siguiendo el curso de sus ríos subterráneos, rastreando la magia de lugares largamente olvidados y sumergiendo al lector en la diversidad de la vida.

El narrador así deviene en arqueólogo, que pone al descubierto la historia y nos muestra las huellas que han dejado celtas, romanos, vikingos, anglosajones y normandos. Habla de poder y de magia, de justicia y de crímenes, del pasado que acecha siempre a la vuelta de la esquina, y dice que asirlo solo requiere que le tendamos una mano.

Así que no es de extrañar que ese libro se convirtiera en el origen de una novela.

Tenía que girar en torno a una casa, una antigua casa de comerciantes, preferentemente del siglo XVII. Y mientras investigaba, ocurrió un pequeño milagro: encontré una, la «mía», y no tuve que inventarme una: una casa situada en el 7a de Laurence Pountney Hill.

Allí es donde se encuentra hoy en día, pueden acercarse y admirarla cuando gusten. Pero, por favor, no llamen al timbre porque está habitada.

Casi todo lo que se cuenta en la novela sobre esa casa es cierto. Lo único inventado es la historia de las familias Cleland y Ancroft. El cementerio debajo del jardín, los dos pisos adicionales, la trampilla en la acera, los muros romanos y medievales en el sótano..., todo eso es real.

Debo mi conocimiento de esta casa al excelente ensayo (en inglés) que se puede consultar en: http://www.colat.org.uk/assets/doc/laurence-pountney-house.pdf. Este artículo me salvó de cometer errores de bulto y me demostró que a menudo la realidad es mejor que cualquier invención. El hecho de que una de sus autoras se llame Matilda Holmes es una bonita casualidad, o tal vez un buen augurio.

En la novela hay también muchos otros datos verídicos: la red de transportes de Londres, el trazado de las calles, los edificios históricos, personalidades como Ada Lovelace, Emily Hobhouse y Oscar Wilde, y muchas cosas más. Quienes quieran seguir los pasos de Matilda y busquen Laurence Pountney Hill o Folgate Street, con sus adoquines, o el mercado de Spitalfields no quedarán decepcionados. La iglesia de Temple Church, la reja bajo la que fluye el río Fleet y la Piedra de Londres (situada en el muro exterior del edificio del 111 de Cannon Street) aún pueden verse hoy en día.

En cambio, no se molesten en buscar Riverview College o la tienda del señor Arkwright. Alguna cosa hay que inventar, si no esto ya no sería una novela.

Los siguientes libros y textos han sido de gran utilidad a la hora de elaborar esta novela:

Peter Ackroyd, *London. The Biography*, Londres 2000 (*Londres, la biografía*, traducción de Carmen Font, Edhasa, 2002).

Peter Ackroyd, *London Under*, Londres 2011 (*Londres bajo tierra*, traducción de Gregorio Cantera Chamorro, Edhasa, 2012).

Berlu, John Jacob. *The Treasury of Drugs Unlock'd*, 1690 (https://fsu.digital.flvc.org/islandora/object/fsu%3A221665#page/Front+Cover/mode/2up).

Pepys, Samuel. *Das geheime Tagebuch*, editado en alemán por Anselm Schlösser y traducido por Jutta Schlösser, Insel, Frankfurt 1982. (En español, pueden consultar *Diarios (1660-1669)*, trad. Noah Lacoste, 2014, Editorial Renacimiento).

Philips' ABC Pocket Atlas Guide to London, 7ª edición.

Quien quiera echar un vistazo al mapa de Londres de 1560 lo encontrará en el siguiente enlace: http://www.mappery.com/1560-London-Map

Y en este enlace se encuentra la versión *online* del mapa de la ciudad de 1900 que he utilizado: http://freepages.rootsweb.com/~nmfa/genealogy/Maps/pocket_atlas_and_guide_to_london/paagtl1900index.html

Nadie escribe un libro solo. Mi agradecimiento, por lo tanto, por los ánimos, la lectura constructiva, la ayuda con las citas y la salvación en general frente a la adversidad (solo diré Thackeray) es para:

Davina Baynes

Dr. Negley Harte, University College, Londres

Susanne Kuhlmann-Krieg

Rebecca Gablé

Hanne Goga

Christa Schuenke

Ani Steinhauer

Y para mis editoras, Hanna Bauer, Eileen Sprenger y Gisela Klemt, y para mi agente Bastian Schlück. Y por supuesto, como siempre, gracias a mi familia.

«Para viajar lejos no hay mejor nave que un libro».

EMILY DICKINSON